SARETORIUM
BAND I

IMPRESSUM

Deutsche Erstausgabe Oktober 2023
1. Auflage
Copyright © Panagiotis Marinoglou, Ratingen 2023

Covergestaltung: Jaqueline Kropmanns
Lektorat und Korrektorat: Kornelia Hoff
Satz: misa bookdesign, www.misabookdesign.de

Alle Rechte, einschließich die des vollständigen oder teilweisen Nachdrucks in jeglicher Form, sind vorbehalten.

Panagiotis Marinoglou c/o
Apostolos Marinoglou, Am Ostbahnhof 36, 40878 Ratingen
E-Mail: autor@panagiotismarinoglou.de

Registrierung für Newsletter unter: www.panagiotismarinoglou.de
Instagram: panagiotismarinoglou
Facebook: Panagiotis Marinoglou

Bildmaterial:
Verwendung von Illustrationen von Adobe Stock

Herstellung und Druck über tolino media GmbH & Co. KG, München.
Printed in Germany

PANAGIOTIS
MARINOGLOU

SARETORIUM

LODERNDER
STERN
I

DANKSAGUNG

Ein Traum. Ein Funke. Wird er gedämpft? Wird er geschürt?
Eine Stimme, so still und doch so auffordernd. Wird sie verstummen? Wird sie erhört?
Ein Weg voller Licht und voller Dunkelheit. Wird man ihn meiden oder wird man ihn beschreiten?
Zweifel. Angst. Werden sie siegen? Wird man sie besiegen?
Werden wir uns trauen? Werden wir vertrauen? Werden wir nach den Sternen greifen, tief in uns hineinschauen?
Manche Herzen haben Glück, manche etwas weniger. Manche haben andere Herzen auf dieser Welt, die einen annehmen, die einem glauben, und manche … manche haben traurige, wunde Herzen, die einem selbst den Weg erschweren. Herzen, die uns Erwartungen aufzwingen, die uns einreden nicht gut genug zu sein.
Ich hatte Glück. Ja, denn ich hatte leuchtende Herzen um mich.

Ich hatte das Herz meiner liebenden Mutter, das mir beibrachte, wie viel ich wert bin. Wie ich zu mir stehen soll, wie ein Löwe kämpfen soll für das, was wir Gerechtigkeit nennen. Sie hat mir beigebracht, was es bedeutet, bedingungslos zu lieben. Denn dieses Herz hat mich angenommen. Mit all meinen Schatten und all meinem Licht.
Danke, Assimina Chagia.

Ich hatte das Herz meiner besten Freundin, der ich den Anfang dieser Reise zu verdanken habe. Nicht einen Zweifel hatte dieses Herz. Sie wusste ganz genau, wo ich hinmuss. Sah meine Größe, selbst wenn ich daran gezweifelt habe. Sie sah meine Stärke, selbst wenn es Schwäche war, in der ich lebte. So fing es an, als sie mich fragte: »Warum schreibst du das nicht auf?« Und ich schrieb. Das aller erste Wort mit vierzehn Jahren. Und jene Reise war geboren.
Danke, Anastasia Apostolidou.

Ich hatte das Herz meines Vaters, das mir Güte zeigte. Denn zugegeben, auch wenn meine Beziehung zu diesem Herzen eine wunde war, war es die Liebe hinter seinem Ego, die Stärke hinter seinen Glaubenssätzen, die größer war als seine Angst. Sie erinnert mich immer wieder daran, was hinter der Fassade steckt. Welch Potenzial Herzen in sich tragen. Jenes Herz kann lieben, mehr als es je hassen könnte.
Danke, Evangelos Marinoglou.

Ich hatte das Herz meiner Schwester, die mein wahrscheinlich größter Fan war. Es schenkte mir Begeisterung bei allem, was ich tat. Ein warmes und intelligentes Herz, das mich von A bis Z begleitet hat. Das wahres Feuer für mein Feuer gefangen hat. Und auch wenn große Brüder es ungern zeigen, ist es ihr Herz, für das ich meines geben würde.
Danke, Rafaelia Marinoglou.

Ich hatte das Herz einer guten Freundin, der besten Freundin meiner Mutter, das mir Glauben schenkte. Für jede Ablehnung, die ich jemals erfahren habe, traf ich hier auf Zustimmung. »Es

wird ganz groß«, sagte dieses Herz und meinte es so. Und ich habe nicht eine Sekunde daran gezweifelt.
Danke, Parwane Ehrari.

Ich hatte das Herz einer verwandten Seele, das mit mir unzählige Welten entdeckte. In diesem Leben entdeckten wir den Wald und seine Stille. Wir erweiterten unser Bewusstsein, lernten unsere Tiefe kennen. In diesem Leben – meine geistige Schwester, in einem vorherigen – mein Bruder.

Immer für mich da. Immer ein offenes Ohr. Immer eine Stütze. So, wie Geschwister sein sollten. So, wie Krieger sein sollten.
Danke, Alexandra Krause.

Ich hatte das Herz eines Nachbarn. Er war der aller erste »Fremde«, der das Saretorium erlebte. Er schenkte mir Mut. Denn es war seine Überzeugung, seine Freude beim Lesen, sein Kompliment, an das ich dachte, jedes Mal dann, wenn ich an mir zweifelte.
Danke, Klaus Dieter Seifert.

Kommen wir nun zu einem ganz besonderen Herzen. Das Herz meiner Tante. Ihr seht, dieses Herz verlor vor langer Zeit die Fähigkeit zu gehen, und trotzdem ist sie jeden Schritt dieses Weges mit mir gegangen. Sie hat gelesen, sie hat zugehört, sie hat gesprochen und sie hat mitgefiebert. Seit dem aller ersten Tag saß ich auf ihrer Couch und habe erzählt und erzählt. Über diese Welt in meinem Kopf. Über diesen Traum. Nicht ein einziges Mal hat sie mich abgelehnt. Jedes Mal hat sie mit Staunen zugehört. Sie war ehrlich, doch nie zweifelnd. Dieses Herz ist ziemlich still. Manchmal zurückhaltend und gar nicht so auffällig. Aber es war eine ganze Welt, die es bewegt hat. Es war Leichtigkeit und Sorglosigkeit. Es war immer da. Sie war immer da. Wortwörtlich: bei jedem Schritt. Deshalb ist dieser erste Schritt, Band I, diesem Herzen gewidmet.

Danke, Konstantina Chagia. Ich weiß nicht, ob ich es ohne dich geschafft hätte.

Ich hatte auch ein Leben, das es mir nicht gerade einfach machte. Denn ich muss gestehen:

Während um mich leuchtende Herzen waren, die mich unterstützten, waren die Geschehnisse meines Lebens eher dunkler Natur. Es waren die Depressionen und die Zwangsstörung, die mich fast ans Ende trieben. Ich erinnere mich, wie ich 2017 vor den Gleisen stand. Der einzige Gedanke, der mich aufhielt, war der, dass ich es dem Bahnfahrer nicht antun konnte. Ich erinnere mich, wie ich 2017 vor der Badewanne stand. Es war der Gedanke an meine Familie, der mich warten ließ. Ich war konfrontiert mit Krankheit und Tod, mein Leben lang. Bis diese Krankheit und der Tod auch mich persönlich konfrontierten. Es war meine Krebsdiagnose im Jahr 2020, die alles veränderte. Ich glaube nicht, dass man den Moment einer solchen Diagnose in Worte fassen kann. Ich brach zusammen. Doch kurze Zeit später überkam mich ein Gefühl, … ein so seltsam klares Gefühl, und ich war dankbar. Es war jener Moment, an dem ich verstand, dass alles, was geschehen war, alles, was passiert war, passieren musste, damit ich diese Geschichte schreibe. Denn wie kann ich von Hoffnung sprechen, wenn ich selbst nie wirklich hoffen musste? Wie könnte ich jemals eine Geschichte über Dunkelheit erzählen, wenn ich sie selbst nie erlebt habe? Ich

fand zu mir. Diese Geschichte und ich? Wir wurden eins. Zum ersten Mal nahm ich sie an. Ich opferte alles. Karriere, Freundschaften, Zeit, Geld, Glaubenssätze und Beziehungen, um dieser Stimme, diesem Funken, bedingungslos zu folgen. Was ich fand, war Frieden.
Danke an dieses dunkle, schwere und wundervolle Leben.

Ich habe Herzen wie diese, die diese Worte gerade lesen. Und ich weiß, dass manche von euch weniger Glück hatten als ich. Ich weiß, dass manche, die das lesen, den Luxus solch unterstützender Menschen nicht genießen durften. Solche Herzen, Herzen wie die euren, gehören Träumern. Selbstzweifel und Angst haben sich in den Weg gestellt und die Dunkelheit, ja sie mag gigantisch wirken. Diese Geschichte, sie ist die Summe aller Liebe, die ich in diesem Leben erfahren durfte. Sie ist die Liebe meiner Mutter, die ich weitergeben möchte. Denn es ist so, dass ich mich dazu berufen fühle, für eine Sache zu leben und zu sterben: diese Geschichte. Sie bedeutet Mut. Sie bedeutet Freundschaft und Familie. Sie bedeutet Kampf. Sie bedeutet Angst und Glauben, Zweifel und Sicherheit. Sie bedeutet Liebe, sie bedeutet Wut. Sie bedeutet niemals – nie – niemals aufgeben.

Sie bedeutet Hoffnung.

Und ab hier muss ich nun übergeben. Denn es bin nicht ich, der diese Geschichte am besten erzählen kann. Das ist jemand anderes. Ihr Name ist Annelya Elim. Und sie, liebe Herzen, heißt euch auf dieser Reise willkommen.

Träumer, Krieger, Sterne. Willkommen im Saretorium. Möge der Weg ... ein hoffnungsvoller sein.

Danke an jeden Einzelnen von euch. Das ist für EUCH.

VORWORT

Kennt ihr dieses Gefühl? Sich nahe zu stehen, an den Tagen, an denen man voneinander am weitesten entfernt ist? Zu lieben, an den Tagen, an denen Hass unser Schwert führt? Sich zu verzeihen, an den Tagen, an denen wir unseren größten Fehler machten? Das Gefühl, nichts zu bewirken und doch Welten bewegt zu haben? Zu denken, man könnte nur noch aufgeben, bis man merkt, welchen weiten, steinigen Weg man gegangen ist? Welten zu erschaffen, um diese wieder zu zerstören? Welten zu zerstören, um diese wieder zu erschaffen? Doch vor allem das Gefühl, etwas in den Kosmos zu setzen. Eine Stimme, eine Botschaft, eine Tat, die niemals in Vergessenheit geraten wird? Das ist das Gefühl der Unsterblichkeit.

Ich kannte es einst. Doch welchen Wert hat dieses Gefühl in einer Welt, in der man die Unendlichkeit besitzt? Hat sie dann noch einen Wert? Haben wir dann noch einen Wert? Eine Welt des ewigen Friedens. Das ist meine Welt. So dachte ich. Doch nun steht meine Heimat ihrer größten Herausforderung, ihrem größten Feind, gegenüber: der Wahrheit.

Uns ist nicht bekannt, wie diese einst schöne, fruchtbare und wundervolle Welt voller Licht und Anmut, Respekt und Liebe entstand. Ein friedlicher Ort, an dem jede Spezies auf feinste Art und Weise miteinander kommunizierte.

Ohne Missverständnisse, ohne Hass, Gier oder Zorn. Ohne

Neid, Bloßstellung und Mord. Ohne Diebstahl, ohne Angst und ohne Furcht. Klingt schön, nicht? Das perfekte Paradies. Bezaubernd, voller frischer und bunter, lebendiger und golden schimmernder Blüten an jeder Ecke jeden Feldes und sogar an jedem Wege eines Berges.

Ich spreche von diesen glänzenden roten Blumen, die einem Zylinder ähnelten. Ihre Blüten waren lang und sanft. Sie spiegelten das Licht der Sonne stets treu und stellten für die Augen unserer Bewohner ein Kunstwerk dar. Ich erinnere mich noch, wie starker, lauwarmer Wind einst diese Blüten schnappte und sie im ganzen Dorf verteilte, was jedes Kinderherz erleuchtete und ein echtes Lächeln, eins dieser ganz seltenen, wahrhaft vom Herzen kommenden, hervorlockte. Als würde ein reicher Mann, aus reiner Selbstlosigkeit, Brot an die Armen und Gesundheit an die Kranken verschenken.

Ich weiß noch, wie diese majestätischen Vögel, die wir Ares, *das Göttliche,* nannten, ihre blauschimmernden Flügel gen Himmel schwangen. Sie rasten schneller als das Licht durch die Wolken und durchbrachen sie voller Eleganz und Entschlossenheit. Ein stolzes und prächtiges Wesen, das mich immer wieder zum Staunen brachte. Jedes Mal, wenn ich diese Geschöpfe sah, breitete sich Gänsehaut auf meinem ganzen Körper aus und dieses Gefühl, von dem ich sprach, dieses großartige Gefühl der Unsterblichkeit, herrschte über mein Denken und Fühlen. Für diesen einen Augenblick war ich frei. Frei von allem, was mir im Weg stand. Denn ich stellte mir vor, wie ich eines Tages meine Flügel schwingen und jedes Hindernis durchbrechen werde. Voller Stolz und Mut schwor ich mir, für meine Freiheit und die meines Volkes zu kämpfen.

Hätte ich doch nur geahnt, dass Träume mehr in Anspruch

nehmen, als nur einen Blick in die Weiten des unendlichen Himmels ...

Ja, denn Träume nehmen mehr in Anspruch. Sie fordern uns stets aufs Neue heraus. Und manchmal, wenn wir denken, wir seien an unserem Ziel angekommen, irren wir uns.

Ich bin oft gefallen. Ich habe oft versagt. Doch niemals habe ich diese eine Erinnerung verloren. An die Vögel, die wir Ares nannten. An die Vögel, die sich ihre Freiheit nahmen, die mir meinen Traum schufen. So fing mein Kampf an. Und ich war fest entschlossen, diesen zu gewinnen.

Ich bin Annelya, Tochter des Lichtes, und ich werde meine Freiheit finden.

Alle *kursiv* Absätze, nach dem Vorwort, sind rückblickende Einblicke und Gedanken von Annelya selbst.

»ARGH!!!«

»Durchhalten, Miss, durchhalten, wir haben es gleich geschafft!«

Annabels Haar bedeckte wie ein goldener Schleier den dicken weißen Stoff über der eisernen Liege. Ihren Schmerz, sie versteckte ihn nicht. Genauso wenig wie ihre Tränen.

»Ahhh!«, atmete sie immer wieder aus, bevor ihr Kopf schreiend in ihren Nacken sank.

»Durchhalten! Durchhalten!!!«

Der Mond leuchtete stärker als sonst. Er warf so viel Licht in den Raum hinein, dass sogar die Flammen der Kerzen in seine weiße Glut tauchten.

Die Energie der Schöpfung raste immer wieder wie ein Farbenspiel Annabels Körper entlang. Venen und Adern an ihrem ganzen Körper, sie bebten, strahlten auf. Wurden dann wieder still, verloren ihren Funken. Es wirkte so, als würde sie leben, die Schöpfung selbst, als würde sie atmen … so faszinierend, schon fast hypnotisierend.

»Einatmen!«, rief eine der Dienstschwestern laut.

Annabel folgte jeder ihrer Anweisungen.

Und die Energie. Sie tobte, als würde sie ... austreten wollen.

»Ausatmen!«

Als würde sie ... Gestalt annehmen wollen.

Sie spürten sie. Die Dienstmädchen, die dieses Wunder mit großen Augen betrachteten, während sie Annabels Hände fest mit ihren umschlangen. Nicht einmal der Schmerz ihres brüllenden Griffes machte ihnen etwas aus. Wie denn auch? Dafür war das, was vor ihnen zu sehen war, zu magisch.

Das Licht, es strahlte immer heller und die Schöpfung vollbrachte ihr Wunder.

Währenddessen an der Nordbrücke vor dem Eingang der Burg von Sare.

Rasend bohrte sich der Regen in die Erde hinein.

Die Brücke war nicht groß, doch die Blitze, der Sturm, sie ließen sie gewaltig wirken. Sie ließen die ganze Burg majestätischer erscheinen.

Taljas Atem war schwer, ihre Schritte umso schwerer. Die Schreie zwischen ihren Armen klangen kräftig und doch sanft.

»Wir haben's gleich, ich verspreche es dir«, murmelte Talja.

Der Regen wurde immer stärker.

Ihr schwarzer, lederner Kapuzenmantel wehte im Windzug ihres Tempos. Sie hatte keine Angst vor den Blitzen, die immer wieder vor ihr einkrachten. Nein, sie lief hindurch, fokussiert auf das Schreien zwischen ihren Armen. Diese Blitze, es sah fast so aus, als würden sie ihr folgen.

»Siehst du das?«, seufzte einer der zwei Soldaten vor den Toren der Burg. Sein Griff um seinen Speer wurde strammer.

Fast blendend. Das Licht der Blitze, das sich auf seinem nassen, eisernen Helm widerspiegelte.

»Langsam, langsam! Keine Bewegung!« Der zweite Soldat stürmte mit ausgerichtetem Speer los.

Es leuchtete immer wieder auf. Je näher sie kam, je näher dieses mächtige Heulen kam, desto wilder wurden sie: die Blitze.

»Ich habe ein Kind! Ich habe ein Kind!«

Ihre Stimme kämpfte sich gegen den Schall des Donners, gegen das Rauschen des Sturmes durch.

»Ein Kind?«, rätselte einer der Soldaten, als Talja näherdrang. Stöhnend krachte sie auf ihre Knie, atmete tief auf.

Die Blitze erhellten ihr raues, faltiges Gesicht, bevor sie das weinende, blutige Gesicht des kleinen Babys offenbarten.

»Ich habe ein Kind«, heulte Talja. Solch schneller Atem. Ihr Schmerz floss ihre Wangen runter. »Bitte, rettet dieses Kind –«, stotterte sie, als die Hände der Männer zwischen ihre tauchten und die Speere still zu Boden fielen.

Das Heulen des Kindes, es schallte wie ein Echo, wanderte durch die Gänge der Burg. Und *sein* Heulen, es traf auf *ihres*.

Währenddessen im Kreißsaal der Burg von Sare.

Annabel atmete mit aufgerissenen Augen auf. Das war der wahrscheinlich schönste Anblick ihres Lebens. Es musste daran gelegen haben, dass sie es nie für möglich gehalten hatte, ein Kind zu bekommen.

So schauten auch die anderen: staunend, verwundert. Doch für jeden anderen war es etwas anderes, das als unmöglich galt. Diese Energie, sie hatte ein neues Zuhause gefunden.

Das strahlende Blau schien sich zu beruhigen. Ihr tiefer, mächtiger Klang erlosch in den heulenden Schreien des Neugeborenen.

»Die Energie, es besitzt die Energie«, flüsterte eines der Dienstmädchen erstaunt. Ihre Hände schlugen sanft gegen die eisernen Kanten der Liege, während ihre Freude den ganzen Raum ansteckte. Jedes Gesicht leuchtete auf, jeder Blick richtete sich auf die pulsierenden Adern dieses kleinen Mädchens. Jedes Herz pochte im Glauben, außer einem.

Annabels.

Denn ihr Blick verriet mehr, er barg Angst. Staunen wurde zu Sorge. Dieser befreiende Atem, er stach nun tief in ihre Brust. Ein warmes Licht. Irgendwie wirkte es unglaublich natürlich. Doch während die Frauen um sie herum das Wunder der Schöpfung selbst betrachteten, das Kind, das der Kristall der Schöpfung erschaffen hatte, betrachtete Annabel das Kind, das sie beschützen musste. Das *er* holen wollte.

Iuel.

Die Tür flog auf. Jeder spürte die Aufregung in der Luft, als sie rasend hineintrat.

»Mir wurde gerade Bescheid gegeben, ich war, ich –«, sprach Meleoidy, als sie zögernd auf Annabel zulief. Ihr Blick, er war gefesselt. Das Licht des Pulses erhellte ihre Augen. Sie glänzten rein. So klar.

»Ist es …« Sie schaute auf die Dienstschwester neben sich.

»Ein Mädchen«, lächelte die Dienstschwester sanft.

»Hah …«, hauchte Meleoidy.

Je näher sie trat, je näher sie das Kind betrachtete, desto weicher wurde dieses Lächeln, das sie nicht bemerkte.

»Ein Wunder«, murmelte eine der anderen Frauen, als Meleoidy kurz nach hinten schaute, bevor ihr Griff die Stange der Liege fasste.

»Hallo Kleine«, sprach sie ruhig.

Das kristallblaue pulsierende Licht, das auf ihre Locken traf, erzeugte einen violetten Schleier.

Langsam streckte sie ihren Finger aus, näherte sich dem Gesicht des kleinen Mädchens, bevor sie verwirrt auf Annabel schaute, die das Kind weiter wegzog. Meleoidys Finger verweilte eine kurze Weile in der Luft, bevor sie ihre Hand schweigend zurückzog und auf das Mädchen schaute.

Die Kleine war mittlerweile still.

»Wie möchtest du sie nennen?«, fragte Meleoidy leise, als die Neugier des ganzen Raumes auf das Mädchen fiel.

Ihr Licht pulsierte immer wieder durch ihren Körper. Mal sanfter, mal auffordernder.

Annabel schwieg. Vorsichtig strich sie sich eine Strähne hinters Ohr.

»*Annelya*«, flüsterte sie.

Überrascht schaute Meleoidy auf ihre Schwester.

»Wie passend!«, rief eine der älteren Frauen, bevor ihr Annabel ein Lächeln schenkte.

»Ja, in der Tat«, flüsterte Annabel sanft. »In der Tat.«

Meleoidy nickte leicht. Wie hypnotisiert schaute sie auf ihre Nichte. Plötzlich war alles so … warm.

»Annelya«, murmelten ihre roten vollen Lippen, als Annelyas Licht langsam seine Ruhe fand.

I

DER KRISTALL DER SCHÖPFUNG

9 Monate zuvor.
24 Stunden vor der Versiegelung.

Und so breitete sich Finsternis über die einst bezaubernde Wiese von Sare, über die weiten Hügel des Dorfes. Über die Felder unseres Volkes. Doch viel schlimmer: über die Herzen unserer Bürger. Es war der Anfang einer neuen Ära. Einer dunklen Ära.

Es war ein sonniger Tag. Die Vögel sangen und die Bürger des Dorfes klangen so fröhlich wie das Rauschen der Blätter. Die Dorfbewohner, die an der Grenze des Dorfes ihre Gärten pflegten, schauten wie immer den Kindern zu, die an den Feldern vor dem Wald der Vergebung spielten und Beeren sammelten.

Ein kleiner Junge namens Utakata mochte am allermeisten diese kleinen blauen Beeren, die Nüssen ähnelten. Diese Beere war von einzigartiger Natur. Sie war das Futter der göttlichen Ares. So nannte man sie Aresbeeren. Von außen, was für eine saftige Beere ungewohnt war, waren sie hart wie Stein. Ein Panzer beschützte den weichen, verletzbaren Kern.

Man sagte, diese Beeren würden sich nur den Saretorianern

öffnen, die ein junges, frisches und unschuldiges Blut in ihren Adern fließen hatten. Und so geschah es immer wieder. Man schickte Kinder, junge Männer und Frauen, um diese Beeren zu sammeln und zu öffnen.

Nicht nur ihr Aussehen hatte etwas Besonderes an sich. Auch ihre Wirkung. Sie hatten die Macht, jede Wunde zu heilen. Man musste nur ihren Saft darauf gießen.

Und es war nicht nur ein Irrglaube oder ein Märchen. Jäger und Heilkundige bemerkten, dass Jagd- und Kampfwunden in den Schnäbeln der Ares nach dem Verzehr der Beeren in nur wenigen Stunden verschwunden waren.

Utakatas Schritte sanken in den feuchten Schlamm, schleuderten ihn mit jedem Schritt gegen die tobenden Tropfen des Gewitters.

»Mama, Mama! Ich habe ganze fünfzig gesammelt!«

Seine Schuhe zog er vor der kleinen aber edlen Hütte seiner Mutter aus. Sein langes schwarzes Haar tropfte vor Wasser. Es lag wie ein dunkler Umhang eng an seinem Gesicht. Mit der einen Hand hielt er den Korb mit den Beeren fest und mit der anderen versuchte er, die Tür aufzubekommen. Nach jeglichen Versuchen, vereitelt durch seinen nassen Umhang, öffnete sich die Tür.

Voller Freude sprang der Junge in die Hütte und rannte zur Küche, die aus einem kleinen, altbraunen Esstisch und einem Holzkohleofen bestand, an dem seine Mutter jeden Mittag ein Essen und jeden Abend eine Süßigkeit für ihn kochte.

Gefangen in seiner Freude, merkte der Junge nicht, dass nicht seine Mutter, sondern jemand anderes ihm die Tür geöffnet hatte.

»Mama, wir könnten doch die zwanzig Beeren für einen Kuchen benutzen, oder, oder nein – besser einen – warte, nein! Vergiss es! Ich habe eine viel bessere Idee! Und zwar –«

Die starke Hand auf seiner Schulter unterbrach seine fröhlichen Worte. Er zuckte zusammen. Diese Hand, sie war ihm fremd. Es war nicht die Hand seiner geliebten Mutter, nicht die warme Hand seiner Beschützerin. Es war eine kalte Hand. Er spürte den brutalen Griff, der seinen Arm hinunterglitt.

Schnell wischte er sich die Haare vom Gesicht, als sich Angst in seinem Inneren ausbreitete. Utakata versuchte, sich von dem Griff des stillen Mannes zu lösen.

»Nein, lass mich in Ruhe! Ich kenne dich! Ich kenne dich! Du wolltest mich im Traum holen!« Mit voller Wucht stieß er die Hand von sich und rannte zur Tür. Vergeblich … sein schmerzvoller Schrei erfüllte die Straßen. So laut, dass jeder Vogel, jeder Schmetterling davonflog.

Manche Dorfbewohner stürmten, ohne zu zögern, in die Hütte. Andere schauten zu. Die Schritte der jungen Frau waren am schnellsten. Sie ließ ihren Korb fallen. Obst und Brote verteilten sich auf dem Boden, als sie panisch die Tür aufriss.

»Utakata!«, schrie sie und rannte in jedes Zimmer, jede Ecke, schaute unter jedem Schrank und unter jedem Stuhl nach.

Der Junge erschreckte seine Mutter oft, jagte ihr ungewollt Angst ein, weil er von diesen dunklen Träumen sprach, in denen *er* ihn holte.

Utakata war nicht zu finden. Nur die Blutstropfen auf dem feingestrickten Teppich seiner Großmutter führten zur Tür, doch dort verlor sich die Spur.

Er war fort, doch er ließ etwas zurück: Angst und Verwirrung in einer Welt der Sicherheit. Er war der Anfang … der Anfang einer Veränderung. Doch wo war er?

Er ließ die göttlichen Beeren zurück, die jede Wunde heilen konnten, jedoch nutzlos waren gegen die Wunden, die im Herzen seiner Mutter entstanden.

Kennst du das Gefühl der Angst?
Es ist nicht schlimm, erzählte er mir einst, es sei natürlich. Notwendig. Doch zählt dies noch, wenn man nicht einmal weiß, was einem solch große Angst macht?

12 Stunden vor der Versiegelung.

Utakatas Verschwinden löste große Aufregung im Königreich des Saretoriums aus. Jedes Dorf, jede Stadt hatte davon erfahren. In den Köpfen der Saretorianer herrschten Chaos und Verwirrung. Eine solche Tat war für jeden von ihnen unbegreiflich. Sie hinterließ ein zerbrochenes, einsames Rascheln in der Luft des Dorfes.

Doch dies war erst der Anfang der Ereignisse der letzten beiden Tage. Ein neues Gefühl pochte in den Herzen aller Bürger. Das Gefühl der Angst. Sogar der Himmel trauerte, denn das Gewitter hörte nicht auf. Im Gegenteil. Es wurde immer stärker.

Während die Bürger im Saretorium Schutz vor den Stürmen suchten, bereiteten sich Annabel und der Bruder des Königs, Sir Lenard, auf eine Expedition zum Berg von Sare vor.

Dieser Berg war der heiligste Ort unserer Welt. In ihm war das, was uns ausmacht.
Der Kristall der Schöpfung.
Was das ist, fragt ihr euch? Selbst wir wissen es nicht. Unsere besten Wissenschaftler und Erdbeschwörer, Saretorianer, die das Ele-

ment Erde verstehen, nutzen und sich mit diesem verbinden können, haben noch keine Antwort darauf gefunden, wie dieser Kristall entstand, aus welchem Material er besteht und wie er funktioniert.

Eines war klar. Er war der Grund unseres Lebens. Dieser Kristall, der aus dem Gipfel des Berges von Sare herausragte, hatte die göttliche Energie in sich, Leben zu schenken. Es war seine Energie, die im Frühling Knospen in wundervolle Blüten und Wässer in schimmernde Seen verwandelte. Der Grund, warum sich unsere Wiesen in traumhafte Kunstwerke verwandelten. Der Kristall der Schöpfung war der Grund, warum wir so lange lebten.

Jedes Jahr, einmal im Sommer, Frühling, Herbst und Winter setzte er mysteriöse, unsichtbare aber sehr wohl fühlbare Impulse frei, die alles erfassten und mit dieser göttlichen Energie, wir nannten sie Energie der Schöpfung, erfüllte. Sie wärmte unsere Herzen sowie unsere Körper. Sie ließ unseren Geist strahlen.

Die Saretorianer bereiteten stets ein Ritual vor, ein Fest, um den Kristall der Schöpfung zu ehren und ihn um seine Energie zu bitten. Wartend, wie die Kinder auf die Milch ihrer Mutter, verbeugten sich tausende von Saretorianern und ließen eine Schwebeblüte in den Himmel aufsteigen.

Schwebeblüten trugen nicht umsonst diesen Namen. Sie waren mit ihren Wurzeln fest an den Boden gebunden, doch trennte man diese, so schwebten sie in die Weiten der Unendlichkeit. Keiner weiß, wohin; keiner sah jemals eine fallen.

So nahmen die Saretorianer eine dieser Blüten in die linke Hand und in die rechte eine Fackel. Sie sangen gemeinsam harmonisch ihre Gesänge. Unvorstellbar, wie schön diese Gesänge waren ... sie waren weich, göttlich. Sie erzeugten ein Gefühl, das niemand beschreiben oder verstehen konnte. Jeder einzelne Saretorianer konnte es nur selbst spüren. Es schien, als würde man alles begreifen und *sich mit jedem Wesen, jeder Zelle dieses weiten Universums verbinden. Als würde man jeden Puls, jedes Geräusch und jeden Atemzug spüren.*

Für diesen einen Augenblick war die ganze Welt still. Die Zeit blieb stehen, löste sich in den Gesängen unserer Bürger auf. Ein solch bezaubernder Moment, für den es sich zu sterben lohnte. Tränen flossen aus den Augen der Saretorianer und sogar der Tiere, die sich auf merkwürdige Weise versammelten, um jenes Ritual zu betrachten. Es wirkte so, als ob sie mitmachen würden. Sie waren Teil des Ganzen. Teil der Schöpfung. Ein Teil dieser so scheinbar perfekten Welt.

Nachdem die Gesänge und die Musik, die von Trommeln, Flöten und anderen mir unbekannten Instrumenten erzeugt wurde, langsam ihr Ende fanden, zündeten Männer, Kinder und Frauen ihre Blüten an und ließen sie hoch in den Himmel steigen. Tausende von Lichtern bedeckten den dunklen Himmel. Jene Nächte strahlten wie die Morgensonne auf.

Ein so warmes Licht ... Und sie warteten. Sie warteten auf die Antwort ihrer Mutter. Auf ihren Kristall. Doch diesmal war es nicht so. Diesmal war es anders.

Dieses eine und letzte Mal. Ja, dieses Mal war grausam.

II

ZORN DER SCHÖPFUNG

Drei Stunden vor der Versiegelung.

Chaos herrschte im Saretorium. Das Gewitter ließ eine zornige Finsternis über die Wälder und die Dörfer des Königreichs fallen. Winde trugen nicht mehr Blüten sanft durch die Gegend, nein. Sie zertrümmerten Hütten und rissen ganze Bäume aus ihrem Grund heraus. Peinigender Regen – er bohrte Löcher in den weichen Boden. Blitze formten Ketten brutaler Lichterspiele. Eine Ansammlung von Strom, die tödlich durch die Lüfte stürmte und alles zerfetzte. Der Sturm erinnerte daran, welche Macht die weiten Himmel dieser Welt besaßen.

Sir Lenard, Elyos, Annabel und dreißig andere Soldaten machten sich auf den Weg zum Berg von Sare. Die bestialischen Geräusche, die immer wieder erklangen, entsprangen Lenards gigantischen Plattenstiefeln. Immer wieder stampften sie in den Boden hinein.

Lenard strotzte vor Entschlossenheit und Wut, Macht und Eleganz. Vollgepackt mit Heiltränken, Schriftrollen, Waffen, Nahrung und Gütern kämpfte er sich samt seiner Mannschaft durch die peitschenden Schläge des Sturmes.

Das glänzende Schwert an seinem Gürtel schien das Einzige zu sein, das dem Zorn des Sturmes stolz entgegenstand.

»Wem würdest du es geben?«, sprach Elyos. Er begegnete Annabels fragendem Blick. »Na, das Königsschwert«, lachte er leise.

Annabel zögerte, während sie die Wassertropfen beobachtete, die von der Spitze des Schwertes in die Luft sprangen.

Irgendwie wirkte es beruhigend. Das Wasser, der Regen. Obwohl der Weg zur Bergspitze von nebliger Dunkelheit umgeben war, war es nicht Angst, die sie spürte. Vielleicht lag es daran, dass sie diesen Ort anders kannte. Bunt, friedlich. Die tobenden Bäume – eigentlich waren sie immer still. Die leeren schlammigen Pfade – diese kannte sie als lebendige Sandstraßen voller Katzen und Vögel.

»Ich weiß es nicht«, schoss es aus ihr heraus, so wie ihr Blick zurück aufs Schwert schoss.

»Mel?«, fragte Elyos mit breitem Grinsen. Annabel schwieg. Ihr stumpfer Blick verriet genug.

»Nun, irgendwem müsstest du es ja geben. Es ist Tradition, dass ein König sein Königsschwert an seinen vertrautesten Freund und Klingentänzer weitergibt!« Elyos klang spöttisch, warm. Zumindest hörte es sich für Annabel so an.

»Gut. Vielleicht würde ich es ja dir geben.« Annabels Lächeln versüßte ihr Gesicht. Elyos Lachen wärmte sie noch mehr.

»Ja, genau! Meine Liebe, ich bin genauso wenig Klingentänzer wie du Königin«, lachte er.

Annabels Lächeln wuchs, bevor Lenards Stimme ihre Aufmerksamkeit an sich riss.

»Haltet durch, Männer! Es ist nicht weit bis zum Ziel!«, brüllte er, gegen den Schrei des Windes ankämpfend.

Sein Bart war frostig und nass, seine Augen auch. Wassertropfen rannten seine reifen Wangen hinunter und sprangen dann wieder in die Luft, um den Nächsten zu erwischen. Wie eine Kettenreaktion erfasste das Wasser jeden einzelnen Mann.

»Sir! Wir werden es nicht bis zum Kristall schaffen! Wir kommen jetzt schon kaum weiter und das ist nur ein unsinniger Sturm!«, rief einer der Soldaten aus der Ferne.

»Er hat recht, Sir! Wir haben keine Ahnung, was passieren wird, wenn wir ankommen. Wir sollten zurückkehren!«, sprach ein weiterer Soldat. Doch er klang leiser, zögernder.

All diese Stimmen. Sie hörten sich nach Zustimmung an. Einige fingen an, gegen das Vorhaben von Lenard zu wettern, bis er nach seiner Klinge griff. Jeder Einzelne betrachtete den Schwung, mit dem er das Schwert aus der Scheide zog. Die glänzende Spitze der Klinge zeigte in Richtung der Männer.

Beim Anblick dieses majestätischen Glanzes konnte Annabel nur staunen.

Lenard rammte die Klinge tief in den Boden. Starrend schaute er sich um.

»Es reicht!«, brüllte er.

Sogar der Sturm schien in Stille zu tauchen.

»Ich habe nicht nach Feiglingen, sondern nach Kriegern gefragt. Kriegern, die diesen gottverdammten Berg bis zu seinem Ende hinaufsteigen. Sei es drum, wenn es unser eigenes Ende bedeuten mag. Tausende von Jahren hat dieser Kristall unserem Volk Licht und Leben geschenkt. Unserem Volk! Frauen, Kindern und Männern, für die wir Verantwortung tragen! Ich werde euch nicht bitten, mir zu folgen. Kehrt zurück und lasst euch nie wieder blicken oder folgt mir bis zum Ende! Doch egal, wofür ihr euch entscheidet, haltet eure Zungen im Zaum, bevor ich sie euch abschneide!«

Es dauerte, bis sich jemand rührte. Und dennoch, trotz Lenards Worten, fingen viele Männer an, den Platz zu verlassen. Scham verbreitete sich in der Luft, während Stolz zurückblieb. Zwanzig Männer. Sie streckten ihre Brust heraus, zeigten ihrem Anführer ihre Bereitschaft.

Elyos sah es: Annabels heimliches Lächeln. Schweigend tauchten seine Finger in sein Haar. Es gab kein Zurück mehr. Hinter ihnen lag die Welt, so wie sie sie kannten, vor ihnen wartete eine ... eine neue Welt.

Eine Stunde vor der Versiegelung.

»Haltet durch! Bald haben wir es geschafft!« Lenards schallende Stimme wanderte durch alle Wege der Berge.

Alle kämpften mit vollem Einsatz gegen den Widerstand der grausamen Naturgewalten. Kälte und Nässe vermischten sich mit schmutziger Dunkelheit.

Die kleine Feuerkugel auf Annabels Hand brannte trotz des Regens. Ihre Feuerbeschwörung erhellte den Pfad vor ihren Füßen. Abgebrochene Äste und Bäume, flüchtende Käfer. Egal wo sie hinschaute, blickte sie auf Furcht.

»Im heiligen Namen Saretums, ich habe mir zwar vorgenommen, zu sterben, aber ganz sicher nicht durch einen fliegenden Ast«, lachte Elyos. Sein schmeichelndes Lächeln konnte er nicht verbergen.

Annabells Schritte verrieten nicht die geringsten Anzeichen von Schwäche. Je steiler der Weg wurde, umso tapferer wurde ihre Körperhaltung.

»Als ich mich der Legion des Königs anschloss, habe ich mir

nicht vorgestellt, dass ein Gewitter auf einem Wanderausflug mich mein Leben kosten würde. Ich habe gegen viele wilde Bestien gekämpft, doch so etwas habe ich noch nie erlebt. Wenn uns dieser Kristall so satthat, wieso zieht er nicht direkt einen Schlussstrich!?«, sprach sie. Ihr Blick brannte genauso wie das Feuer auf ihren Händen.

Mit gerunzelter Stirn lief Elyos weiter, bevor sich ihm einer dieser nassen Steine in den Weg stellte und sein Rücken in den Schlamm tauchte. »Ugh!«

Annabels Blick fiel auf seine schlammgebadeten Arme. Mit breitem Grinsen trat sie näher.

»Na, komm schon«. Vorsichtig zog sie ihn hoch, schmierte sich den Schlamm von den Händen ab, als sie Elyos tiefen Blick einfing.

»Du weißt, dass wir wahrscheinlich sterben werden?«, seufzte er.

»Du weißt, dass du ein Narr bist?«, antwortete sie.

Elyos Lachen klang sorgenvoll. Annabels nicht. Ihr Blick, er schien ihn zu beruhigen.

»Du weißt, was ich meine, Anna. Ich möchte dich nicht verlieren. Ich vertraue dir, aber –« Annabels Schwung unterbrach ihn.

»Kein Aber. Ich kann dir zwar nicht versprechen, dass du mich heute nicht zum letzten Mal siehst, oder dass wir beide ...« Ihr Blick sank nach unten. Tief atmete sie ein. Als ob sie sich nicht mehr trauen würde, ihn anzuschauen. Elyos Augen, sie schimmerten so – so verliebt. »Doch kann ich dir sagen, dass wir diesen Weg gemeinsam gewählt haben. Und wir werden ihn auch gemeinsam gehen.« Sie legte ihre Arme um seine Schultern. Seine Lippen schmeckten so wie immer. Waren so sanft wie immer. Elyos Finger fühlten sich auf ihrem kalten Gesicht warm an. Sie konnte die Angst in seinen Augen wachsen sehen.

»Ich – Ich ...«, stotterte Elyos.

»Bewegung! Wir dürfen keine Zeit verlieren!«, betonte Sir Lenard.

»Komm«, flüsterte Annabel. Ihre Hand sank in die von Elyos, doch während sie tapfer nach vorne blickte, schaute er nach hinten.

Die Blitze, sie erhellten sein nasses Gesicht, sie offenbarten sie, die Furcht in seinen Augen.

Ganze zwanzig Minuten liefen sie den steilen Weg hinauf, bis das Grün der großen Wiese nicht mehr zu übersehen war.

»Sir! Bitte, wir brauchen eine Pause!«, klagte einer der Soldaten. »Dort drüben an der Klippe ist eine kleine Quelle!«

Manche schwiegen. Der Rest folgte dem Blick des Soldaten zur Quelle.

»Sie sind erschöpft«, lachte Annabel. »Erschöpfte Soldaten sind von keinem Nutzen.«

Lenard zögerte. »Verfluchte Weichlinge ...«

Sein Husten war leise und rau: »Nun gut! Ganz kurz, ruht euch aus, trinkt Wasser.«

Der Weg zur Quelle war nicht weit. Sie floss nah am Bergpfad von Sare entlang.

Einer der Männer war schon weit voraus. Anscheinend war es wahrer Durst, der ihn antrieb.

»Hoch lebe der König!«, rief er und bückte sich neben zwei Felsen. Vorsichtig sank er auf ein Knie, um mit seinen dreckigen Händen ein wenig Wasser von der alten Quelle zu sammeln.

Stattdessen blickte er nach oben, bevor jeder andere bei dem erschütternden Klang seiner Schreie aufmerkte.

»Heiliger Saretum!«, brüllte Sir Lenard.

Die Schwerter der Soldaten folgten dem Schwung von Lenards Klinge.

Der riesige Vogel, der den Kopf des Mannes packte, schleuderte ihn mit voller Wucht auf den Boden, bevor er ihm seine Krallen tief in den Magen rammte. Es spritzte Blut. Blut, welches den blaugrauen Bauch des Vogels rot färbte.

»Im Namen Saretums ...« Annabels Stoffgepäck riss in Fetzen, als zwei rundförmige Doppelklingen herausstürmten, die schwebend vor ihr zur Ruhe kamen. Die Heiltränke und die Güter verstreuten sich über den Boden, brachen unter den gelblichen Greiffuß eines weiteren Vogels in hundert Scherben.

Schnell blickte Annabel nach hinten. Der Ares kreischte sie an, raste mit erhobenen Flügeln auf sie zu, bevor sein Flügelschlag alles zum Beben brachte und Annabel mit voller Wucht zurückschleuderte. Es fühlte sich so an, als ob die Luft zerbrechen würde.

Ein dritter Vogel stob aus den Bäumen auf, warf einen der Männer in die Luft. Der Klang seines gebrochenen Genicks wanderte schauernd über Annabels Rücken. Wie eine leere Hülle krachte der Körper des Mannes auf den Boden.

Die drei majestätischen, erzürnten Wesen umkreisten die ganze Gruppe. Ihr blaugraues Fell zitterte wellenartig über ihre Körper.

Mit purer Gedankenkraft zog Annabel ihre Spytes näher zu sich.

Spytes waren besondere Waffen. Sie ähnelten zwei scharfen Doppelklingen, die einen Kreis formten, der aus jeder Seite und jedem Winkel schneiden konnte. Diese Waffen konnten nur von fortgeschrittenen Feuerbeschwörern geführt werden, doch beherrsche man sie einmal, wurden sie zu tödlichen Instrumenten. Ihre schneidenden Seiten und ihr Innenleben waren mit dünnem, verarbeitetem Feuerstein beschichtet. Das Besondere an solchen Feuersteinen war, dass sie Feuer fangen konnten. So konnte ein Feuerbeschwörer die Feuersteine aktivieren und durch kleine Mikroflammen steuern. Die Klingen folgten dann der Beschwörung des Bändigers.

»Was zum! Was geschieht hier!?«, schrie Elyos. »Das sind Aresvögel! Sie greifen keine Saretorianer an!«

»Normalerweise! Der Kristall scheint nicht nur die Laune der Wolken zu reizen! Diese Ares! Sie sind nicht mehr sie selbst! Achtet auf ihren Bauch, das ist ihre Schwachstelle. Ihr Gewebe dort ist sehr zart! Erwischt ihr sie richtig, genügt nur ein tiefer Stich! Doch ist euch euer Leben etwas wert, dann bleibt um jeden Preis fern von ihrem Schnabel«, rief Sir Lenard.

Annabel schaute auf den wütenden Ares. Sein Knurren war angsteinflößender als das Brüllen des Donners.

»Zumindest sterben wir nicht an einem fliegenden Ast«, flüsterte sie.

»Angriff!!!«, schrie Lenard.

Und die Ares, sie kreischten zurück.

Annabel war die Erste, die nach vorne stürmte.

Der Ares rammte eine Klaue nach der anderen in den Boden und brachte jeden Stein, jeden Felsen und jeden Baum zum Beben.

Annabel wich dem Angriff des Vogels aus, während sie in einem Dreh seinen Nacken zerschnitt, bevor sie mit einer weiteren Drehbewegung ihre zweite Klinge auf den Vogel sausen ließ.

Der Ares erhob seine Flügel, schlug sie wild. Manche Soldaten konnten sich festhalten, andere stürzten auf den Boden.

Während sie es mit ihm aufnahm, versuchten fünf Männer und Elyos eines der anderen Monster mit ihren Kettendolchen am Boden festzubinden.

Vergeblich. Der Vogel schüttelte die Ketten immer wieder von sich und wirbelte die Männer in alle Richtungen. Gnadenlos zertrümmerte er den Kopf eines Soldaten, bevor er in Elyos Richtung losrannte.

Ein bitteres Heulen. Mit jedem Schwung stach er mit seinem spitzen Schnabel zu. Elyos warf sich auf den Boden. Mit viel Geschick glitt er unter den Bauch des Ares, welcher ihn zertreten versuchte, doch Elyos wich den Angriffen gekonnt aus. Jede seiner Bewegungen war begleitet von einem zitternden Verlangen, zu überleben. Mit voller Kraft streckte er seinen Dolch nach oben und zielte auf den Bauch des Vogels.

»Aaaaargh!«

Die Klauen des Vogels rammten sich tief in seine Hand. Elyos' Schmerzensschrei zog Annabels Aufmerksamkeit auf sich.

»Elyos!« Sie ließ ihre Vorsicht fahren.

Doch ehe sie losrennen konnte, packte der Vogel sie an ihrem Halsband. Annabels Feuer erlosch. Ihre Spytes: nur noch nutzloses Metall, das zu Boden stürzte. Mit beiden Händen zog sie an der engen Kette, die ihren Hals zuschnürte.

»Annabel!«, brüllte Elyos, während er nach dem Dolch griff. »Nimm das, du Dreckvieh!« Er stach zu.

Ein schmerzerfüllter Ruf, er verbreitete sich im ganzen Berg von Sare.

»Erledigt es!«, befahl Elyos.

Kreischend, heulend streckte sich der Vogel hoch, schwankte

blutig hin und her, als ihm schließlich zwei der Männer einen Kettendolch um den Hals warfen und ihm in einem Zug den Kopf abtrennten.

Wie eingefroren knallte der große Kopf des Ares auf den Boden. Die Blitze erleuchteten das Blut in seinen Augen. Der Rest seines Körpers blieb kurz stehen, bevor jeder Muskel der toten Kreatur versagte. Bewegungslos, atemlos …

»Annabel.« Elyos kämpfte sich hoch. Schnell pustete er auf seine blutige Hand. Sein Atemhauch enthielt winzige Eispartikel, die sich über seine Handfläche legten. Ein eisiger Schleier, er breitete sich über seine Wunde aus.

»Annabel!«, schrie er erneut.

Das Band drückte so fest in ihre Kehle hinein, dass sie langsam ihr Bewusstsein verlor. Mit stürmenden Schritten rannten Elyos und ein anderer Soldat los. Elyos griff schnell nach seinem Dolch.

»Los, fessle seinen Fuß und zieh erst, wenn ich es sage!«, befahl er. Er zeigte mit dem Finger auf die Ketten, die auf dem Boden lagen.

Der Mann eilte zu den Ketten, löste sie von ihren Knoten.

»Hier, du Bestie! Hierher! Lass sie los!«, schrie Elyos. Gezielt warf er den Dolch auf den Flügel des Vogels.

Jaulend ließ der Ares Annabel fallen. Es lag Wut in seinen tobenden Schritten. Elyos schaute auf den Vogel, wartete auf seinen Angriff.

Der Soldat, der die Ketten vorbereitete, schaute auf die wellende Bewegung von Elyos' Händen.

Langsam bildeten sich kleine Tröpfchen, die sich auf Elyos' Hand sammelten. Es wurden immer mehr. Wie ein Magnet zogen sie das Wasser um ihn herum zu sich. Als er konzentriert seine Hand zurückzog, folgten all diese kleinen Tröpfchen seiner Bewegung.

Der Vogel stoppte knapp vor ihm, bereit anzugreifen.

»Elyos!« rief der Mann.

Elyos drehte sich einmal um seine eigene Achse, schleuderte seine Hände mit voller Wucht in die Richtung des Vogels. Jeder einzelne Tropfen explodierte und eine riesige, klare Wasserklaue formte sich um den Ares. Brüllend zog Elyos seine Hände zurück. Das Wasser gefror zu Eis. Zappelnd versuchte der Vogel sich zu befreien, bewegte sich hektisch hin und her, doch er konnte der Kraft dieser Wasserbeschwörung nicht entkommen.

»Jetzt!«, schrie Elyos.

Der Soldat band die Kette um die Klaue des Ares und zog ihn mit großer Anstrengung zu sich. Sein Bauch, er wurde von Elyos' Eisklaue durchbohrt.

Ein leises Geräusch ertönte, verlor langsam an Kraft, bis auch dieser Ares starb.

»Hahaha!«, jubelte der Soldat.

Elyos drehte sich zu den anderen. Der letzte Ares wirkte anders. Er stand ruhig, war beobachtend. Er musterte die toten Körper seiner Artgenossen. Sein Blick ... die Bezeichnung Wut wäre diesem Blick nicht gerecht geworden. Langsam streckte er seine starke, muskulöse Brust heraus. Dieser Ares, er war größer, breiter und glänzender als seine gefallene Familie. Er erhob seinen Kopf.

Gänsehaut breitete sich über Elyos' Körper aus. Der Vogel streckte seinen Hals hoch in den Himmel. Ein Geheule, so mächtig und erschütternd, dass die Männer einen Schritt zurücksprangen.

Langsam fand Annabel wieder zu sich, schnappte wild nach

Luft. Mit gerunzelter Stirn drückte sie sich hoch, während sie sich suchend umschaute. Sie betrachtete den abgetrennten Kopf des Vogels und schnell wandte sich ihr Blick in die andere Richtung. Dieser Ares, er war furchtlos.

»Nein ...«, flüsterte sie, als sie die langen, roten Federn unter seinem Fell durchschimmern sah. Das Zittern in ihren Augen breitete sich schleichend über ihr ganzes Gesicht aus. Geistesgegenwärtig zog sie ihre Spytes zu sich.

Sie rannte los. Schnelle Schritte. Wedelnde Arme. Ihr Haar tauchte immer wieder zwischen ihre Lippen, bedeckte ihr nasses Gesicht.

»Das ist ein Königsares!«, brüllte sie laut.

»Königsares ...«, murmelte Lenard wie versteinert, fest verwurzelt mit seinen eigenen Beinen im Boden. »Weg hier!«

Die Männer zogen sich hastig zurück, als der majestätische Vogel seine Flügel ausbreitete.

Solche Flügel hatte kein Dorfbewohner zuvor gesehen. Diese Art von Ares kam nur in Märchen und Legenden vor. Und doch war sie wahr, stand vor diesen Männern, mit diesen riesigen, königlichen Flügeln, bedeckt von unzähligen rotglühenden Federn. Sie schimmerten gegen das pralle Licht des Mondes, warfen ihren roten Schleier auf die erstarrten Gesichter der Soldaten.

Mit nur einem Schlag fegte er jeden zu Boden. Alle Blicke waren gefesselt von dieser Bestie, die ihren Kopf noch mehr erhob und ihre Flügel noch weiter streckte.

In diesem Augenblick zeigte die Macht der Schöpfung, wie wahrhaftig zerstörerisch sie sein konnte. Langsam senkte der Ares seinen Kopf. Sein brodelnder, kochender Atem füllte das Echo des Berges. Er drückte seinen Körper nach vorne, öffnete zornig sein Maul. In einem Augenblick brachen verzehrende Flammen aus seinem Hals heraus. Wie rasende Meteoriten schlugen sie vor den Füßen der Soldaten ein. Sie breiteten sich explosionsartig mit einer erschütternden Kraft aus, verschlangen alles in ihrem Zorn.

Abgesplitterte Felsstücke rissen Wunden in Annabels Arme, die sie fest vor ihr Gesicht hielt.

Langsam löste sie ihren Griff. Ihre blaugrauen Augen brachen durch die staubigen Schatten, als sie entschlossen auf ihren Spyte schaute.

»Genug!« Ihre Stimme schwoll zu einem kräftigen Kampfschrei an.

Der wirbelnde Spyte brach selbstbewusst durch die steigenden Flammen, während sie voraneilte. Das Feuer riss sie mit sich. Sie bändigte es um ihre schwebende Klinge. Mal waren sie heller, mal dunkler: die sterbenden Funken vor ihrem Gesicht, die mit Licht und Schatten spielten. Sie glänzten so wie ihre Augen. So wie die Flammen, die sich in ihnen spiegelten. War es das Feuer des Ares? Oder das Feuer ihrer brennenden Seele? Sie ließ immer mehr von den Feuerstrahlen des Vogels weichen. Jeden Angriff erwiderte sie mit gleichem Zorn. Mit ihrem eigenen Feuer. Mit ihrer vollen Energie. Schließlich stoppte sie vor ihm, blickte ihm tief in die Augen.

»Lenard, verschwindet von hier!«

»Das ist keine Option, Annabel! Wir gehen nirgendwohin!«

»Verschwindet, sagte ich!«

Die übrigen Männer zogen sich still zurück. Es waren nur noch sieben. Der Rest? Schwarze, aschige Knochen.

Das Feld gehörte dem Ares und Annabel. Die anderen versteckten sich hinter großen Bäumen und Felsen.

»Ihr Kampfzorn ist unantastbar …«, wisperte Elyos.

»Deshalb ist sie genau die Richtige für ihn«, flüsterte Lenard, als sich Elyos langsam zu ihm drehte.

Die Richtige für wen?, dachte er. Verwirrt grübelte er in sich hinein. Doch für Fragen war keine Zeit, denn dort stand sie, seine Annabel, unerschütterlich gegenüber dem Zorn der Schöpfung, dem Zorn dieser Bestie. Waren ihre Flammen auch dieses Mal stark genug? Oder würden sie zum letzten Male entfachen?

»Genug«, flüsterte sie mit scharfem Blick. Sie musterte den Ares, sogar die kleinsten Bewegungen seiner roten Federn.

Ihre Spytes wirbelten unter ihren tanzenden Fingerkuppen.

Der Vogel zögerte nicht mehr. Stattdessen stieß er nach vorn, raste wild auf Annabel zu. Jeder seiner Schritte rammte einen tiefen Abdruck in den Boden.

Annabel ließ ihre Spytes in lodernden Flammen aufgehen. Umhüllt von ihrem Feuer verwandelten sie sich in etwas noch Schnelleres, noch Gefährlicheres.

Die Flammen folgten ihrer fließenden Bewegung. Ein Angriff oder ein Kunstwerk? Feuer, das den Schwung des Vogels bremste.

Er wirbelte seinen Kopf mit lautem Geheule herum, als der helle Klang ihrer Spytes sein Auge in zwei Hälften teilte. Der Schrei des Ares traf auf das spritzende Blut. Schmerz, Wut. Sein Wirbeln wurde stärker, aggressiver. Dort, wo seine Angst, seine Wut wuchsen, dort entfaltete sie sich: ihre Kraft. Ihre Standhaftigkeit. Sein Brüllen stob in ihr Gesicht so wie die hundert spitzen Federnadeln aus seinen Flügeln.

»Annabel! Nein!«, schrie Elyos und stürmte in ihre Richtung.

Schmerz mischte sich in Annabels Schrei. Schmerz, der sich

tiefer in ihr Fleisch bohrte, bevor sie auf den Boden krachte. Die Nadeln, sie fanden ihren Weg hinein. Erinnerten sie daran, welche Gewalt diese Natur beweisen konnte.

»Annabel, Annabel.« Flüsternd bückte er sich zu ihr. Seine Tränen glitten über seine Wangen so wie seine weichen Finger über ihre glitten. Ein sanfter Kuss traf auf ihre Stirn. Doch dieses stumpfe, kalte Geräusch war alles andere als sanft.

»Elyos?«

Blut tropfte auf ihr zittriges Gesicht.

Langsam zog er sich zurück. Sein Blick war immer noch ihr gewidmet.

Annabels verzweifelter Schrei schallte lauter als die Rufe des königlichen Vogels.

»Elyos«, stotterte sie. Sie wollte, doch sie konnte nicht wegschauen. Das Einzige, worauf sie blicken konnte, waren die rauen, in Blut gebadeten Klauen des Ares, die aus Elyos' Brust ragten.

»Elyos«, flüsterte sie erneut, als der Vogel ihn mit voller Wucht über die spitzen, kleinen Felsen schleuderte.

Ohne Gnade, ohne Rücksicht. Ohne einen Funken Leben breitete sich sein Blut wie ein Umhang um ihn, floss durch seine gebrochenen Rippen in die Rillen des Bodens ein.

Annabel war erstarrt. Ihr Blick, so leer ..., alles um sie plötzlich so still. Die Zeit war wie angehalten. Die grellen Blitze offenbarten immer wieder ihr gelähmtes Gesicht. Tränen, die nicht von den stürmischen Wassertropfen zu unterscheiden waren. Beides rollte ihr Gesicht herunter.

Genauso blickte der Ares zurück. Er musterte sie, irritiert von ihrer Ruhe. Wo war ihr Kampfschrei?

Sir Lenard und der Rest der Männer beobachteten das Geschehen.

Die Stille tauchte in die kleine Flamme, die neben Annabel entfachte. Feuer, welches wuchs. Es fing Annabel in seinem jaulenden Kreis. Mit jedem Atemzug brannte es heller und lauter. Breitete sich über das ganze Feld aus. Immer mehr. Alles tauchte Stück für Stück in ihre Funken.

Annabels Augen brachen ihr Schweigen. Zorn, Trauer. Sie standen ihr ins Gesicht geschrieben.

»Brenne! Brenne!«, brüllte sie.

Das gleiche Feuer glühte auf den Schwingen des Ares. Er versuchte, dem peinigenden Schmerz zu entkommen. Vergeblich, denn ihr Zorn war nicht zu löschen. So viele Flammen. Der dunkle Himmel jener Nacht schien zum hellen Tag zu werden. Der Kampf zwischen Bestie und Saretorianer neigte sich seinem Ende.

Annabel schaute den Vogel an, ließ ihn weiter brennen, während er sich heulend am Boden wälzte, gar um Gnade bettelte. Doch es war keine Gnade, die sie ihm schenkte, denn er hatte ihr etwas genommen. So entschied sie sich, ihm seine Würde zu stehlen.

Der brennende Kopf des Ares schlug immer wieder auf den Boden. Er schaute auf ihre langsamen Schritte, während sie auf seine heulenden Laute lauschte.

Das Licht des Feuers, das auf ihre Wangen traf, schmückte ihr blondes Haar. Es verletzte sie nicht. Es war nur seine Wärme, die sie erfasste. Als hätte sie ein unsichtbares Schild um sich, machten die Flammen Platz für ihre Herrscherin.

So stieg sie auf den Ares und zog seinen Kopf weit nach hinten. Sein Brüllen gelang ihm nicht mehr. Nur noch schwache, keuchende Geräusche erklangen aus seiner Kehle. Sie zog ihren Spyte mit voller Wucht zu sich und, ohne zu zögern, schlitzte sie seine Kehle auf. In genau diesem Augenblick erloschen die Flammen.

Stille.

Sein Kopf tauchte tief in die staubige Erde. Ihre Hand fest in seinem Fell verkrallt. Ihre blonden Locken schlugen im Wind, bedeckten ihr Gesicht. So, wie die Flammen sich beruhigten, so sanken auch ihre Spytes, landeten neben dem Kopf des Vogels. Langsam stieg sie herunter.

Offener Mund. Stiller Blick. Sie musterte ihn, den leeren Glanz in den blutigen Augen des Ares.

Es dauerte eine kurze Weile, bis sie sich traute, nach vorne zu blicken. Schritt für Schritt näherte sie sich dem toten Körper ihres Geliebten. Die Trauer in ihrem Herzen zog den Schmerz auf ihrem Gesicht stramm zusammen. Sie bückte sich zu ihm, schaute ihm noch einmal tief in seine blauen Augen. Seine Wimpern: so sanft. Vorsichtig verschloss sie seine Augen. Und als sie auch seinen Körper in ihre stillen Flammen tauchte, verabschiedete sie sich.

Sir Lenard und der Rest der Männer traten schweigend heraus.

»Annabel ... es tut mir –«

Sie unterbrach ihn und schaute zum Gipfel. Ihr tiefer Atemzug folgte ihrem in die Ferne gerichteten Blick.

»Wir haben zu tun. Lasst es uns zu Ende bringen.«

III

BETROGENES FEUER

Die Versiegelung.

Es tut weh, jemanden zu verlieren, den man liebt. Am schlimmsten sind die Erinnerungen an die Person, die man so geliebt hat. Sowohl die guten als auch die schlechten, denn sie bedeuteten uns etwas. Manchmal etwas Kleineres und manchmal etwas Großes. Doch jener, der geboren wurde, muss auch sterben ... Einst hatten wir Zeit. Tausende von Jahren, die man miteinander verbringen konnte. Jetzt sind es nur noch Augenblicke. Augenblicke des Friedens in einem endlosen Krieg.

Und wenn diese eine Person stirbt, sterben diese Augenblicke mit ihr. Dann gibt es keine Momente des Friedens mehr. Dann gibt es nur noch Schmerz.

Annabel, Sir Lenard und der Rest der Überlebenden hatten ihr Ziel vor Augen. Sie waren angekommen. An dem Ort, an dem alles begann. An dem einen Ort, an dem sich alles verändern sollte.

Das Gewitter schien hier still. Wahrscheinlich lag es an dem riesigen blauen Schleier, der sich über das ganze Feld legte. Der Wind, er wirkte langsamer.

»Er ist riesig«, flüsterte sie mit staunenden, glänzenden Augen.

Das strahlende, pulsierende Licht des Kristalles färbte sie in blauen, hellen Farben. Und dabei war es nur die Spitze des Kristalles, die aus dem Berg herausragte. Es müssen um die zehn Meter gewesen sein. Ihre Hand wirkte wie eine kleine Ameise vor seiner vibrierenden Oberfläche. Ihr Blick schimmerte wie hypnotisiert von der Schönheit des Lichtes. Je näher sie ihre Hand legte, desto wärmer stach die Energie in ihre Haut hinein. Ihr Atem wurde schwerer, schneller. Ihre Augen größer, nachdenklicher.

»Er ist ... wunderschön«, flüsterte sie, als Lenard sie nach hinten riss.

Annabel nahm nur ungern ihre Hand von dem Kristall. Sie schüttelte ihren Kopf, schaute verwundert auf Lenards eisernen, nervösen Blick.

»Das Siegelartefakt, wo ist es?«

Annabel wühlte seufzend in ihrer Gürteltasche. Sie spürte verschiedene kleine Gegenstände aufeinandertreffen und zwischen ihren Fingern reiben, doch eine Sache schien zu fehlen. Das Runzeln ihrer Stirn konnte sie nicht verbergen.

»Annabel!« Lenard klang aufgeregt, leicht verärgert.

Hektisch griff sie nach der Tasche, zog ihren Gürtel schnell nach vorne und durchsuchte sie erneut, diesmal etwas genauer.

»Lenard.« Erschrocken schaute sie ihn an. Wo war es? Sie suchte um sich herum, doch es war nicht zu finden. »Ich muss es im Kampf gegen den Ares verloren haben. Es muss noch im Feld sein, wir müssen nochmal zurück, ich –«, sprach sie immer schneller, als Lenard sie fest am Arm packte.

»Dafür haben wir keine Zeit mehr! Wir müssen die Energie des Kristalles versiegeln, und zwar sofort!« Lenards Griff wurde fester.

Annabels Blick haftete an seiner Hand. Er ließ los, presste krampfhaft seine Lippen zusammen. Zögernd, schamvoll schaute er sie an.

»Die Ares sind tot. Ich könnte mir einige Soldaten schnappen und das Siegelartefakt suchen gehen«, sprach sie.

Eine gewaltige Welle der Energie des Kristalles schlug alle Versammelten einen Schritt zurück. Annabel schrie leicht auf.

»Nein, wir haben keine Zeit mehr«, hauchte er, als er wieder auf Annabel schaute. Sein Gesicht, seine Mimik. Es war Scham in seinen Augen. »Männer, haltet sie fest.«

Annabels Augen weiteten sich in purer Verwirrung, als die Männer sie fest an ihren Armen packten.

»Fasst mich nicht an!«

Plötzlich zogen beide Soldaten ihre verbrannten Hände mit einem kurzen Schrei zurück. Annabels Arme, sie glühten kurz auf. Die Hitze ihrer Feuerbeschwörung zerfetzte ihre Ärmel.

»Das kannst du nicht tun! Nicht mit mir!« Ihre Stimme klang rau. Sie schaute auf Lenard.

»Es tut mir leid ... Doch tue ich es nicht, sind wir verloren! Wir haben keine Zeit mehr!« Schüttelnd wandte er seinen Kopf zur Seite. Mit ausgestreckter Hand blickte er nach vorn, als Annabel schreiend niederkniete.

Dieser Schmerz. Egal, wie fest sie mit den Händen gegen ihren Kopf presste, es hörte nicht auf. Langsam floss dunkles Blut aus ihrer Nase.

»Schattenbeschwörung, du – du Verräter!?«, stotterte sie.

»Haltet sie fest!«, befahl Lenard erneut.

Die Soldaten, auch wenn zögernd, folgten seinem Befehl und packten ihre Arme, während sie kreischend versuchte, den Fängen der Männer zu entkommen. Doch sie war zu schwach.

Lenards Schattenbeschwörung zu stark. Er stütze sich mit beiden Händen gegen den Kristall.

Die Impulse vibrierten auf Lenards Händen. Er fühlte jeden einzelnen. Annabels Schreie erloschen langsam in seinen Ohren. Es waren nur Augenblicke, doch sie fühlten sich nach einer qualvollen Ewigkeit an, bevor er endlich seine Augen öffnete. Augen, die leuchteten, glühten, erfüllt mit der Energie der Schöpfung.

Er zog seine Hand vom Kristall, zielte mit ihr in ihre Richtung. Langsam hob er seinen Kopf. Die Energie, die aus seinen Augen und seinen Adern strömte, folgte seiner Bewegung.

»Vergib mir«, flüsterte er. Sein Kampfschrei war so laut, dass die Steine am Boden zitterten, so stark, dass jeder Soldat zurücktrat. Und in diesem Moment strömte die gesamte Energie der Schöpfung durch seinen Körper und schoss mit Lichtgeschwindigkeit in Annabels Brust hinein.

Die Energie, die in sie strömte, fegte sie samt den Soldaten weg, schleuderte sie willkürlich durch die Luft. Jeder stürzte.

Auf einmal wurde alles still. Blut tropfte von ihrem Kinn, als ihr Körper sich nach hinten krümmte und ihr Hals sich durchbog. Die enorme Energie bohrte sich in Annabels Körper ein, floss hellblau leuchtend durch ihre Adern. Lenards Schrei zog sich weiter. Tief atmete er ein, als der Energiefluss sein Ende fand.

Das helle, blaue Leuchten, es war nicht mehr zu sehen. Dort, wo Wärme geherrscht hatte, breitete sich Kälte aus. Der Kristall wirkte nur noch wie ein leerer, brüchiger Fels. Die gesamte Energie des Kristalles war von Annabels Körper aufgenommen worden.

Lenards Leuchten schwand aus seinen Augen. Erschöpfung breitete sich aus. Das Einzige, das sein Gesicht vom Boden trennte, waren seine zitternden Arme.

Annabel ..., ihr Haar verdeckte ihr ganzes Gesicht. Ihr Atem klang so laut und zischend, wie die Dämpfe, die aus ihrem Körper hervorstiegen.

Die Männer um sie herum – nur noch ein Haufen Asche.

Schockiert schaute sie auf Lenard. Annabels Blick, das war der Blick einer Wahnsinnigen. Augen voller Zorn. Langsam stand sie auf, bewegte sich in Lenards Richtung, während er über den Boden kroch.

»Ich tat das für uns alle. Für unser Volk! Annabel, du musst verstehen, bitte ...«, sprach er zitternd.

Annabels Atem pulsierte genauso unregelmäßig wie die Energie, die durch ihre Adern strömte. Immer noch hatte sie diesen zornigen Blick.

Sie packte Lenard mit einer Hand am Hals und hob ihn in die Luft, so weit, dass seine Beine nicht mehr den Boden berührten.

Er versuchte Annabels unfassbar starken Griff zu lösen. Diese grell leuchtenden Augen, sie musterten ihn. Verwirrt. Enttäuscht. Verraten.

Langsam zog sie sein königliches Schwert. Der Klang der eisernen Klinge traf auf die pochenden Töne ihres Pulses. Ihre Blicke trafen sich noch einmal. Beide verloren ineinander. Einer voller Reue und einer voller Zorn. Beide voller Angst.

»Du ..., was ... was hast du getan!? Was hast du mir angetan!?« Annabel rammte das Schwert in Lenards Brust, drehte es einmal, um seinen Schmerz zu spüren.

Sein blutiger Husten spritze auf ihr Gesicht, während sie das Schwert tiefer in sein noch pochendes Herz stach. Lenard klammerte sich an ihre Arme. Sein Atem war genauso schwach wie sein Herz. Angewidert zog sie die Klinge aus seiner Brust und ließ ihn auf den Boden krachen. Er zitterte, gebadet in Kälte. Sein bangender Blick war immer noch ihr gewidmet.

»Ich – ich bin Teil dieses Volkes. Deines Volkes! Und du, du Bastard, hast dein Volk verraten«, flüsterte Annabel rau und düster, bevor sie seine Kehle aufschlitzte. Ihre Hände tauchten in sein pumpendes, dunkles Blut, als die Wut plötzlicher Verwirrung wich.

»Lenard ...«, flüsterte sie. Es war ein panisches Heulen. Immer noch starrte sie ihre blutbedeckten Hände an, bevor sie wagte, einen Blick auf die Männer zu werfen, die durch ihr Feuer gestorben waren. Ein Feuer, das sie dieses Mal nicht kontrollieren konnte. War es die Energie? War es der Zorn, der wilder war als jemals zuvor?

Schluchzend strich sie tief durch ihr Haar, verteilte das Blut auf ihrem Gesicht. Das Einzige, das sie tun konnte, war, seinen Namen zu flüstern. Denn das war der einzige Name, das einzige Gesicht, das sie beruhigen konnte.

»Elyos ...«

Doch niemand konnte sie hören, niemand konnte ihr helfen. Niemand konnte sie verstehen.

Nein ... tatsächlich. Niemand konnte verstehen, dass jener Abend der Anfang von etwas so Grausamem, ... von etwas so Dunklem war ..., etwas, das sich keiner von uns hätte vorstellen können. Und immer wieder fragte ich mich: Was wäre gewesen, wenn es niemals so passiert wäre? Wenn Elyos nicht gestorben wäre? Wenn Lenard sie nicht verraten hätte? Was wäre, wenn meine Mutter in jener Nacht nicht dort gewesen wäre? Die Macht, die Energie des Kristalles, nicht durch ihre Adern fließen würde? Doch die wichtigste Frage, die ich mir stellte, war eine andere.

War es Hoffnung oder Angst, die am Ende siegen würde? Denn ja, das war der Anfang ...,
... der Anfang meiner Geschichte.

»Ich habe sie getötet! Ich habe alle getötet! Nein, nein ..., ich bin allein ..., nein ... Ich habe sie getötet, ich habe ihn getötet, nein ...«

Annabel rannte blutbedeckt über die dunklen Wege am Berg zurück in Richtung des Dorfes. Ihr Atem tobte wild in ihren Lungen. Sie stolperte bei jedem ihrer Schritte. Verwirrung sammelte sich unter ihren Tränen. Sie wiederholte immer und immer wieder die gleichen krampfhaften Worte: »Ich habe alle getötet.« Jedes Mal rissen sie neue Wunden tief in ihrem Inneren auf.

»Argh!« Stöhnend rollte sie den nassen Pfad herunter. Ihr Kopf schlug fest gegen den Baum. Blut – Es tropfte, floss langsam die kühle Rinde des Baumes herunter. Keuchend zog sie sich über den Boden. Ihre Finger wühlten im dreckigen Matsch, während der Gestank von Blut und Verdorbenheit ihren Körper umhüllte. Zerzauste Haare und aufgeschlitzte Wangen. Ihr Atem ging immer schneller.

»Ich habe sie getötet ... ich habe sie getötet ... ich habe alle getötet.« Diese Worte, sie klangen jedes Mal genauso schmerzerfüllt. Doch die besorgten Rufe einer weit entfernten Stimme unterbrachen ihre eigenen.

»Annabel!«

Das Echo verteilte sich in jede Richtung. Dieser Schall, er war unerträglich. Er erinnerte sie an den Schrei des Ares. Langsam triumphierten Angst und Schuld.

»Ich habe sie getötet ...«

»Annabel, wo bist du!?«, schrie die Stimme noch einmal.

Zwei Gefühle prallten aufeinander: das Bangen um ihr eigenes Leben und die Reue über das Überleben.

Für einen Augenblick tauchte Annabel in Stille. Die Ferne vor ihren Augen war bitterschwarz. Die Dunkelheit zu dicht. Dieser Geschmack, er sammelte sich in ihrer Unterlippe. Immer wieder nahm sie flüsternd einen Schluck davon. Einen Schluck ihres schmutzigen Blutes, ihrer Schuld.

»Ich habe sie getötet ...«, flüsterte sie ein letztes Mal.

»Annabel!« Die Stimme schien näherzukommen, denn der Schall erlosch langsam.

Eine Frau, gekleidet in ein rotes Kleid, durchbrach die Dunkelheit. Ihre schwarzen Locken verschwanden in den Schatten der Nacht.

»Annabel«, flüsterte sie leise, als sie auf Annabel blickte. »Du meine Güte!«

Der kalte Regen fiel auf ihr wunderschönes Gesicht. Solch markante und dennoch weiche Züge. Es sah schon fast wie Unschuld aus.

Die Frau packte Annabel fest unter den Armen und zog sie mit voller Kraft vom Baum weg.

»Was ist passiert!?«, fragte sie besorgt. Sie wischte Annabels Strähnen von ihrem müden Gesicht.

Annabels Zittern hörte nicht auf. Die Anwesenheit der Frau nahm sie nicht wahr. Es war nur eine verschwommene Gestalt zu sehen.

»Annabel, rede mit mir. Was ist passiert!?« Die Frau schaute sich Annabel genau an, schüttelte nervös an ihrer Wange, doch Annabel antwortete nicht.

»Durchsucht die Gegend!«, erklang es im Echo des Waldes.

»Annabel, wo ist Lenard?«, rief sie besorgter als zuvor. Ihr

Blick wurde ernster. Entschlossen legte sie ihre Hände fest in Annabels.

»Anna!? Was ist passiert?«.

Für einen kurzen Augenblick schaute ihr Annabel in die Augen. Ihr Zittern schien sich zu beruhigen.

»Ich habe sie getötet …«, sprach sie erschöpft, bevor sie ohnmächtig in die Umarmung der jungen Frau fiel.

»Was!?« Mit voller Kraft stützte sie Annabels Körper. »Verdammt!«

Die Stimmen drangen näher. Schnell versanken die Hände der jungen Frau im kalten Matsch, bis sie einen kleinen, spitzen Stein herauszog. Der feste Biss auf ihrer Lippe unterdrückte den Schmerz, den sie verspürte, während sie den Stein über ihre Haut zog. Langsam floss Blut ihren schlanken Arm entlang. Sie ritzte sich mit dem Stein tief, bevor sie diesen entschlossen gegen ihren eigenen Kopf schlug.

»Na gut, Schwester, schaffen wir dich hier weg«, murmelte sie, als sie den Stein wegwarf. Die junge Frau legte Annabel vorsichtig auf den Boden, bevor sie, in die Ferne schauend, mit den Armen zu wedeln begann.

»Hilfe! Bitte helft uns! Wir brauchen Hilfe!«, schrie sie. Immer wieder warf sie einen Blick auf Annabel, als sie das glänzende Licht auf den Plattenrüstungen der Soldaten reflektieren sah. Vier schwer bewaffnete Männer rannten ihrer Stimme nach.

»Verfluchte Schatten!«, rief einer der Soldaten, als er auf Annabels ohnmächtigen Körper schaute. »Ist sie –«, er zögerte.

»Nein«, murmelte die Frau kopfschüttelnd.

Einer der Männer fragte, was geschehen sei, während zwei andere Annabel an ihren Armen und Beinen packten, um sie zu transportieren.

»Wir wurden angegriffen, es ging so schnell, ich weiß nicht – ich«, stotterte sie. Die junge Frau legte ein brillantes Schauspiel hin. Zitternd, heulend und verängstigt wickelte sie die Männer mit ihren Worten ein. Sie warf ihre Arme wippend um sich, demonstrierte, wie kalt und verlassen sie sich fühlte. War es Annabels oder ihr eigenes Blut, das sich über ihr Kleid verteilte?

»Miss Meleoidy, sind Sie es?« Einer der Soldaten musterte ihr Gesicht genauer. »Kommen Sie mit! Wir bringen Sie zur Burg!«, sagte er mit einem sanften Griff um ihren Arm. Meleoidy folgte seinen Schritten, während sie kurz zurückblickte. Nachdenklich eilte sie dem Soldaten hinterher.

»Wir haben zwei Verletzte!«, hörte Meleoidy seine Stimme schallen.

Zurück blieb nur die Asche der Männer, die Annabel getötet hatte. Zurück blieben Lenard, ihr Verräter, und Elyos, ihr Geliebter. Zurück blieben die Wut und der Zorn. Vor ihnen lag ein langer, kalter Weg. Es dauerte etwas, bis Meleoidy die gedimmten Lichter der Straßenlaternen erkannte. Annabel schlief. Ob ihre Träume in jener Nacht genauso dunkel sein würden?

IV

EIN PLAN GEHT AUF

Am nächsten Morgen.

Annabel schlug ihre Augen auf. Der weiche Stoff unter ihren Fingerkuppen fühlte sich heimisch an. Sie lag auf einem weißen Bett, bedeckt mit goldverzierten Kissen, die im Sonnenlicht schimmerten.

Das rosa Kleid schien äußerst hochwertig zu sein. Es schmiegte sich an ihren Körper an, obwohl es eigentlich ganz locker war. Der dünne Hauch des Glitzers schmückte seinen Stoff.

Die Wunden der gestrigen Nacht? Verschwunden. Nichts mehr, nicht einmal die Spuren einer Wunde. Ihre Haut und ihr Haar wirkten strahlend. Fast so strahlend, wie der Funke in ihren Augen.

Mit einem tiefen Atemzug schaute sie sich um, musterte den Raum. Obwohl er so groß war, fühlte er sich gemütlich an. Neben ihr stand ein hölzerner Schrank mit goldenen Griffen. Um den Raum herum standen Kommoden und Höcker. Alle waren gleich geschmückt mit diesen dünnen weißen Deckchen. Annabel atmete leise aus. Ihr Haar strich über ihre Brust, als sie in die andere Richtung blickte. Die beigen Kerzen auf den Kommoden schienen nie benutzt worden zu sein. Alles war so ... ruhig.

Der runde Spiegel neben ihr spiegelte den Raum mit einer so starken Tiefe wider, dass es wie eine Illusion wirkte. Als könnte sie hindurchlaufen, in ein Zimmer, das genauso aussah. In diesem Spiegel betrachtete sie es zum ersten Mal genau: das Kleid, das sie anhatte. Still ließ sie ihre Hand über ihre Hüften streichen. Seide.

Vorsichtig setzte sie sich aufrecht hin, schaute aus dem Fenster. Er fühlte sich nach Geborgenheit an, der Teppich unter ihren nackten Füßen. Langsam stand sie auf. Ihre Schritte waren so achtsam wie ihr Blick, der ins helle Licht vor ihr tauchte.

Das Sonnenlicht offenbarte die unzähligen kleinen Diamanten auf ihrem Kleid. Dieser Gesang in ihren Ohren, es müssen Vögel gewesen sein. Der Strand, der von klarem Wasser und kleinen Felsen, die aus der Meeresoberfläche drangen, geschmückt war, segnete ihre wachen Augen.

Ihre langen Finger verschwanden im weißen Stoff der Gardinen. Ein Balkon, der einem Kunstwerk ähnelte. Gebaut aus Marmor und mit einem goldbraunen Geländer. Marmor, der eine schwache Kälte unter ihren Füßen verbreitete. Ihr blondes Haar streichelte über ihre Hüften wie der Wind über ihre rosigen Wangen, als sie mit funkelnden Augen hinaustrat. Es wirkte so, als ob sie für einen Moment alles vergessen hätte.

Dieser tiefe Atemzug klang nach Frieden. Doch die dunklen Erinnerungen ließen nicht lange auf sich warten.

Bilder von Ares, von Tod, Feuer und Kälte.

Das Zittern der gestrigen Nacht kroch hinterlistig zurück. Bilder von Blitzen, von dem Kristall. Sie sah, wie sie Lenards Kehle aufschlitzte, und ihre Angst, sie gewann wieder die Kontrolle.

»Nein ...« Nervös rannte sie zurück in den Raum hinein.

Ziellose Schritte, bevor ihr Spiegelbild ihre Aufmerksamkeit fing. Sie stoppte, zögerte, schaute tief hinein. Doch das Einzige, das sie sehen konnte, war sein Gesicht.

»Elyos ...«, rollte von ihrer Zunge. Ihre Lippen, sie zitterten genauso wie ihre Augen. Allerdings war ihr Gesicht nicht das Einzige, das zitterte. Auch die dicken Kerzen auf den Kommoden bebten.

Dieser Klang. Was war das? Dieses Geräusch war so tief. Schreiend strömte der gewaltige Impuls der Energie des Kristalles aus ihrem Körper. Der Spiegel zerbrach in tausend Scherben und die weißen Gardinen, sie tauchten in Flammen.

»Oh mein –«, stotterte sie weinend, als sie um sich schaute.

Der Klang der aufspringenden Türen ließ sie aufzucken. Zwei in Blau gekleidete Frauen stürmten in den Raum. Beide trugen ihre Haare in einem strengen Zopf.

»Miss Annabel«, sprach die etwas kleinere Frau.

Sie rannten zu Annabel und zogen sie vorsichtig an den Armen. Zügig halfen sie ihr aus dem Zimmer raus.

Das Klackern der hohen Absätze hallte durch den ganzen Gang.

»Ah, Schwester, du bist wach!«, sprach Meleoidy mit ausgestreckten Armen und schwingenden Hüften.

»Meleoidy ...«, seufzte Annabel, als sie das schwarze Kleid ihrer Schwester musterte. Ihr Blick folgte dem feinen Netz auf ihren Armen, fand die verzierenden Muster, die sich über das Kleid verteilten. Sein Schnitt wirkte wie ein schwarzer Schweif, der über den Boden streifte. Vorne war es etwas enger und kürzer geschnitten, was ihre langen, schlanken Beine präsentierte.

Das Klackern hörte langsam auf.

»Du kannst dir nicht vorstellen, welche Sorgen ich deinetwegen ertragen musste«, flüsterte sie und gebot den Frauen mit einer Geste, zu verschwinden.

Es war die dunkelrote Farbe auf ihren Lippen, die ihr Lächeln so finster schmückte. Ihre langen dunklen Locken fielen sanft über ihre Schulter, als sie den hastigen Schritten der zwei Frauen hinterherschaute. Waren das Rosenmuster auf ihrem Dekolleté?

»Meleoidy ...«, wiederholte Annabel benommen.

Sich selbst und ihre Schwester in solch bezaubernden Kleidern zu sehen, war immer wieder eine Überraschung. Obwohl sie Bewohner der königlichen Burg waren, hatte sich Annabel immer noch nicht daran gewöhnt, sich und ihre Schwester in solchen Kleidern zu sehen. Schicke Kleider, prächtiger Luxus, das war hier keine Seltenheit, nein. Das war Normalität.

Doch Annabel hat nicht immer in der Burg gewohnt. Eigentlich kam sie aus einer Bauernfamilie. Und es gab einen genauen Grund, warum beide Schwestern hier waren.

Als Annabel sechs Jahre alt gewesen war, starb ihr Vater beim Angriff einer Banditentruppe. Es war üblich für Banditen des Westens, kleinere Farmen und Familien anzugreifen. Wer sich Kinder leisten konnte, der konnte sich auch Schafe leisten, dachte man. Annabels Vater schützte Annabel und das Kind, das ihre Mutter in sich trug. Doch damals wusste Annabel noch nicht, dass dieses Kind von einem anderen Mann gezeugt worden war.

An jenem Tag entfachte ihre Feuerbeschwörung sich zum ersten Mal. Nicht wegen des Geheimnisses ihrer Mutter, nein. Sondern weil sie ihren toten Vater sah.

Das ist meistens so, dass sich das Feuerelement bei jemanden zum ersten Mal durch solch intensive Emotionen zeigt. Während Wasser meistens von Empathie, Luft von Achtsamkeit und Erde von absoluter Selbstsicherheit erzeugt wird, entspringt Feuer dem Gefühl des Willens und des Zorns. Welches Element ein Saretorianer in sich trug, hing von seinem Sternzeichen ab. Sonnenhüter, Sternenklingen und Lichtbringer waren mit dem Element des Feuers verbunden. Plasmazwillinge und Ingenieure mit der Erde oder mit der Luft und Mondhüter sowie Schattenreiter und Seher mit dem Wasser.

Jeder einzelne Saretorianer trug eines dieser Elemente in sich, doch nicht bei jedem eignete sich die Macht zur Beschwörung. Warum das so ist, weiß man bis heute nicht. Es wird ein genetischer Fehler, eine Mutation, vermutet.

Es gab auch viele andere Variationen unter den Elementen wie Eis oder Metall, doch diese beherrschten nur die wenigsten. Genauso wie die Schattenbeschwörung, anders auch Schattenkunst genannt, doch diese Mächte waren strengstens verboten. Denn sie waren sogar noch zerstörerischer als die Feuerkunst.

Annabel liebte ihren Vater über alles, aber zu ihrer Mutter hatte sie ein schlechtes Verhältnis. Ihre Liebe konnte man ihren gewaltigen Flammen entnehmen. Sie waren so groß, so mächtig für einen Neuling, dass der König des Saretoriums, König Leon, aufmerksam auf Annabel und ihre Mutter wurde, nachdem sich die Berichte und Gerüchte unter den vermeintlichen Zeugen des Dorfes verbreiteten.

So lud er Annabel und ihre Mutter ein, um über jene außergewöhnliche Feuerbeschwörung zu sprechen. Beängstigt schilderte Annabels Mutter, was passiert war, was für ein Monster sie doch geboren hatte. Dass sie Annabel schon bei ihrer Geburt hätte töten müssen.

All diese Sorgen schienen sich aufzulösen, als König Leon ihr anbot, in der Burg zu leben. Es gab nur eine Voraussetzung: Annabel würde sich der Legion, also der Armee des Königs, anschließen. Ein Handel, dem ihre Mutter nicht entgehen konnte.

Allerdings sollte ihr Leben im Luxus nicht lange halten, denn sechs Monate später starb sie bei Meleoidys Geburt. Es war der Abend ihres Todes, an dem Annabels Mutter ihr beichtete, dass ihr Vater nicht Meleoidys Vater war. Dass Meleoidy von anderem Blut entstammte.

Ab da an war Annabel nicht mehr die Gleiche. Etwas hatte sich verändert. Der Hass ihrer Mutter, er lebte in ihr fort. Die Schande, sie sah sie in Meleoidy weiterleben, denn sie glaubte, dass sie ein dreckiges Kind war, erschaffen aus den Lügen ihrer Mutter. Der einzige Teil, den sie an Meleoidy hätte lieben können, war am Abend des Angriffes gestorben.

Trotzdem war sie ihre Schwester. So gab sie ihr Bestes, es zu versuchen. Zumindest war es das Beste, was Annabel noch an Liebe geben konnte.

»Wie lange habe ich geschlafen, Mel?« Annabels Worte klangen taub. Dafür fühlten sich ihre Hände lebendiger an als je zuvor. Es kribbelte so in ihren Adern. Es fühlte sich warm an.

»Hm, so fünfzehn Stunden«, erwiderte Meleoidy mit gekreuzten Armen und verstimmtem Gesicht.

»Fünfzehn Stunden!?«, rief Annabel. Ihr Mund fiel auf. Sprachlos zu sein, war unüblich für sie. Mit gerunzelter Stirn starrte sie ihre Schwester an.

Meleoidys Stimme wurde leiser, vorsichtiger. Sie schien sich umzuschauen, doch das einzige, das sie sah, waren die goldenen Gravuren auf den Wänden des Ganges. Ihr Haar bewegte sich passend zu ihrem Schritt. Ruhig näherte sie sich Annabel.

»Siehst du das?«, flüsterte Meleoidy, als sie die getrocknete

Wunde auf ihrem Arm offenbarte. »Und das!?«, wisperte sie empört, während sie sich suchend ihr Haar nach hinten strich.

»Oh«, flüsterte Annabel. Ihre Finger näherten sich langsam Meleoidys Stirn, aber Meleoidy schlug sie schnell weg.

»Du hast die ganze Zeit davon gesprochen, dass du jemanden getötet hättest«, erzählte sie ganz leise, bevor sie noch näherkam. »Ich habe es so aussehen lassen, als ob wir angegriffen worden wären, damit keiner etwas vermutet.«

»Natürlich hast du das«, zischte Annabel.

Meleoidy lehnte sich kurz nach hinten, während sie mit scharfem Blick empört auf ihre Schwester schaute.

»Entschuldige? Als ich dich im Wald des Berges fand, kamst du nicht dazu, mir zu erklären, was passiert ist. Du warst weg. Einfach so. Ohnmächtig«, sprach sie mit wechselnder Stimmung.

Verwundert rieb sich Annabel ihre Stirn, zog ihre Hand über ihr ganzes Gesicht.

»W- was hast du überhaupt dort gemacht?«, stöhnte sie.

Meleoidys Augen weiteten sich, als ob sie demonstrieren wollte, dass es doch offensichtlich sei.

»Lenard und ihr wart zu lange weg, ich hab mir Sorgen gemacht!«, erklärte Meleoidy, als sie auf Annabels schockierten Blick schaute. »Anna, was ist in dieser Nacht passiert?«

Annabel atmete tief ein. Doch, bevor sie sprach, schaute sie sich ebenfalls um.

»Nicht hier«, sprach sie und zog ihre Schwester vorsichtig mit sich, was ihr Meleoidys verwunderten Blick einbrachte.

Das Klackern von Meleoidys Schuhen ertönte wieder in den Gängen der Burg.

»Mel, es ist viel passiert«, flüsterte Annabel, »Komm mit, wir sind hier kaum zu überhören.«

»Ich – Ich komme ja schon«, wisperte Meleoidy, als die beiden Frauen in den langen Gang verschwanden. Annabels Schritte wurden immer schneller. Umso lauter hörte man Meleoidy hinterher trippeln.

Am Strand vor der Burg.

»Ugh! Es gibt bestimmt auch Orte mit Marmorböden, an denen keiner lauschen würde«, nörgelte Meleoidy. Ihre schwarzen Schuhe baumelten von ihren Fingern. Der warme Sand der Küste bedeckte ihre Zehen, während der leichte Wind den majestätischen Schweif des Kleides in der Luft tanzen ließ. So viel Sonnenschein, solch eine Stille. Von den Gewittern der letzten Tage war nichts mehr zu sehen.

Annabel zögerte noch. Sie schien jeden ihrer Schritte zu zählen, einen Fuß vor den anderen zu setzen. Ihre Hand versank in ihren dicken Locken, als sie endlich von der gestrigen Nacht zu erzählen begann.

»Anfangs war alles ganz normal.« Die lauten Klänge der Vögel raubten ihre Aufmerksamkeit.

Meleoidy hörte ihr zu. Immer wieder verzog sie das Gesicht, als ihr Kleid auf den Sand fiel.

»Wir waren auf dem Weg zum Gipfel, als wir eine Pause machten, bevor … bevor wir von Ares angegriffen wurden und –«

Meleoidy unterbrach sie. Ihre Schuhe drückten gegen Annabels Brust.

»Von Ares? Seit wann greifen Ares einfach so an? Welcher Narr hat mit Steinen geworfen?« Ihr Blick fühlte sich schwer an.

»Nein, niemand hat irgendetwas getan. Sie schienen gereizt

zu sein. Die Natur scheint sich zu wandeln. Ich glaube, diese Ares waren nicht die letzte Überraschung.« Annabel wühlte etwas im Sand herum, bevor sie einen kleinen Stein zwischen ihre Finger nahm.

»Ehrlich gesagt, habe ich Überraschungen satt«, sprach sie bedrückt und warf den grauen Stein weit ins Meer hinaus. Sie blieb stehen, betrachtete das klare Wasser, während der Wind ihre Haare noch weiter durcheinanderwirbelte. Meleoidy blieb auch neben ihr stehen. Sie versuchte, ihr Kleid vor den bedrohlichen, aber eigentlich sehr schwachen Wellen des Wassers zu schützen.

»Hm, na ja, kein Wunder, dass diese Vögel so wahnsinnig werden, wenn die Energie des Kristalles sich entscheidet, zu verschwinden«, murmelte sie leise.

Annabel schaute Meleoidy schweigend an. Laute Schreie von brennenden Soldaten und dunkle Bilder von Lenards kalten Augen rasten durch ihren Verstand. Sie zögerte.

»Der Kristall ist nicht fort, Mel.«

Meleoidys Augen weiteten sich trotz der blendenden Sonne. Die Strahlen erhellten ihre neugierigen Augen.

»Wie meinst du das? Aber, die Soldaten haben doch Bericht erstattet. Der Kristall war leer. Lenard und der Rest verschwunden. Das blöde Schwert war wahrscheinlich das einzige, das kein Verstecken spielen wollte«, erklärte Meleoidy fast spöttisch.

»Das Königsschwert …«, wisperte Annabel nervös.

Meleoidy schaute auf ihre Schwester. Das Gefühl zwischen den beiden, es war so erwartungsvoll. Annabel erwiderte Meleoidys Blick, doch sie wirkte viel verkrampfter als zuvor.

»Lenard, die Soldaten. Sie sind tot. Wegen mir«, flüsterte sie mit zittriger Stimme.

Meleoidys Ausdruck sah wirklich schockiert aus.

»W– wie meinst du das?«, flüsterte sie.

»Lenard, er –« Irgendwie schien Annabels Kehle ihr das Wort zu verbieten. Es fühlte sich schwer an. Wie ein Druck, der auf ihrer Brust lastete.

»Lenard, was!?«, schoss es aus Meleoidy, als ihr Blick zwischen Annabels Augen wechselte.

Annabels Lippen waren eng verschlossen. Sie blickte zum Himmel.

»Lenard hat die Energie des Kristalles in mir versiegelt«, sagte sie.

Meleoidy taumelte einen Schritt zurück. Durcheinander blickte sie aufs Meer hinaus. Der Wind schien etwas stärker zu wehen.

»Darum ging es, Mel. Lenard hat die Energie des Kristalles in mir versiegelt. Ich hatte das Siegelartefakt im Kampf gegen die Ares verloren. Anscheinend konnte er nicht warten. Anscheinend wäre die Zeit, die ich gebraucht hätte, um dieses verdammte Siegel zu holen, zu viel gewesen«, sprach Annabel, als ein seltsames, tiefes Geräusch erklang.

»Anna?«, flüsterte Meleoidy. Der Sand, er bedeckte Meleoidys Zehen nicht mehr. Stattdessen wirbelte er schwebend um ihre Knöchel. »Was zum …«

»Also versiegelte er die Energie in mir.« Trauer und Wut mischten sich unter Annabels Tränen. Denn obwohl sie ihre Hände in Lenards Blut getaucht hatte, konnte sie nicht vergessen, dass er sie verraten hatte.

»Ich hätte sterben können. Er hätte mich töten können, einfach so. Diese Energie, sie in einem Körper zu versiegeln?« Annabels Worte wurden immer lauter, während Meleoidy einen Schritt nach hinten trat.

Der wirbelnde Sand, er hatte ihre Beine erreicht.

»Stattdessen habe ich ihn getötet«, sagte Annabel.

Für einen kurzen Augenblick herrschte Stille zwischen den beiden. Stille, welche Meleoidys Blick schmückte.

»Die Energie des Kristalles steckt in dir?«, fragte sie. Ihre Augen zitterten in schwerem Staunen. »Die ganze Energie der Schöpfung?«

»Ja, Meleoidy. Die Ganze«, wisperte Annabel, als eine Träne ihre Wange herunterrollte. »Ich weiß nicht, was mit mir passieren wird.« Sie stürzte ihr Gesicht in ihre Hände.

»Anna – Anna, alles wird gut«, sprach Meleoidy sanft, während sie versuchte Annabel zu beruhigen.

Schnell trat sie in Annabels Richtung. Ihre Schritte durchbrachen den wirbelnden Sand.

Es war das erste Mal, dass Annabel Mels Umarmung zuließ. Annabels Gesicht sank in die Arme ihrer Schwester. Sogar das Kleid tauchte in den Sand, ohne dass sich Meleoidy beschwerte.

»Elyos ist tot, Lenard ist tot, ich habe ihn getötet. Ich habe Lenard getötet«, weinte Annabel, von Schluchzern geschüttelt, während sie tiefer und tiefer in Meleoidys Umarmung versank.

»Anna, nein, es ist nicht deine Schuld.«

Die Sandkörner rieben leicht an Meleoidys Knie. Annabels Strähnen verdeckten ihr halbes Gesicht, doch ihre Augen, ihr Blick, er war auf die schwebenden kleinen Wassertropfen gerichtet.

»Es wird alles gut«, flüsterte Meleoidy, während sie unter ihren Ärmel zu fassen schien. Ihre Finger strichen über das feine Netz des Kleides, während Annabel lauter wurde.

»Ich habe sie alle getötet!«

Ein lautes, tieferes Geräusch erklang. Es war das gleiche wie vorhin. Der Klang, der den Spiegel vor ihrem Gesicht in tausend Trümmer verwandelt hatte.

»Alles wird gut, Schwester«, sprach Meleoidy sanft und zog eine feine Nadel aus ihrem Ärmel. Ihre dünne Spitze reflektierte das Licht der Sonne wie die Meeresoberfläche. Was war das? War es Glas? Es schien so, als ob die Nadel etwas beinhalten würde. Etwas Bräunliches.

»Alles wird gut«, murmelte sie erneut, als Annabel leise aufstöhnte.

Die braune Flüssigkeit leerte sich langsam in ihren Nacken, bevor Meleoidy die Nadel rauszog und zurück in ihren Ärmel steckte.

»Mel?«, versuchte Annabel zu sprechen. Sie klang benommen. Verwirrt. Meleoidys grüne kreuzten Annabels blaue Augen. Annabel versuchte sich von Meleoidy wegzudrücken, doch ihre Arme schienen zu versagen. »Mel, mir ist schwindelig« sprach sie, als ihre Augen nach hinten rollten.

»Sh, Sh, Sh, alles wird gut, alles wird gut«, sprach Meleoidy wiederholt, als Annabel ihr Bewusstsein verlor.

Meleoidy fiel auf ihre Knie. Das Kleid? Ruiniert. Doch die Wasserperlen, sie schwebten nicht mehr. Meleoidy starrte nachdenklich in den Ozean, als eine Strähne über ihr Gesicht strich. »Alles wird gut.« Diesmal klang sie strenger. Ihre Hand strich noch einmal über Annabels Stirn.

Währenddessen auf dem Gipfel von Sare.

Tennas Finger glitten langsam über den schwarzen Staub. Der Kristall, er fühlte sich nicht mehr warm an. Er war kalt, leer.

Und dennoch schien wieder Ruhe im Saretorium eingekehrt zu sein. Keine Stürme, kein Gewitter. Doch die Energie war fort.

So dachte man zumindest. Von Soldat zu Soldat, von Dorfbewohner zu Dorfbewohner verbreitete sich das Wort. Ihr heiliger Kristall, die Essenz ihrer Existenz, hatte sie verlassen.

Aber er, er war sich da nicht so sicher. Der nachdenkliche, neugierige Blick auf seinem Gesicht barg einen anderen Gedanken.

»Asche«, dachte Tenna laut, während Nikola in seinem Buch kritzelte.

Nikola drehte sich im Kreis. Selbst den kleinen Steinen auf dem Erdboden schien es schwindelig zu werden.

Tennas Arme ruhten auf seinen Knien, sein beobachtender Blick schweifte über das ganze Feld. Das war auch das einzige, das er auf Anhieb sah: ein übliches Feld. Die Violettkehlblüten sahen genauso leuchtend aus wie immer. Das satte Grün der Wiese, so intensiv wie vorher.

»Was ist hier passiert«, flüsterte er, als er noch einmal auf die durchsichtige Oberfläche des Kristalles blickte. Nur noch ein verzerrtes Spiegelbild. Wo war das strahlende Blau hin?

»Das ergibt keinen Sinn«, nörgelte Nikola, als die Spitze seines Stiftes zerbrach. Das schwarze Blei verteilte sich auf seinen leeren Seiten, bedeckte einige seiner kleinen Skizzen. »Wir hatten schon öfter Impulsveränderungen, aber so? Noch nie.«

Tennas Zunge glitt langsam über seine Lippe. »Noch nie ist die Energie verschwunden«, wisperte er, während das pralle Sonnenlicht seine zusammengekniffenen Augen traf. Es schien ihm nichts auszumachen, denn dieses Naturphänomen war blendender als jene Sonne. Wie konnte es sein? War es überhaupt möglich, dass die Energie einfach so verschwunden war?

Genau das war der Unterschied zwischen Tenna und den restlichen Wissenschaftlern des ganzen Königreiches. Er haderte, hinterfragte, immer und immer wieder. Dort, wo andere eine Antwort fanden, fand er eine neue Frage. Kein Wunder, dass seine Dimensionstheorie abgelehnt wurde.

Tenna war der Meinung, dass die Energie der Schöpfung aus einer anderen Welt, einer anderen Dimension, stammt. Er glaubte, dass die Energie des Kristalles eine Verbindung war, eine Brücke zu etwas anderem.

Während die meisten Bürger des Saretoriums den Kristall der Schöpfung wie einen Gott behandelten, verstand er ihn als ein Wunder der Natur. Ein außergewöhnliches Mysterium, das er zu begreifen versuchte. Sein Leben lang. Allerdings war es sogar ihm eine zu große Herausforderung, zu begreifen, woher diese Energie kam, was sie bedeutete. Doch eines begriff er: Das Verschwinden der Energie war nichts Natürliches.

»Nikola?«, fragte Tenna scharf.

»Hm?«, antwortete der Jüngling, als er auf Tennas braunen Ledermantel schaute. Sein Buch lag halb geschlossen zwischen seinen Daumen, der Stift krumm hinter seinem Ohr.

»Hast du das Vokabular dabei?«, fragte Tenna vorsichtig, bevor er noch einmal genauer auf die Asche blickte. Stutzig eilte Nikola zu seiner Ledertasche. Endlich lief er gerade Schritte.

»Ich glaube schon, aber wozu brauchen wir das Vokabular?« Nikola löste die Schnüre der Tasche.

Seine Frage war berechtigt. Das Vokabular? Was hatte das mit dem Verschwinden des Kristalles zu tun?

Das Vokabular, so nannte man das Buch, das die dunklen Künste, die Schattenkünste, erklärte. Doch es war nicht das Buch der Schatten. Während das Vokabular die Natur der finsteren Elemente erklärte, lehrte das Buch der Schatten seinen Leser, wie er die verbotenen Mächte entfesselte.

Ein Buch, das wirklich schwer zu finden war. Manche munkelten, dass es nur noch ein Exemplar im ganzen Königreich gab, und niemand wusste, wo es war.

»Vokabular«, flüsterte Nikola wie versunken, während seine Finger nach dem Buch zwischen den Schichten seiner Tasche suchten. »Hier!«

Tennas Schatten bedeckte das Sonnenlicht auf Nikolas nackten Armen.

»Danke.« Langsam zog Tenna das Buch aus Nikolas Händen, bevor er in dessen Seiten versank.

Die Sonne traf wieder auf Nikolas gebräunte Haut. Tennas Nuscheln klang über das ganze Feld, folgte seinen kreisenden Schritten, während er Seite für Seite suchend umklappte. Es war wohl üblich für große Denker, solche Kreise zu laufen.

»Vokabular, warum das Vokabular«, fragte Nikola.

Wie ein kleiner Junge fuhr Tenna mit dem Finger über die Tinte der Zeilen. Das Buch fühlte sich so alt an. Sein Duft wie staubiges Papier.

»Hier!«, rief er mit lauter Stimme und hastete zu Nikola. Die Kettengürtel unter seinem Ledermantel klapperten bei jedem Schritt.

»Hm?«, murmelte Nikola. Er versuchte, genauer hinzuschauen, doch der Wind schlug die halb zerrissene Seite um, bevor Tenna sie wieder umklappte. Betonend drückte er seinen Finger auf die Skizze neben dem Kristall. Flammen und Blitze, Störung der energetischen Frequenz.

»Nikola«, empörte sich Tenna und schritt zum Kristall, das Buch mit einem lauten Knall schließend.

Nikola schreckte zusammen und sah hinterher.

»Der Kristall.«

»Was ist denn?«

Es war ein Lächeln, das nicht aus Freude, sondern aus dem Begreifen heraus entsteht.

»Der Kristall, er ist nicht einfach so außer Kontrolle geraten«, flüsterte Tenna. »Er«, Tenna atmete tief ein, stoppte kurz und schaute nachdenklich auf die Asche zwischen den Grashalmen unter seinen Füßen, »er wurde manipuliert.«

Nikola stutzte. »Manipuliert? Was meinst du?«

Tennas Lächeln war schon längst verschwunden. Langsam breitete sich Angst in seinem Gesicht aus. Sie fühlte sich genauso unangenehm an wie das Gefühl in seinem Magen.

»Tenna?«, fragte Nikola. Er klang besorgt, verschränkte seine Arme.

Tennas Schweigen schwand. Ein letztes Mal tauchte er ins verschwommene Glasspiel des Kristalles.

»Ich meine, dass es Absicht war. Es war kein natürliches Phänomen. Jemand hat den Kristall mit Absicht außer Kontrolle gebracht.«

In der Burg von Sare.

Das Mondlicht brach durch die riesigen Fenster des Ganges. Die Sonne war schon längst verschwunden. Es war das gleiche Klackern mit dem gleichen Hüftschwung. Ihr schwarzes sattes Haar bedeckte die blutroten ledernen Schmuckdornen ihres Kragens. Ein Gefühl, ein Schleier – so finster, so magisch. Er legte sich über ihren ganzen Körper. Fiel mit jedem ihrer

Schritte wie ein feiner Nebel über den Boden und verteilte sich in der warmen Atmosphäre des Ganges. Die Fackeln erwärmten ihr markantes Gesicht, während die zwei riesigen Tore immer näher rückten.

Obwohl niemand sonst in den brüchigen Schatten der Gänge zu sehen war, wirkte es trotzdem so, als sei jede Aufmerksamkeit ihr gewidmet. Man konnte seine Augen kaum von diesen roten vollen Lippen nehmen. Sie fesselten einen, hypnotisierten sogar.

Ein seltsames Gefühl – solch anziehende Dunkelheit. Waren es vielleicht diese giftgrün glänzenden Juwelen auf ihren goldenen Ringen?

Mit voller Kraft drückte Meleoidy die Tore auf. Der eiserne Klang der rostigen Ketten durchdrang den geborgenen Schimmer des Mondes. Die Lichter der Fackeln, die die Wände schmückten, erhellten die gigantisch hohen Decken des Raumes. Je höher Meleoidy sich zu blicken wagte, desto satter schien die Dunkelheit zu werden.

»Es hat geklappt«, sprach sie düster, als sie den gläsernen Behälter, umhüllt von einer Art eisernem Käfig, auf den gewaltigen Marmortisch vor sich legte.

Das Echo des Eisens wanderte durch die hohen Decken, schlich unter den zwölf thronähnlichen Sitzen, als eine raue, männliche Hand den Tisch berührte. Auch diese trug solche grünen Juwelen. Alle größer, schwerer als Meleoidys.

»Die Energie ist in Annabel«, murmelte Meleoidy, als sie mit einem tiefen Atemzug einen Schritt zurücktrat. Ihr Blick hing noch an dem Siegelartefakt, während ihre Brust sich vor Überraschung weitete. Die Dornen, sie drückten sanft gegen ihren schmalen Hals.

»Lenard?«, hörte sie die grelle Stimme neben dem Mann mit den gleichen Ringen wie Meleoidys sprechen.

Nur drei von den zwölf Sitzen waren besetzt. Die Stimmung wirkte majestätisch. Doch das war nicht der Thron des Königs, nein.

»Er hat es nicht geschafft. Sie hat ihn umgebracht«, erklärte sie mit einem Schulterzucken.

»Doch ...«, ihr Finger strich sachte über die Tischkante, »... der Plan hat funktioniert.«

»Sie vermutet nichts?« Diese tiefe, mysteriöse Stimme, sie ließ einen wahren Schauer über einen ergehen.

Meleoidys Kopf bewegte sich verneinend. Ein stilles Lächeln breitete sich zwischen ihren Wangen aus.

»Sie glaubt, dass sie das Artefakt verloren hat. Hat nicht mal verstanden, dass das Artefakt nie in ihrer Rüstung war«, flüsterte sie verspielt.

Ihr Blick wanderte zu den schweren Ringen an *seinen* Händen, bevor sie zögernd in *sein* Gesicht schaute, das langsam aus den Schatten drang. Die Narbe über seinem Auge war das erste, das sie sah. Sein graues Haar und sein grauer Bart betonten die Härte seiner Wangen. Die Kälte seiner Augen. Sein teures Gewand sah so schwer wie seine Ringe aus.

»Sehr gut, Meleoidy«, flüsterte *er* knapp.

Meleoidy schluckte schwer. Sie schwieg.

»Dann können wir fortfahren«, sprach er, als Meleoidy verwirrt auf den anderen Mann neben ihm blickte. Sein schwarzes glattes Haar war so lang, dass es unter dem Tisch verschwand. Hätte sie nicht genau hingeschaut, hätte sie denken können, dass sein Haar nie ein Ende fand.

»Ich bereite es vor«, wisperte er.

Meleoidy wurde nervöser.

»Ist das wirklich nötig?«, stotterte sie. War das ein Hauch von Widerstand in ihrer Stimme?

»Ha, was ist los, kleiner Schmetterling, kriegen wir kalte Füße?«, hörte sie den dritten Mann im Dunkeln sprechen.

Dieser Ton, dieses Gefühl in seiner Stimme. Irgendwie weckte er Wut in ihr. Seine Worte klangen giftig. Abartig. Meleoidy klimperte nervös mit ihren Wimpern. Ihre Lippen waren eng aufeinandergepresst.

»Nenne mich nicht so.«

Ein kalter Hauch streifte über ihre Brust.

»Vergiss deine Lektion nicht. Großes zu vollbringen –«, wollte der grauhaarige Mann sprechen, als sie ihn unterbrach:

»Erfordert große Opfer, ich weiß …«, wisperte sie leise.

»Lenards Part ist getan. Sobald die Energie sich spaltet, ist es nur noch eine Frage der Zeit«, sprach der grauhaarige Mann.

»Warum können wir es nicht direkt an Annabel nutzen?«, fragte Meleoidy ungeduldig.

»Weil die Energie sich zuerst spalten muss, damit wir eine Verbindung aufbauen können«, flüsterte der schwarzhaarige Mann.

»Wir haben Jahrhunderte auf diesen Tag gewartet. Was als nächstes geschieht, erfordert das größte Maß an Feingefühl. Annabel muss sich fürchten. Nur so können wir Kontrolle ausüben«, erklärte der grauhaarige Mann.

»Die perfekte Ablenkung«, wisperte Meleoidy.

Sie schien sich zusammenzuraffen, denn der kleine Funken Gefühl, der vorher in ihrer Stimme tanzte, war nicht mehr zu hören. Dunkelheit nahm seinen Platz ein. Vergiftete jeden Teil ihres Herzens.

»Meine Freunde, das ist ein großer Tag.«

Die Stimme des Mannes raubte Meleoidy den Atem. Ihre Brust hob immer wieder ihr Haar. Ließ es langsam wieder sinken. Ihre weiche Zunge rollte langsam zwischen den roten Lippen. Diese Stille schmeckte bittersüß.

»Nur noch eine Frage der Zeit«, lachte der schwarzhaarige Mann, als er aufstand und den Raum verließ. Sein dunkles Gewand schlich wie ein düsterer Schatten über den Boden.

Zurück blieb nur dieser eine Anblick. Von den schweren Ringen. Von kalten Augen. Der Anblick dieser Narbe versank immer tiefer in Meleoidys Verstand. Langsam hob sie ihr Kinn und die gleiche Dunkelheit, die in *seinen* Augen hauste, legte sich über Meleoidys.

SEGEN ODER FLUCH

»Haaaa!«, atmete Annabel heftig ein, als sie erschrocken nach oben schoss. »Was ist, was …«, stotterte sie, während sie schnell um sich schaute. Ihr Atem war knapp.
Es war der gleiche Raum wie vorhin. Sie sah den gleichen hölzernen Schrank, die gleichen Kerzen auf den Kommoden. Diesmal brannten sie, erhellten das stille Zimmer. Nur die Gardinen sahen anders aus. Bedeckt von schwarzer Asche. Auf dem Teppich waren keine Scherben mehr zu sehen. Anscheinend hatten die Dienstmädchen bereits aufgeräumt, schließlich war es schon dunkel draußen.

»Mmm«, stöhnte Annabel. Langsam beruhigte sie sich wieder. Der Schmerz zog über ihre Schultern, während sie ihren Nacken rieb. Doch er war nichts im Vergleich zum plötzlichen, stechenden Schmerz tief in ihrem Bauch. Erschrocken legte sie ihre Hand darauf.

Stille. Ihr Blick wanderte nachdenklich nach unten, als sie noch einmal in Schmerz aufschrie.

»Verdammt …« Dieses seltsame Gefühl, es wanderte ihre Kehle hoch. Annabel schaute immer wieder aus dem Fenster. Vielleicht, weil der dunkle Himmel beruhigend wirkte.

Ihre blonden Locken verteilten sich auf der Bettkante, als sie schmerzerfüllt ihren Kopf zurücklehnte. Solch ein verzogenes Gesicht. Es musste wirklich wehgetan haben. Ihre Finger tapsten und drückten gegen ihren nackten Bauch, als der Schmerz langsam schwand. Ihr Atem wurde leichter. Entspannter. Sie pustete jeden letzten Hauch von Unwohlsein aus ihren Lungen, als ein Klopfen sie zur Tür schauen ließ. Es klopfte zweimal.

»Herein.« Sie klang noch etwas durcheinander.

Das Licht des Ganges offenbarte Meleoidys Gesicht.

»Anna, geht es dir besser?« Meleoidy klang sanft. Mit besorgtem Blick trat sie hinein.

Annabel schaute auf das silberne Tablett in Meleoidys Händen. Darauf waren eine kleine weiße Porzellantasse, ein Stück Brot und ein goldverzierter Löffel zu sehen. Der angenehme Duft des heißen Wassers wanderte ihre Nase hoch.

»Aresbeerentee«, murmelte Annabel.

»Nur für dich«, sprach Meleoidy, als sie das Tablett vorsichtig auf den hölzernen Tisch am anderen Ende des Raumes stellte.

»Was – was ist passiert«? Annabels Verwirrung stand ihr ins Gesicht geschrieben. Alle Erinnerungen der letzten Stunden wirbelten wie ein konfuser Wind durch ihr Gedächtnis. Bilder vom Strand, Szenen von singenden Vögeln, alles wirkte genauso zertrümmert wie der Spiegel neben ihr.

»Du weißt es nicht mehr?« sprach Meleoidy mit warmer Stimme, während sie sich neben ihre Schwester aufs Bett setzte. Ihre Hand sank tief in die weiße, warme Decke hinein. Sie schaute auf Annabel, strich eine Strähne von ihrem Gesicht.

»Hier, trink«, flüsterte sie.

Die Wärme der kleinen Tasse fühlte sich so gut in Annabels Händen an. Sie stieg langsam ihre Arme hoch, umhüllte ihren ganzen Körper. Und dieser Dampf ... heiliger Kristall, wie konnten Aresbeeren nur so gut riechen? Das war genau das, was sie brauchte. Ihr tiefes, genüssliches Schlürfen war schon fast lustig.

»Kannst du dich an nichts mehr erinnern?«, fragte Meleoidy besorgt. Sie musterte ihre Schwester. Ließ nicht einen einzigen Blick von ihr weichen.

Welch ein Kontrast. Das Schwarz ihrer Locken im Vergleich zu Annabels blondem Haar. Sie sahen sich ähnlich, das war nicht zu übersehen. Gleichzeitig waren sie so unglaublich verschieden. Vielleicht war es das Blut ihrer Väter, das den Unterschied machte.

»Nein«, stotterte Annabel in kurzer Überlegung. Sie nahm noch einen Schluck. »Das letzte, woran ich mich erinnere, ist, dass wir zum Strand gingen. Ich erzählte dir über die gestrige Nacht und dann ... nichts mehr«, murmelte sie verwirrt.

Meleoidy atmete leise ein.

»Oh, Schwester, der Kristall macht dir zu schaffen.«

Es war das erste Mal, dass sich ihr Blick von Annabels löste.

Sie hörte den warmen Tee zwischen Annabels Lippen verschwinden. »Du wurdest emotional. Erzähltest über Elyos' Tod, darüber, wie du Lenard ... na, du weißt schon«, erzählte Meleoidy nervös mit kräftigen Handgesten. Sie schien verängstigt. War es wahre oder vorgespielte Angst in ihren dramatischen Worten? »... und dann ...« Sie zögerte.

Erwartungsvoll starrte Annabel auf ihr gesenktes Gesicht.

»Und dann? Und dann was?« Sie trank nicht mehr von ihrem Tee.

»Und dann hast du die Kontrolle verloren.«

Meleoidys Blick wanderte wieder zu Annabels kristallblauen Augen. Annabel sah verwundert aus. Schockiert sogar.

»Habe ich dich —«

»Nein, nein. Fast. Es hat mir zwar Angst gemacht, die Energie, sie war mächtig. Aber dann warst du schon wieder weg. Wie im Wald, in Ohnmacht gefallen«, erzählte Meleoidy mit bedrücktem Lächeln und streichelte Annabels Arm.

»Oh nein, das tut mir leid, Mel«, erwiderte Annabel verängstigt, während Meleoidy sie zu beruhigen versuchte.

»Nein, nein, Anna.« Sie lächelte. »Mach dir keine Sorgen, mir geht es gut. Ich glaube aber, dass du für eine längere Zeit nicht mehr zur Armee solltest.«

Annabel stutze leicht. Langsam stellte sie die weiße Tasse auf der Kommode neben sich ab.

»Wie meinst du das?«, fragte sie.

Meleoidy atmete tief aus. Schon wieder, dieses gleiche mitfühlende Lächeln.

»Du solltest hier in der Burg bleiben, Anna. Zumindest bis du lernst, diese Energie zu kontrollieren, bevor du …« Meleoidy stoppte. Besorgt blickte sie tief, tief in die Augen ihrer Schwester.

Ihre Worte, sie schienen genau das zu bewirken, was sie bewirken sollten. Schuld schlich sich in Annabels Gesicht.

»Elyos …«, flüsterte sie. Sie schaute auf ihre Hände. War das Trauer? Angst in ihrem Blick?

»Bevor ich noch jemanden verletze …«

»Genau«, murmelte Meleoidy mit zustimmendem, vorsichtigem Nicken.

Annabel zögerte, als Meleoidy ruckartig ihre Hand zurückzog.

»Anna?«, sprach sie verwirrt, als sie auf Annabels verkrampftes Gesicht schaute. Sie folgte ihrem Schmerz langsam nach unten. Ihr Blick endete auf ihrem Bauch, während Annabel ihren Kopf weit nach hinten streckte.

»Argh!«, stöhnte sie, als die kleinen Venen auf ihrem Bauch in einem fließenden Blau zu leuchten begannen.

Fasziniert und verwundert betrachtete Meleoidy die kleinen Lichtflüsse. Sie schienen sich tief unter Annabels Haut anzusammeln. Die Energie, sie bündelte sich. Still blickte Meleoidy nach oben.

»Anna, geht es dir gut?«

»J – ja ... es ist nichts, das kommt wahrscheinlich vom ganzen Druck der letzten Tage«, murmelte Annabel erschöpft.

Meleoidys scheinbar ahnungslose Augen verbargen verzwickte Gedanken. Sanft legte sie ihre Hand auf Annabels Schoß.

»Du solltest morgen zu Tenna und das einmal untersuchen lassen. Wer weiß, was diese Energie mit dir anstellen könnte.« Da war sie wieder, diese verschleierte Sorge in ihrer Stimme.

Annabel nickte mit schwerem Atem. »Ja, du hast recht«, flüsterte sie.

Kurz herrschte wieder Stille zwischen den beiden. Meleoidy nickte leicht.

»So, ich denke, ich habe genug genervt. Du brauchst Ruhe. Wir sehen uns morgen.« Langsam stand sie auf und lief zur Tür, bevor sie noch einmal innehielt. »Falls du etwas brauchst, sag mir Bescheid«, sprach sie leise, als sie auf die Tasse schaute.

»Mhm, danke«, murmelte Annabel. »Gute Nacht.«

»Gute Nacht«, erwiderte Meleoidy. Sie trat aus der Tür und zog sie hinter sich zu.

Annabels Stöhnen klang schmerzerfüllt. Ihre Hände glitten wieder über ihren Bauch, spürten die Energie, die sich immer wärmer anfühlte.

Das Knistern der Bettdecken betonte die angenehme Stille der warmen Nacht. Es war der gleiche Teppich, das gleiche Material, doch irgendwie fühlte er sich weicher an als heute Morgen.

Manchmal war er fort. Dieser Schmerz. Doch dann kam er wieder. Unangekündigt. Überraschend. Kräftiger als zuvor.

Ihre Finger glitten über ihre pulsierende Haut. Sanft strich sie das weiße Nachthemd nach oben. Nur Seide konnte sich so federleicht anfühlen.

Sie schaute hin, starrte hinein in den anderen, noch heilen Spiegel des Zimmers. Dieser war kleiner, befestigt in einem Ebenholzrahmen. Welch ein seltsam magischer Anblick. Die Energie der Schöpfung. Langsam strichen ihre Fingerkuppen über das pulsierende, fließende Licht.

Sie stoppte. Versuchte so still wie möglich zu sein. Hörte sie es? War es die Energie? Dieses ganz sanfte, tiefe Geräusch? Es klang genauso leuchtend, wie es aussah.

Sie vergaß ihn, den Schmerz. Wie sollte sie auch bei diesen hypnotisierenden Farben Schmerz verspüren? Bei solch einem einnehmenden Gefühl? Es war so ... so unbeschreiblich magisch.

Annabels Locken fielen sanft über ihre Schulter. Der frische Windstoß aus dem Fenster fühlte sich wie ein geborgener Kuss auf ihrer Haut an. Für einen Augenblick schien es so, als wären die Ereignisse der letzten Tage nie geschehen. Keine Stürme. Weder im Königreich noch in ihren Gedanken. Für einen Augenblick war alles friedlich.

Am nächsten Morgen.

»Daven, ja!«, rief Tenna mit ausgestrecktem Finger, als er auf den blonden Jungen zeigte.

»Die Frequenz ist überall. Theoretisch würde man keine Erde brauchen, da die Schwingungen den ganzen Planeten erfassen.«

Die meisten Schüler schauten mit genau dem gleichen Blick auf ihn – so wie immer. Manche schauten gar nicht mehr hin. Schließlich hatte sich schon jeder daran gewöhnt, dass Daven immer die richtige Antwort kannte. Andere schauten auf die große Sonnenuhr auf der Wand hinter Tennas Eisentisch.

»Richtig!«, rief Tenna, als er Annabel im Eingang des Klassenraumes stehen sah. Für einen kurzen Moment schien er aus seinem Gedankenstrom gerissen zu werden.

»Das ist eigentlich alles, was Erde ist. Vibration. Schwingungen. Je feiner sie werden, desto schwieriger ist es, sie zu bändigen. Doch hat man einmal den Dreh raus, so kann man Erdenergie beschwören. Anders als ein Luftangriff, der die Dichte und den Druck der Atmosphäre nutzt, nutzt die Erdenergie, oder auch Plasmaenergie genannt, die Schwingungen. Somit würde sie …«, erklärte Tenna, als Davens Hand in die Luft schoss. »Daven.«

»Jeglichen Luftangriff abwehren. Nur Wasser könnte die Energie neutralisieren, indem es die Formierung der Schwingungen ändert!« Davens Hand sank wieder. Wie stolz dieses Lächeln war. Er versuchte zwar, es zu unterdrücken, doch dafür war er zu leidenschaftlich. Wer weiß, vielleicht würde er eines Tages Elementarkunde unterrichten.

»Sehr gut, Daven«, sprach Tenna.

Annabel lächelte. Die Farbe der dunkelblauen Kapuze wirkte

im Kontrast zu ihrer hellen Haut noch satter, noch tiefer. Der Klang des zusammenklappenden Buches löste einen plötzlichen Lärm von quietschenden Holzhockern und Schritten aus.

»Vergesst das Experiment nicht!«, rief Tenna den flüchtenden Schülern hinterher.

Manche der Kinder schauten verängstigt auf Annabel, manche eher bewundernd. Ihr Gesicht, ihr Name, sie waren nicht unbekannt: das Feuerwunder von der Farm, das vom König selbst aufgenommen wurde. Jedes Dorf und jede Stadt kannten die Geschichte und noch viel wichtiger, Annabels Ruf in der Legion. Die bekannteste, gefährlichste Kriegerin des ganzen Landes, hieß es. Seltsam, warum sie sich eigentlich nie der Elite angeschlossen hatte.

Aber vielleicht war es auch typisch für Annabel. Hatte sie einmal Familie gefunden, konnte sie sie kaum loslassen. König Leon, Lenard, Elyos, sie waren ihre einzige Familie. So sagte sie zumindest, immer und immer wieder. Doch selbst diese Familie schien langsam zu schwinden. War sie dazu verflucht, jeden, den sie liebte, an den Tod zu verlieren?

»Einfach atemberaubend! Ich hoffe, dass bei mir die Erdbeschwörung entfacht!«, sprach Daven mit geballter Freude. Wenn er könnte, würde er wahrscheinlich losschreien, stattdessen schien er seine Euphorie in seinen zittrigen Fäusten zu verstecken.

»Haha, da bin ich mir ganz sicher, Daven. So, los, Zeit nach Hause zu gehen«, flüsterte Tenna. Seine reibende Hand versank in Davens blondem Haar, bevor der Junge freudig forteilte.

»Zwölf Jahre alt und sein einziges Interesse ist die Natur der erweiterten Elementarbeschwörung«, seufzte er belustigt, als er auf Annabels Lächeln blickte. Seine Bücher stapelte er übereinander.

Der Staub auf dem Eisentisch hatte sich in den letzten Tagen reichlich gesammelt.

»Wer weiß, vielleicht stiehlt er dir den Titel.« Sie schaute dem Jungen freundlich hinterher, als er im Gang der Akademie verschwand.

»Oh nein, nicht vielleicht, ganz sicher!«, lachte Tenna. Mit einem tiefen Atemzug schaute er auf Annabel. Seine Finger ruhten auf dem dicksten Buch des Stapels.

»Ich habe von Lenard und Elyos gehört.« Tenna zögerte. Annabels bedrückte Augen ließen sein Mitgefühl weiterwachsen. »Ich bin mir sicher, dass Leon sie finden wird, er –«, wollte Tenna sagen, als Annabel ihn unterbrach.

»Tenna«, flüsterte sie mit geschlossenen Augen. Ihr Blinzeln war schnell. Verwirrt. »Leon wird sie nicht finden.«

Tennas Hand löste sich von den Büchern und tauchte zwischen seine gekreuzten Arme. Erwartungsvoll und still blickte er auf Annabel. »Wie meinst du das?«

»Elyos und Lenard, sie sind tot.«

Schockiert fiel Tenna einen Schritt nach hinten, stützte sich an der Tischkante. »Annabel, was redest du?«

Sie schaute sich um, als ob noch jemand im Raum wäre, obwohl es klar war, dass keiner mehr dort war. Nicht einmal Daven.

»Versprich mir, dass du nicht durchdrehen wirst«, flüsterte sie.

Tenna starrte sie durchdringend an und nickte verwirrt, doch neugierig. Seine Augen weiteten sich in purem Staunen, als er auf ihren Arm blickte.

»Anna? Was im Namen Saretums?« Flüsternd sprang er nach vorne. Er zog Annabels Arm vor sein Gesicht, seine Finger fassten um ihr Handgelenk. »Wie?«, murmelte er.

Annabel schaute in sein starres, erblasstes Gesicht.

Er schaute zurück, versank tief in ihren zittrigen blauen Augen, bevor er wieder auf das Blau in ihren Venen schaute. Die Energie, sie strömte, pulsierte leise unter ihrer Haut.

»Lenard hat die Energie des Kristalles in mir versiegelt«, erklärte sie unwillig, als sie in Tennas noch bestürzteres Gesicht schaute. »Tenna?«

Seine Augen, diese Reaktion, sie schien mehr zu verbergen. Es war nicht nur der Schock, es war etwas anderes. Es war eine Erkenntnis. Und diese machte ihm Angst.

»Anna, ich muss dir etwas erzählen«, sprach er mit kaltem, flachem Atem.

Die Akademie war das zweitgrößte Gebäude des Dorfes. Das größte? Die Burg. Doch obwohl der König hier hauste, war sogar die Burg nicht das größte Gebäude des ganzen Saretoriums. Das war der Palast der heiligen Hauptstadt des ganzen Saretoriums, des Pan De Sartums. Neben der Akademie des Pan De Sartums war die Akademie des Dorfes von Sare eine der begehrtesten.

Ob es nun daran lag, dass das Dorf direkt neben dem Berg von Sare aufgebaut war oder weil Tenna sich entschied, nur hier zu unterrichten … da schieden sich die Meinungen. Allerdings muss es schon etwas bedeutet haben, dass selbst Kinder der adeligsten Familien des ganzen Landes hierhin geschickt wurden.

Annabel schaute durch die riesigen, weiten Fenster des breiten Flures. Eins war klar. Die energetische, moderne Architektur des Pan De Sartums konnte sie nicht übersehen. Während die Burg vor Tausenden von Jahren aus Marmor und Stein erbaut wurde, fand man hier nur Eisen und Glas, abgesehen von den Holzhöckern in den Unterrichtsräumen.

Irgendwie musste man dann doch unterscheiden zwischen Adel und dem normalen Volk. Es sei wichtig für die wirtschaftliche Struktur des Königreiches, erzählte König Leon immer.

»Tenna, was ist los, verdammt nochmal, warum bist du so seltsam!?«, brodelte Annabel gereizt, als Tenna das eiserne, glatte Tor hinter sich verschloss.

Mit einer Handbewegung aktivierte er die Plasmalichter auf den oberen Leisten der Wände.

Man hätte Plasmalicht mit dem Feuerelement verwechseln können. Nur Feuerbeschwörer konnten Räume mit ihren Flammen aufhellen.

Solche Plasmalichter funktionierten ähnlich. Sie reflektierten durch klitzekleine Gläser die Energie der Sonnenstrahlen. Durch die richtige Hitze und die passende Vibration konnten Erdbeschwörer sie nutzen, um jene Lichtenergie sichtbar zu machen, sie praktisch nach innen zu reflektieren. Die Energie, die sich über einen sonnigen Tag bündelte, reichte sogar, um eine halbe Nacht zu leuchten.

Etwas, das ziemlich wichtig für einen Untersuchungsraum war. Fenster gab es wegen der Privatsphäre der Patienten nicht. In der Mitte des Raumes war es am hellsten. Genau über dieser eisernen, mit Leder bedeckten Liege.

»Ich glaube nicht, dass Lenards Entscheidung wirklich spontan war«, sprudelte es aus Tenna heraus, als er seine Gürteltasche auf den eisernen Tisch neben der Liege legte.

Annabel stoppte verwirrt hinter ihm, bevor sie seiner Handbewegung folgte und sich langsam auf die Liege setzte.

»Wie meinst du das?«

Tenna zögerte. Er schien noch selbst zu überlegen. »Hier«, wich aus seinen zittrigen Lippen, als er das Vokabular aus dem unteren Fach des Tisches herauszog.

Annabel sah nur noch verwirrter aus.

»Schau«, sprach er, als er ihr das aufgeschlagene Buch vor die Nase hielt. Annabels Finger strichen über die rauen Kanten des Buches, bevor sie hineinblickte.

»Was ... ist das?«, murmelte sie zu sich selbst, während sie die Skizzen und Gravuren neben dem Kristall musterte.

Sanft strich sie sich eine Strähne hinters Ohr. Ihr Atem vertiefte sich. Wurde lauter. Fast so laut wie das Wenden der alten Papierseite.

»Energiestörung?«, flüsterte sie verwirrt, als sie auf Tenna schaute.

Sein Gesicht. Es sah blass aus.

»Aber der allerfeinsten Art«, sprach er spöttisch und nahm Annabel wieder das Buch ab. »Eine Schattenkunst, mit der man für eine gewisse Zeit die Energie der Schöpfung durcheinanderbringen kann!«

Das Schließen des Buches hörte sich wie ein lauter Knall an.

»W– was, aber ... Du willst mir sagen, jemand hat die Energie mit Absicht manipuliert?« Annabels Augen wanderten nachdenklich von links nach rechts, wechselten schnell ihre Richtung, während sie die zerstreuten Stücke ihres Verstandes langsam zusammensetzte. »Willst du mir sagen, dass ...« Annabel zögerte. Sie wagte nicht, auszusprechen, was sie dachte.

»Was, wenn das alles kein Zufall war?«, rätselte Tenna mit gerunzelter Miene und gekreuzten Armen. Sein Daumen rieb über seinen Zeigefinger. Auch seine Gedanken sprangen zwischen seinen Augen. Es war nicht zu übersehen.

»Du meinst die Gewitter?«, fragte Annabel noch nachdenklicher als zuvor. Sie blickte auf Tennas angespannten Kiefer.

Er drückte so fest zu, biss so fest zusammen, als ob er versuchen würde, seine Worte zu verschlucken. Sie nicht aus seinem Mund weichen zu lassen.

»Nein, nicht nur. Ich meine –«, er zögerte.

Annabel schaute ihn erwartungsvoll an. War es das Gleiche, was sie dachte?

»Annabel, was, wenn Lenard die Energie mit Absicht in dir versiegelt hat?«, sprach Tenna ernst.

Ein kalter Schauer lief über ihren Rücken. Es fühlte sich so an, als wäre die Temperatur des ganzen Raumes gesunken.

Annabel atmete tief ein, lehnte sich langsam zurück. Ihr Mund, er stockte genauso wie ihre Augen. Solch ein stechendes, grässliches Gefühl. Fast so schlimm wie das Gefühl, das sie verspürt hatte, als Lenard sie auf die Knie zwang. Als er die Energie in sie einbrannte.

»W– was«, flüsterte sie, bevor sie vor Schmerzen zusammenzuckte.

»Annabel!«, rief Tenna erschrocken.

»Aaaaa!!!«

»Annabel, was ist!?« Vorsichtig stützte er ihre Schultern, während ihr Haar sich auf seinem Gesicht verteilte. Das Geräusch. Dieses tiefe Geräusch der Energie, es war lauter als sonst.

»M– mein Bauch«, stotterte sie, als sie voller Mühe den Stoff ihres Oberteiles hinaufzog.

»Heiliger Kristall von Sare«, hauchte Tenna mit aufgerissenen Augen. Sein Griff löste sich von Annabel.

Die Energie, sie pochte nicht mehr, nein. Es waren nicht nur kleine, einzelne Venen, die immer mal wieder aufleuchteten. Das?

Das war ein ganzes Netz von Venen und Adern. Sie strahlten, flossen alle ineinander.

Das kristallblaue, strahlende Licht, es erhellte seine braunen Augen. Verwandelte die schwebenden Staubkörner in funkelnden Sternenstaub.

»Aber natürlich«, flüsterte Tenna in wahrem Staunen.

»Tenna, was passiert mit mir«, keuchte Annabel. Krampfhaft versank sie in ihrer eigenen Umarmung, beugte sich immer tiefer in ihren Schoß hinein. »Ah, Tenna!!!«

Tennas Hände berührten sie schon längst nicht mehr. Im Gegenteil, er stand einige Schritte weiter weg, geblendet, erstaunt von der Energie der Schöpfung. Das, was er sah, das war ein wahres Wunder.

»Die Energie, sie spaltet sich«, stotterte er.

»Sie tut was?«, versuchte Annabel mit verzerrtem Gesicht zu sprechen.

»Sie teilt sich auf. Wenn Energie zu dicht ist, wenn sie zu gebündelt ist, was tut sie!?«, erklärte Tenna mit schnellen Worten und hastigen Bewegungen, als er in den verschiedenen eisernen Schubladen des Raumes zu suchen begann.

»Aah!!!!«, schrie Annabel. »Sie explodiert?«

»Genau!«, rief Tenna mit erhobener Hand. Die funkelnde Nadelspitze traf auf das grelle Plasmalicht.

»Willst du mir sagen, dass ich explodiere?«, witzelte Annabel mit einem sarkastischen Lachen, bevor sie wieder in Schmerzen tauchte. Den Stich der Nadel spürte sie nicht einmal.

»Hier, mikrodosierte Jägerasche, das wird den Schmerz betäuben«, flüsterte Tenna und zog die Nadel langsam wieder aus ihrem Arm heraus. »Und nein, du explodierst nicht, Annabel, du«, sagte er, als er nervös die Nadel ablegte, »spaltest dich in zwei.«

Das große Fragezeichen auf Annabels Gesicht konnte Tenna nicht übersehen.

»Nun, was passiert, wenn zwei Geliebte, Mann und Frau … na, du weißt schon«, murmelte er mit diskreten, beschämten Bewegungen.

Je mehr Annabel verstand, was Tenna zu erklären versuchte, desto größer wurde der Ausdruck der Sprachlosigkeit auf ihrem Gesicht.

»Tenna, nein. Nein, das ist nicht möglich. Du hast die Untersuchungen selbst gemacht, es war … es war sicher. Ich kann keine Kinder bekommen«, wisperte Annabel. »Und selbst wenn es so wäre, ich habe Elyos drei Monate vor der Expedition nicht gesehen«, flüsterte sie noch verwirrter als zuvor.

Tenna sog schweigend die Lippen in seinen Mund. Seine Hände rieben verunsichert aneinander.

»Anna, ich spreche nicht von Elyos. Der Kristall … ich glaube nicht, dass er den Gesetzen deines Körpers folgt. Im Gegenteil. Wenn er die Fähigkeit zum Heilen hat …«, versuchte Tenna ganz achtsam zu erklären, als Annabels stumpfer Blick ihn unterbrach.

Langsam ließ der Schmerz nach. Doch das, das konnte sie nicht glauben. Wie? Wie sollte es möglich gewesen sein, fragte sie sich.

»Was, wenn er dich geheilt hat.« In seiner Stimme klangen die Angst und der Respekt mit.

Annabels Blicke rasten hin und her. Versuchten die Gedanken zu greifen, wenn auch nur einen einzigen davon. Doch es waren zu viele. Es war Chaos. Chaos, das sich langsam ordnete. Wie ein Funke Licht, der ein unerklärliches Gefühl tief in ihrer Brust erwachen ließ.

»Ich bin schwanger«, rollte zögernd von ihrer Zunge, als sie vorsichtig auf ihren Bauch schaute. Ihre Finger zuckten schockiert von ihrem Bauch weg, bevor sie sich doch wieder näherten.

»Wie kann das ... Das ist unmöglich.« Fragend, verwirrt, verängstigt und gleichzeitig staunend warf sie ihren Blick auf Tenna. Es war genau der gleiche Ausdruck zwischen seinen Augenbrauen.

»Der Kristall der Schöpfung. Er erschafft ein Kind. In dir«, erklärte er.

Er erschafft ein Kind. In dir, schallte immer wieder in Annabels Gedanken.

»Ich ... ich bin schwanger« Diesmal, diesmal klang es nach Akzeptanz. Doch mit genau dieser Akzeptanz kam eine neue Frage auf. Wenn es Lenards Absicht war, die Energie in ihr zu versiegeln, hatte er gewusst, was geschehen würde? Denn wenn es so gewesen wäre, dann hatte sie eine neue Frage. *Warum?*

VI

»DU KANNST DIESES KIND BESCHÜTZEN.«

Im Tempel des Dorfes.

Annabels Finger streiften immer wieder über ihren nackten Bauch. Mal etwas sanfter, mal etwas fester. Doch jedes Mal, jedes einzelne Mal, staunend und wundernd.

»Wie ist das möglich?«, grübelte sie, als grausame Worte alter Erinnerungen zwischen ihren Ohren schallten. Erinnerungen, die immer wieder den gleichen bitteren Geschmack mit sich trugen.

»Es tut mir leid«, hörte sie Tenna in ihrem Verstand sagen. Doch seine Stimme klang jünger. Bilder von verwaschenen Lichtern. Von Blut und Tränen.

»Ich bin schwanger«, murmelte sie wie hypnotisiert. So viel Tiefe … Ihr Blick, man hätte sich darin verlieren können. Genauso wie sie es tat, als sie in den schattigen Spiegel zwischen den schlangenförmigen Statuen schaute. Langsam atmete sie ein. Es war der erste Moment des Tages, an dem sie ihre Hände von ihrem Bauch nahm.

Ihr blaues Gewand strich über ihre nackten Beine, als sie aus dem kleinen Nebenraum hinauslief. Solch weiche, bare Schritte auf solch kaltem, hartem Boden. Er glänzte, spiegelte das Mondlicht wider, das durch die großen Mosaikfenster seinen Weg hineinfand. Genau wie ihr Haar so schimmerten auch ihre Schultern. Schritt für Schritt pochte ihr lautes Herz. Dieser Ort, er war zwar nicht so groß wie die Burg, doch er wirkte genauso beeindruckend wie die königlichen Säle selbst.

Die Wände, der Boden, dieser Marmor war dunkler. Bräunlicher. Wie geschliffenes, nasses Ebenholz schmückte es den Tempel. Die flackernden Kerzen warfen ihr warmes, mitfühlendes Licht auf die Gesichter der beiden Frauen.

»Du bist zu jung, um hier zu stehen, mein Kind«, hustete die ältere, kleine Dame vor dem Altar. »Hier kommen nur die Seelen zum Beten hin, die eine andere verloren haben.«

Annabels blondes Haar strich über ihre Schulter, als sie auf das faltige, doch weiche Gesicht der Dame blickte. Sie zögerte.

Der Atem der Dame wanderte wie eine traurige Melodie über die flackernden Flammen der langen, schmalen Kerzen. Ihre Hände ruhten übereinander. Beide gestützt auf der hölzernen Kante des Gerüsts, das den Altar vom Rest des Raumes trennte.

»Diese Flammen. Sie sind bittersüß, nicht? Sie geben einem das Gefühl, als ob sie noch hier wären. Als ob sie einen besuchen würden. Erinnern aber tatsächlich daran, dass sie fort sind«, munkelte die alte Dame mit brüchiger Stimme und schwerem Atem, während sie lächelnd auf Annabel blickte. »Mutter, Vater?«

Annabels Lippen folgten ihrem stillen Blick. »Geliebter«, antwortete sie.

»Ah …« Die Dame schaute wieder still nach vorne. Die Flammen, sie wirkten heller.

»Ich bin mir sicher, dass er eine hübsche Frau wie dich nicht so einfach verlassen wird«, lachte die Dame mitfühlend. Sie klang erfahren. Es war dieses lockere, dieses einfache, doch auch verletzte Hauchen in ihrer Stimme. Es war die Schwere und dennoch Sicherheit ihrer Worte.

»Ist er der Vater?«, wisperte sie.

Annabels Blick folgte erschrocken dem der Dame.

»Man kann es nicht übersehen, Liebes. Vielleicht kann man sich in einer anderen Art von Liebe täuschen, doch die einer Mutter, diese ist unverwechselbar«, flüsterte sie, als sie mit wankenden, schwachen Schritten etwas nähertrat.

»Du …« Ihr Finger wackelte wie ihr Kinn langsam vor Annabels Gesicht. Das warme Licht der Kerzen schmückte die reife Haut der Dame. Ihr kurzes, graues Haar bedeckte ihre Ohren. »Du hast sie in deinen Augen. Diese Liebe«, sprach sie mit einer kurzen Pause. »Er wäre sicher ein guter Vater gewesen«, fuhr sie bedacht fort, als ihre Finger wieder die Kanten der Bänke umfassten.

Die Worte dieser Dame, sie drangen tief in Annabels Verstand. Annabel schaute nach vorn. Für einen kurzen Augenblick verlor sie sich im Anblick des verzierten, goldenen Areskopfes, der die Mitte des Altars dekorierte.

Es wirkte so, als ob er sie anschauen würde, als ob er genauso tief in sie hineinblicken würde. Langsam schwand ihr Blick, wechselte zum warmen Licht der Flammen.

»Ja«, murmelte sie genauso sanft, wie sie schaute.

Die bronzenen und goldenen Statuen hinter den Kerzen schimmerten wie ihre Schultern.

»Ja, das wäre er gewesen«, wisperte sie kaum hörbar.

Das Knistern des Sandes unter den Kerzen überdeckte das zischelnde Geräusch des Feuers, als sie langsam die kleine Kerze hineinsteckte.

»Was ist mit Ihnen?«, wagte sich Annabel zu sprechen. Sie klang neugierig, vorsichtig.

Es war ein kurzes, stumpfes Zucken der alten Dame. Sie lachte leise. Doch es war kein fröhliches Lachen, kein freudiger Ton. Es war diese Art von Lächeln, das versuchte, eine alte Wunde zu bedecken.

Annabels Augen zitterten im Licht des Feuers, als die alte Frau noch einmal hineinblickte.

»Sieht man sie nicht mehr?«, flüsterte die alte Dame rau. Ihre Kehle sprang auf und ab. Ihre Brust, so verkrampft.

Annabels Schock floss still aus ihrem Mund, als sie den Schmerz der Frau erfasste.

»Die Liebe in meinen Augen?«, murmelte die alte Dame mit einem bittersüßen Lächeln.

Annabel schwieg. Schaute sie an. Das war wahrscheinlich das erste Mal, dass sie wirklich verstanden hatte, was es bedeutete, ein Kind zu lieben.

Nur noch Schweigen. Eine melancholische Stille. Beide Frauen tauchten in das Geflüster der Kerzen. Das Mondlicht, langsam bedeckte es das ganze Dorf.

In der Burg des Dorfes.

Die Person, die zurückschaute, wirkte wie eine Fremde. So kalt. So leer starrte sie sie an. Sie verweilte so für eine ganze Weile. Was auch immer in ihren Augen hauste, es war verborgen. Vorsichtig fanden ihre Finger ihren Weg aus den schwarzen, vollen Locken. Solch ein giftiges Rot.

Sie presste es auf ihre Lippen, beugte sich langsam etwas nach vorne. Das Kerzenlicht warf seinen Schleier über den Spiegel. Je näher sie rückte, desto heller wurde die rote Farbe.

Trotz dieser Leere wirkte das Grün in ihren Augen nicht so giftig, nein. Es war verzaubernd, hypnotisierend. So tief. So exotisch. So warm. Langsam zog sie den Lippenstift herunter, hielt ihn noch fest in ihrer Hand.

Bedächtig lehnte sie sich tiefer in den Stuhl zurück. Da! War es Angst? Wut? Ihr Blick zuckte genauso wie ihr Mund, fast so wie ihr Atem.

Ein Ton erklang. Es war das Zerbrechen des braunen Gehäuses, das den Lippenstift umhüllte. Die rote Farbe verteilte sich zwischen ihren Fingern. Nun war es deutlich. Das Gefühl in ihren Augen. In ihrem krampfenden Griff. Es war Wut.

»Meleoidy«, hörte sie Annabel sprechen, als die Tür langsam aufging.

Erschrocken löste sich ihr Griff. Schnell schaute sie sich um, bevor ihre roten Finger in das beige Tuch versanken, das sie aus der kleinen Schublade herausgezogen hatte.

»Störe ich?«, fragte Annabel bedrückt, als sie in den kleinen Raum hineintrat. Ihre Schritte folgten ihrem Blick zum Bett neben der Wand.

»N– nein«, murmelte Meleoidy, während sie sich zu fassen versuchte. Zögernd stopfte sie das Tuch wieder in die Schublade, ohne wirklich hinzuschauen. »Was ist passiert?«, fragte sie verwundert.

Annabels blasses Gesicht kühlte fast die Luft des Raumes. Sie konnte nicht viel tun, außer stockend ein- und auszuatmen. Ihre Hüfte sank immer tiefer in den weichen Stoff der Decke. Wie bei einem schüchternen Kind ruhten ihre Hände zwischen ihren Knien. So kannte Meleoidy sie nicht. So eingeschüchtert. Fast schon hilflos.

»Anna?«, flüsterte Meleoidy, als sie zügig aufstand und sich neben sie setzte. »Was ist denn?« Ihr Blick traf auf Annabels.

Meleoidy strich sich vorsichtig eine Strähne hinters Ohr, bevor auch ihre Hand zwischen Annabels Knie versank.

Es dauerte eine Weile, bis Annabels Blick auf ihrem zur Ruhe kam. Als würde sie nach Mut suchen, oder Verständnis, einer Erklärung. Solch ein Chaos in diesen tobenden, stillen Tränen.

»Ich –«, stotterte Annabel, als sie eine der Tränen schnell auffing. Ihre Hand glitt grob über ihre Wange. »Ich –« Annabel stockte.

»Du, was? Was ist denn, Anna?«, fragte Meleoidy, diesmal etwas aufdringlicher, auffordernder. Annabel zögerte.

»Ich bin –«, wollte sie sprechen, als ein lauter, schmerzhafter Schrei alle Säle der Burg entlangwanderte. »Mel, was war das!?« Ein weiterer Schrei raste durch die Gänge der Burg.

Ohne zu zögern, sprangen die beiden hoch, rannten zur Tür.

Der Tee auf der Kommode floss leicht das graue Porzellan herunter, verteilte sich unter dem Holz.

Annabel riss den Türgriff fast heraus, bevor ihre Schritte in den Gängen der Burg widerhallten.

Die Schreie hörten nicht auf. Sie wurden immer lauter, es wurden immer mehr. Der Gang, er war plötzlich so hell. War es Feuer? Waren es die Flammen, die ihr Licht durch die gewaltigen Fenster warfen?

Annabels Schatten löste sich zwischen der Dunkelheit der Fenster auf, tauchte dann mit jedem neuen Lichtwurf auf.

»Was ist passiert!?«, fragte sie das Dienstmädchen, das ihr entgegenrannte. Annabel blickte in ihr zitterndes Gesicht. Doch das Mädchen brachte kein Wort heraus. Es war zu viel für eine so junge Seele, so etwas Grausames zu sehen. Es war eine Tat, die diesem Dorf, diesem Königreich nicht bekannt war.

Annabels Haar folgte dem Windstoß ihrer Schritte. Verwirrt

über die Blässe, über die Furcht des Dienstmädchens rannte sie weiter, als sie die Schreie näher rücken hörte.

Der riesige runde Eingangssaal schluckte die Lichter der aufgerissenen Tore. Die rauchige Luft drang in die Burg hinein, als Annabel die ersten Gesichter hinter den Toren auf dem Außenhof in Terror versinken sah.

Es war ein stiller Schrei, der hinter ihren Händen erstickte. Sie drückte fest zu, verschloss ihre Lippen. Umso weiter riss sie ihre Augen auf. Umso tiefer drang die Furcht in ihre Seele. Stockend blieb sie stehen. Die Funken der tobenden Flammen erhellten ihre zittrigen Wangen.

»Du meine Güte …« Ihr Flüstern vermischte sich mit den Tränen und den Rufen der Masse. In jedem Gesicht war der gleiche Terror zu sehen.

Ja, sogar in Meleoidys. War das etwa eine Träne in ihrem schnellen Blinzeln? Ihre Hand glitt ihren Mund entlang. Dieser Atem, er hörte sich so gepeinigt an. Er schnürte ihr den Hals zu, stach tief in ihre Brust. Solch ein Durcheinander. Solch ein Spiel von Ungewissheit und Gewissem.

Kopfschüttelnd entfernte sie sich vom großen Fenster, versuchte, das Bild vor ihren Augen zu vergessen. Anders als Annabel betrachtete Meleoidy das Geschehen hinter einem der Fenster der oberen Gänge. Ihr Atem, er war immer noch knapp.

Zögernd rannte sie in einen der Burggänge. Ihre Schritte: immer schneller. Ihr Blick: immer tiefer.

Annabel wagte sich einen Schritt nach vorne, langsam die Eingangstreppen hinunter, als sie auf die schreiende, kniende Frau hinter den zwei gewaltigen, blutbedeckten Pfählen blickte.

»Utakata!«, schrie das sterbende Herz der jungen Frau. »Nein!« Sie weinte und brüllte in einem Ton, in einem Leid, das tatsächlich nur eine Mutter verstehen könnte.

»NEIN!«, brüllte ihre raue, zerfleischte Stimme als sie auf den gekreuzigten Körper ihres Jungen über sich schaute.

Das Blut tropfte von seinen Händen die schrägen Pfähle hinunter. Dort hing er. Hoch oben. Jeder einzelne Bürger konnte ihn sehen. Doch nicht jeder einzelne traute sich hinzuschauen.

Annabels zitternden Lippen wagten es nicht, zu sprechen. Die Schreie dieser Frau brannten schlimmer als die Flammen unter den Pfählen. Utakatas Haar, es bedeckte sein Gesicht. Annabel sah die blutigen Schnitte unter seinem dunkelblauen Hemd. Ein Anblick solch grausamer Natur.

Ein Gefühl, das sich in allen Straßen verbreitete. Und es brannte hell, das Blut vor seinen Füßen, unten am Boden. Es brannte zwischen den tobenden Flammen.

»Nein …«, stotterte Annabel als sie den glasigen Behälter erfasste, der um Utakatas Hals hing. »Leon …«

Wie vereist starrte sie hinauf. Und die gleiche Kälte, die in Utakatas totem Körper hauste, fand ihren Weg in sie hinein. Eine Botschaft. Das war es, das sie sah.

Doch was war grausamer, als dieses kalte Gefühl in ihrer Brust? Waren es die Wunden auf seinem Körper oder die Nägel, die sich tief in seine blassen Hände bohrten? Was war es, das von solcher Bestialität zeugte?

Das Schreien seiner Mutter, es erlosch in ihrem stillen Wippen. Es sah so aus, als ob sie sich immer wieder auf und ab verbeugen würde. Betteln würde. Doch dies würde nun nichts mehr bringen. Utakata war tot. Seiner Unschuld beraubt.

Und die einzige Frage, die sich jeder einzelne Saretorianer auf dem Hof stellen konnte, war, welch Angst er verspürt haben musste, als sein Peiniger ihn niederstreckte.

Denn nein, egal wie viel Furcht in den Herzen der Dorfbewohner herrschte, sie war nichts, nichts im Vergleich zu der Angst, die er verspürt haben musste. Die er ertragen musste. Utakata …

Meleoidys Haar fiel vor ihr Gesicht, versteckte ihre zweifelnden, verwirrten Augen. Schritt für Schritt drang sie schneller, tiefer in einen der hinteren Säle der Burg hinein.

Die hinteren Säle waren meistens leer. Zu dieser Uhrzeit weniger besucht. Und bei solch einem Geschehen würde hier sowieso niemand aufzufinden sein. Nur sie, die schimmernden, goldenen Kronleuchter und die stumpfen Schreie der Nacht.

Meleoidy blieb vor dem hohen Fenster stehen, das von grünen, blauen, roten Farben und goldenen Mustern verziert war. Selbst wenn sie sich anstrengen würde, könnte sie nicht hinausschauen.

Doch auch, wenn sie es könnte, würde sie nicht viel sehen. Das Bild, das in ihren Gedanken tobte, von dem sie zu flüchten versuchte, spielte sich auf der anderen Seite des Hofes ab. Die roten Dornen ihres Kragens drückten immer tiefer in ihren Hals hinein. So wie ihr Herz in ihrer Brust schlug, so versuchte sie, es zu verdrängen, was auch immer …, was auch immer dieses seltsame Gefühl war.

»Ich hätte dich töten sollen, als ich die Chance dazu hatte«, hörte sie seine dunkle Stimme, als sie sich erschrocken umdrehte.

Ihr Haar schwenkte im Lichterspiel des Fensters, riss jede Farbe mit sich. Das Mondlicht – bläulich rot.

»Iuel«, hauchte sie. »Wie – wie bist du, d– du bist vor meinen

Augen, du warst –« Für jeden Schritt, den er nach vorne ging, ging sie einen zurück.

»Wir haben alle unsere Geheimnisse, Mel, doch du – du bist zu weit gegangen«, sprach der schwarzhaarige Mann.

Das Dunkelviolett zog sich über seine ganze Rüstung. Das Leder unter den Ketten und Stoffen schmiegte sich an seine muskulöse Brust. Waren das Rabenfedern an seiner Schulterrüstung? Sie glitten elegant seinen Rücken hinunter, schmückten die schwarzen Eisenkrallen seiner Finger.

»Du hast nicht die geringste Ahnung, wovon du sprichst,«, zischte Meleoidy angespannt, als sie einen weiteren Schritt nach hinten fiel.

Iuel seufzte. Sein spitzer, schnabelartiger Eisenkragen endete knapp unter seinem starken Kinn. Mit jedem Schritt schien er diesen unerklärlichen, düsteren Nebel zu verbreiten. Wie eine umschlingende, weiche Dunkelheit.

»Ich habe keine Ahnung? *Ich* habe keine Ahnung!?« Seine Stimme, sie klang nach Enttäuschung.

Meleoidys Absatz schlug gegen die kalte Leiste der Wand, während er sich immer weiter näherte.

»Es gibt kein Zurück mehr, oder?«, wisperte er leiser als zuvor, als er einen weiteren Schritt nach vorne ging.

Seine Ausstrahlung, sie füllte den ganzen Raum. Die Atmosphäre schien ihm zu gehorchen. Es war diese unerklärlich tiefe Ruhe in seinem messerscharfen Blick, die einen so fesselte. Seine sicheren Schritte.

Meleoidys Hand tauchte in den Schatten hinter ihren Hüften.

»Du hättest nicht hierherkommen dürfen«, murmelte sie nervös. Sie hob ihr Kinn.

Die Ringe auf ihren Fingern verwandelten sich. Mit schlangenartigen Bewegungen lösten sie sich, glitten ihre Finger ringelnd hinunter. Wie fließendes, schmelzendes Gold flossen sie ihre Handfläche entlang, formten einen langen, spitzen Dolch.

Ihre Augen wanderten zu seinen. Sie waren genauso schwarz wie seine Federn. Für einen Augenblick spürte sie die Vertrautheit zwischen ihren Blicken. Sie umschloss die Klinge fest, bevor sie mit voller Wucht auf Iuel zielte. Doch sein Griff war schneller. Er packte fest zu, als dieses stumpfe Geräusch erklang.

»Iuel!«, schrie Meleoidy erschrocken auf. Ihr Blick haftete an ihrer Hand zwischen seinem festen Griff.

Die Klinge zitterte, folgte ihrem Krampfen.

»Nein«, flüsterte sie, als sie in Iuels Augen blickte.

»Verrottet bis zum Kern ...«, sprach er, bevor er die Klinge aus ihrem Magen zog.

Meleoidy keuchte und stöhnte in finsterer Überraschung, als sie voller Trauer auf ihn blickte. »I- Iuel ...«

Das tropfende Blut wurde immer mehr. Je weiter er die Klinge herauszog, umso mehr sammelte sich auf dem glänzenden Boden. Je weiter er die Klinge herauszog, umso hilfloser wurde ihr Blick, umso weniger zitterte ihre Hand.

Es hallte Verwirrung in ihrer Stimme. Iuels Gesicht rückte näher. Sein warmer Atem traf auf ihre kalte, blasse Wange.

»Wird Zeit, deine wahren Farben zu zeigen, kleiner Schmetterling«, flüsterte er, bevor er seine Klinge vollständig herauszog.

Ihr Blick haftete immer noch an ihm, während sie beide Hände gegen ihren Magen presste.

Das dunkle, vibrierende Geräusch nahm den ganzen Raum ein. Der kreischende schwarze Nebel löste sich vor ihren Augen, verteilte einige schwarze Federn um sich. Iuel war verschwunden. Verschmolzen mit jenem Nebel.

Das Einzige, was zurückblieb, war ihre Angst. Ihre Verwirrung. Und als der Nebel langsam schwand, so schwand auch das Bild vor ihren Augen. Je tiefer sie in sich einsackte, je dunkler ihr Blut wurde, umso verschwommener, umso schwacher wurde alles vor ihr.

»Ah«, stöhnte sie, als sie auf ihre Knie fiel. Hilflos wühlte sie im Blut, verschmierte es über den ganzen Boden, bevor auch ihr Haar hineintauchte. Mit aller Kraft versuchte sie, sich nach vorne zu ziehen. Vergeblich. Unter Krämpfen brach sie zusammen. Das Blut, es pumpte. Ihre Hand glitt langsam zu ihrem Magen hinunter.

Ihr Name war das Letzte, was sie hörte. Diese Stimme, sie war so laut. Anders als Iuels. Doch ihr Bewusstsein, es war fort. Ihr offener, starrer Blick ... leer.

»Meleoidy!«, rief König Leon erneut. Seine Plattenrüstung schlug laute Echos in den Raum hinein. Er eilte auf sie zu, sah das Blut unter seinen Füßen fließen.

»Meleoidy, Meleoidy!«, wiederholte er, während er sich zu ihr bückte. Beide seiner Hände rutschten unter Meleoidys Körper. Eine Hand stützte ihren Nacken, eine ihren Rücken.

»Meleoidy«, flüsterte Annabel, als sie aus ihrer Starre erwachte. Ihr Zögern, es verwandelte sich in rasende Schritte.

Das kreischende Weinen von Utakatas Mutter vermischte ihre Tränen mit seinem Blut. Einem Blut, das den leichten Stoff auf ihren Knien färbte.

Die flackernden Flammen warfen Annabels Schatten gegen die breiten Wände des Ganges. Es wirkte wie ein Kunstwerk, das immer wieder seine Form veränderte.

»Mel–« Sie stockte. »Leon«, wisperten ihre zittrigen Lippen, als sie auf den toten Körper ihrer Schwester schaute. Ihr Haar, es floss von Leons Hand herab.

»Annabel, ich, ich weiß nicht –«

»Nein!«, brachte Annabel hervor. Ihre Schritte waren langsam, ihre Augen brodelnd. Sie zuckte nicht, nicht einmal mit der Wimper. Starr blickte sie auf Meleoidy, trat einen Schritt näher. Dieses Geräusch, es war ein bekanntes.

»Was, was –«, murmelte Leon, als er verwirrt auf die blauen, leuchtenden Adern auf Annabels Armen schaute.

»Annabel, was ist das?«

Das Geräusch, es kam aus ihrem Körper. Die Energie, sie warf dieses leichte, pulsierende Licht in den Raum hinein. Es bedeckte das Rot der Wände, ließ die Flammen des Hofes wie kleine Funken scheinen. Ihr blondes Haar folgte ihren verneinenden Bewegungen.

»Ihr, ihr wart das. Der Junge, wie – wie konntest du? Wie konntet ihr!? Das ist deine – das ist eure Schuld. Lenard, du!«, sprach Annabel. Immer noch war kein einziger Wimpernschlag zu sehen.

Der Raum, er wirkte endlos. Als würde die Energie ihn ausdehnen. Als würde sie sich ausbreiten.

In Leons Gesicht lag Verwunderung. Langsam legte er Meleoidy ab, bevor er mit offenen Handflächen aufstand.

»Annabel, ich weiß nicht, wovon du sprichst. Ich –«, stotterte er, verloren im Anblick dieses majestätischen Lichts.

»Ist das …« Langsam verstand er.

Annabel. Sie schlug ihre Augen auf und zu. Eine glänzende Träne rollte ihre Wange hinunter.

»Das?«, fragte sie spöttisch, während sie ihre Arme ausgestreckt präsentierte. »War das überhaupt gewollt oder sollte ich auch sterben!? Das Siegelartefakt!? Ich dachte, dass ich es verloren hätte, glaubte, dass es meine Schuld sei!«, rief sie in rauem, grobem Ton, als ein stärkerer Impuls gegen Leons Atem schlug.

Stöhnend schaute er sie wieder an. Ihre Energie, sie wurde immer heller, immer lauter.

»Annabel, beruhige dich! Du musst dich beruhigen!«, sprach er, als er mit einem heftigen Schrei nach vorne flog. Seine Kehle sank in Annabels festen Griff.

»Nein!«, brüllte sie. Das Echo verteilte sich im ganzen Raum. Der Puls der Schöpfung, er übertönte das leise Geräusch hinter Leon. Es klang wie fließendes Wasser.

»Du – du hast es mir in meine Hände gedrückt, verflucht! Du und Lenard waren die Einzigen – die Einzigen – die wussten, dass ich es habe. Du – Du warst das! Du hast es mir entnommen!«, grölte Annabel. »Die Energie sollte da rein. DA rein!!! Wieso? Wieso ich!?« Ihr Griff wurde fester, ihr Haar, es bebte dem Klang der Energie folgend. Der Raum, er leuchtete immer bläulicher.

»Ann–«, versuchte Leon zu sprechen, als sich die Energie langsam unter seine Haut bohrte.

Annabels Atem tanzte auf seiner Nase. Ihre kristallblauen, leuchtenden Augen strahlten heller, als er jemals hätte beschreiben können. Solch eine Tiefe.

Dieser Kristall, er war ein Mysterium. Doch dieses Lichterspiel, diese Machtvorführung, sie war nicht das einzige Phänomen, das sich in diesem Raum abspielte.

Es floss …, floss langsam zurück.

Leons schmerzerfülltes Keuchen wurde immer greller. Vergeblich versuchte er, Annabels Griff zu lösen. Seine Beine zappelten immer weniger, verloren den Boden unter sich. Annabel zog ihn hoch, drückte ihn weiter von sich weg, als sie noch einmal tief in seine panischen Augen schaute.

»Ein König, was?«, flüsterte sie.

Alles wurde stiller.

»An– Anna ...«, röchelte er.

»Ich sehe nur einen erbärmlichen, schwachen Narren.«

Und plötzlich war es vorbei. Sein Keuchen erlosch im knackenden Geräusch seines Genicks.

Es wirkte wie Erleichterung. Ihr stiller Atem. Ihr Gesicht: leer. Keine einzige Emotion. Bis sie wieder nach vorne schaute. Ihr Blick wanderte schneller als ihre Gedanken.

»Was im Namen ...« Wie eine kaputte Puppe warf sie Leons toten Körper zur Seite, als die Energie zu pulsieren aufhörte und das Licht erlosch.

Doch die Magie, sie war immer noch dort, präsenter als zuvor. Ein so verwirrender Anblick. Sie war still. Beobachtete das Geschehen. Dieses fließende Geräusch war kein Wasser.

Es war Blut.

»Meleoidy«, wisperte Annabel zögernd, als sie auf das Blut schaute, das seinen Weg wieder in den Körper ihrer Schwester fand. Das Staunen in ihren Augen, es war verzaubert, doch genauso angewidert.

Denn genau das war die Natur dieses dunklen Zaubers. Spaltend. Grausam. Und doch so wunderschön.

Meleoidys Haar entfaltete sich wie ein Schmetterling, dessen Flügel aus seinem Kokon brachen. Wie eine lange, wilde Rose, die im dämmernden Licht der Sonne aufblühte. Die schwarze Farbe erlosch, schwand, während etwas anderes ihren Platz einnahm, sich über ihr ganzes Haar verteilte. Wie eine Illusion.

Wie ein Zauberspiel färbte es jede einzelne Locke, jede einzelne Strähne in Blutrot. Ihre Haut, so weich, so prall wie ein goldener Schleier, der die vergangene Blässe auf ihren Wangen hinfort küsste. Und diese Augen ... als wären sie nicht schon bezaubernd genug gewesen.

Das? Das war ein Wunder. Manche würden sagen, dass es eine Schandtat war. Ihre Pupillen weiteten sich im Rhythmus ihres pochenden Herzens. Und so versank auch ihr sattes Grün in einem noch satteren Rot. Es leuchtete wie schwarzes Licht, schimmerte in glänzender Tiefe.

»Blutzauber«, hauchte Annabel schockiert, als sie auf die zuckenden Finger ihrer Schwester blickte.

»Haaaah!« Mit einem gewaltigen Atemzug stieß Meleoidys Brust nach oben. Ihr dunkelrotes Haar strich sanft über den trockenen, glatten Boden. Keine Spur von Blut. Keine Wunde.

»Wie viele Leben?«, hörte sie Annabel jammern, als sie schockiert zur Seite schaute.

»Was hast du getan?«, fragte Meleoidy leise, bevor ihr Blick von Leons totem Körper auf Annabel schwenkte.

»Was ich getan habe?«, flüsterte Annabel. Ekel erklang in ihrer Stimme, als sie erneut fragte: »Wie viele Leben, hm? Wie viele Leben musstest du für diesen Zauber nehmen?«

Zögernd musterte Meleoidy das Geschehen.

»Es waren keine würdigen Männer, glaub mir«, sprach sie in einem dunklen, spöttischen Ton. Sie setzte sich aufrecht hin. Stützte sich mit einem Arm noch gegen den Boden.

»Dir glauben? Witzig, Meleoidy«, sprach Annabel leise, als auch sie auf Leon blickte. »Ich habe keine Ahnung, warum er das getan hat. Warum Leon mir das angetan hat.«

Meleoidy zögerte kurz, bevor sie eins und eins zusammenzählte und auf Leon schaute. »Iuel«, schoss es aus ihr heraus. Die Blicke beider Schwestern trafen sich erneut.

»Iuel Herim?«, flüsterte Annabel. »Der tote Prediger?«

»Nun, dafür, dass er tot sein sollte, sah er ziemlich lebendig aus«, äußerte Meleoidy vorsichtig.

»Aber das, das kann nicht sein, wir – wir waren dabei. Ich habe es mit meinen eigenen Augen gesehen, Iuel Herims Hinrichtung?«

Meleoidy schaute sie still an, bevor sie sprach: »Anna, ich glaube, Iuel steckt hinter dem, was mit dir geschieht.«

Annabel trat aufmerksam vor.

»Leon, er sprach davon, dass es Komplikationen gegeben hat, dass du zu schnell heilen würdest«, fing Meleoidy an, zu erklären.

»Leon? Mit wem? Mit Iuel?«, fragte Annabel auffordernd, als sie sich langsam näherte.

»Ja«, flüsterte Meleoidy. »Anna, ich glaube, dass …«

Annabel unterbrach sie und schloss: »… Iuel die Energie der Schöpfung vernichten wollte. Leon muss sich ihm angeschlossen haben, deshalb hat Lenard versucht …«

»Dich zu töten. Anna, ich glaube, dass Lenard dich töten wollte«, rollte es von Meleoidys giftiger Zunge. Sie trat näher an ihre Schwester heran. Ihre roten Augen trafen auf Annabels blaues Strahlen.

»Warum sollten sie sonst die Energie in einem sterblichen Körper versiegeln?« Meleoidy klang aufbrausend. »Iuels jahrelange Predigt, dass das Königreich, das Regime, die Wurzel der Finsternis seien. Und worauf beruht das gesamte Königreich? All unsere Traditionen, unsere Vorsätze, unser Glaube.« Sie trat noch näher. Sah schon fast besorgt aus.

»Der Kristall. Die Energie der Schöpfung. Er wollte die Energie der Schöpfung auslöschen. Ein Zeichen setzen«, antwortete Annabel.

Meleoidy nickte. »Seine Predigt wird zur Tat. Kein Saretorianer hat ihm jemals zugehört. Keiner hat ihm Glauben geschenkt. Stattdessen haben sie ihn ausgeschlossen, verurteilt, gehängt! Er hat seine Strategie geändert. Wenn man nicht erhört, wird ...«, erzählte Meleoidy.

»Dann muss man gefürchtet werden«, fuhr Annabel fort. »Das Siegelartefakt.« Sie atmete erschrocken aus.

Meleoidy beobachtete Annabels wandernde Blicke.

»Du hast recht. Bricht ein Siegel, ist der Inhalt befreit, doch ist das Siegel ein sterblicher Körper, könnte auch – könnte auch die Energie sterben.« Annabels Worte klangen wie flüchtende Gedanken.

»Heiliger Kristall. Sie haben den Jungen getötet. Mir eine Botschaft geschickt. Seine Predigt. Der Tod des Königreichs. Er setzt ihn um. Sein Plan, mich zu töten, ist fehlgeschlagen. Deshalb muss er anders Chaos verbreiten. Die Bürger durcheinanderbringen! Mich durcheinanderbringen«, brodelte Annabel.

»Anna, ich glaube ...«, Meleoidy zögerte.

»Du glaubst was? Mel!?«

Meleoidy atmete tief ein und aus. Ihr Atem, ihr Gesicht, so dramatisch. So düster.

»Ich glaube, das war nur der Anfang«, sprach sie. »Und es ist nur eine Frage der Zeit, bis er einen Weg findet, dich zu töten. Die Gesetze der Energie zu umgehen«, erklärte Meleoidy besorgt, als ihre Hand sanft auf Annabels fiel.

Verwundert schaute sie auf Annabels erstarrtes Gesicht. Das, was sie sah, das war mehr als Angst. Annabels Hand rutschte in-

tuitiv auf ihren Bauch. Meleoidys Blick folgte ihrer Bewegung.
»Anna, was ist los?«

»Bis er einen Weg findet, die Energie zu vernichten. Das würde bedeuten, er muss jeden töten, der diese Energie in sich trägt«, murmelte Annabel mit immer schnellerem Atem, als sie panisch um sich schaute.

»Anna, was redest du da. Du bist die einzige Person, die die Energie in sich trägt«, sprach Meleoidy, während sie ihren Griff fest um Annabels Arme legte.

Annabels Kopf bewegte sich schnell hin und her.

»Meleoidy, nein. Ich glaube nicht, dass ich die einzige Person bin«, flüsterte Annabel. Ihre Hand strich über ihren Bauch.

Meleoidys Blick wurde weicher, offener. Neugieriger.

»Ich … ich bin schwanger«, sagte Annabel.

Es war wie eine aufbrechende Stille, die langsam beide Frauen umarmte. Meleoidys Gesicht tauchte in absolutes Schweigen. Die Flammen, sie waren schon längst erloschen.

Weitentfernte Rufe und Befehle von den Soldaten auf dem Hof fanden ihren Weg in die Burg hinein. Es waren Klänge von besorgten Bürgern, von Heulen und Jammern. Das Wispern vieler Dorfbewohner war noch im leichten Windzug zu spüren, der sich durch die Gänge schlich.

Meleoidys Griff wurde fester. Ihr Mund öffnete sich leicht, als sie starr auf Leon blickte, bevor auch sie ihre Hand auf Annabels Bauch legte.

»Du kannst dieses Kind beschützen«, flüsterte sie.

Zögernd folgte Annabel ihrem Blick, bevor sie schockiert zurückschaute. Meleoidy musterte das Gesicht ihrer zweifelnden Schwester.

»Nein …«, stammelte Annabel.

Meleoidy nickte langsam. »Die Tradition der Krone. Wenn es jemand schafft, einen König zu töten ...«, murmelte Meleoidy.

»... darf er seinen Platz einnehmen.« Annabel beendete den Satz, während sie Leons totes Gesicht musterte.

»Sie wollten dich töten, doch sie haben versagt, Anna. Das, was durch deine Adern fließt, diese Energie. Kein König dieser Welt ist ihr gewachsen. Du hast Macht. Macht, uns alle, das gesamte Königreich zu beschützen. Dein Kind zu beschützen«, sprach Meleoidy mit aufforderndem, aber leisem Ton. Sie klang sicher. Messerscharf.

Plötzlich blickte Annabel zurück. Ihr Kind beschützen, das war alles, was ihr wichtig zu sein schien. »Aber – es – es gab keine offizielle Herausforderung, kein öffentliches Duell. Wir sind nicht im Exil, Mel. Keiner wird mir glauben. Ich werde für Hochverrat gehängt, nicht als würdige Nachfolgerin gekrönt!«

»Hochverrat? Leon war der Verräter! Iuel hat ihn gebraucht, um seinen Einfluss auf das Königreich zu festigen. Er hatte einen König auf seiner Seite. Doch welche Chance hat er, dir zu schaden, wenn er es mit einem ganzen Königreich aufnehmen muss? Welches Königreich würde sich von einem Verräter führen lassen?« Meleoidys bittersüße Worte drangen in Annabels Geist.

»Ich kann ihn jagen lassen. Dafür sorgen, dass diesem – das meinem Kind niemals etwas passieren wird«, grübelte Annabel laut, während Meleoidys Griff noch fester, noch zustimmender wurde.

»Ich kann das ganze Saretorium gegen ihn richten«, sprach Annabel mit klarerem Blick, bevor sie noch ein letztes Mal auf Leon blickte.

Diesmal war es anders. Das Gefühl in ihrer Brust. Es war nicht mehr verwirrt. Es war entschlossen.

»Ich werde das ganze Saretorium gegen ihn richten«, flüsterte sie. Mit erhobenem Blick schaute sie in Meleoidys blutrote Augen hinein. Sie atmete tief ein. Nicht eine einzige Träne. Kein einziger Hauch von Furcht. Nein. »Ich werde ihn umbringen.« Ihre Stimme, sie wich aus ihrem kalten Mund, verteilte sich in der Stille um sie. Sie war sich noch nie so sicher gewesen. Ihr Blick so starr und zornig. Und sie sprach erneut:

»Ich werde ihn umbringen.«

VII

ANNELYA

Was ist Schicksal?

Ist es der mysteriöse, stille Hauch der Intuition, der dich dorthin führt, wo es dir schon immer bestimmt war, zu gelangen? Ist es die Entscheidung, die du triffst? Eine Entscheidung, geboren aus Leidenschaft, Schmerz, Überzeugung oder gar Hass?

Ist es eine Macht, uralt, unverstanden, die durch das ganze Universum reist? Die schon für dich bestimmt hat? Entschieden hat? Oder ist es dein Herz? Ein Gefühl? Etwas, das du einfach spürst? Das du weißt, wenn du es tust, wenn du es siehst, wenn du es verlierst? Schicksal ..., was ist Schicksal?

Diese Frage habe ich mir oft gestellt. Zu oft den Kopf zerbrochen. Warum?

Ist die Frage, die ich mir stellen sollte, vielleicht die, warum ich so sehr nach einem, nach meinem, Schicksal gesucht habe?

Oder habe ich nie wirklich nach meinem Schicksal gesucht, sondern ... sondern nur daran gezweifelt?

Ich hätte schwören können, dass ich es schon an diesem Tag gespürt hatte. War es das? War das mein Schicksal? Dieses Gefühl. Oder ...

... war es ER?

9 Monate später.

Die Blitze rasselten wie Schuppen über den Himmel. Donnerschreie, so laut wie die Schreie der Frauen selbst.

»Konhama! Konhama«, schrie die in Schweiß gebadete Frau, als sie die weißen Tücher fast mit ihren Fingern zerriss.

Die Schreie, sie wurden lauter, während die Flammen der Fackeln immer wilder leuchteten. Die Höhle war klein, nass. Das orangenrote Licht des Feuers warf seinen Schleier über das Baby zwischen den Beinen der schweißgebadeten Frau.

»Nein …, nein …, nein!!!«, brüllte Talja. Ihr Gesicht tauchte in Tränen. Ihre Hände in Blut. Taljas Heulen, immer flacher. Sie versuchte, es zu unterdrücken, versuchte, es zu verschlucken.

»Sie ist tot«, sprach die Dame neben Talja, als sie auf das kreischende Kind zwischen Taljas Händen schaute.

»Sie ist tot«, wiederholte sie, als die Schreie der schweißgebadeten Frau ein Ende fanden.

Taljas Augen konnten ihren Schmerz nicht verbergen. Dieses Kind, es spiegelte sich im Glanz ihrer nassen Augen wider.

Die Blitze, es wirkte so, als ob sie zuschauen würden. Als ob sie das Kind beobachten würden.

»Im heiligen Namen Saretums …, das Kind …«, flüsterte die Dame neben Talja, als Talja ihrem Blick auf die Schulter des Kindes folgte.

»Es hat das Mal«, flüsterte sie, während Taljas Schluchzen in stillem Terror versank. Das Zittern ihrer Lippe verteilte sich über ihren ganzen Körper, kroch durch die Schatten jener schicksalshaften Nacht.

»Es hat das Mal«, hörte Talja die Dame sprechen, als sie sie zögernd anschaute.

»H– hier, tue es auf die Felsen, wickle es ein«, stotterte Talja, als sie den kleinen Jungen in die Richtung der Dame streckte.

Das Licht der Fackeln legte sich über sein Gesicht, offenbarte sein krampfendes Kreischen. Die Schritte der Dame waren schnell, ihre Umarmung vorsichtig. Sachte legte sie das Kind in die weißen Tücher auf dem flachen Felsen.

Talja schaute verängstigt. So bedacht. Jede Bewegung war zögernd, jeder Schritt schmerzvoller.

»Sht, sht, sh–«, hauchte die Dame, als sie plötzlich aufstöhnte. Ein fleischiges, helles Geräusch erklang. Mit offenen Händen schaute sie auf das Blut, das aus ihrem Mund tropfte. »Talja …«, keuchte die Dame, bevor Talja sie in einem Ruck zur Seite warf.

Taljas Schrei war voller Schmerz. Es klang nach Leid. Nach purer Furcht. Sie schluckte, immer und immer wieder. Schluckte ihre Tränen, als sie das Messer neben den kleinen Jungen legte.

»Nar ma tah' ak uh ne vet«, hauchte sie.

Das Mal des Jungen, es schien ihren Worten zu gehorchen, wie ein Schatten zu verschwinden.

»Bis das Siegel bricht, wirst du gehütet sein. Wünschen tue ich dir, Paladin, dass, wenn jener Tag kommt, du vor einem Freund und nicht vor einem Feind stehen wirst«, flüsterte Talja, als eine Träne ihre Wange runterrollte.

»Drei Anschläge, sechs Zeugen, einhundert neue Rekruten«, zählte Meleoidy nachdenklich auf.

Das schwache Licht der Fackeln offenbarte ihr angespanntes Lächeln. Dieser Tisch. Er wirkte riesig. Genauso, wie diese thronähnlichen Sitze.

»Sehr gut, Kind. Du hast dich wirklich bewiesen«, sprach der grauhaarige Mann mit den schweren Ringen.

»Annabel Elims Angst wächst«, murmelte der Mann daneben. Sein schwarzes glattes Haar schien noch länger als zuvor.

Der dritte Mann nickte.

»So soll es sein. Wir dürfen nichts riskieren. Herim ist zu gefährlich«, sprach er, als er auf die schweren Ringe neben sich blickte.

Meleoidy richtete ihre Aufmerksamkeit nach vorn.

»Uce hat Recht«, betonte der grauhaarige Mann. »Iuel Herim bleibt nach wie vor ein Dorn im Ganzen. Wir wissen nicht, wie viel er weiß. Annabel muss ihn fürchten. Hassen. Und er darf sich nie wieder einen einzigen Schritt hinter diese Mauern trauen«, sprach er.

»Und das Kind?«, fragte Meleoidy. »Wie lange wird es dauern?«

»Nun …«, sprach der grauhaarige Mann, als er sich leicht zurücklehnte und neben sich schaute.

»Wir wissen, dass die Energie gespalten sein muss. Wie wir die richtige Frequenz finden, steht in keiner Schrift geschrieben. Es wird üben müssen, wir werden experimentieren müssen«, flüsterte der schwarzhaarige Mann.

»Wie dem auch sei. Wir haben Jahrhunderte auf diesen Augenblick gewartet. Ein paar jämmerliche Jahre werden uns nicht mehr hindern können.« Der grauhaarige Mann klang einnehmender, strenger als die anderen. »Wichtig ist es, Herim in Schach zu halten. Jede seiner Bewegungen, jede unserer Bewegungen, perfekt auszuführen. Abgesehen davon, steht uns nichts mehr im Weg. Das Kind –«, wollte er sprechen, als der schwarzgerüstete Soldat die eiserne Tür aufriss.

Jeder einzelne Blick fiel auf ihn.

Meleoidy, sie schaute anders als die restlichen Anwesenden.

»Das Kind ist da. Das Kind ist da«, wiederholte der Soldat mit tobendem Atem.

Das Kind ist da, schallte es in Meleoidys Ohren, als sie noch einen Blick zurückwagte. Ihre Augen: groß. Auch ihr Atem: tobend.

Und er, der grauhaarige Mann, nickte.

Rasend bohrte sich der Regen in die Erde hinein.

Die Brücke war nicht groß, doch die Blitze, der Sturm, sie ließen sie gewaltig wirken. Sie ließen die ganze Burg majestätischer erscheinen.

Taljas Atem war schwer, ihre Schritte umso schwerer. Die Schreie zwischen ihren Armen waren kräftig und doch sanft. »Wir haben's gleich, ich verspreche es dir!«

Der Regen wurde immer stärker. Ihr schwarzer, lederner Kapuzenmantel wehte im Windzug ihres Tempos. Sie hatte keine Angst vor den Blitzen, die immer wieder vor ihr einkrachten. Nein, sie lief hindurch, fokussiert auf das Schreien zwischen ihren Armen. Diese Blitze. Es sah schon fast so aus, als würden sie ihr folgen.

»Siehst du das?«, seufzte einer der zwei Soldaten vor den Toren der Burg. Sein Griff um seinen Speer wurde strammer. Fast blendend: das Licht der Blitze, das sich auf seinem nassen, eisernen Helm widerspiegelte.

»Langsam, langsam! Keine Bewegung!«, Der zweite Soldat stürmte mit ausgerichtetem Speer los.

Es leuchtete immer wieder auf. Je näher Talja kam, je näher dieses mächtige Heulen kam, desto wilder wurden sie: die Blitze.

»Ich habe ein Kind! Ich habe ein Kind!« Ihre Stimme kämpfte sich gegen den Schall des Donners, gegen das Rauschen des Sturmes durch.

»Ein Kind?«, rätselte einer der Soldaten, als Talja näherdrang.

Stöhnend krachte sie auf ihre Knie, atmete tief auf. Die Blitze erhellten ihr raues, faltiges Gesicht, bevor sie das weinende, blutige Gesicht des kleinen Babys offenbarten.

»Ich habe ein Kind«, heulte sie. Solch schneller Atem. Ihr Schmerz rollte ihre Wangen runter.

»Bitte rettet dieses Kind –«, stotterte sie, während die Hände der Männer zwischen ihre tauchten und die Speere zu Boden fielen.

Das Heulen des Kindes, es schallte wie ein Echo, wanderte durch die Gänge der Burg. Und *sein* Heulen, es traf auf *ihres*.

Meleoidys Herz raste. Sie spürte es in ihrem Hals pochen. Noch nie hatte sich der Gang so lang angefühlt. So riesig. Sie hörte es, das kindliche Heulen, immer näher dringen. Was war das? Dieser Ausdruck auf ihrem Gesicht? Wo war die Sicherheit hin? Die Kälte?

»Das Kind ist da – das Kind …« Sie rieb so stark gegen ihre Brust, als ob sie nach ihrem Herz greifen wollte. Sie schaute nach vorn, sah die Dienstmädchen vor der Tür des Kreißsaales stehen.

»Miss Meleoidy, hier, es ist ein Mädchen«, sprach eines der Dienstmädchen.

Meleoidy ignorierte sie, verfangen in ihren Gedanken, abgelenkt vom Tempo ihres Pulses, drängte sie beide zur Seite.

Die Tür flog auf.

Jeder spürte die Aufregung in der Luft, als sie rasend hineintrat.

»Mir wurde gerade Bescheid gegeben, ich war, ich –«, sprach Meleoidy, als sie zögernd auf Annabel zulief. Ihr Blick, er war gefesselt. Das Licht des Pulses erhellte ihre Augen. Sie glänzten schon fast rein. So klar.

»Ist es …«, Sie schaute auf die Dienstschwester neben sich.

»Ein Mädchen«, lächelte die Dienstschwester sanft.

»Hah …«, hauchte Meleoidy. Je näher sie trat, je näher sie das Kind betrachtete, desto weicher wurde es. Desto leichter wurde dieses Lächeln, welches sie nicht bemerkte.

»Ein Wunder«, murmelte eine der anderen Frauen, als Meleoidy kurz nach hinten schaute, bevor ihr Griff die Stange der Liege fasste.

»Hallo Kleine«, sprach sie ruhig.

Das kristallblaue pulsierende Licht, das auf ihre Locken traf, erzeugte einen violetten Schleier. Langsam streckte sie ihren Finger aus, näherte sich dem Gesicht des kleinen Mädchens, bevor sie verwirrt auf Annabel schaute, die das Kind weiter wegzog. Meleoidys Finger verweilte eine kurze Weile in der Luft, bevor sie ihre Hand schweigend zurückzog und auf das Mädchen schaute.

Die Kleine war mittlerweile still.

»Wie möchtest du sie nennen?«, fragte Meleoidy leise, als die Neugier des ganzen Raumes auf das Mädchen fiel.

Ihr Licht pulsierte immer wieder durch ihren Körper. Mal sanfter, mal auffordernder.

Annabel schwieg. Vorsichtig strich sie sich eine Strähne hinters Ohr.

»*Annelya*«, flüsterte sie.

Meleoidy schaute überrascht auf ihre Schwester.

»Wie passend!«, rief eine der älteren Frauen.

»Ja, in der Tat«, flüsterte Annabel sanft. »In der Tat.«

Meleoidy nickte leicht. Wie hypnotisiert schaute sie auf ihre Nichte. Plötzlich war alles so … warm.

»*Annelya*«, murmelten ihre roten vollen Lippen, als Annelyas Licht langsam seine Ruhe fand.

»Eure Majestät, wir –«, rief der atemlose Soldat, als er in den Raum hineintrat.

Verwundert fiel Meleoidys Blick auf das leise Weinen zwischen den Armen des Soldaten.

Alle Frauen schauten nach hinten. Annabel hielt Annelya fest in ihrer Umarmung, während sie versuchte, sich aufzurichten, um das Geschehen zu betrachten.

»Es wurde einfach abgegeben. Die Frau, sie hat es einfach abgegeben«, erklärte der Soldat, als er den kleinen Jungen vorsichtig in die Arme der Dienstmädchen packte.

»Einfach abgeben?«, hörte Meleoidy die Dienstschwestern im Raum tuscheln. Die Verwirrung in ihrem Gesicht, sie nahm fast genauso viel Platz ein, wie dieses Gefühl in ihrem Magen.

»Es ist gerade geboren, das Blut ist frisch. Ein Junge«, erklärte eines der Dienstmädchen.

»Es wurde gerade geboren?«, stotterte Annabel, bevor sie auf ihre Tochter schaute. »Das ist Schicksal«, murmelte sie voller Euphorie in ihrer Stimme. »Er wurde uns gesendet, er wurde uns gesendet«, wiederholte Annabel, während Meleoidy die glanzvollen, fast verlorenen Augen ihrer Schwester musterte.

»Bringt ihn her«, befahl die Königin.

Die Verwirrung, die jeder außer Annabel im Raum spürte, war die gleiche. Zügig eilte das Dienstmädchen mit dem Jungen zu Annabel.

Das Heulen des Kindes, je näher es an Annelya kam, desto leiser wurde es.

»Hallo du, hallo«, lachte Annabel fröhlich, als sie den kleinen Jungen neben Annelya auf ihre Arme legte. »Hallo«, flüsterte sie, die beiden Neugeborenen betrachtend.

Annelyas Energie, sie floss immer wieder durch ihren Körper.

Folgte ihrer kleinen Hand, als sich die Finger beider Kinder berührten. So viel Ruhe. Zwischen den Kindern herrschte Ruhe.

»Das ist Schicksal, Annelya. Das ist Schicksal«, wiederholte Annabel mit wippenden Bewegungen und leuchtendem Lächeln.

Meleoidy schaute zu, verlorener als zuvor.

»Das ist dein Bruder«, flüsterte Annabel.

Doch ich war nicht die Einzige, die in jener Nacht ihren Namen bekam. Als sie Surnei sah, so nannte sie meinen Bruder, wusste sie, dass es Schicksal war. Zumindest laut ihrer Erzählung. Sie erzählte sogar, dass es sich so anfühlte, als hätte sie zwei Kinder geboren.

Und irgendwie, so witzig es klang, so seltsam schön war es auch. Ein Kind wird geboren, während ein anderes abgegeben wird. Beide Kinder betreten zum gleichen Zeitpunkt, in der gleichen Nacht, zum ersten Mal die Tore der Burg.

Es war unüblich, dass Kinder einfach so abgegeben wurden. Eigentlich war es eine absolute Seltenheit. Schließlich hatten unsere Bürger alles, was sie brauchten. Es gab keinen Grund, ein Kind abzugeben. Nun ja, zumindest damals nicht. Die Wahrheit ist, dass sich in diesen sechzehn Jahren viel verändert hatte.

Sarru, unser Hauptausbilder, erzählte mir, dass das Königreich vor meiner Zeit ein völlig anderes gewesen sei. Während davor großer Wert auf die Bürger unserer Städte und Dörfer gelegt wurde, wurde nun der Fokus auf unsere Armeen, Waffen und Technologien gesetzt. Warum? Nun, die Wahrheit ist, dass er wirklich gefürchtet war.

Iuel.

Seine Attentate mehrten sich, während seine Predigt immer stiller wurde. Man könnte sogar meinen, dass er völlig abtauchte. Keine Seele hatte ihn jemals gesehen. Es gab immer wieder jemanden, der der Überzeugung war, ihn gefunden zu haben, doch das waren meistens irgendwelche Kopfgeldjäger, die meiner Mutter seinen Tod versprachen, um Ruhm, Geld und Anerkennung zu gewinnen.

Ich habe nie verstanden, warum jemand das, was vorher herrschte, vernichten wollen würde. Meine Welt, sie ist eine Welt des Friedens. Warum sollte jemand Frieden beenden wollen?

Manchmal, da zweifelte ich sogar an meiner eigenen Mutter. An der Art, wie sie regierte. So viel Armut, nur um ihre Armeen zu finanzieren. Doch Sarru erklärte mir immer wieder, dass es nicht anders ging. Dass Iuel ein Meister der verbotenen Künste war und dass meine Mutter bereit sein musste. Bereit, mich und meinen Bruder zu beschützen.

Um mich habe ich mir nie Sorgen gemacht. Wir haben schnell festgestellt, dass ich, nun, nicht sterben kann. Ich schaffe es nicht einmal zu bluten, bevor die Energie des Kristalles mich heilt. So soll es auch bei meiner Mutter gewesen sein, bevor sie mich bekam. Doch mittlerweile blutet sie. Und er auch. Surnei. Das sind die Leute, um die ich mir Sorgen mache. Obwohl er der beste Klingentänzer der ganzen Akademie ist, ist er nicht unsterblich.

Klingentänzer nennen wir die Saretorianer, in denen kein Element erwacht ist und die sich der Kriegs- und Schwertkunst widmen.

Genau das macht mir Angst. Ich frage mich, ob die Energie sich in mir niemals spalten wird. Ob sie für immer bleibt und ich – irgendwann – jeden, den ich liebe …, wie dem auch sei.

Ich kämpfe oft mit dem Gefühl, mit dem Gedanken, dass es nicht so ist, wie es sein soll. Sechzehn Jahre wurden wir trainiert. Ausgebildet. Immer auf der Wache. Immer auf Bereitschaft.

Doch sechzehn Jahre habe ich nichts von dieser wundervollen Welt gesehen. Ist das nicht ironisch?

Die Macht, die all das erschaffen hat, die mich erschaffen hat, fließt durch meine Adern, pocht in meinem Herzen und trotzdem bin ich hier. Gefangen hinter den Mauern dieses Dorfes, dieser Burg. Ich wollte mehr. Ich wollte raus. Ich wollte ihn aufhalten. Ihn konfrontieren. Verstehen, warum er das tat. Warum er das, was in mir war, so sehr hasste.

Jeder andere schien es zu lieben. Zu verehren sogar. Auch das verstand ich nicht, denn für mich fühlte es sich natürlich an. Ich wollte nie als ein Gott gesehen werden. Zumindest sah ich diesen aufgeregten, staunenden Blick nie in Surneis Gesicht. Er war der Einzige, der mich sah. Mich. Nicht den Kristall, nicht seine Energie. Anders als Gion, der Anführer des Hohen Rates, der die Könige des Saretoriums über Jahrtausende hinweg begleitete und beriet.

Gion brachte mir alles bei, was man über den Kristall nur wissen könnte. Ich lernte die Energie so zu beherrschen, wie noch nie zuvor. Wir trainierten jeden Tag viele Stunden. Das Energietraining? Das war mein Lieblingstraining. Es war die einzige Art, mit der ich mich mit der Welt hinter den Mauern verbunden fühlen konnte. Wisst ihr, es ist so, als ob man mit allem und jedem verbunden sei.

Die Energie, sie scheint zu flüstern. Sie scheint zu leben. Jedes Mal, wenn ich sie beschwöre, habe ich das Gefühl, mit jedem einzelnen Saretorianer, mit jeder einzelnen Zelle dieses Kosmos verbunden zu sein.

Das alles, wenn auch nur für einen Moment, ergab Sinn. Gleichzeitig ließ es einen nach mehr dürsten. Hm. Ja, es ließ mich tatsächlich nach mehr dürsten.

Doch hätte ich geahnt, was auf dem Weg hinter den Mauern des Dorfes tatsächlich auf mich wartete …

Ich frage mich manchmal, ob ich einen anderen Wunsch gehabt hätte, wenn ich damals wüsste, was ich heute weiß.

VIII

FURCHT IST DER SCHLÜSSEL

16 Jahre später.

»Ist das alles, was du draufhast!?«
Annelyas lockige Mähne schwang mit ihren rasenden Schritten. Tobender Atem. Ehrliche Augen, erschaffen vom Licht. Noch ein Wurfmesser.

»Augen auf, Annelya!«, rief Sarru.

»Oh!« Mit aufgerissenen Augen wich sie zur Seite. Das Messer reflektierte ihren Blick, bevor die silberne Klinge zitternd vor ihrer Handfläche stoppte. Annelyas Aufmerksamkeit schoss erschrocken nach vorn.

»Hey, das ist unfair!«, rief Surnei, während er versuchte, die Klinge von Annelyas Energiefeld zu lösen.

Nur mit ihm lachte sie so unbeschwert.

»Hahaha, *das ist unfair*, würdest du sowas auch zu deinem Feind sagen?«, sprach sie belustigt, als sie mit einem Energieschwung Surneis Klinge in die Luft schleuderte.

Beide folgten dem Wirbeln des Schwertes, bevor es auf den Boden krachte. Surneis herausfordernde Miene konnte keiner übersehen. Es schien, als ob er etwas sagen wollte.

»Sie hat die Energie benutzt!«, rief er Sarru zu.

Sarrus Stille bohrte sich in beide Geschwister. Er schien zu zögern.

»Nun ...«, flüsterte er, während er nähertrat. Seine schwarz glänzende Plattenrüstung reflektierte das Sonnenlicht auf Annelyas Gesicht. Sein strammer Blick: genauso glänzend.

»Das ist wahr. Allerdings hat sie recht. Ihr müsst vorbereitet sein. Vor allem du«, sprach er an Surnei gerichtet. »Denkst du, die Elite bildet fair aus? Sie wollen Krieger. Die Besten der Besten.«

Surnei zögerte, atmete tief ein.

»Ja, ja«, nuschelte er mit geschürzten Lippen. Seine schwarze Lederrüstung umschloss seinen trainierten Körper, genauso wie sein schwarzes Haar seine Stirn bedeckte.

Plötzlich verwandelte sich Annelyas Lächeln zu einem breiten Grinsen, während sie mit voller Wucht Surnei mit einem Energiestoß nach hinten fliegen ließ.

»Aaaa-nne-lya!« Er wirbelte zwar nicht wie das Schwert, doch der Knall auf dem Boden hörte sich weniger angenehm an. »Argh ...« Vorsichtig klopfte er sich die trockene Erde von seinen Armen, während Annelya und Sarru versuchten, ihr Lachen zu verbergen.

»Das tat weh«, murmelte Surnei mit verzogener Miene, als er nach vorne schaute. Sie sah größer aus als vorher. Doch das lag wahrscheinlich nur daran, dass er hinaufschaute.

»Du hältst dich zu sehr zurück«, sprach sie mit zügigen Schritten.

»Das stimmt nicht«, stöhnte Surnei. Sein Gesicht war immer noch verzogen. Langsam streckte er seinen Arm in Annelyas Richtung.

»Bitte, ein Hüftangriff als erster Stoß?« Annelya rollte mit ihren blauen Augen.

Dieses Strahlen, es war anders als Annabels. Es war tiefer. Ihr Gesicht, so weich, so sanft und doch wirkte es so ... tapfer. So war er. Der Ausdruck in ihren Augen. Es war diese Tapferkeit, die er bewunderte. Jedes einzelne Mal aufs Neue entdeckte er sie, wenn er in dieses leuchtende Blau schaute.

Surnei zögerte. Sein Lächeln konnte er nicht verbergen.

»Na gut, vielleicht habe ich mich etwas zurückgehalten.«

Sein warmes Lachen steckte sie an.

»Nächstes Mal«, sprach sie nickend und griff nach dem braunen Ledersack. »Hier!« Ihr Haar strich über ihre Schulter, als sie auf ihn zielte.

Der rotglänzende Apfel reflektierte das Licht der Sonne, bevor er in Surneis Hände fiel. Es war so hell, dass man seine dunkelbraunen Augen mit Gold verwechseln könnte. Es erhellte sowohl sein Gesicht als auch die Blüten der großen Kirschbäume vor dem Trainingshof.

»Kommst du nicht mit?«, fragte Surnei.

Annelya blieb kurz stehen. Ihr Griff um die ledernen Schnallen wurde fester.

»Oh, eh, nein, noch nicht. Ich wollte noch was mit Cesantra besprechen«, erklärte sie, während sie in Surneis verwirrtes Gesicht starrte.

»Blütenlehre!«, schoss es aus ihrem Mund.

Die perfekte Antwort. Das, was Surnei am wenigsten interessierte, waren die unzähligen Kombinationen von Kräutern und Ölen.

»Hm, okay, dann sehen wir uns beim Essen«, sagte er ruhig, als Annelya schon in die andere Richtung lief.

Surnei schaute auf Sarru.

»Ich verhungere«, deklarierte er.

»Cesantra ist nicht in der Akademie«, flüsterte Sarru leise über Surneis Schulter.

Mit großen, spöttischen Augen schaute ihn Surnei an. Der Ausdruck auf seinem Gesicht schien nicht überrascht.

»Was du nicht sagst!« … »Was ist denn?«, fragte er, als Sarrus Lächeln breiter wurde.

»Surnei Elim, der loyalste Soldat des Königreiches. Seiner Schwester gegenüber loyaler als sogar der Königin selbst«, spaßte Sarru herum.

»Mhm, bin wohl nicht der Einzige.« Surneis Worte klangen spöttisch, belustigt. Sie wirkten genauso stichelnd wie sein schiefes Lächeln.

Sarru schwieg.

»Aua!«, rief Surnei, als Sarru vorsichtig gegen seinen Hinterkopf schlug.

Annelyas Haar peitschte im Tempo ihrer aufgeregten Schritte über ihren Rücken. Der lauwarme Hauch des Windes streichelte ihre rosigen Wangen.

Ihr Blick. Er wanderte nach oben. Ob die bunten Kichervögel ihre strahlenden Augen auch so sehr bewunderten wie sie die Vögel? Was auch immer sie sangen, es hörte sich immer nach diesem lustigen Gelächter an.

Der Wind hörte auf, über ihr Gesicht zu streichen, als sie hinter den weißen Stoff des Zeltes drang.

»So …« Ihr Knie sank leicht in den erdigen Boden, während sie die Schnallen des Beutels zu lösen begann. Ihre Hände verschwanden im Beutel, bevor sie die leeren Fläschchen und eisernen Dolche entfernte.

»Wo«, überlegte sie, den Raum musternd. Langsam strich sie

sich eine Strähne hinters Ohr. Raue Holzsäulen, durcheinander geworfene Waffen und Gegenstände auf den weiß bedeckten Holztischen, eine kleine unbenutzte Fackel vor der Liege.

»Ah!« Mit einem tiefen Atemzug eilte sie in die Richtung der Liege, bückte sich nach unten. Es wirkte so, als würde sie den Boden umarmen.

»Komm schon«, keuchte sie mühevoll. Ihr ausgestreckter Arm rückte immer tiefer in den verborgenen Schatten unter der Liege. Sie schaute nicht hinein, sie tastete nur. Mit jedem neuen Versuch schweifte ihr Blick in eine andere Richtung.

»Hab's!«, rief sie etwas lauter, als sie den hölzernen Henkel an ihren Fingerkuppen spürte. Mit einem schnellen Ruck zog sie den tuchbedeckten Holzkorb heraus.

Vorsichtig, ganz vorsichtig schaute sie um sich. Stöhnend hob sie den schweren Korb und eilte zurück zum Beutel. Der Korb schien eine Weile unter der Liege gewesen zu sein. Zumindest verteilte das weiße Tuch einen leichten Staubschleier, als sie es mit Schwung wegzog.

Annelya musterte das Obst und das Gemüse auf dem Holzbrett. Die orangenen Matjatomaten waren noch prall und saftig. Nur das Brot fühlte sich etwas härter an.

Zügig packte sie das Essen in ihren Beutel. Ein letztes Mal schaute sie sich um, bevor sie schnell den Korb zurück unter der Liege versteckte. Das Tuch warf sie darüber, bevor sie hastig nach dem Beutel griff und herauseilte.

Das Sonnenlicht fiel blendend über ihre zuckenden Augen.

»Bis morgen!«, rief sie dem überraschten Mann am anderen Ende des Hofes zu, der einige Beeren sammelte. Er musterte die roten ganz genau.

»Ah, Annelya, was gibt's denn morgen Schönes?« Sein kleiner Buckel unterstrich seine gekrümmte Haltung.

Annelya presste ihren Finger fest gegen ihre Lippen.

»Gora, pscht!«

»Oh, ja, stimmt, tut mir leid!«, antwortete Gora belustigt, als er Annelyas Fingerzeig nachahmte und sich wieder in den satten grünen Blättern vor sich verlor.

Annelyas Haar flog mit jedem einzelnen Schritt.

»Guten Tag, Annelya!«

»Hallo!«

Sie grüßte jeden Einzelnen auf dem Hof zurück. Und jeder Einzelne hatte dieses gleiche bewundernde Lächeln auf seinen Lippen.

»Solch ein hübsches Mädchen, nicht?«, murmelte eine der älteren Damen, bevor sie sich der Gartenarbeit ihrer Freundin widmete.

Das Dorf von Sare war größer als man meinen würde. Zumindest ließen die langen Wege zur Burg und zur Akademie es so wirken. Je näher man dieser kam, desto breiter wurden die Wege.

Der Markt war immer bunt, die Stände dichter aneinandergebaut, doch die Häuschen und Hütten waren eher über das ganze Dorf verteilt. Wahrscheinlich wirkte es deshalb noch größer.

Um die Mittagszeit war meistens viel los. Doch das mochte sie. Die Stimmen. Die Anwesenheit der Dorfbewohner. Es füllte die Straßen um den Markt mit Leben, den Pfad zur Statue des Kristalles mit Gelächter. Sie musste nur hinschauen, um auch zu lächeln.

»Hm«, machte Annelya, als sie in einer der Gassen hinter zwei großen Bäumen verschwand.

Das Plätschern des Bächleins fand seinen Weg von den abgebrochenen Steinmauern in den Wald hinein.

»Hmpf!« Annelya sprang von Stein zu Stein.

Der Weg war buckelig. Die kleinen Hütten hier waren bedeckter, tiefer im Wald um das Dorf verborgen. Die Hütten und Häuschen im Zentrum des Dorfes konnten sich nur manche Familien leisten.

»Zenia!«, rief Annelya, während sie den hügeligen Pfad vor ihren Füßen musterte.

Es roch so frisch. Der Duft musste von diesen roten und braunen Wäschestücken kommen, die auf den Leinen hingen.

»Zenia«, murmelte Annelya leiser.

Die braunen Tücher bedeckten ihre sanften Hände, als sie vorsichtig hindurchschaute.

»Annelya!!!«, riefen drei kleine Stimmen synchron. Freude stürmte auf Annelya zu. Kleine, schnelle Schritte.

»Pscht, pscht!«, lachte sie, während ihre Hände abwechselnd in die Haare der zwei Mädchen und des einen Jungen tauchten.

»Oh, Wahnsinn!«, rief der Junge. Sogar seine Holzpuppe ließ er bei diesem Anblick fallen. Mit großen Augen starrte er die beiden Mädchen an. »Matjatomaten!«

»Zenia«, rief Annelya. Das Erste, was sie sah, waren die rostigen Töpfe auf den eisernen Platten. Die Holzscheiten dadrunter ließen das Wasser blubbern.

Lächelnd trat sie in die kleine Holzhütte hinein.

»Oh, Annelya! Mädchen, was tust du!«, sprach Zenia besorgt, als sie das löchrige Tuch ablegte, bevor sie noch ein paar Gewürze in den Topf rieb.

»Schau mal.« Annelya legte den prallen Beutel vorsichtig

auf einem der Holzstühle ab. Voller Vorfreude griff sie hinein, während der duftende Dampf des Wassers sich im Raum verteilte.

»Annelya, Kind, du wirst noch Ärger kriegen! Du weißt doch, dass kein Essen verteilt werden darf!« Die Sorge in Zenias Stimme war kaum zu überhören. Sie griff nach dem kleinen Holzstuhl vor dem Tisch und setzte sich hin. »Annelya, die kosten ein Vermögen«, wisperte sie, als sie auf die saftigen, orangenen Matjatomaten schaute.

»Nicht für die Burgbewohner.« Annelyas Lächeln war sanft, mitfühlend.

Es wirkte so, als wäre sie diejenige, die sich bedankte, so wie sie mit glänzenden Augen in Zenias berührtes Gesicht schaute.

»Jinzos Lieblinge«, flüsterte Zenia. »Ah, Kind, Annelya, ich weiß nicht, wie ich dir danken soll, ehrlich ...« Zenias freudige Augen wirkten genauso strahlend wie die Matjatomaten zwischen ihren Händen.

Annelyas Haar fiel sanft auf ihre Schultern. Ihre Locken, sie wirkten so duftend wie die Früchte selbst.

»Du brauchst mir nicht zu danken, Zenia.«

Zenias Umarmung fühlte sich warm, ehrlich an.

»Annelya, isst du mit uns?«, rief das kleine braunhaarige Mädchen.

Alle drei Kinder stürmten in den Raum hinein. Solch erwartungsvolle, riesige Augen. Sie starrten sie an.

»Hahaha, nein Lela, heute leider nicht. Ich esse heute mit meiner Familie, aber nächstes Mal!«

»Hm, schade, aber gut!« Lela zuckte mit ihren Schultern. Es war bestimmt nicht das, was sie hören wollte, doch es schien ihr zu genügen.

»Wir sehen uns bald«, rief Annelya sanft.

Zenia schaute abrupt auf. Fast ließ sie den schmalen Holzlöffel fallen.

»Annelya!«, schoss es besorgter aus ihr heraus.

Annelya lachte: »Bis dann, Zenia. Guten Appetit!«

Langsam trat sie aus der Hütte.

Plötzlich stoppte sie, schaute ganz ernst zurück. Ihr Blick bohrte sich in die Gedanken des kleinen Jinzos.

»Ah, und Jinzo!?«, sprach sie streng.

Jinzo verschluckte sich fast. Schnell riss er das Stück Brot von seinem Mund. Mit vollen Wangen und großen Augen starrte er zurück.

»Ja?«, mampfte er nervös.

»Genieß die Matjas!«, lächelte Annelya, bevor der kleine Junge erleichtert weiterkaute.

»Tschüss!«

»Tschüss, Annelya!«, riefen alle zurück.

In der Burg des Dorfes.

Annelya lächelte das Dienstmädchen an, das in die entgegengesetzte Richtung lief.

Die Gänge sahen tagsüber so anders aus. Größer und heller. Doch dieser feine Staub tanzte immer im gleichen Rhythmus. Sei es auf den Sonnen- oder Mondstrahlen.

»Drei Anschläge in den letzten zwei Wochen«, hörte Annelya hinter der hölzernen Tür, als sie stehen blieb. Vorsichtig wagte sie sich einen Schritt nach hinten. Ihre Fingerkuppen drückten sanft gegen die flache Steinwand.

»Es kann einfach nicht sein, dass er es alleine war«, murmelte Sarru, während der Rest in Stille versank.

»Sarru hat recht, schaut«, flüsterte Tenna.

Annelyas Blick drang durch den schmalen Spalt der Tür, folgte Tennas Finger auf der Landkarte.

Annabels Hände stützen ihren ganzen Körper. Behutsam beugte sie sich über die Karte.

Annelyas Blicke schweiften nachdenklich umher, während ihr Gesicht immer näher an die Tür drang.

»Die Entfernungen. Sie passen nicht zum Zeitrahmen der Anschläge. Wir sprechen von tausenden von Kilometern. Dafür bräuchte er Wochen, nur um einen dieser Punkte zu erreichen«, erklärte Tenna, als er abwechselnd auf Meleoidy, Sarru, Snow und Annabel schaute.

Annabels Finger stützten ihre Schläfen.

»Wenn er an Anhängern gewinnt, haben wir ein Problem«, dachte Meleoidy laut. Mit gekreuzten Armen trat sie einen Schritt nach vorn. Ihr Zeigefinger spielte an ihrer Lippe.

Annabel atmete tief aus, bevor ihre Finger den Tisch entlang strichen.

»Bringt mir eine Liste aller Einwohner, die in den letzten zwei Wochen das Dorf verlassen haben«, sprach sie streng.

Annelya trat mit aufgerissenem Mund in den Raum. Alle Blicke schwenkten wie ertappt auf sie.

»Annelya«, murmelte Annabel seufzend.

»Ist das dein Ernst!?«, fragte Annelya wütend nach. Mit gerunzelter Stirn und angewidertem Kopfschütteln trat sie tiefer in den Raum hinein. Es wirkte so, als würde sie sonst niemanden bemerken.

»Du kontrollierst, wer wann das Dorf verlässt?«

»Annelya …«

Annelya unterbrach sie: »Was soll das? Was führst du hier eigentlich? Absolute Kontrolle über jeden einzelnen unserer Bürger?!?« Ihre Hände schlugen auf ihre Oberschenkel.

Meleoidy musterte sie, trat einen Schritt zurück.

»Natürlich halte ich Protokoll darüber, wer das Dorf verlässt, Annelya, wir haben es mit einem verdammten Prediger und Schattenbeschwörer zu tun«, antwortete Annabel mit strenger Stimme. Sie klang genervt. Es war nicht Annelyas erster Rebellionsversuch.

»Du bist besessen. Und diese Besessenheit, sie versklavt uns alle«, sprach Annelya leiser, als sie nachdenklich auf den Boden schaute, bevor sie Tennas stilles Gesicht betrachtete.

»Ich tue es, um dich und deinen Bruder zu beschützen, Annelya …«

Annabel wurde erneut unterbrochen.

»Nein!«, rief Annelya mit ausgestrecktem Finger, während sie noch auf Tenna blickte. »Tenna, gibt es eine Möglichkeit, einen Träger der Schöpfungsenergie, vor der Spaltung, zu töten, geschweige denn zu verletzen?«

Tenna zögerte, er schaute flüchtig auf Annabel, bevor Annelya seine Aufmerksamkeit forderte.

»Gibt es eine? Hm?«

»Nach dem jetzigen wissenschaftlichen Stand«, murmelte er zögerlich. Sollte er sprechen? Es wirkte so, als ob er sich nicht sicher wäre. »Nein«, sagte er kurz und knapp, bevor Annelya zufrieden auf ihre Mutter schaute.

Schritt für Schritt trat sie näher, bis sie zwischen Sarru und Tenna stand. Sarru wich ausatmend zurück. Sein Blick lastete auf Annelya.

»Mein ganzes Leben lang habe ich dafür trainiert. Du sagst, du willst uns beschützen, doch mit jedem Tag, der vergeht, könnte er einen Weg finden, mich zu töten. Einen Weg, den er jetzt noch nicht gefunden hat. Also, wo ist der Sinn, mich hier festzuhalten?«, sprach sie leise, aber kraftvoll. Ihr Blick, ihre Gestik – so entschlossen.

»Annelya, es ist viel zu riskant, wir können nicht wissen, ob und was er weiß und was er tun kann!«, brüllte ihre Mutter.

Es sah aus wie ein Kampf um Vormacht. Die zwei Gesichter, die ohne den Blickkontakt abzubrechen, sich immer näher kamen.

»Hätte er einen Weg gefunden, wäre ich schon längst tot. Sechzehn Jahre, Mutter. Ich weiß, was ich tue. Diese Energie, ich vertraue ihr und sie vertraut mir. Lass es mich ein für alle Mal zu Ende bringen!«, forderte Annelya sie auf. Ihr Herz pochte erwartungsvoll. Ihr Blick zitterte in angespannter Sicherheit, während sie tief in die Augen ihrer Mutter schaute.

»Nein«, antwortete Annabel starr.

»Mhm«, seufzte Annelya mit gesenktem Blick. Schweigend trat sie zurück. »Wie auch immer. Ich muss zum Energietraining.« Zügig verließ sie den Raum.

»Uff« Annabels Schmerzen breiteten sich über ihre ganze Stirn aus. Erschöpft blickte sie auf die Karte.

»Was, wenn sie recht hat?«, traute sich Tenna auszusprechen. Sein Blick hing noch Annelyas Schatten hinterher, als jeder Einzelne verwundert auf ihn schaute.

»Wie bitte?«, murmelte Annabel verblüfft.

Tenna zögerte. Seine Hand bebte genauso wie sein offener Mund.

»Nun, ich weiß, dass du sie beschützen willst, das wollen wir alle«, sprach er vorsichtig, während er an Selbstbewusstsein gewann.

Meleoidys Haar sammelte sich zwischen ihren gekreuzten Armen, als sie ihn von Kopf bis Fuß musterte.

Tennas Augen glänzten in warmer Überzeugung.

»Ich meine, denk darüber nach. Was Annelya gesagt hat, stimmt. Wir kennen keinen einzigen Zauber, nicht einmal aus der Schattenkunst, der die Energie des Kristalles permanent ausschalten könnte. Zumindest noch nicht. Genau das ist unser Vorteil«, erklärte er ernster, lauter. Er riss die Augen immer weiter auf.

»Vielleicht zeigt er sich deshalb nicht«, schoss es aus Snows Mund.

Tennas Lächeln schweifte an ihm vorbei. »Genau!«

Annabel starrte ihn an. Verwirrt und nachdenklich blinzelte sie.

»Die Wahrheit ist, dass Annelya die beste Waffe ist, die wir gegen ihn haben. Er kann sie nicht verletzen, nicht bändigen. Doch sie kann es. Ihr Training … Gion hat es bestätigt. Diese Energie, sie gehorcht ihr. Sie kann mittlerweile bestens damit umgehen. Und solange Iuel keinen Weg gefunden hat, sie zu töten, sollten wir vielleicht … genau das ausnutzen«, sagte Tenna, als er zurücktrat.

Annabel schien in Gedanken verloren zu sein. Die Augen, die vorhin noch in Sicherheit gebadet waren, tauchten nun in Zweifel.

»Sie ist meine Tochter«, flüsterte sie mit brüchiger Stimme.

»Sie ist ein Gott. Sie kann nicht sterben, sie kann jede Wunde heilen, sie ist die Verkörperung des Kristalles«, sprach Sarru laut und deutlich.

Seine Worte klangen offensichtlich. Denn was er sagte, das wusste jeder im Raum, das wusste sie, Annabel, ganz genau.

Stille. Jeder Einzelne schwieg. Das Einzige, das sie hören konnten, war dieser tiefe, dunkle Atemzug, der sich nach einer halben Ewigkeit anfühlte.

»Genug für heute. Ich muss nachdenken«, wisperte Annabel, als sie in die Richtung des Einganges blickte.

Tenna nickte in stiller Zustimmung, schaute auf Meleoidy, bevor er Snows und Sarrus Schritten nach draußen folgte. Kurz blieb er stehen.

»Ich weiß nicht, was es genau ist ..., doch ich vertraue ihr, Annabel«, wisperte er leise.

»Tenna ...«, flüsterte Meleoidy. Ihr langer Kleiderschweif strich fast über den Boden. »Komm.«

Da waren sie wieder. Die klackernden Geräusche ihrer Schritte. Es sah schon fast nach Kunst aus. Ihre langen, schmalen Finger auf diesem eisernen kalten Torrahmen.

»J– ja ...«, hauchte Tenna. Sein Blick sah nach Mitgefühl aus. Er schaute auf Annabel, bevor er Meleoidy hinaus folgte.

Annabel wirkte nachdenklich. Ihre Hände vergruben sich tief in ihr Haar, während sie in den großen Sessel hinter sich sank.

»Annelya ...«, atmete sie aus.

Annelyas Schritte waren genauso stumpf wie ihre Blicke. Die Schultern gesenkt wie ihre Mundwinkel.

»Hallo«, kam es knapp aus ihrem Mund, als sie den braunen Lederbeutel auf den Boden schmiss.

»Na, da ist aber jemand in ausgezeichneter Laune«, sprach Gion, bevor er mit der Gartenschere den kleinen Ast abschnitt.

Verwundert schaute Annelya hinauf, während sie sich langsam auf den sandigen Boden setzte. Das Knacken des Apfels zwischen ihren Zähnen klang frisch.

»Er sah doch ganz gesund aus«, mampfte sie.

Gion lachte kurz, schaute sie vorsichtig an.

»Das war er auch«, sagte er ruhig, als er sich einem neuen Ast widmete.

»Warum schneidest du ihn dann ab?«, fragte Annelya noch neugieriger. Ihr Kauen wurde langsamer.

Er raschelte immer wieder, der kleine Baum, an dem Gion operierte. Manchmal fielen Blätter, manchmal fiel nichts. Jedes Mal drangen neue Sonnenstrahlen zwischen den gelbweißen Blüten hindurch. Sie trafen auf sein Gesicht, ließen das graue Haar fast weiß schimmern.

»Schau dich um«, sprach er, als er mit seinem schweren Finger über den Königshof zeigte.

Ein kleiner, aber atemberaubender Hof, erbaut hinter der Burg, nah am Ende der östlichen Säle.

Annelya schaute sich um. Überall diese kleinen, verwachsenen Bäume. Sie waren etwas größer als Gion, trugen genau die gleichen gelbweißen Blüten, auf denen bunte Schmetterlinge tanzten. Jeder einzelne Baum sah anders aus. Ihre Stämme wuchsen in den verschiedensten Formen und in verschiedene Richtungen, manche simpler, andere um sich selbst verdreht.

Nachdenklich legte Annelya den Apfel ab. Anscheinend hatte sie den sandigen Boden vergessen. Der schwarze Rabe am oberen Rand der Mauer des Hofes schien ihre Aufmerksamkeit zu rauben.

»Du hast recht, Kind. Die Äste, sind gesund«, flüsterte Gion, als er den sattbraunen Ast offenbarte. Es waren vier Blüten drauf. Eine davon strahlend gelb. »Doch wachsen an einem Ringelbaum zu viele und zu lange Äste, verbiegt sich seine originelle Form.«

Annelyas Schulterzucken war ziemlich selbstsicher.

»Das ist ihre Natur«, sprach sie, als sie einen leichten Energiefluss durch die Adern ihrer Hände fließen ließ. »Vielleicht sollte man sie sich biegen lassen. Wer weiß, man könnte überrascht sein. Vielleicht bricht der Baum gar nicht. Aber es ist ja nun mal der Königshof, nicht?« Annelyas Worte klangen wie laute, auffordernde Gedanken.

Gions schweres Gewand strich einige Blütenblätter zur Seite, als er den Ast langsam ablegte.

»Was hast du dieses Mal angestellt?«

Annelya stand wie auf Kommando auf.

»Ich habe gar nichts angestellt! Vielleicht sollte ich aber mal …«, grübelte sie laut.

Gion musterte sie. Er folgte dem Fluss der Energie, die durch ihren Körper floss.

»Du bist wütend, Kind«, wisperte er, während sein Blick schärfer wurde. »Vergiss nicht, dass die Energie jedes Gefühl beeinflusst und von jedem Gefühl beeinflusst wird«, erklärte er, als dieser Ton, dieser tiefe Ton erklang.

Annelyas Augen, sie leuchteten auf, genauso hell, genauso grell wie ihre Fingerkuppen.

»Annelya!«, rief Gion überrascht, als ihn Annelyas Energiewelle zurückstolpern ließ.

Wie ein schneller, mächtiger Windstoß fegte die Energie die Blüten auf dem Boden durch die Luft. Manche Äste brachen in einem Augenblick, kein Ringelbaum verbog seine Form. Der schwarze Rabe, verjagt von Annelyas Wucht.

Vorsichtig tastete Gion an seine Brust.

»Ich bin kein kleines Kind mehr. Sie muss mich nicht beschützen«, sprach Annelya brodelnd, bevor sie erschrocken zur Seite schaute.

Gions Blick folgte dem Schrei einer Frau, der hinter der Burgmauer ertönte.

»Was!?«, stotterte Annelya mit zügigen Schritten. »Du meine Güte, Cesantra!!!«, schrie sie in purem Schock, als sie mit einem Ruck ein Energiefeld unter Cesantras stürzendem Körper entfachte.

»Heiliger Kristall«, flüsterte Annelya. Ihr Atem schien sie verlassen zu haben. Nur noch ein enger Kloß in ihrem Hals, ein tiefes Pochen in ihrer Brust.

Gions Gesicht, es wirkte zum ersten Mal so lebendig. Seine Finger tasteten erneut an seiner Brust, doch dieses Mal war sein Griff fester, schneller, seine Augen weit aufgerissen.

»Es ist Furcht«, entwich es leise aus seinem Mund.

»Cesantra, es tut mir leid, es tut mir so leid«, wiederholte Annelya, als sie in Cesantras Richtung eilte und ihr schnell nach unten verhalf. Die Energie, sie löste sich auf. Annelyas Hände sanken in Cesantras, so wie ihr Blick in ihren.

»Ich habe dich nicht gesehen, wo – was«, stotterte Annelya, als sie auf die zerbrochene Holzleiter vor der Burgmauer schaute.

»Ich wollte den Blütenschmuck auswechseln«, atmete Cesantra flach, als Annelya auf das Grün der Mauer schaute.

»Heiliger Kristall, der Energiestoß …, es tut mir leid, ich habe nicht gewusst –«, wollte Annelya sagen.

»Annelya, beruhige dich, es ist schon gut, es ist alles gut.« Cesantras Atem wurde ruhiger, ihre Hände griffen um Annelyas.

»Du hättest aufschlagen können«, nuschelte Annelya mit schnellen, nachdenklichen Blicken.

»Das bin ich aber nicht, Annelya, sowas passiert. Schon gut, es ist alles gut.« Cesantras Lächeln war sanft.

Kurz starrte Annelya sie an. Ihr Blau, es leuchtete nicht mehr.

»Ja, du hast recht«, nickte sie bedächtig.

»Ich glaube, dass wir das Training heute ausfallen lassen«, sagte Gion.

»Ehm ... geht – geht es dir gut?«, fragte Annelya. Sie wirkte fast schockierter, als vor einem kurzen Moment. Gions Grinsen war ihr fremd. Es war breit, groß. Lebendiger als je zuvor.

»Du hattest einen geladenen Tag, Kind. Ruhe ist manchmal das beste Training«, sprach Gion lächelnd, als er auf Cesantra blickte. »Ihr solltet beide etwas essen gehen. Wir sehen uns morgen, Annelya«, rief er, bevor er zügig zum Eingang loslief.

»Oh Saretum ..., Gion N' Artem schenkt mir eine Pause und ein Lächeln?« Annelyas Lachen steckte Cesantra an.

»Nun, er hat nicht unrecht. Diese ganze Nahtoderfahrung hat mich tatsächlich etwas hungrig gemacht«, witzelte Cesantra, als Annelya beschämt ihr Gesicht in ihre Hände barg.

»Kommst du?«, fragte Cesantra. Sie eilte einige Schritte neben die Mauer, hob den Holzkorb mit den Rosenblüten hoch.

»Ich bin nicht so hungrig. Ich komme später nach«, lächelte Annelya.

Cesantra schaute sie mit zusammengekniffenen Augen und spielerischem Ausdruck an. »Ganz sicher?«

»Ganz sicher«, erwiderte Annelya nickend.

»Gut, aber nicht wundern, wenn es keine Matjatomaten mehr für dich gibt!«, lachte Cesantra mit schnellen Schritten, als auch sie im Eingang der Burg verschwand.

»Oh, keine Sorge, ich werde mich nicht wundern«, hauchte Annelya zwischen zusammengebissenen Zähnen und mit weiten, schuldbewussten Augen.

Im königlichen Speisesaal der Burg.

»Das muss sie mitgenommen haben«, mampfte Snow genüsslich, doch nachdenklich.

Tenna und Surnei schauten auf seinen weißen kurzen Bart, von dem das Öl tropfte.

»Was muss sie mitgenommen haben?«, fragte Surnei neugierig.

»Ich frage mich ernsthaft, ob die Elite auch die Intelligenz überprüft, bevor sie irgendjemanden aufnimmt, geschweige denn zum Ausbilder krönt«, nörgelte Tenna herum, als er strafend auf Snow starrte.

Snow kaute ganz vorsichtig. Alle Blicke waren auf ihn gerichtet.

»Na ja, Annabel möchte mich hier haben«, wisperte er.

»Bitte erinnere mich nicht daran. Hoffentlich ist Herim bald Geschichte, dann kannst du dich wieder dem Palastleben des Pan De Sartums widmen«, sprach Sarru, bevor er noch einen Bissen Fleisch nahm.

»Ey! Du bist doch nur neidisch drauf, dass ich es geschafft habe! Ausbilder der Elite«, rief Snow mit erhobenen Händen, als er verträumt nach oben schaute.

»Die ganze Eisbeschwörung scheint seinen Verstand erreicht zu haben«, seufzte Tenna.

»Leute! Was muss sie mitgenommen haben?«, fragte Surnei auffordernder, als die saftige Fleischkeule zwischen seine Hände sank.

Tenna versuchte, Surneis durchdringenden Blicken auszuweichen, doch es schien ihm nicht wirklich zu gelingen.

»Tenna? Snow?«, murmelte Surnei, während die beiden Männer immer mehr Essen in ihre Münder stopften.

Surneis Fleischkeule landete auf dem Teller. »Sarru?« Ein letzter Versuch. Sein Blick durchbohrte fast den von Sarru.

»Schau mich nicht an, ich weiß von nichts«, schmatzte Sarru nervös.

»Annelya«, flüsterte Surnei, als er seufzend seinen Sitz zurückschob. Das Kratzen verteilte sich im ganzen Saal, bevor er mit zügigen Schritten in die Gänge eilte.

»Mmpf, w– was denn?«, brummte Snow hinter seinen vollen Backen, während er mit verzogener Miene auf Tennas urteilendes Gesicht blickte.

Am Strand in der Nähe der Burg von Sare.

Solch Ruhe. So hypnotisierend, das Rauschen der Wellen, die gegen das Ufer schlugen. Wasser: so blau. So klar wie der Himmel selbst.

Jedes Mal, wenn sie hinausschaute, stellte sie sich eine Welt der Ewigkeit vor. Wie sie hineintauchen würde und schwimmen würde bis ans Ende der Zeit. Weit entfernt von den Fängen ihrer Mutter.

Annelyas Strähnen stiegen immer mal wieder im Tanz des Windes auf, fielen dann sanft auf ihre Schultern.

»Hab dich!«, hörte sie Surnei sprechen, als er mit gemütlichem Schritt nähertrat. »Ich habe Mel getroffen. Sie hat mir von dir und Mama erzählt.«

»Bitte keinen Vortrag …«, stöhnte Annelya, während sie noch starr nach vorne schaute. Ihre Stimme war weich. Etwas angeschlagen.

Surnei lachte leise, während er im Sand versank.

»Ahhh!« Schnell legte er seine Arme über seine Knie. Er wirkte nachdenklich, vertieft in dieses tiefe Blau vor seinen Augen. Nicht das Wasser, nein.

Annelyas Augen funkelten im Spiegelbild des Sonnenlichts.

»Ehrlich gesagt glaube ich, dass du recht hast«, sprach er. Sein Knie drückte fest in seine Wange, was seiner Stimme einen lustigen Ton verlieh. Annelya traute sich nicht, ihn anzuschauen.

Ich habe recht?, dachte sie.

»Öhm, wie bitte, Herr *Wir müssen das Königreich beschützen*?«, witzelte sie, als sie ihn endlich ansah.

Sie kämpfte immer wieder gegen manche Locken, die ihr Gesicht bedeckten.

Der Wind wurde stärker.

»Mhm, ja«, murmelte Surnei mit einem tiefen Atemzug. Er hob seinen Kopf und schaute zum ersten Mal zum Ozean.

»Vor zwei Jahren hätte ich dir noch widersprochen, aber …«, flüsterte er, als Annelya neugierig zuhörte.

Jedes Mal, wenn er sie anschaute, fühlte sich alles so sanft an. Surnei blickte sie mit zusammengekniffenen Augen an.

»Du beherrscht diese Kraft wie deinen Atem. Sie fließt einfach so natürlich«, sprach er, als sie ihre Augen weiter aufschlug.

»Ich meine, ja, Mutter hat auch recht. Wir sind weder Elitesoldaten noch haben wir die Erfahrung, die sie hat. Aber – aber wir sind, beim Schöpfers Willen, besser trainiert und vorbereitet als jeder einzelne Soldat, der hier jemals gelebt hat«, sprach Surnei. War das Wut in seiner Stimme?

»Und allein diese Energie, sie –«, sprach er, bevor er kurz stoppte und musternd auf seine Schwester schaute.

Annelya starrte still und erwartend zurück.

»Sie macht dich unbesiegbar. Zumindest noch«, flüsterte er, als er wieder aufs Wasser blickte.

»Ja, eben! Genau das habe ich auch gesagt. Wir verschwenden mittlerweile Zeit. Mama hat solch eine Angst, dass er einen Weg finden wird, mir zu schaden. Wenn wir es nicht bald beenden, wird er das tatsächlich noch tun«, deklarierte Annelya laut. Kopfschüttelnd schaute sie auch wieder zum Wasser.

»Vielleicht müssen wir die Initiative ergreifen«, räusperte sich Surnei mit zusammengepressten Lippen. Langsam legte er sein Kinn auf seine gekreuzten Arme.

Der Wind. Er wurde wieder stiller.

Annelya zuckte leicht zusammen. Ihre Augen wanderten ihren Gedanken hinterher. *Selbst die Initiative ergreifen,* schallte es noch einmal in ihrem Kopf. Und langsam, so wie ihre Gedanken im Strom des Wassers davonschwammen, so schwand auch das Licht, tauchte in die aufkommende Dunkelheit des Nachthimmels.

Sie verweilten dort. Es war nur eines zu spüren, wenn sie zusammen waren: Frieden.

Im Saal des Hohen Rates.

»Furcht«, sprach Gion, als er seine schweren Ringe auf den Marmortisch legte. »Es ist Furcht«, wiederholte er, während die Stille um ihn schwand.

Meleoidy schaute mit scharfem Blick zur Mitte des Tisches.

Die Art, wie sie ihre Beine voneinander löste, wirkte wie ein eleganter Tanz. Zuerst klackte der eine Absatz, dann der zweite. Ihre langen Finger umschlangen die Lehnen des Sitzes, als das blutrote Seidentuch, das tatsächlich ihr Haar war, Stück für Stück auf ihren Rücken fiel.

Sie betrachtete dieses altgoldfarbene, gläserne Gerät auf dem Tisch. Es sah wie eine Kugel aus. Ihr Innenleben war verschwommen. Das rostige Gitter schmiegte sich mehrfach über die gläserne Kugel.

»Also haben wir die richtige Frequenz gefunden?«, zischte ihre kalte Zunge, als sie genauer zwischen die Gitterschichten schaute.

»Es funktioniert. Der Katalysator hat zum ersten Mal in sechzehn Jahren so stark reagiert. Als sie Cesantra stürzen sah, wurde er zum ersten Mal aktiviert«, erklärte Gion.

»Aber ... wir hatten sie schon mit Angst konfrontiert, warum hat es damals nicht funktioniert?«, flüsterte Uriel nachdenklich.

»Weil Angst und Furcht zwei völlig verschiedene Dinge sind. Wir waren blind. Das Ritual, es erfordert ein wertvolles, reines Opfer«, sprach Gion hinter seinem grauen Bart, als er langsam aus den Schatten trat. »Das ist es, was Annelya Elim spüren muss. Den Terror, jemanden verlieren zu könnten. Jemanden, der ihr etwas bedeutet. Das ist wahre Furcht.«

»Hah, also müssen wir nur ein paar Mal den Jungen vom Turm stürzen«, lachte Uce spöttisch. Seine lockere, angelehnte Haltung schwand, als keiner in sein Lachen einfiel.

»Nein«, rollte es von Gions Zunge. Er wirkte nachdenklich. Vertieft. »Das wird nicht reichen. Ein Vorfall wie heute wird nicht genügen. Hier fühlt sie sich zu sicher, um genug geschwächt zu werden. Sie hat ihre Familie, ihre bekannte Umgebung, ihre Macht. Sie muss sich machtlos fühlen. Es bedarf des Chaos. Der Unsicherheit«, murmelte er leise, während seine Blicke von links nach rechts streiften, als ob er etwas lesen würde.

»Solange Annabel sie wie einen Welpen hütet, wird das niemals passieren«, stieß Uce genervt aus, als er sich wieder tief in seinen Sitz lehnte.

»Dann schicken wir sie raus«, schloss Meleoidy.

»Um was zu tun? Beeren zu sammeln?«, nuschelte Uce.

Meleoidys rot glänzender Blick fiel auf ihn.

»Um Iuel Herim zu fassen«, sprach Meleoidy, was Uriels und Uces stumpfes Lachen hinter den Schatten entfachte. Nur er, Gion, er lachte nicht. Sein Blick lag auf ihr. Er durchbohrte sie.

»Damit er ihr direkt von uns erzählen kann?« Uce grinste voller Ironie, während sein abwertendes Gelächter lauter wurde.

Meleoidy schaute auf Gion, dann auf Uce.

»Sie braucht nicht auf Iuel zu treffen, um sich zu fürchten. Sie braucht nur einen Weg voller Gefahren«, erklärte Meleoidy.

»Eine falsche Spur«, murmelte Gion, als ihn Meleoidy wieder anblickte.

»Du sagtest, dass sie sich hier zu sicher fühlen würde. Doch da draußen, auf der Jagd nach ihrem Erzfeind, nach ihrer größten Bedrohung, begleitet von Leuten, die sie liebt …, wir hätten das ganze Spielfeld frei. Angreifbar aus jeder Ecke, aus jeder Perspektive. Kein einziger Moment der Sicherheit mehr«, sprudelte es aus Meleoidy, während Uces Lachen immer leiser wurde. Erwartungsvoll schaute er auf Gion.

»Das ist perfekt«, flüsterte Gion. »Eine Welt, die sie nicht kennt. Voller Überraschungen – voller Gefahren.«

»Zwei Probleme gäbe es«, wisperte Uriel. Er schaute auf Meleoidy. »Sobald sie diese Mauern verlässt, ist sie nicht mehr vor

Herim geschützt. Er hat uns schon einmal getäuscht. Sechzehn Jahre hat er es geschafft, nicht aufzufallen. Wir wissen nicht, wo er ist, wozu er in der Lage ist. Wer garantiert uns, dass er sie nicht findet? Was, wenn das Mädchen tatsächlich auf ihn trifft? Was, wenn er sie überzeugen kann?«, fragte er.

Meleoidy nickte. Wieder schossen die Worte ohne ein Zögern aus ihr heraus: »Sie wird nicht allein sein. Selbst wenn Iuel auf sie treffen sollte, bräuchte er Zeit und ganz viel Überzeugungskraft. Um sie zu beeinflussen, muss er sprechen können. Falls wir ihm die Chance dazu nehmen, bleibt er eines: ihr Feind.«

»Das ist fabelhaft, Meleoidy«, lobte Gion.

»Das zweite Problem«, hörten alle Uriel sprechen.

Jeder schaute ihn neugierig an. »Ist die Königin. Wie können wir sie davon überzeugen, ihre geliebte Tochter auf eine lebensgefährliche Jagd zu schicken?«

Gion zog sich gemächlich zurück, setzte sich tief auf den thronähnlichen Sitz.

»Sie weiß, dass Annelya genug Macht hat, um Herim aufzuhalten. Die sicheren Mauern der Burg geben ihr aber Grund genug, sich Zeit zu lassen. Diesem Wissen nicht nachzugehen«, sagte er.

»Also müssen wir es für die Königin unsicher machen«, witzelte Uce, während Gions nickendes Gesicht in seine stützenden Finger sank.

»Das ist das erste Anzeichen von Intelligenz, das du heute gezeigt hast«, lächelte Gion kühl.

Meleoidy schaute kurz auf Uce, bis sein sturer Blick auf ihren traf.

»Die Frage ist nur …, wie?«, äußerte Uriel.

Für einen Augenblick herrschte absolute Stille. Es war schon so still, dass die Gedanken jedes einzelnen fast zu flüsternden Worten wurden.

Bis ihre roten Lippen die Stille brachen.

»Ich habe eine Idee«, flüsterte Meleoidy.

IX

DIE SCHATTEN WERFEN FRAGEN AUF

»Konhama!« Es schallte. Feuer. Schreie.

»Konhama!«

Surnei rannte blutbedeckt durch den stürmischen Regen. Jeder Schritt warf schwarzen Schlamm durch die Luft, wirbelte ihn vor sein Gesicht.

»Konhama!«, hörte er die weibliche Stimme schallen, als er schockiert stoppte. Sein Schrei verschwand hinter seinen Händen. Fest drückte er seinen Mund zu. Dieser Anblick. Diese Flammen. Waren das Kinder? Überall, wo er auch hinschaute: Feuer. Überall, wo er auch hinhörte: Schmerz.

»Tak ur nu ke ne«, keuchte die alte Dame, die überraschend aus dem Schlamm kroch, bedeckt von blutigen Blättern und Ästen. Ein Griff und sie packte Surneis Bein.

»Tak ur nu ke ne, Paladijhen«, hörte er sie sprechen. Lauter, auffordernder.

»Ich – ich verstehe nicht – was – was«, stotterte er, als er die weibliche Stimme wieder schallen hörte:

»Konhama!«

Ein Kinderkreischen. Bilder von einer Höhle, von tanzenden Blitzen. Sie vermischten sich in seinem Blickfeld.

»Tak ur nu ke ne«, hustete die alte Dame noch einmal, bevor

dieses grässliche, laute Gebrüll über dem brennenden Feld vor Surneis Augen ertönte.

Er schaute nach vorne. Ein goldener Tempel, getaucht in Feuer. Das Gebrüll, es wurde lauter und lauter und lauter.

»Nein«, stotterte Surnei mit zittriger Lippe und nassen Augen.

»Konhama!«

»*Surnei!*« Eine zweite Stimme. Sie drang durch die andere. Sie klang vertrauter, weicher.

»Konhama!«,

»*Sur!*« »*Sur!*«

»NEIN!«, schrie Surnei, als er mit rasender Wucht fast vom Bett sprang. Sein Atem kroch stechend seinen Hals hoch.

»Sur, Sur, beruhige dich – beruhige dich! Es war der Traum, es ist nur ein Traum«, betonte Annelya, als sie seinen schweißgebadeten Körper in ihre Umarmung zog.

»Ah!«, zuckte er zusammen. Schnell drückte er sich von Annelya weg.

»Was ist?«, fragte sie überrascht, als sie Surnei seine Schulter reiben sah.

»Meine Schulter fühlt sich an, als ob sie brennen würde.«

Er zog den kurzen Ärmel seines Oberteiles weit nach oben, offenbarte seine nackte Schulter.

»Ist nichts, wahrscheinlich hast du dich nur verspannt«, bemerkte Annelya, während sie gründlich seine Schulter untersuchte. »Ich habe draußen auf dich gewartet, aber du kamst nicht raus. Das tust du immer, wenn du träumst …«

Er zitterte immer noch, schaute sich wild um, bevor er wieder in ihre Umarmung sank.

»Es war nur ein Traum«, flüsterte sie, während sein Atem sich beruhigte. Sein Herzschlag pochte auf ihrem.

Er schaute sich um. Die Holztür des Raumes war zu. Die Kerze der gestrigen Nacht auf dem Holztisch vor dem Fenster war ausgebrannt. Es war nicht mehr dunkel. Die Sonnenstrahlen erhellten das ganze Zimmer, den feinen grauroten Teppich auf dem Boden, den staubigen Schrank gegenüber seinem Bett. Alles war ruhig. Ruhiger als in seinen Gedanken.

Annelyas streichelnde Hand fühlte sich nach Geborgenheit an. Vorsichtig drückte sie ihn zurück, schaute ihn an.

»Der gleiche Traum?«, flüsterte sie mit diesem mitfühlenden, sorgenden Blick auf ihrem Gesicht.

Ihre Augen, sie schenkten ihm noch mehr Ruhe.

»J – ja«, stotterte er. »Ko – Konhama. Diese Stimme, sie wirkte auffordernder als sonst. Sie klang realer. Als würde sie nach mir rufen, als – als würde sie mich so nennen«, atmete er tief aus.

»Der Tempel?«, flüsterte Annelya mit der gleichen Sorge auf ihrem Gesicht.

Surnei nickte.

»In Flammen«, sprach er. »Es war so viel Blut, so viel Schrecken.« Schnell rieb er sich über sein Gesicht, tauchte seine Finger in sein sattes schwarzes Haar. Er blickte auf Annelyas silberne Rüstung.

»Wie spät ist es?«, mummelte er.

»Kurz nach Sonnenaufgang. Komm, zieh dich an. Ich warte draußen auf dich.«

»J – ja …, In Ordnung«, hauchte Surnei, als seine Hand von Annelyas glitt. Lächelnd stand sie auf, lief zum Ausgang. Mal schaute er auf sie, mal schaute er in die Leere vor seinen Augen.

»Bis gleich«, wisperte Annelya, bevor sie die Tür hinter sich zuzog.

Ein tiefer Atemzug. Annelya genoss sie, die kurze Ruhe. Ihr Kopf lag angelehnt an der Holztür hinter ihr.

»Guten Morgen, Annelya«, grüßte Tenna, als er grinsend an ihr vorbeilief.

Schnell riss sie ihre Augen auf, drückte sich noch schneller von der Tür.

»T–Tenna, hallo, guten Morgen!« Zügig eilte sie ihm hinterher.

Tenna drehte sich um. Sein Grinsen sah nun nach Neugier aus. »Alles gut?«

Annelya nickte. Allerdings sprachen ihre nervösen Hände eine andere Sprache. Tenna schaute auf die Tür hinter Annelya.

»Surnei?«, fragte er kurz nach.

»Er – er –« Mal musterte sie die Tür, mal Tennas erwartungsvolle Augen.

»Seine Träume werden immer schlimmer«, beklagte sie.

Verwundert überkreuzte er seine Arme.

»Ich dachte, die Träume hätten aufgehört?«, grübelte er laut.

»Nein … nein. Ich habe ihm nur versprochen, nichts zu erzählen, damit sich Mama keine Sorgen macht.« Sie kaute an ihrer Lippe. Die Sorge, sie konnte sie nicht verbergen.

»Bist du sicher, dass es diesen Tempel nicht gibt? Er sieht ihn immer wieder. Golden, sieht aus wie eine Pyramide mit Stufen«, fragte Annelya auffordernd, bevor sie Tennas zögerndes Kopfschütteln sah.

»Ganz sicher. Ich habe überall nachgelesen. Solch ein Tempel wurde in keinem Buch erwähnt, nicht einmal im Vokabular«, unterstrich Tenna mit einem starken Seufzen.

Annelya biss sich fast die Lippe ab. Rieb immer wieder über ihren Arm. Ihre schwarzen Locken strichen über ihre Schultern, als sie mit großen runden Augen nochmal Tenna anschaute.

»Und dieser Name, Konhama, dazu gibt es auch nichts?«, hakte sie nach. Doch es war der gleiche enttäuschende Ausdruck in Tennas Gesten.

»Es tut mir leid, ich konnte nichts finden.« Es klang so, als ob er zweifeln würde. »Aber, vielleicht –«, wollte er sprechen.

»Vielleicht, was?«, entschlüpfte es Annelyas hoffnungsvollen Lippen.

»Nun. Manchmal nimmt unser Unterbewusstsein Informationen auf, die wir bewusst nicht wahrnehmen. Möglicherweise auch im Säuglingsalter«, erklärte Tenna vorsichtig. »Wir wissen nicht, woher Surnei kommt, wo er geboren wurde. Du kennst die Geschichte«, sprach er.

»Ich weiß. Ich weiß …« Annelya seufzte laut, pustete sich traurig eine Strähne vom Gesicht. »Ich wünschte einfach, dass meine Mutter das gleiche Engagement bei der Suche nach dieser Frau beweisen würde, wie bei der Suche nach Iuel«, rügte sie.

»Die Frau, die Surnei abgeben hat?«

»Mhm.« Annelya schwieg, schaute beschämt zur Seite, als sie Tennas mitfühlendes Ächzen hörte.

»Annelya. Annabel ist seine Mutter. Sie hat ihn aufgenommen und es ist ihre Aufgabe, euch zu beschützen. Außerdem hat Surnei schon mehrmals erwähnt, dass es ihm egal ist, woher er kommt«, flüsterte er.

Annelya entwich ein kurzes Lachen. Sie trat einen Schritt näher.

»Komm schon, Tenna, du bist schlau. Du weißt ganz genau, wie er wirklich fü–«, wollte sie sprechen, als beide wie ertappt nach hinten schauten.

»Du bist fertig!«, rief Annelya laut und freudig.

»J– ja. Morgen, Tenna«, grüßte Surnei zögerlich mit einem schüchternen Winken.

»Morgen, Surnei!« Auch Tenna klang so laut wie Annelya. Nervös schauten sich die beiden an, bevor Annelya wieder zu Surnei blickte.

»Wollen wir los?«, fragte Surnei.

»Ja klar, natürlich«, antwortete Annelya. Sie schenkte Tenna ein kurzes Lächeln.

»Wir sehen uns später. Bis dann ihr zwei.« Flink lief Tenna wieder seinen geplanten Weg, winkte kurz über seine Schulter.

»Bis dann!«, rief Surnei.

Auf dem Trainingshof.

»Und ausatmen!«, befahl Sarru standhaft aufgerichtet – starrer Blick, Hände hinter seinen Hüften.

»Hey, siehst du das?«, fragte Annelya. Sie schaute in die Ferne hinter Sarru, während sie und Surnei sich dem Trainingshof näherten. Das Lagerzelt am Ende des Trainingshofes war besetzt.

»Ist das Mama?«, flüsterte Annelya mit gerunzelter Stirn, als sie kurz auf Surnei schaute.

Mit zügigen Schritten näherten sie sich der kämpfenden Truppe. Schüler, Klingentänzer, die trainierten. Die meisten übten mit Holzschwertern und Holzschildern. Die etwas erfahreneren benutzten echte Waffen.

»Ihr seid zu spät«, schimpfte Sarru mit Blick auf Annelya und Surnei.

Surnei zögerte nicht einen Augenblick. Schnell legte er seinen Beutel ab, bevor er zwei Kurzschwerter aus dem Waffenstand neben den Holztischen packte, die am Rande des Trainingsplatzes standen.

»Hat er geträumt?«, wisperte Sarru ganz leise, während Annelya noch auf das Zelt schaute.

»Hm?«, nuschelte sie. Sie versuchte, sich auf Sarru zu konzentrieren, doch was im Zelt geschah, raubte ihr immer wieder ihre Aufmerksamkeit.

»Surnei, hat er geträumt? Er kommt nur zu spät, wenn er den Traum hatte«, betonte Sarru, als er wieder auf die Schüler schaute. »Goran, schnapp dir Surnei, aufwärmen und dann Schildverteidigung üben! Surnei, du führst!«, wies er an, bevor er sich wieder Annelya widmete. Er stand knapp neben ihr.

»Ja, er hat geträumt«, sprach Annelya knapp. »Was macht meine Mutter hier?«, hakte sie nach.

Sarru warf einen kurzen Blick nach hinten, ins Zelt, doch aus seinem Mund kam nichts außer einem kurzen stockenden Seufzen.

»Sarru?«, flüsterte sie, während sie ihre Mutter beim Verlassen des Zeltes beobachtete. Es folgten einige Soldaten, Gion, Cesantra und ein Mann aus dem Zelt.

»Nicht jetzt, Annelya …« Er wich einen kurzen Schritt zur Seite. »Luna, hinteres Knie immer anwinkeln!«

»Sarru, bitte! Außer Sur bist du der Einzige, der mich verstehen kann«, flüsterte Annelya, als sie leicht, doch auffordernd, an seinem Arm zog.

Sein Blick traf auf ihren. Er zögerte, wechselte immer wieder zwischen Befehlen und Seufzern.

Annelya schaute ihn immer noch an.

»Eine Sichtung«, murmelte Sarru.

Annelyas Augen wurden größer als je zuvor. Ihr Griff wurde fester.

»Aua«, beschwerte sich Sarru.

»Iuel? War die Sichtung bestätigt!?« Annelya klang so, als ob ihr gleich das Herz aus der Brust springen würde.

Sarru zögerte. Der Zweifel darüber, ob er sprechen sollte oder nicht, stand ihm ins Gesicht geschrieben.

»Ein Wanderer ist ihm wohl im Scherbendorf begegnet. Gions und Cesantras Kräuterpulstest ...«, rollte es von seiner Zunge. Er atmete tief ein, schaute bedacht auf Annelya. Blinzelnd sprach er: »... Der Kräuterpulstest war positiv.«

Annelya sprang in absoluter Euphorie.

»Hallo, Annelya, Annelya«, beruhigte er sie. Dieses Mal griff er ihren Arm. »Es war im Scherbendorf, das ist Tage von hier. Wahrscheinlich ist Iuel wieder fort«, erzählte Sarru. »Jetzt pack dir ein Schwert und fang an.«

Sein Blick glitt hinter Annelya.

»Morgen«, grüßte Meleoidy. Ihr braunrotes, luftiges Oberteil floss in ein ähnlich braunes Unterteil. Enge schwarze Lederschnallen umschlangen ihre Oberschenkel.

»Morgen, Mel«, grüßte Annelya zurück, als sie zügig zum Waffenstand lief.

Meleoidy schaute ihr hinterher. Ihre blutroten Locken strahlten im frühen Sonnenlicht. Solch lange Wimpern, solch durchdringende Augen.

»Guten Morgen, was gibts?«, fragte Sarru mit einem tiefen Atemzug.

»Können wir reden?«, sprach sie sanft.

Langsam hörten die Klänge von Kampfschreien und aufeinanderprallenden Klingen auf. Gelächter und Unterhaltungen nahmen ihren Platz ein, verteilten sich in alle Richtungen des Trainingshofes.

»Pause!«, rief Surnei, als er ins Zelt stürmte.

Meleoidy und Sarru schauten reflexartig in seine Richtung, bevor Meleoidy sich wieder Sarru zuwandte.

»Danke, wir sehen uns die Tage«, sprach Meleoidy, als ihre Hand über Sarrus Brust streifte, während er Surnei hinterherschaute.

»Hey, bleib bitte kurz hier, ich möchte mit dir sprechen«, forderte Sarru. Verwundert lugte Surnei über seine Schulter, bevor er einen weiteren Schluck Wasser aus seiner Stahlflasche nahm. Bedächtig nickte er, setzte sich auf einen der Holzstühle.

»Kein Problem«, murmelte Sarru Meleoidy winkend hinterher, bevor sie hinaustrat.

»Verdammt, du magst sie wirklich«, grinste Surnei. Schnell drückte er die Flasche auf seine Lippen.

»Was? Meleoidy? Netter Versuch«, lachte Sarru. Mit großen Schritten lief er auf Surnei zu.

»Sowas würde ich nicht verbergen«, lachte er erneut, als er nach einem der Stühle griff und ihn in einem Schwung vor Surnei stellte.

Surneis Lippen waren immer noch fest hinter der Flasche versiegelt. Nervös trank er mehr, als er wahrscheinlich wollte.

»Was ist mit dir? Würdest du etwas verbergen?«, fragte Sarru.

Surneis Blick folgte ihm auf den Stuhl. Ausatmend setzte sich Sarru hin. Seine Ellenbogen ruhten auf seinen Knien, seine Hände rieben aneinander.

»Was verbergen? Dass ich jemanden mag?«, gluckerte Surnei. Seine Schlucke häuften sich.

»Nun«, fing Sarru an. Er klatschte in seine Hände, atmete noch einmal tief ein. »Man kann vieles verbergen. Manchmal um sich selbst zu schützen, manchmal um andere zu schützen. Manchmal um beides zu tun.«

Surnei konnte Sarrus Starren nicht ausweichen. Immer wieder schaute er zur Seite. War in der Flasche überhaupt noch Wasser?

»Sur, gib her«, sprudelte es aus Sarru, als er nach der Flasche griff. Ein leises Husten erklang.

»Du hattest den Traum, oder?«, fragte er vorsichtig.

Surneis Finger bohrten sich in seine Handflächen, seine Lippen rieben aneinander.

»Du weißt, dass es in Ordnung ist, wissen zu wollen, woher man stammt, oder?«, fragte Sarru. Sein Blick ruhte immer noch auf Surnei.

Surneis Wimpernschlag häufte sich. Seine Brust hob sich immer wieder an.

»Ich – ich möchte sie nicht verletzen«, stotterte er.

Sarru lehnte sich leicht zurück. »Annabel?«

Surnei nickte still.

»Sur, du kannst nicht immer alle über dich stellen. Weder im Kampffeld noch in deinem Alltag«, schimpfte Sarru in sanftem Ton. »Du hältst deine Hiebe zurück, um es deinen Mitschülern einfacher zu machen. Du hast immer ein offenes Ohr für deine Schwester und du leugnest deine Angst und deine Fragen, nur um deiner Mutter keine neuen Sorgen zu machen.«

Sarrus Worte machten Surnei immer nervöser. Mal traute er sich Sarru anzuschauen, mal nicht.

»Ich – ich möchte einfach nicht …«, Surnei stoppte, senkte seinen Kopf.

Doch Sarru harrte aus. »Du möchtest was nicht?«, bohrte er nach.

Surneis Atemzug wich von seinen Lippen, als er zum ersten Mal wirklich Sarrus Blick erwiderte.

»Ich möchte einfach nicht, dass sie glauben, dass ich mich

nicht Zuhause fühle. Dass ich mehr brauche als das«, sprach Surnei. »Warum sollte ich einen Grund haben, zu suchen, wenn ich alles habe, was sich jemand erträumen könnte? Verdammt, ich wurde von der Königin des Saretoriums aufgenommen, bin in den Gemäuern der Burg von Sare aufgewachsen, während ich von wem auch immer einfach abgegeben wurde. Warum – warum sollte ich das hinterfragen?« Surneis Worte nahmen Tempo an. Er zögerte immer weniger.

»Surnei«, rief Sarru. »Dass du auf der Suche bist, heißt nicht, dass du nicht dankbar bist. Denkst du, dass du der Einzige bist? Auf eine Art und Weise tuen wir das alle. Uns fragen, wo wir hingehören. Deine Mutter genauso wie jeder andere auch. Schau dir deine Schwester an«, sagte er. »Meinst du, dass sie nicht auf der Suche ist?«

Surnei schluckte fest. Seine Finger drückten keine Löcher mehr in seine Handflächen. Sie rieben sanft aneinander.

»Sobald Iuel gefasst ist, finden wir heraus, wer dich abgeben hat, in Ordnung?«, schlug Sarru vor.

»Hm. Also erst, wenn er an Altersschwäche stirbt«, witzelte Surnei, als er nachdenklich auf die Zeltdecke schaute. »Nun, falls er das überhaupt tut. Wer weiß, vielleicht hat er ja irgendeinen Schattenzauber und ich gehe sogar vor ihm«, fügte er hinzu, bevor er Sarrus Kopfschütteln sah.

»Nein. Ich glaube, dass es schneller passieren wird, als wir denken«, murmelte Sarru.

Surneis Finger rieben nicht mehr aneinander. Sie blieben still.

»Wie meinst du das?«, fragte er lauter.

»Es gab eine Sichtung.«

»Eine echte!?«, schossen Surneis Worte samt ihm nach vorne.

»Nun, ja. Gion hat die Quelle selbst bestätigt …«

X

AUF VERRAT FOLGT JAGD & DAS URTEIL LAUTET TOD

Wenn Annelya noch etwas länger so zielgenau auf diese Decke geschaut hätte, hätte sie tatsächlich Löcher hineingestarrt.

Mittlerweile war die Sonne verschwunden. Das Mondlicht strahlte hell auf ihr Gesicht.

Ihre Gedanken nahmen immer mehr Gestalt an, ließen ihr Herz schneller schlagen. Und plötzlich – Stille.

»Dann tue ich es eben selbst.« Annelya schoss nach oben. Es pumpte. Ihr Herz. Stärker und lauter. Schwungvoll eilte sie zur anderen Ecke des Raumes.

Sie zögerte. Blieb vor dem Schrank stehen. Sie schien zu überlegen. Doch der Zweifel lebte nicht lange. Sie ließ ihn im Klang ihres Pulses verstummen. Entschlossen riss sie die zwei Schranktüren auf, als sich die satte Dunkelheit der Schatten auf ihr Gesicht legte.

Ihr erster Blick fiel auf die feinen Kettenpanzer an den Beinen, Armen und Schultern der Rüstung. Der lange, schwarze Mantel hing genau hinter der Rüstung. Es wirkte fast so, als würde sie bereits jemand tragen. Getaucht in Dunkelheit, erhellt vom Mondlicht. Wurde sie jemals getragen?

Annelya griff in den dunklen Schrank hinein. Der aufwirbelnde Staub drang in ihre Nase, brachte sie zum Husten. Sie wedelte ihn von ihrem Gesicht weg. Mit einem Ruck löste sie die Schnallen um die Rüstung.

»Oh, bei den Ares!« Sie klang verwundert. Die Rüstung war doch schwerer, als gedacht.

»Na gut«, murmelte sie, während ihr Arm unter die Armschiene schlüpfte.

Wahrscheinlich hätte niemand den Krach der Schulter- und Knieplatten gemerkt, doch es war das Gefühl des Verbotenen, das sie noch vorsichtiger werden ließ. Sie schlüpfte komplett in ihre Rüstung, bevor sie den metallischen Gürtel um ihre Stoffhose eng befestigte und ihre Stiefel anzog. Auch diese waren mit schützenden, schmalen Platten versehen.

Verängstigt schaute sie zum Fenster, bevor sie noch einmal auf die Tür hinter sich blickte. Das Licht aus dem Fenster kam immer näher und näher, bis ihre Hände die kalte Steinwand erfassten.

Die Kutschen im Stall, dachte sie.

Nein, das würde zu viel Krach machen. Aber zumindest war weit und breit niemand zu sehen. Mit ausgestreckten Armen drückte sie die Fenster auf und trat vorsichtig auf den Fenstersims. Es reichte nur ein kurzer Blick nach unten, um zurückzuschrecken. Sie traute sich, einen weiteren zu werfen, zögerte, schwankte vor und zurück.

»Uff, nicht nervös werden, du kannst das. Du kannst das!« Ihr Atem beruhigte ihren Herzschlag. Ein und aus. Ihre Augen waren geschlossen. Ihre Finger, sie folgten ihrem Rhythmus.

Da. Dieses Geräusch. Dieses allzu bekannte Geräusch. Annelya stieg aus dem Fenster, als sie ganz sanft auf das Energiefeld trat, das sie umgab. Schritt für Schritt schwebte sie fokussiert nach unten.

Die letzten paar Meter vergingen schneller. Sie stürzte auf ihre Füße. Hingekniet blickte sie nach vorn. Irgendetwas schien sie aufzuhalten. Die zwei angebundenen Pferde im Hinterhof ließen sie zögern. Schließlich war es kein kurzer Weg, der vor ihr lag. Sie würde eines brauchen.

»Verdammt.« Mit leisen Schritten näherte sie sich dem braunen Pferd, während der leichte Windstoß den Lilienduft des Hofes in ihre Nase trug.

»Hallo, Brauner.« Ihre Hand glitt über den Rücken des Pferdes, als sie die Stricke zu lösen begann.

»Keine Sorge, dir wird nichts passieren«, murmelte sie, bereit den letzten Strick von den Pfählen zu lösen, als sie voller Schrecken das Husten eines Mannes hinter sich hörte.

»Sarru!«, schrie sie mit einem leisen Quietschen, als sie die ausgestreckte Klinge vor ihrer Kehle sah.

Amüsiert lehnte Sarru seinen Kopf zur Seite.

»Annelya? Was tust du hier?« Er packte die Klinge zurück, während sein Blick über ihre ganze Rüstung streifte. »Ich habe mir gedacht, dass du auf dumme Ideen kommen wirst. Vertrauen beruht auf Gegenseitigkeit, meine Liebe. Ich hätte meinen Mund halten sollen«, schimpfte Sarru.

Ihr Zögern wurde von einem tiefen Seufzer unterbrochen.

»Gut, wie auch immer, ich wollte Iuel suchen gehen«, schoss es aus ihr heraus.

»Was du nicht sagst!« Sarrus Augen wurden groß. Schnell schaute er sich um, bevor er nähertrat.

Das Brechen der kleinen Äste und das Knirschen der feuchten Gräser betonten seine schweren Schritte in Annelyas Richtung.

»Bist du des Wahnsinns!?« Es war wahres Entsetzen in seinem Ausdruck.

»Sarru, komm schon, du weißt, dass ich es beenden kann. Was soll Iuel schon tun? Mir die Energie rauskitzeln!? Je länger wir warten, desto mehr Zeit geben wir ihm, dass er das irgendwann tatsächlich tun könnte!«, zischte sie angespannt.

»Annelya, wir haben keine Ahnung, was er weiß und was er nicht weiß. Vor sechzehn Jahren wussten wir nicht einmal, dass so etwas wie *du* möglich ist. Dieser Kristall birgt mehr Geheimnisse als Antworten!«, warf Sarru ein.

»Verdammt, ich kann es wirklich nicht mehr hören! Ge- genug von mir!«, atmete sie aus. »Was tust du hier? Hast du die ganze Zeit Wache gestanden?«

Das Mondlicht fiel auf ihre blassen Wangen, erhellte ihren bohrenden Blick. Versuchte sie abzulenken?

»Natürlich habe ich Wache gehalten. Oder denkst du, dass es mir lieber wäre, deiner Mutter zu erklären, dass ich ihrer übermütigen Tochter über die Sichtung erzählt habe und sie mitten in der Nacht allein losgezogen ist, um den gefährlichsten Mann des ganzen Saretoriums zu fassen!?«, brummte Sarru noch beherrscht.

Annelya sah aus, als würde sie gleich explodieren. »Gefährlich für Leute, die er verletzen kann. Sarru, ich kann nicht mal sterben!!!«, unterstrich Annelya mit großen Gesten und zusammengekniffenen Augen.

»Annelya, es reicht, ich will es nicht mehr hören. Du gehst sofort zurück in dein Zimmer!«, befahl Sarru.

Mit zusammengebissenen Zähnen schaute sie ihn an. Die verschränkten Arme betonten ihre stille Rebellion.

»Nein«, flüsterte sie ganz schnell.

Währenddessen im Saal des Hohen Rates.

Eine einzige Kerze. Sie warf ihren leisen, schwachen Schleier in den großen, dunklen Raum, erhellte Meleoidys angespanntes Gesicht. Sie blickte tief hinein. Es sah wie ein Kampf aus: das Gefühl in ihren Augen. Mal zitterte sie, mal nicht. Schneller Wimpernschlag, flacher Atem.

Sie blickte auf ihre Hand, beobachtete den Schatten des silbernen Wappens auf ihrer Haut tanzen, als sie wieder in die Flamme schaute.

Ihre Brust weitete sich in ihrem peinigenden Atemzug, als sie das Wappen fallen ließ und unter den großen Marmortisch trat. Wieder schaute sie in die brennende Kerze hinein. Die Flamme, sie hypnotisierte sie, ließ sie für einen kurzen Moment abschweifen, bevor sie unter ihren Ärmel griff.

Das beige rote Papier zwischen ihrem Zeige- und Mittelfinger fühlte sich rau an. Das leichte feine Pulver verteilte sich in der Luft, als sie die lange, dunkelbraune Schnur vom Papierstück löste. Während sie das Papier auf den Tisch legte, wickelte sie die Schnur um ihre Finger. Solch lauter Atem. Sie fiel einen Schritt zurück. Blick, immer noch im Feuer gefangen.

Im Außenhof der Burg.

»Annelya, es reicht!« Diesmal klang Sarru strenger. Fest zog er Annelya am Arm, als ihre Hand aus Versehen auf seine Brust schlug.

»Tut mir leid«, sprach Annelya schnell, als sie Sarrus verwirrten Blick bemerkte. Er folgte ihrer Berührung, schaute auf seine Brust.

»Was ist los?« Sie runzelte die Stirn.

»Mein Wappen, ich ...« Nachdenklich musterte er den Boden. »Ich, hm, ich muss es verloren haben.«

In den Gängen der Burg.

»Gute Nacht, Miss«, sprach eines der Dienstmädchen, das durch einen der Gänge der Burg lief.

»Gute Nacht«, nickte Meleoidy lächelnd zurück, bevor sie in den Nebengang verschwand. Nervös schaute sie sich um, lehnte sich gegen die kalte Wand.

Die kleine, goldene Uhr in ihrer Handfläche glänzte genauso wie ihre Augen. Sie folgte dem Zeiger wie ein Kind seinem Ball folgen würde. Fokussiert. Aufgeregt. Kurz bevor er die zehnte Nachtstunde erreichte, lehnte sie ihren Kopf fest zurück.

Es wirkte so, als würde sie sich festhalten wollen.

»Kabumm«, flüsterte sie.

Im Außenhof der Burg.

»So, zurück mit d–«, wollte Sarru sagen, doch sein Mund verstummte im Terror des lauten Knalles.

»Sarru?«, fragte Annelya zögerlich mit aufgerissenen Augen. »Was war das?«

Die ersten Trümmer begannen zu bröckeln. Einer der Türme der Burg zerfiel in den aufsteigenden Flammen, die in den Nachthimmel hinaustraten.

»Du meine Güte ...« Annelyas Gesicht tauchte in das rotorangene Licht des Feuers, das die Schreie der Bewohner aus den Gängen der Burg hinaustrug.

»Surnei!« Panisch raste sie zum Eingang der Burg.

»Annelya, nicht!«, brüllte Sarru hinterher. »Annelya!!!«

Es sah so aus, als würde jeder ihrer Schritte ein neues Licht zünden. Die Nacht, sie wurde heller und heller. Dieser Knall, diese Schreie, sie waren zu laut, um die Bewohner des Dorfes nicht zu wecken. Hütte für Hütte gingen die Lichter und Kerzen an.

Je näher Annelya dem Eingang der Burg kam, desto mehr verwirrte Gesichter sah sie, immer mehr Dorfbewohner sich auf den Straßen drängen.

»Entschuldige, Achtung! Achtung!«, brüllte Annelya, als sie sich voller Wucht durch die glotzende Menge kämpfte, die panisch aus den Toren der Burg stürmte.

»Annelya!« rief Sarru hinterher, bevor auch er die Gänge der Burg betrat.

»Was ist passiert!?«, rief Annabel. Ihr Blick fiel auf den dunkelgrauen dichten Rauch, der aus den Gängen austrat.

»Explosion«, hustete Meleoidy, bedeckt mit Staub und Asche.

»Mama, Mama!«, schallte Annelyas näherdringende Stimme. Mit schnellen Schritten und rasendem Blick stellte sich Annabel vor sie. Annelya warf sich in die Arme ihrer Mutter, bevor sie wieder einen Schritt zurückwich. Verängstigt versuchte sie auf das Geschehen hinter Annabel zu blicken. Soldaten stürmten in die Gänge, verschwanden tief in der dichten Rauchwolke.

»Annelya, beruhig dich, beruhig dich!« Annabels Hände strichen über Annelyas Wangen. Auch sie schaute sich mit der gleichen Sorge in ihren Augen um.

Die wandernde Asche fiel wie eine schwarze Pest auf ihr weißes Nachtgewand.

»Surnei, wo ist Surnei?«, fragte Annelya.

Annabel blickte zu Sarru, bevor Surnei hinter ihm erschien.

»Was ist passiert?«, rief Surnei.

Annelya zögerte nicht eine Sekunde. Sie folgte seiner Stimme. Ihre Locken stürmten durch den rauchigen Wind.

»Surnei«, flüsterte sie mit bangenden Schritten.

Ihre Hände tauchten in seine, während auch er mit dem gleichen sorgenvollen Blick in die dunklen Wolken blickte.

Annelya schaute zurück. Es war schwer, die Schritte zu erkennen, doch langsam traten die aschebedeckten Soldaten näher, während der Rauch sich langsam auflöste.

»Schafft die Bewohner hier weg«, befahl Annabel mit ausgestrecktem Finger zu dem Trupp, der aus dem Königssaal kam.

»Eure Hoheit«, sprach einer der Soldaten.

»Was ist passiert!?«, schrie Tenna, als er in den Gang hineinstürmte.

Alle Blicke richteten sich auf Tenna, bevor sie zu den Soldaten zurückkehrten. Die Funken in der Luft erhellten Annabels angespanntes Gesicht. Zögernd blieb der Soldat vor ihr stehen.

»Keine Überlebenden«, murmelte er.

Die Funken vor Annabels Gesicht wanderten auf Annelyas. Der Rauch, der Dampf, langsam verhängte er wie ein Schleier den Gang. Der Griff um Annelyas und Surneis Hände, er war immer noch so warm wie vorher. Doch das Gefühl in Annelyas Brust, es wurde kälter.

»Das war der Hohe Rat«, sprach sie zögernd.

»Was?«, hauchte Surnei, als er Annelyas Blick folgte. Die Angst der Anwesenden war nicht zu übersehen.

Egal, wo Annelya hinblickte, sie fand keine Zuflucht.

»Miss«, meldete einer der anderen Soldaten und trat vor.

Annabel schaute auf den glänzenden Gegenstand in seiner Hand. Annelyas Augen zuckten, als sie erkannte, was Annabel zu erkennen versuchte.

Ihr Griff um Surneis Hände, er wurde etwas lockerer.

»Das war unter den Leichen. Eigentlich trägt der Hohe Rat keine Wappen. Das ist ein …«

»Ein Ausbilderwappen«, murmelte Annabel vertieft. Ihr Daumen glitt über die Asche des Wappens.

»Nein«, flüsterte Annelya »Sarru?«

Angst. Trauer. Enttäuschung. So fühlte es sich an. Das Gefühl zwischen ihren Blicken.

Annabel schaute auf Sarru.

»Dein Wappen …«, flüsterte Annelya mit zuckenden, feuchten Augen, als sie auf seine Brust schaut.

Jeder Einzelne richtete seine volle Aufmerksamkeit auf Sarru, jeder Einzelne schaute ihn mit gleichem Entsetzen an. Jeder außer ihr: Meleoidy.

»Ich …, nein – ich – Annabel, ich«, stotterte Sarru. Angst, sie offenbarte sich, je länger er in Annabels brodelndes Gesicht blickte.

Solch eine Wut. Sie breitete sich aus, pochte, genau wie die Energie, die langsam Annabels Adern entlangwanderte.

Annelya blickte ruckartig zurück, als sich Surneis Griff langsam von ihr löste.

»Nein«, murmelte sie.

Kleine Strähnen, sie fingen an, über Annabels Schultern zu schweben.

»Nein«, rief Annelya etwas lauter. Ihre Hände glitten über Surneis.

»Annabel, ich schwöre dir, ich habe nichts damit zu tun, ich –«, sprach Sarru schnell, verschluckend.

»Du Verräter!«, brüllte Annabel und schoss mit einem gewaltigen Energiestoß nach vorn. Der Dampf wirbelte wie ein Orkan durch den gesamten Gang, schleuderte jeden mit voller Wucht nach hinten.

»NEIN!«, kreischte Annelya, als das helle, tiefe Geräusch alle Fenster des Ganges zertrümmerte, bevor die gigantische Energiewelle die Wände erfasste.

»Annelya!«, schrie Annabel.

Alle Blicke richteten sich auf Annelyas Hände und Annabels Faust.

Die Energie, ihr durchgehender Fluss, schimmerte wie eine feine, bebende Schicht, die eine gigantische Barriere zwischen Annelya und Annabel formte. Sie erleuchtete alles. Licht. So viel Licht, dass die Nacht für einen Augenblick zum Tage wurde. Annelyas Haare tanzten genauso im Windzug der Energiewelle wie Annabels. Waren es Annabels oder Annelyas Augen, die heller strahlten?

»Annelya, tu es nicht …«, wisperte Annabel mit gerunzeltem, wütendem Gesicht.

Der Ausdruck ihrer Tochter, er war gespalten. »Annelya, nicht!«

»Sarru, lauf!«, forderte Annelya, als Annabel mit einem gewaltigen Schrei die Energiewelle durchbrach. Der heftige Schwung rammte einen riesigen Riss in die Wand neben Meleoidy.

Surnei schaute wie versteinert auf Sarru. Es sah so aus, als ob Surnei sprechen wollte, doch nicht wirklich wusste, was er sagen sollte. Als ob er handeln müsste, doch nicht wusste, wie.

»Laaaaaauf!!!«, brüllte Annelya mit einem Handschwung. Ohne

zu zögern, schlug sie eine neue Barriere auf, bevor Sarru endlich zu rennen begann.

»Surnei! Halt ihn auf!«, befahl Meleoidy.

Surnei zögerte. Sein Blick wanderte verwirrt zwischen Annelya und Sarru.

»Surnei, nein!«, rief Annelya, bevor ihr Bruder mit zweifelndem Blick losrannte.

»Nein«, stotterte Annelya.Ihre Stimme wurde lauter und lauter, als sie voller Mühe und mit einem kurzen Händeschwung Surnei mit einem Energiestoß gegen die Wand schleuderte. Unkontrolliert krachte er auf den Boden, während Sarru immer weiter in Richtung des Ausganges verschwand.

»Bist du des Wahnsinns?!«, brüllte Annabel.

Mit einem heftigen Energietritt schleuderte sie Annelya zu Boden.

»Hmpf, nein, Mutter! Nein!«, jammerte Annelya, als sie zur Seite rollte und sich schnell hochdrückte.

Obwohl der Himmel ruhte, fühlte sich der Wind wie ein eisiger, peinigender Schleier auf Sarrus zitterndem Gesicht an. Wer hätte gedacht, dass ein Mann so schnell rennen konnte.

Er schaute auf die bereits gelösten Stricke des Pferdes im Hinterhof, bevor er den Klang der Schöpfung hörte. Annabels Energiedruck verteilte sich über den ganzen Hof, trug sie schleudernd nach vorn. Ein gewaltiger Knall, er stieß jeden nach hinten.

Annelya strich ihre Locken von ihrem Gesicht. »Verdammt!«

Meleoidys fester Griff stoppte sie, hielt sie zurück. Annelya blickte wütend auf ihre Hand, bevor sie hochschaute.

Schmerzhaft. So war Meleoidys Flug gegen die harte, gerissene Wand.

Die Soldaten fingen an, die Burgtore zu barrikadieren.

Sarru schaute nach oben. Die Energie der Schöpfung, sie schoss Annabel wie einen rasenden Stern durch den Himmel. Mit voller Wucht landete sie vor Sarru.

»Mein Kind, Sarru. Sie ist MEIN KIND!«, brüllte sie in einem tobenden Energiestoß.

Mit beiden Armen vor seinem Gesicht warf sich Sarru auf den Boden und zog sich schnell zurück, um Annabels Stoß abzuwehren.

»Annabel, ich würde ihr niemals etwas antun!«, stellte Sarru klar, bevor er nach seinem Schwert griff. »Du musst dich beruhigen!«

Seine Worte bohrten sich tief in ihr Herz, entfachten eine andere Art von Zorn. Ihr Haar flog genauso wild wie ihr Herz pochte, während sie mit gebrochenem Lachen ihre Finger spreizte und eine tiefblaue, wirbelnde Energiekugel zwischen ihren Händen formte. Sie wuchs, wurde immer lauter, immer rasender. Das Gras um ihre Füße, fast riss der Überdruck der Energie es aus seinem Grund heraus.

Ihre brodelnden Augen tauchten ins strafende Licht vor ihrer Nase.

»Verräter!«, schrie sie, als Sarru seine schwarzen Augen verschloss und sein Schwert verteidigend vor sein Gesicht hob.

»Es reicht!«

Was als nächstes geschah, zeigte den Unterschied in der Energiebeschwörung zwischen Annelya und ihrer Mutter. Während Annabel die Energie in Zorn und Impuls nutzte, lenkte Annelya sie mit Fokus, mit Verbundenheit und Fluss. Einen so heftigen Energiestoß wie Annabels zu neutralisieren, war eine Sache, doch ihn umzulenken, eine völlig andere. Diese Kunst, sie bedarf eines außergewöhnlichen Niveaus an Kontrolle.

Die rasende Energiekugel stoppte wie eine schwebende Feder vor Annelyas eingerückter Handfläche, bevor sie sie mit voller Entschlossenheit gegen die Außenmauer der Burg schoss.

Erschrocken schaute Annabel auf die bröckelnde Mauer. Eisen, in Hälfte geteilt. Stein, zertrümmert. Und die Mauer fiel. Stück für Stück brach sie in sich zusammen.

»Los, verschwinde!«, rief Annelya Sarru hinterher, als sie mit einem weiteren Energiestoß ihre Mutter zur Seite schob, während sie sie zu umkreisen begann. Wie ein lebendiges Schild bewegte sie sich um ihre Mutter, schützend, immer vor Sarru.

Sein Blick schweifte noch einmal an Annabel vorbei. Hass war das, was zurückstarrte. Er schaute auf Annelya. Enttäuschung war es, die zurückblickte.

Und die Hufen schlugen ihre ersten Schritte außerhalb der Tore. Es waren vier oder sechs Soldaten, die hinterhereilten, doch Sarru hatte einen klaren Vorsprung.

Als seine Silhouette in der Ferne langsam verschwand, löste Annelya die Energiebarriere. Erschöpft trat sie einige Schritte zurück.

»Annelya, was hast du getan?«, klagte Annabel mit brüchiger Stimme.

Die stillen Regentropfen häuften sich. Das Wasser wusch Annelyas Tränen von ihren Wangen. Das Mondlicht reflektierte auf ihrem nassen Gesicht. Es offenbarte ihre Trauer.

»Du hättest ihn umgebracht ...«, klagte sie mit schwerem Atem und zitternder Lippe.

Annabel zögerte.

»Annelya, er arbeitet mit Iuel zusammen. Er möchte dich tot sehen!« Verwirrt schaute sie auf ihre Tochter.

»Das weißt du nicht«, protestierte Annelya. Wie ein schwarzer nasser Umhang klebte ihr dunkles Haar an ihr.

Der Regen, er wurde stärker. Während die Flammen erloschen, stiegen die Dämpfe auf. Sie hörte sie noch, die Stimmen. Sie spürte sie, die Blicke.

Das? Das würde eine lange Nacht werden.

Einige Stunden später, im Hauptsaal der Burg.

Der Regen hatte schon längst aufgehört. Wahrscheinlich konnte das ganze Dorf nicht schlafen. Dafür waren alle zu aufgeregt. Die Gefahr. Die Finsternis, sie war in ihre Mauern eingedrungen.

So wie damals, als Utakata starb. Doch diesmal war es viel beängstigender. Denn diese Königin, sie stand nicht auf Iuels Seite. Die Armeen, sie waren stärker als zuvor. Es hatte nur eine einzige Person gebraucht, die Iuel überzeugen musste, dachte man. Welch Chaos könnte das über das Königreich bringen, fragte man sich.

»Meleoidy hat recht«, sprach Snow leise.

Die Kerzen warfen ihr Licht auf all ihre Gesichter. Snow steckte seine Hände in seine Hosentaschen. Er grübelte nicht so sehr wie Annabel.

Während sie vorhin noch ihr Gewand getragen hatte, war es jetzt ihre königliche Kettenrüstung.

»Was meinst du?«, zögerte sie, als sie zu ihrer Linken schaute.

Überrascht blickte Tenna zurück. Sein Gesicht war das einzige, das komplett in das Licht der Flamme getaucht war.

»Ich –«, er zögerte. »Ich denke auch. Das war die erste Sichtung, die der Hohe Rat ernst genommen hat, und Iuel hat direkt angegriffen. Das war kein Akt des Terrors, sondern der Angst. Hätte er einen Weg gefunden, Annelya zu töten, wäre es schon längst geschehen. Sarru hätte Dutzende Chancen gehabt«, fuhr er fort.

»Stattdessen bringt er die Leute um, die wussten, wo Iuel sich befindet. Er versucht, sich zu schützen«, sprach Meleoidy.

Annabel schaute nachdenklich auf den Tisch. Die schwarze Tinte der Landkarte wirkte in diesem Licht noch schattiger.

»Scherbendorf ... das ist Tage von hier entfernt«, flüsterte sie.

»Annabel, ich weiß, dass du Angst hast, doch Annelya ist die wahrscheinlich mächtigste Waffe, die wir gegen ihn benutzen können. Er setzt auf Defensive. Wir können diese Chance nicht verpassen«, sprach Snow mit ernstem Ton.

Es herrschte eine angespannte Stille. Diese Blicke, sie schienen so klar. War sie die Einzige, die es nicht sehen konnte?

»Ihr werdet sie begleiten. Du und Tenna«, sagte Annabel.

Tenna nickte überrascht. »Natürlich«, murmelte er.

Meleoidy atmete leise und tief ein. Sie wirkte entspannter als zuvor.

»Keine Sorge, Anna. Ich werde alles dafür tun, um sie sicher zurückzubringen. Ich werde dir seinen Kopf bringen«, schwor Snow, lehnte sich leicht nach vorn. Er stützte sich am Tisch ab, während sein Blick Annabels durchbohrte.

Es dauerte etwas, bis sie nickte. Doch sie stimmte zu. Zum ersten Mal stimmte sie zu.

»In Ordnung«, sagte sie.

Im Nebensaal.

Sarrus Wappen glitt immer wieder durch Annelyas Finger. Mit jeder Umdrehung fiel ein weiterer Hauch Asche.

»Es tut mir leid«, flüsterte Surnei. Seine Hand auf ihrem Bein fühlte sich nach Trost an.

Sie musterte das Wappen, als ob sie es zum ersten Mal sehen würde. Als ob sie eine Antwort finden würde auf die Frage, die immer wieder in ihrem Kopf kreiste.

»Er hat auch dich verraten«, murmelte sie nachdenklich.

Surnei zögerte.

»Ja, du hast recht«, wisperte er versunken, bis Schritte sein Grübeln unterbrachen.

»Du bist also sicher, dass du ihn aufhalten kannst?«, sprach Annabel mit starrem Blick. Es war nicht zu übersehen, wie sie ihre Sorge zu verstecken versuchte.

Annelyas Augen weiteten sich mit jedem Schritt, den ihre Mutter näherkam. Meleoidy bemerkte sie fast gar nicht.

»Ja, mehr als sicher, ich – wir – haben ein Leben lang dafür trainiert«, sprach Annelya ohne zu zögern, als sie auf ihren Bruder schaute.

Annabels Atem war gar nicht so steif wie ihre Haltung.

»Gut, dann macht euch bereit. Morgen früh brecht ihr auf.« Annabels Worte ließen Annelya fast vor Aufregung explodieren.

»Unter einer Bedingung«, fuhr ihre Mutter fort.

Meleoidy schaute verwirrt auf Annabel. Annelya zögerte. Ihre Vorfreude verwandelte sich langsam wieder in Zweifel.

»Die wäre?«, fragte Annelya nachdenklich.

»Sobald du Iuel findest«, sprach Annabel, bevor sie kurz innehielt. Ihr starrer Blick durchbohrte das Mädchen. Annelya schaute erwartungsvoll zurück. Sarrus Wappen war fest in ihrer Hand.

»Sobald du ihn findest, wirst du ihn töten«, sprach Annabel, als jeder einzelne mit der gleichen Verwunderung auf sie schaute.

Annelya zögerte, doch sie sprach nicht. Sie sah es, das Zittern der Lippe ihrer Mutter.

»Du willst beweisen, dass du dich selbst beschützen kannst? Dass du dazu bestimmt bist, diesen Thron zu besteigen? Dann musst du mir beweisen, dass solch ein Zögern wie heute nie wieder vorkommt. Denn wenn du siegen willst, musst du zuschlagen können«, sprach Annabel streng und kühl. Langsam hob sich ihr Kinn in die Höhe, während ihr ernster Blick auf Annelya fiel.

So viele Gedanken, die ausgesprochen werden könnten. Doch dafür wollte sie es zu sehr. Dafür brannte ihr Herz zu sehr.

»Verstanden«, schoss es aus Annelya, genau wie Surneis zweifelnder Blick zu ihr schoss.

Meleoidy wirkte nachdenklich.

»Ich werde Iuel Herim töten«, sprach Annelya.

War es Entschlossenheit? Oder versuchte sie, sich selbst zu überzeugen? Dieser Unterton in ihrer Stimme. Ein tiefer Atemzug.

Annabel schaute noch einmal auf Annelya. »Tenna und Snow werden euch begleiten. Packt eure Sachen.«

Annelya und Surnei standen auf. Annabels Blick schweifte über Annelyas Rüstung.

»Nun kriegst du, was du möchtest. Aber, Annelya.«

»Hm?«

»Enttäusch mich nicht«, hauchte die Königin.

Annelya schwieg. Sie schaute Annabel einfach nur an. Nachdenklich. Zögernd.

Alle anderen verließen nach und nach den Nebensaal. Annelya bemerkte Surneis Lächeln. Es war ein gekränktes Lächeln.

Sie schaute wieder auf Annabel. Stiller als zuvor.

»Das werde ich nicht«, sprach Annelya. Ihr Blick, er brach nicht. Erst, als Annabel wegschaute, tat sie es auch.

»Wir sollten alle schlafen gehen. Wir haben es nötig«, warf Meleoidy in den Raum.

Annabel nickte. Ihr Seufzer war länger als ihr erster Schritt.

»Meleoidy hat recht.« Kurz vor dem Eingang blieb sie noch einmal stehen. »Gute Nacht.«

Mit gesenktem Kopf trat sie in die Schatten des Ganges. Das warme Kerzenlicht warf sein Licht über die Möbel des Saales. Der Tisch auf der anderen Seite leuchtete am hellsten.

»Das gilt auch für dich«, riet Meleoidy, als sie in Annelyas nachdenkliches Gesicht blickte.

Annelya nickte. Sie schaute sie nur kurz an.

»Ruh dich aus, Annelya …«, flüsterte sie, bevor sie sich entschloss, zu gehen. Schritt für Schritt, dann blickte sie noch einmal auf Annelya, bevor auch sie in die Schatten drang.

Annelya blieb stehen. Verweilte dort. Wieder strich ihr Daumen über Sarrus Wappen, bevor er über ihre Wange strich.

Eine der Tränen konnte sie nicht aufhalten. Sie tropfte auf das Wappen. Wut, Angst und Zweifel mischten sich in ihrem verkrampften Gesicht. Mit zügigen Schritten eilte sie zum Tisch und knallte das Wappen mit voller Wucht auf die Landkarte.

»Ich werde dich finden«, schluchzte sie.

»Wir werden ihn finden«, flüsterte sie erneut. Sie schaute hinter sich, auf Surnei. Still blickte er zurück, drückte das letzte bisschen Luft aus seiner Lunge.

Obwohl der weißglühende Mond seinen höchsten Punkt erreicht hatte, seinen Schleier durch die großen Fenster warf und jeden Gang erhellte, war es pure Dunkelheit, die sich in den Träumen der Burg und der Dorfbewohner ausbreitete.

Doch Meleoidy, sie schlief nicht. Und obwohl es so still war, obwohl es so leer war, schaute sie immer und immer wieder nervös hinter sich, bis sie in einem der Nebengänge verschwand. Dieser war kleiner als der Rest. Schmaler und kürzer. Am Ende wartete nur eine kleine, hölzerne Tür. Was dahinter war, war viel interessanter.

Meleoidy zog die Tür hinter sich zu, als sie die ersten schnellen Schritte nach unten lief. Eine schmale Wendeltreppe, die tief in den Untergrund der Burg führte. Es brauchte einige Windungen, sämtliche Stufen, bis der Weg wieder breiter wurde. Gitter, staubige Regale, zusammengeworfene Bücher. Ein verlassener Kerker, der nun als Abstellkammer zu dienen schien.

Meleoidy war immer noch nervös. Sogar hier schaute sie zurück. Doch selbst, wenn dort hundert Männer stehen würden, könnte sie nicht durch diese dichte Dunkelheit blicken. Das Klackern war laut. Der Raum feucht. Genauso wie die eisernen Stangen unter ihrer Handfläche. Vorsichtig schob sie das Tor auf, als sie zum Ende des Raumes auf eine schwarze Wand zulief.

Lauter Atem. Ihr Blick wanderte über die kleinen Rillen auf der Wand. Und da stoppte er. Genau da, wo auch ihre Hand stoppte, kam ihr suchender Blick zur Ruhe. Es war nur ein feiner Riss. Zumindest fühlte es sich danach an.

Doch Meleoidys Ringe schienen mehr zu wissen. Das Gold floss langsam ihre Finger entlang. Es wirkte so intuitiv. Langsam formte es sich zu einem spitzen, langen Dolch. Meleoidy betrachtete die Transformation ihres Schmuckes, bis das flüssige

Gold wieder so fest wie vorher wurde. Meleoidy schaute noch einmal nach hinten, bevor sie die dünne Klinge in die Rille in der Wand schob.

Da. Es knackte. Sie drehte ihre Klinge gegen den Uhrzeigersinn und ein weiteres Geräusch ertönte. Tiefer. Größer. Es war aber nicht das letzte, das erklang. Das nächste Geräusch wurde begleitet von einem Kunstwerk.

All diese Rillen, sie waren keine einfachen, willkürlichen Risse in den Wänden. Doch sie war nicht überrascht. Schließlich kannte sie ihn ganz genau. *Den versteckten Untergrund.* Wie ein Mosaik teilte sich die Wand in verschiedene Stücke und Ebenen. Das Licht der brennenden Fackeln auf der anderen Seite fiel auf Meleoidy. Als würde sich die Mauer auflösen, so sah es aus. Immer kleiner werdende Steine, immer mehr gedimmtes Licht.

Der Staub verteilte sich um sie. Nichts mehr. Kein Geräusch. Nur das leichte Flackern des Feuers. Meleoidy zog ihre Klinge heraus. Als sie sich den ersten Schritt in den weiten Gang hineinwagte, war es wieder da. Dieses Bröckeln. Das Mosaik wurde in nur wenigen Augenblicken wieder zu einer Wand mit Rissen. Der Kerker blieb zurück, als wäre nichts geschehen. Langweilig, verlassen und leer.

Das, was vor Meleoidy lauerte, war alles andere als langweilig. Die Dunkelheit brach immer weiter im Licht der Fackeln. Trotzdem wirkte es anders. Kühler. Düsterer. Aber es war nichts im Vergleich zu der Burg, die sie hinter sich gelassen hatte. So düster, seltsam faszinierend.

Der Gang in den Untergrund wirkte ewig lang. Denn diese gigantischen Statuen, sie waren größer als die ganze Burg selbst. Was für ein Anblick.

Ihre gewaltigen Krallen, sie waren nichts im Angesicht dieser bestialischen Flügel. Köpfe, Schädel, geschmückt von Hörnern und Reißzähnen.

Mit jedem Schritt pochte Meleoidys Herz lauter und lauter. Mit jedem Schritt wirkten diese abgebildeten Wesen wuchtiger und mächtiger. Sie schmückten den ganzen Raum, befanden sich am Ende des Saales.

Es sah wie eine Verschmelzung aus. Sieben drachenähnliche Wesen mit langen, knochigen Schweifen. Manche nebeneinander, manche übereinander verwoben. Das Licht fiel in verschiedenen Winkeln auf unterschiedliche Stellen. Doch diese Gesichter, diese Mäuler, sie sahen aus jeder Perspektive grässlich aus.

Manche der Männer und Soldaten, die Ketten und Käfige durch den Saal schleppten, schauten immer wieder auf diese Statuen. Keiner sprach miteinander. Doch jeder war gefesselt von dem Anblick dieser Bestien.

»Ist es nicht wunderschön?«, prahlte die raue, ältere Stimme vor Meleoidy. Gions Hand griff nach dem Weinglas neben sich.

Meleoidy blieb an seiner Seite stehen. Ihr Haar strich über ihre Hüfte. Sie schaute immer noch nach oben.

»Uriel, Uce und du seid offiziell tot, Annelya zieht morgen los, um Iuel zu finden«, schoss es aus Meleoidy heraus.

Gion blickte sie an. Das schwarze Glas sank von seinen Lippen.

»Es hat funktioniert«, murmelte Meleoidy.

Gion lächelte. Das tat er nicht oft. Dafür musste es etwas ganz Besonderes sein. Besonders wie das, was er vor sich hatte. Gewaltig.

»Sarru?«, fragte er kühl, als er einen weiteren Schluck nahm.

Meleoidy zögerte. Sie atmete tief ein. Beide schauten auf diese Statuen, als wären sie ihnen neu. Doch ihre Blicke unterschieden sich. Die Gedanken dahinter waren andere. Andere Gefühle.

»Er hat überlebt. Annelya hat ihn vor Annabel beschützt, während er geflüchtet ist«, erklärte Meleoidy. Ihre Worte schienen Gion nicht zu rühren.

»Er sollte kein Problem sein, oder?«, fragte er.

»Nun, Annelya vertraut ihm. Er könnte Einfluss auf sie haben. Falls er genug Zeit mit ihr hätte ...«, dachte Meleoidy laut nach, als sie es wagte, zu Gion zu blicken.

»Dann kümmere dich drum, dass das nicht passiert«, sprach er kühl und nahm einen weiteren Schluck. »Wir sind so nah dran. Du kannst dir nicht vorstellen, wie viel ich opfern musste. Doch erst muss der Katalysator seine Arbeit machen. Das Mädchen ist noch zu mächtig. Ein falscher Schachzug und alles geht in die Brüche«, sprach er, als er sein Glas abstellte.

Meleoidy spürte ihn, seinen rauen, mächtigen Blick, der auf ihr lastete. Sie zögerte, doch dann schaute sie zurück. Ihre Wangen wirkten blasser als zuvor.

»Fünftausend Jahre, Meleoidy«, murmelte er. Ein kalter Schauer lief über ihren Rücken. »Fünftausend Jahre habe ich auf diesen Moment gewartet. Und jetzt ist es nur noch eine Frage von Tagen«, sprach er mit einem gebrochenen, kurzen Lachen.

Meleoidy schluckte fest und angespannt.

»Eine neue Zeit«, stotterte sie leise.

Gion griff noch einmal nach dem Glas. »Nein, Kind.« Starrend blickte er nach vorne. Die Klauen der Bestien wirkten fast lebendig.

»Eine neue Welt«, sprach er.

XI

EINE NEUE WELT

Es klopfte dreimal an der Tür. Das vierte Mal rief Annelya: »Herein?«

Annelyas Blick schwenkte vom Spiegel zu Meleoidy.

»Guten Morgen«, grüßte Meleoidy. Sie schaute auf Annelyas Waffengürtel.

»Wurfmesser?«, fragte sie nachdenklich. Langsam trat sie in den Raum hinein.

Das Tageslicht offenbarte ihr prächtiges Gewand. Braune, schwarze, goldene und rote Farben vereinten sich zu einem edlen Musterspiel. Der ebenholzfarbige Stoff umhüllte beide ihrer Beine.

»Oh, nein. Nicht für mich. Die gehören Surnei«, murmelte Annelya mit einem mühevollen Lächeln. Sie schien bedrückt zu sein.

»Ah ja, natürlich.« Meleoidy trat komplett in den Raum. Annelyas Blick fiel zwischen ihre Hände.

»Aber das ist für dich«, offenbarte ihre Tante, als sie das mit Altgold verzierte Amulett präsentierte. Im Tageslicht wirkten die kleinen Risse und Kratzer auf dem Gehäuse noch älter als in den Schatten. Das goldene Gitter formte eine Art Kompass oder Zirkel, … etwas dazwischen. Das Licht floss über das glatte Gold.

Langsam trat Meleoidy näher, stoppte kurz vor Annelyas staunendem Gesicht.

»Gions Amulett«, stellte Annelya mit aufgerissenen Augen fest. Ihre Finger glitten sanft über die Kette. »Das hat er immer getragen, wenn wir trainiert haben.«

Wacher als zuvor starrte sie Meleoidy an.

»Einer der Soldaten hat es in den Trümmern gefunden«, wisperte sie bedrückt mit ruhigen Schritten hinter Annelya, als die Kette über Annelyas Dekolleté fiel.

»Ich denke, dass er wollen würde, dass du sie bekommst.« Meleoidy senkte den Kopf auf ihre Schulter. Still strichen ihre Finger über Annelyas Nacken. Es machte ein kurzes *Klack*, bevor das Amulett auf Annelyas Brust sank.

Ihre Fingerkuppen tasteten suchend auf dem goldenen Gitter.

»Schau!«, sprach Annelya mit gesenktem Blick.

Meleoidy lugte über die Schulter ihrer Nichte, doch sie sah nicht, was diese meinte.

»Hier«, flüsterte Annelya, als sie sich mit dem auf das Gitter gerichteten Finger zu Meleoidy drehte.

»Ein Splitter?«, grübelte Meleoidy laut. Je tiefer sie sich beugte, desto mehr Haar fiel über ihre Wangen.

»Nicht irgendein Splitter«, sagte Annelya mit stiller Euphorie. Ihre hellen Augen fielen mal auf Meleoidy, mal auf das Amulett. Meleoidy strich sich eine Strähne hinters Ohr.

»Ein Splitter vom Kristall selbst!«, sprach Annelya lauter. Irgendwie stolzer.

»Ha …, unglaublich«, murmelte Meleoidy mit aufgerissenen Augen und offenem Mund, bevor sie sich wieder zurückzog. »Dann würde ich wirklich gut darauf aufpassen!«

Annelya blickte nickend auf Mels leichtes Lächeln.

»Das werde ich, danke«, versprach sie.

»Hey, ich brauch noch –« Surnei brach ab, als er im Türrahmen stehen blieb. Verwundert blickte er hinein.

»Oh, Morgen, Mel, tut mir leid, ich brauch nur«, erklärte er mit ausgestrecktem Finger, während Annelya schon nach dem Gürtel griff.

»Ja, danke«, lächelte Surnei.

Der Anblick dieser Wurfmesser in seinen Händen ergab viel mehr Sinn. Sie waren genauso geordnet, genauso schnell und genauso spitz wie sein Verstand. Wie seine Ausstrahlung.

»Tenna hat alles bereitgestellt, wir können gleich los«, sprach er mit einem tiefen Seufzer.

Meleoidys Wimpern zuckten etwas schneller als gewöhnlich.

»Nun«, atmete Annelya tief ein. »Dann ist es wohl so weit.« Ihr Nicken wirkte unsicher, als ob sie sich selbst überzeugen wollte.

Meleoidy musterte sie von Kopf bis Fuß.

»Und du bist bereit?«, fragte sie mit spöttisch gehobener Augenbraue.

»Ja, das bin ich. Es ist nur aufregend.« Annelya verzog ihr Gesicht genauso spöttisch wie ihre Tante, bevor sie mit tapferem Lachen hinaustrat.

Das erste, was sie sah, als sie aus dem Zimmer trat, war Surneis gewaltiges Grinsen. Es bedurfte keiner Worte, um sie mit dem gleichen Grinsen anzustecken.

»Wir gehen tatsächlich raus«, flüsterte sie energisch, als Meleoidy den beiden hinausfolgte und die Tür hinter sich zuzog.

»Hinter die Mauern«, wisperte Surnei genauso energisch, während sie in den Gang drangen.

»Um den meistgesuchten und gefährlichsten Attentäter des Königreiches zu erledigen«, vermerkte Meleoidy mit schnellen

Schritten. Kurz trat sie zwischen Annelya und Surnei, überholte sie mit einem verspielten Lächeln.

»Ich glaub an euch!«, winkte sie mit ausgestreckter Hand, bevor sie in einem der anderen Gänge verschwand. Ihre blutrote Mähne folgte ihrem Hüftschwung.

Annelya und Surnei lächelten sich wieder an.

»Guten Morgen!«, hörten sie eines der Dienstmädchen sie begrüßen.

Im Hinterhof der Burg.

»Bis nach Makari sind es sechs Stunden von hier«, erläuterte Snow, während er seinen Kopf zwischen Tennas und Annabels steckte, um auf die Landkarte zu schauen. Die leichte Brise ließ die Ecken der Landkarte auf dem Holztisch zittern.

»Wir könnten dort eine Pause machen, etwas essen und trinken und dann über die Handelsroute weiter«, schlug Tenna mit schnellen Worten vor, als er zu Annabel lugte. Sie nickte.

»Ja, gute Idee, ich werde ein Schiff anmelden.«

»Mhm, brauchst du nicht.« Snow schüttelte seinen Kopf. Beide Blicke fielen auf ihn. Er schien nicht zu verstehen, was Tenna und Annabel nicht verstanden. Verständnislos starrte er zurück.

»Noruko ist nur zwanzig Minuten vom Hafen entfernt. Dafür brauchen wir doch kein ganzes Schiff. Das würde zu viel Aufmerksamkeit erregen«, sprach Snow mit einer sicheren Selbstverständlichkeit und warf eine weitere Traube in seinen Mund.

Keiner widersprach. Ihr Schweigen war vielmehr eine Zustimmung.

»Mhm!« Snow bemerkte es nicht schnell genug.

Die Traube war schon weg. Geklaut von ihren gerissenen Händen.

»Hey! Hol dir deine eigenen!«, rief er mit gespielter Empörung, während Annelya genüsslich ihre Augen schloss.

Die lauten Stimmen auf den Straßen raubten immer wieder ihre Aufmerksamkeit. Der Hinterhof war überraschend voll dafür, dass sich gestern jeder Burgbewohner in der Burg versteckt hatte. Sie waren laut, drängelten vor den Marktständen der Burg, um an Güter und Essen zu kommen.

»Sie stocken die Vorräte an Nahrung auf, haben Angst, dass bald noch ein Anschlag auf uns wartet«, erklärte Annabel. Während sie sich umschaute, lief sie auf die Mitte des Hofes zu.

Tenna legte den grausilbernen Sattel auf den Pferderücken. Jeder werkelte an etwas herum, bereitete Sachen vor.

Die leichte Brise wurde stärker, strich die Strähnen von Annelyas Gesicht nach hinten. Ihr Blick war noch auf die Straßen des Marktes hinter dem Zaun des Hinterhofes gerichtet. Die Bürger und Dorfbewohner außerhalb der Burg benahmen sich genauso hektisch wie die Bewohner innerhalb der Burg.

»Bald müssen sie sich nicht mehr fürchten«, flüsterte Annelya, als Annabels Schatten auf sie fiel.

»Das will ich hoffen«, sprach diese mit aufgerichtetem Rücken und klarer Ansage. Robust. Starr. Wie ein Felsen, wie ein König – eine Königin – sein musste. Es war nicht ein einziges Anzeichen von Schwäche zu sehen. Niemand außer ihr konnte dieses rasende Herz hinter ihrer Brust spüren.

Annelya schaute auf ihre Mutter. Es war still. Ein kurzer Austausch. Schlug auch ihr Herz so?

»Ich werde ihn aufhalten.«

»Töten«, korrigierte Annabel.

Annelyas Augen zuckten kurz, während sie vorsichtig nickte.

»Du wirst ihn töten«, wiederholte Annabel.

»So, liebes Vernichtungskommando, wir wären so weit«, rief Snow. Sein Arm rutschte im Versuch, sich anzulehnen, zwei Mal vom Pferd.

Annabel schaute auf Surnei und Annelya. Annelya schaute auf Snow.

»Ihr zwei«, rief Annabel, als sie beide ihrer Kinder am Arm packte. Überrascht blickte Surnei nach hinten. Annabels Blick, er schwankte zwischen seinen satten, dunklen und Annelyas hellen, leuchtenden Augen.

»Ihr seid das Wichtigste, das ihr beide habt. Familie. Schützt sie mit all eurer Macht.«

Annelyas Blick drang tiefer in ihren.

»Ich werde sie mit all der Macht dieser Welt schützen«, wisperte Annelya.

Surnei schwieg. Er schaute Annelya nachdenklich an. Annabel nickte. Sie wirkte erleichtert. Es waren die ersten überzeugenden Worte, die aus Annelyas Mund kamen.

»Alles klar, meine Damen und Herren, ... o– oder fast Damen und fast Herren«, murmelte Snow, während er stöhnend aufs Pferd stieg und starr in die Luft schaute. »Zeit, den bösen Mann zu fassen.« Sein Blick strotzte vor Enthusiasmus.

Surnei war schon auf seinem Pferd, Annelya stieg gerade auf.

»Pass auf sie auf«, raunte Annabel Tenna zu, bevor er aufs vierte Pferd zulief.

Er nickte sanft, dann zog er sich mit einem Ruck in den Sattel.

»Wir sehen uns bald«, sprach Annelya. Die Flammen in ihren

Augen brannten hell. Es war tatsächlich so weit. Die Welt hinter den Mauern war nur noch wenige Galoppsprünge entfernt.

Langsam schwenkten alle Pferde in die gemeinsame Richtung. Welch ein bezauberndes Gefühl. Das Gefühl, als die Truppe losritt. Annelya schaute auf die Gesichter der Torwächter hinter den Rüstungen, bevor sie vor dem Tor dem ersten Tageslicht entgegengaloppierte. Es war das gleiche Licht wie hinter den Mauern, doch es fühlte sich heller an.

Ein Herzschlag.

Ich bin raus, dachte Annelya. *Ich bin raus.*

Ich könnte niemandem wirklich beschreiben, wie ich mich in diesem Moment gefühlt habe. Einerseits fühlte ich mich mutig, entschlossen und, vor allem, frei. Andererseits spürte ich einen schleichenden Hauch von Angst. Dieses Gefühl, das ich schon vorher hatte, in der Nacht des Attentates, ... es war wieder da, genau das gleiche. Wie ein seltsames Ziehen, ein Druck in meinem Magen. Es wanderte langsam bis ins Herz, flüsterte mir zu, dass etwas, irgendetwas, nicht stimmte.

Doch ich war geblendet von den satten, bunten Farben des Waldes vor meiner Nase. Alles fühlte sich gewaltiger an, als es tatsächlich war. Alles sorgte dafür, dass es einfacher und einfacher wurde, dieses seltsame Gefühl im Magen zu ignorieren.

Nun, bis es dann doch nicht mehr so einfach war. Wenn ich eine Sache in meinem Leben bereue, dann ist es die, nicht darauf gehört zu haben. Doch ein Freund sagte mir einmal, man könnte die Vergangenheit nicht ändern, denn alles, was geschieht, muss auch geschehen. Es sei Schicksal. Ich wäre heute nicht die Person, die ich bin, hätte ich mich nicht so entschieden, sagte er. Hm. Ich verstehe nicht, was daran so falsch sein sollte.

Denn wenn ich damals gewusst hätte, wer diese Person sein würde, dann hätte ich an jenem Tag, ohne Zweifel und ohne Zögern, auf dieses seltsame Gefühl gehört. Und wer weiß, vielleicht wäre mein Schicksal somit ein ganz anderes gewesen.

Das Sonnenlicht. Hier sah es anders aus. Jeder Herzschlag. Hier fühlte er sich anders an. Das Klappern der Hufe, man hörte es nur noch im Hintergrund ihrer Gedanken.

Ihr Haar, es schwang genauso wie ihre Arme. Hufschlag für Hufschlag. Das Einzige, das sich nicht bewegte, war dieses zauberhafte Lächeln. Diese staunenden Augen, sie saugten es auf, das ganze Licht, die ganzen Bäume, die Landschaft.

Der Windzug bewegte das satte Gras nicht nur, er ließ es tanzen. Jeder neue Reiz war in ihren Augen ein Abenteuer. Wie eine hellblaue Welle raste der Tag gegen den Galopp. Alles war so magisch. Und dabei war es nur ein einfacher Weg. Doch dieser einfache Weg, er war aufregender als die Trainingsplätze der Akademie, größer als die größten Säle der Burg von Sare.

»Wo gehen wir hin?« Surnei klang verwirrt. Er schaute auf den schmalen Nebenweg, den die Truppe gerade hinter sich ließ.

»Zum Hafen«, sprach Snow. Der Klang der Hufe übertönte fast seine Stimme.

»Hafen?«, warf Surnei ein, als er noch einmal hinter sich blickte. »Der Weg zum Scherbendorf führt durch die Wälder«, sprach er.

»Der Weg über die Noruko Insel auch. Und das viel schneller«, betonte Snow laut. »Wir machen eine Pause in Makari. Von da aus ist der Hafen nicht mehr weit entfernt«, fuhr er fort, als er zurückblickte und Annelya anschaute.

»Annelya«, rief er. »Annelya.«

Dieses Mal schaute sie hin. Die graublauen Vögel konnten ihre Aufmerksamkeit nicht mehr halten.

»Halte dich so bedeckt wie möglich. Wir sollten kein Aufsehen erregen. Iuel darf nicht wissen, dass wir kommen«, sprach Snow ernst. Er schaute so lange auf sie, bis sie nickte.

Der Wind strich noch einmal über ihr Gesicht. Sie suchte sie, blickte hoch in die Weite des Himmels, doch sie waren schon längst weg. Die Vögel.

Vor ihr, vor ihnen, lag ein Weg. Und dieser würde ein langer sein.

In der Burg.

Annabels Finger rieben mit jedem Gedanken fester gegen ihre Stirn. Der schimmernde Staub auf den Ecken des Tisches stieg ihrem Atemzug folgend in die Luft.

»Mel«, rief sie schnell, um Meleoidy noch im Gang zu erwischen.

Meleoidy trat einen Schritt zurück und schaute vorsichtig durch den leicht offenen Türspalt hinein.

»Ja?« Ihr Gesicht lugte entspannt durch den schwachen Schatten des Türrahmens.

»Cesantra war wirklich nicht draußen gewesen?«, fragte Annabel nachdenklich, als ihr Rücken tief in den Thronstuhl sank.

Meleoidy überlegte kurz. Verwunderung trat in ihren Ausdruck.

»Mhm, nein, alle Ein- und Ausgänge aus dem Dorf werden protokolliert. Soweit ich mich entsinne, stand sie dort nicht drauf.«

»Mmmh.« Stöhnend lehnte sich Annabel nach vorne. Ihr Kinn ruhte zwischen ihren Händen. Es wirkte so, als ob sie beten würde.

»Überprüf bitte noch einmal die Liste und berichte mir«, sprach sie stumpf, ohne auf Meleoidy zu blicken. Die Leere vor ihren Augen war viel interessanter.

»Wird gemacht«, erwiderte Meleoidy, bevor sie Annabel in ihrem tiefen Grübeln zurückließ.

Palamosozean, Schiffsroute zum Scherbendorf.

»Ah hier, stell es hier hin«, seufzte der alte Mann mit dem Finger vor seinen Füßen zeigend.

Das Fass, das die zwei Männer vor den kleinen Herren stellten, war knapp genauso groß wie er. Jammernd kletterte er hoch, verscheuchte den Raben, der auf dem Fass landete.

»Alles klar, Männer, ab hier geht es allein weiter!«, rief er laut, als immer mehr Blicke auf ihn fielen.

Seine Hand schützte die Augen vor dem stechenden Sonnenlicht. Schweißperlen rollten seine Stirn hinunter.

Das Schiff ruckelte einige Male, bevor es zur Ruhe kam. Es muss der Anker gewesen sein.

Manche Passagiere waren ungeduldig. Sie standen schon auf, packten ihre Beutel. Mütter, die nach ihren Kindern riefen. Sie spielten am anderen Ende des Schiffes mit diesen gläsernen Murmeln. Manche fanden ihren Weg ins Meer hinein.

»Keine Kinder?«, fragte die schwarzhaarige Frau lächelnd, die auf einer der Holzbänke nah an der Schiffswand saß, als sie den Mann neben sich anschaute.

»Mhm, keine Kinder«, murmelte Sarru.

Langsam bückte sie sich nach vorn. Das rote, um ihren Arm gebundene Tuch fiel ganz besonders auf.

»Was macht ein Mann im Scherbendorf ohne seine Familie?«, rätselte sie belustigt. Sie musterte ihn.

»Hm. Wenn ich Ihnen das sagen würde, müsste ich Sie wahrscheinlich töten«, antwortete Sarru mit leiser Ironie.

Beim Anblick dieses starren, überraschten Blickes entwich ihm ein Lachen über die verschlossenen Lippen. Sie schaute ihn immer noch an. Doch sie sprach nicht mehr. Hastig winkte sie ihren Kindern zu.

»Geeeeankert!!!«, wanderte die Stimme des älteren Herren durch die Masse.

Sarru schaute sich noch einmal um, bevor er auf die Holzplanke trat, die an Land führte. Das Knirschen unter seinen Schritten klang so, als ob die Planke jeden Moment brechen würde. Der letzte Schritt fühlte sich definitiv sicherer an. Er landete auf der steinigen Anlegestelle, bevor er den sandigen Strand erreichte.

Düfte von Salz und Frischluft tanzten unter seiner Nase. Sie waren überall, wanderten den warmen Windzug entlang. Die Sonne brannte grell auf seinem Nacken.

Fünf Stunden später, auf dem Weg nach Makari.

Eine einfache Kleinstadt. Die Hütten waren brüchiger als die ihres Dorfes. Und trotzdem schaute Annelya mit einem funkelnden Staunen umher.

Dunkelgrüne Fahnen. Auf ihnen ein goldener Flügel. Ein

Aresflügel. Der Markt war genauso voll, wie der, den sie verließ. Doch hier war alles enger. Frauen und Männer, die laut an ihren Ständen um Stoffe feilschten. Stoffe, die etwas weniger nach Armut aussahen als ihre eigenen zerfetzten Kleidungsstücke.

Die Schritte des Pferdes drangen geduldig durch die Menge, schaukelten Annelya auf und ab.

»Ich kenne eine Taverne am anderen Ende der Hauptstraße«, sagte Snow.

Annelya beobachtete die fleißigen Männer, die aufdringlich versuchten, Passanten in ihre Lokale zu locken. Der Gestank von Schweiß und Bier mischte sich mit dem Duft von Blüten und Ölen.

Makari. Dies war noch nie die reichste Stadt gewesen, doch seit Annabels Regime war sie zu einer der ärmsten geworden. Man sah es nicht nur am brüchigen Holz der Stände oder an den provisorischen Brettern, die manche Schäden ausbesserten, sondern ganz besonders auch an Leuten wie ihm. Da unten, neben der Seitengasse.

Annelyas Blick wanderte ernüchtert auf den grauhaarigen Mann. Sein Bart, er schien ewig nicht mehr geschnitten worden zu sein. Trotz der Hitze hielt er zitternd den Blechbecher hoch. Wahrscheinlich waren es die fehlende Nahrung und seine Schwäche.

»Ruhig«, flüsterte Annelya, als sie die Zügel sanft anzog.

»Bitte, ich habe Hunger«, hörte sie den älteren Mann betteln, als sie hinunterstieg. Die Masse versperrte immer wieder ihren Blick, doch jedes Mal, wenn sie zwischen die ganzen Köpfe schaute, sah sie ihn.

»Ruhig«, flüsterte sie noch einmal. Das Fell fühlte sich warm an. Sie klopfte dem Pferd den Hals, bevor sie nach vorne trat.

»Frische Bohnen, frische Hakaris!«, schallte die schrille Stimme einer der Frauen immer wieder im Hintergrund.

Das Funkeln in Annelyas Augen. Mit jedem Schritt nahm Ekel dessen Platz ein. Doch nicht ihm galt dieser. Auch wenn sein Gesicht dreckig war, war es nicht er, der den Ekel in ihr erweckte.

»Bitte«, bettelte er, als er Annelya entdeckte. Sein zittriger Blick inspizierte ihre silberschwarze Rüstung.

»Guten Tag«, murmelte Annelya. Sie bückte sich zu ihm. Ihre Finger kramten tüchtig in ihrem Gürtelbeutel.

»Was ist mit Ihnen passiert? Warum sind Sie hier auf der Straße?« Das mulmige Gefühl in ihrem Magen hatte ihre Brust erreicht.

»M– meine Frau, sie – sie ist vor einigen Wochen gestorben«, versuchte der Mann zusammenzureimen. Sein Blick wich immer wieder vor Annelya aus.

Annelya musterte ihn genauer. Ihre Hand legte sich auf seine Stirn.

»Du meine Güte, Sie brennen richtig!«

»V– V– Vergiftung … chro– chronisch«, stotterte der Mann, als er sich weiter zusammenzog. Der Becher, immer noch ausgestreckt. Sein Arm, er schien zu kämpfen.

»Sie haben eine Vergiftung?«, murmelte Annelya voller Mitgefühl, als der Mann mit seiner anderen Hand sein Hemd zu packen versuchte. Ihr Blick folgte seiner tapferen Mühe, bevor sie in großem Schrecken einen kleinen Schritt nach hinten fiel.

»Heilige Ares«, hauchte sie, als sie auf die schwarze, infizierte Wunde auf seiner knochigen Rippe blickte.

»M– m– meine Frau, s– sie ist, wir – wir hatten Hataki

Pilze ge– gesammelt, a– aber es – es waren – schlechte«, versuchte der Mann zu erklären, als der raue Husten seine Stimme raubte.

»So, wir müssen nur noch hier abbiegen, dann sind wir –«, wollte Snow mit breitem Grinsen sagen, als er erschrocken in die Menge hinter sich schaute.
»Annelya!?«, rief er.
Surnei und Tenna folgten seinem Blick. Sie schauten sich suchend in der Menge um. Keine Schritte mehr.
»Was zum …«, murmelte Surnei.
»Annelya! Verdammt!«, rief Snow lauter.

»Sie haben sich eine Pilzsporenvergiftung geholt«, flüsterte Annelya mit gerunzelten Augenbrauen.
»Aber die Medizin kostet doch nur einige Taler.«
Der Mann lachte zum ersten Mal. Sein Husten breitete sich aus, verschluckte sein Gelächter, seine Augen.
»Konnte – konnten nicht ar– arbeiten. Kein einziger … Taler«, sprach der Mann voller Mühe, als auch sein Arm langsam versagte.
Annelyas Herz, es pochte schneller.
»Nein, nein, nein«, stotterte sie, als sie den Becher auffing, der aus der schwächelnden Hand des Mannes rutschte. »Nicht aufgeben!«, befahl Annelya. Ängstlich schaute sie sich um, bevor sie den Becher auf den Boden legte. Sie kämpfte mit sich selbst. Mit ihren eigenen Gedanken. Schließlich sollte sie nicht auffallen.
»Verdammt!« Entschlossen zog sie das Hemd des alten Mannes hoch. Er stöhnte vor Schmerz auf, als das pulsierende Licht durch Annelyas Hand in seinen Körper drang.

Annelya schaute immer wieder um sich. Mit jeder Sekunde, die verging, stieg die Nervosität in ihren Augen.

»Komm schon …«, flüsterte sie.

Das Geräusch von zuwachsender Haut und fließendem Blut vermischte sich mit dem Puls der Energie. Sein Atem, er wurde immer klarer. Der Schmerz, er wandelte sich. Wie ein Wunder. Die Schatten unter seinen Augen verschwanden genau wie die Wunde an seinen Rippen. Das Licht wurde schwächer, während seine Augen langsam aufzuckten.

»Annelya, bist du wahnsinnig!?«, hörte sie Snow sprechen und blickte erschrocken zur Seite. »Das ist alles andere als nicht auffallen!« Er stellte sich vor sie, während er die Menge um sich herum musterte.

»Er wacht auf!«, machte er Annelya aufmerksam, als sie nach vorne blickte und den Energiefluss unterbrach. Nur noch heile Haut. Als wäre nichts geschehen. Der Husten, er löste sich. Sein Atem, immer tiefer.

»Wir müssen gehen! Los!«, rief Snow, bevor er sie zu sich zog.

Annelya warf noch einige Blicke zurück.

»Warte!«, rief sie und eilte noch einmal zurück.

»Annelya, komm!«

»Hier«, wisperte sie, als sie den Becher mit ihren Goldtalern füllte, bevor sie schnell verschwand.

Langsam klärte sich das Blickfeld des alten Mannes. Sein plötzlicher Schreck verwandelte sich schnell in ein freudiges Strahlen. Welch ein Gefühl es sein musste, wieder sehen zu können. Seine Hände tasteten zögernd auf seinen Bauch, auf seine Brust und Rippen. Nichts. Es war nicht nur der Schmerz, der fort war.

»Oh.« Der Mann brach in zitternden Tränen aus, als er den vollen Becher sah. So viele Taler, dass Blech fast zu Gold wurde.

»Oh, heiliger Kristall«, zitterte er mit fließenden Tränen als er den Becher fest zwischen seine Hände nahm.

»Heiliger Kristall!«, rief er immer wieder, immer wacher, immer weinender.

»Annelya, was hast du dir dabei gedacht. Iuels Anhänger, sie könnten überall sein!«, schimpfte Snow und schritt hastig voran.

Tenna und Surnei eilten ihnen entgegen.

»Hast du ihn nicht leiden sehen!?«, schimpfte sie zurück. Es lag Wut in ihrer Stimme. »Ernsthaft, ist euch das allen egal!?« Ihre Blicke durchbohrte jeden Einzelnen.

»Nein, Annelya …«, sprach Tenna, als ihr Blick auf ihn fiel. »Du hast das Richtige getan.«

Snow starrte ihn an.

»Kommt, wir müssen etwas zu uns nehmen«, sagte Tenna.

Annelya schluckte fest. Verwirrung und Wut wechselten das Steuer, bis beide ganz langsam erloschen.

Der Mond wurde nun immer sichtbarer. Langsam verabschiedete sich die Sonne, warf ihr warmes Licht noch einmal schmückend über den Horizont.

Das Aufeinanderprallen der Becher klang lauter als die Stimmen an den Tischen. Es war ein Wunder, dass noch nichts gebrochen war. Die Taverne war voller Rabauken. Männerstimmen, die sich widersprachen. Frauen, die lachten.

»Was ist los, Prinzessin? Kein Appetit?«, sprach Snow, während er den vollen Bierbecher zu sich zog.

Annelya starrte auf ihren vollen Teller. Das Essen dampfte nicht mehr.

»Er hat seine Frau verloren, weil er kein Geld hatte. Und er wäre auch gestorben«, murmelte sie, immer noch in Gedanken versunken, als sie auf den Rest der Truppe schaute.

Das braune Tuch tupfte zwei Mal an Surneis Unterlippe.

»Es sind schwierige Zeiten, Annelya«, seufzte er.

Sie presste sich etwas tiefer in ihre gekreuzten Arme. Es war so laut.

»Es war aber nicht so. Vor Mutter«, zischte sie kopfschüttelnd.

»Mhm.« Snow trank einen weiteren Schluck.

Annelya folgte seinem Becher.

»Vor eurer Mutter war Iuel auch kein wahnsinniger Terrorist.« Noch ein Schluck.

»Seltsam, oder?«, mampfte Surnei, als alle Blicke auf ihn fielen.

Tenna lehnte sich weit nach hinten. Sein Teller war leer. Sein Magen voll.

»Hm?«, fragte er mit einem tiefen Atemzug.

Surnei schob seinen leeren Teller über den hölzernen Tisch, bevor er nach seinem Becher griff. Die schwappende Flüssigkeit sah nach Wasser aus.

»Na ja. Was hat ihn dazu gebracht, gewalttätig zu werden?«, grübelte Surnei nach. Sein Blick schweifte immer wieder zu Annelya. Sie wirkte nach wie vor nachdenklich. Snows Seufzen war tief.

»Nun, es ist nicht schwer für einen einsamen Mann, der zum Tode verurteilt war, der Rachsucht zu verfallen«, sagte er und nahm einen weiteren Schluck Bier.

»Vielleicht hatte er ja gar nicht so unrecht«, flüsterte Annelya spöttisch und still.

Surnei schaute sie erwartungsvoll an.

»Ich meine, sein Problem war doch das Königreich. Das Regime. Hat er nicht nur mächtige Männer getötet?«, fragte sie noch stiller.

»Er hat sie blutrünstig ermordet. Mal davon abgesehen, dass er keine Beweise für seine Gründe und Beschuldigen hatte, hat er nicht nur mächtige Männer umgebracht. Utakata, Gion, Meleoidy«, sprach Tenna, als Annelyas Blick auf ihn fiel.

»Du meinst, wie meine Mutter Sarru töten wollte?«, sprach sie.

Tenna wollte antworten, doch Annelya war schneller: »Gion war ein mächtiger Mann. Und was ist mit Mel? Ich meine, wie viele Leben musste sie für den Blutzauber nehmen?«

»Was Meleoidy getan hat, ist umstritten. Sie hat nur das Blut von Personen genutzt, die zur Hinrichtung verurteilt waren«, warf Tenna ein.

Surnei schlürfte leise an seinem Becher. Snow atmete wieder tief ein.

»Was eure Mutter betrifft … es ist nicht einfach für eine Mutter«, sprach Tenna voller Vorsicht. Er lehnte sich wieder nach vorne. Annelya schaute ihn an, doch sie reagierte nicht.

»Seit eurem ersten Tag macht sie sich Sorgen. Das ist eine lange Zeit«, erklärte er, gebadet in Ruhe.

Denn genauso wirkte er auf sie. Beruhigend. Zum ersten Mal schauten diese urteilenden Augen niemanden mehr an.

»So. Letzte Chance«, sprach Snow mit einem lauten Knall des Bechers und mit dem Blick auf Annelyas Teller.

»Mhm«, schüttelte sie ihren Kopf. »Ich habe keinen Hunger«.

»Na dann, wird es wohl Zeit, weiterzuziehen.« Snows Grinsen sprang von Tenna auf Surnei und dann wieder auf Annelya, bevor er mit einem Ruck den Hocker zurückschob. Seine Hände klatschten fest auf den Tisch.

»Danke, Rana!«, rief er ihr winkend zu, bevor er noch einmal gegen den Tisch klatschte. Diesmal offenbarte seine große Hand einige Silbertaler.

XII

DES FRIEDENS ERSTE WUNDE

Zuerst war es schwer, ihn zu vergessen. Den alten Mann. Einsam, seinem Schicksal überlassen. All das wegen ihrer Mutter? *Sollte sie nicht Leid verhindern?*, fragte sie sich immer und immer wieder. Doch je tiefer die Sonne sank, je weiter die Grenze der Stadt verschwamm, desto mehr taten es auch diese wütenden, verwirrten Gedanken.

Das Mondlicht. Es war zu bezaubernd. Zu hypnotisierend.

»Wahnsinn«, flüsterte Annelya, als sie das Pferd mit leichtem Schenkeldruck antrieb.

Surnei folgte ihrem schneller werdenden Tempo, während die Lichter des Hafens Annelyas staunenden Augen immer näherkamen.

Normalerweise ritten Snow und Tenna vor, doch Annelya und Surneis Begeisterung ließ sie die Truppe führen.

»Obulea«, flüsterte Annelya, als sie auf das große hängende Ortsschild schaute. So viele Schiffe. Nun, zumindest in ihren Augen.

Denn eigentlich war der Obuleahafen von Sare einer der kleinsten. Es waren auch nur drei Schiffe, die leicht auf den Wellen schaukelten. Doch sie hatte nie zuvor eines gesehen. Nicht von nahem.

Die Hufen des Pferdes wirbelten den sandigen Boden hinter ihm auf, während Annelya die Zügel strammer zog. Ihr Blick war immer noch auf die riesigen Holzwände der Schiffe gerichtet. Wie sie sich bewegten, wie das Mondlicht das Wasser um ihre großen, langen Körper kräuselte, man hätte meinen können, dass sie lebten. Mit jeder Bewegung atmeten.

»Haha, es sind nur Schiffe«, kicherte Surnei, als er Annelya überholte.

Ihre Locken strichen über ihren ganzen Rücken, während ihr Kopf tief in ihren Nacken sank.

»Sur, echte Schiffe!«, äußerte sie staunend. Lächelnd blickte sie ihn an.

Er konnte nicht anders, als genauso zu lächeln. Ihr Gefühl, ihr Staunen, es war ansteckend. Vielleicht konnte er es sich auch nicht eingestehen. Er war in Adelskreisen aufgewachsen, doch das Holz dieser Schiffe und der Boden unter den Hufeisen, der immer wieder knirschte, sie wirkten strahlender als das ganze Gold der Burg. Es fühlte sich echter an.

»Snow«, rief Annelya. Zum allerersten Mal schien sie wieder anwesend zu sein.

»Bitte, Eure Majestät«, räusperte Snow mit erhobenem Kopf und belustigtem Ton, als er langsam stehenblieb.

Tennas schwere Stiefel krachten gegen den Holzboden der Anlegestelle, als er vom Pferd stieg.

»Nun.« Annelya zögerte.

Der Rest der Truppe beobachtete ihre ausdrucksstarke Mimik. Mal schaute sie zum Meer, mal zur Truppe. Sie schüttelte ihren Kopf, als wäre es doch offensichtlich.

»Welches ist unsers?«, fragte sie.

War es das größte von allen? Oder eher das kleinste? Das aus dunklerem Holz und mit der silbernen Verzierung an seinem Bug.

»Keines«, antwortete Snow, während auch er vom Pferd stieg.

Annelya schaute immer noch auf die Schiffe, doch sie schien viel verwirrter.

»Na, wie kommen wir zur Insel? Spazierend?«, sprach sie voller Ironie mit zusammengepressten Lippen.

Snow schaute genauso verwirrt wie Annelya.

»Öhm, ja«, wisperte er und stemmte beide Hände fest in die Hüfte. Sein langer weißer Mantel fiel über seine schwarzgrauen Rüstungshandschuhe.

»Shhh.« Sanft strich Annelya über den langen Hals des Pferdes, als sie abstieg.

Still folgten sie Snow und seinem Mantel, der einige kleine Blätter über den Boden fegte, zur Grenze des Hafenbeckens. Annelyas Neugier wuchs mit jedem von Snows Schritten.

»Wir spazieren«, sprach Snow, als Surnei und Annelya mit aufgerissenen Augen auf seinen Sprung schauten.

»Wie«, entfuhr es Surnei.

Annelya blickte rasch über den Rand des Hafenbeckens. Das Wasser unter Snows erstem Schritt tauchte unter seinen weißen, eiskalten Nebel. Es knisterte.

»Wahnsinn …«, murmelte Annelya. Egal, wie oft sie blinzelte, es war kein Wasser mehr unter Snow zu sehen. Mit jedem seiner Schritte breitete sich der funkelnde Frost weiter aus, verwandelte die flüssige Oberfläche des Wassers in glänzendes Eis.

»Heiliger Kristall, ich werde mich nie daran gewöhnen«, sprach Tenna erschrocken. Er wirkte so, als würde er sich gleich übergeben. Wagte es nicht, hinzuschauen.

»Ich – ich kenne keinen Wasserbeschwörer, der die Eiskunst beherrscht«, stotterte Surnei. Seine Worte stolperten über seinen wachsenden Enthusiasmus.

»Es gibt auch nicht viele«, erklärte Snow mit stolzem Lächeln, als er einen Blick auf Tenna warf.

»Alles gut da hinten?« Er musterte Tennas zögernde Blicke.

»J– ja, klar. E– es ist nur, dass …, na ja«, plapperte Tenna mal lauter und mal leiser.

»Kann er nicht schwimmen?«, lächelte Annelya, als sie Tennas zitterndem Blick aufs Wasser folgte.

»D– doch, aber, sehr, ähm, ungern. Ich präferiere es, auf festem Boden zu stehen.«

Alle teilten es, das gleiche Lachen. Nun … alle außer ihm. Annelya war sich nicht sicher, ob Tennas Angst größer oder kleiner wurde, je weiter er sich dem Rand des Hafenbeckens näherte.

»Ah, komm schon Erdmännchen, du hast doch was Festes unter den Füßen«, sprach Snow und nickte Annelya auffordernd zu.

Sie schien es freudig zu erwidern. Noch freudiger wagte sie sich aufs Wasser. Ohne zu zögern, hüpfte sie in einem Schritt.

»Haha, woah!« Mit ausgestreckten, wedelnden Armen kämpfte sie noch um ihr Gleichgewicht, bevor sie auch ihren zweiten Fuß langsam absetzte.

Dieses Knistern. Das Geräusch, es folgte dem Tempo des schimmernden, kristallisierenden Wassers. Der schwache Dampf des Eises vermehrte sich unter ihren Schritten.

»Wahnsinn«, flüsterte sie nach jedem Schritt.

Dieser Klang … wie eine Melodie, die Schritt für Schritt aufs Neue ertönte. Sogar die Kälte unter ihren Füßen fühlte sich warm an. Und dieser Himmel …, wer hätte diesen Himmel beschreiben können. Offen, weit, genau wie der Ozean vor ihren strahlenden Augen. Das war das erste Mal in ihrem Leben, dass ihre Augen heller strahlten als die Energie der Schöpfung selbst.

»Na, wird es bald?« fragte sie mit einem schnellen Haarschwung und eisernem Blick.

Tenna sah es: das Funkeln der Sterne in ihren Augen. Vielleicht war es das, das ihn von seiner Angst ablenkte. Er blickte auf Surnei.

»A– Aber die Pferde, was ist mit den Pferden?«, stotterte er nach hinten schauend.

»Erdmännchen, ich weiß nicht, aus welcher Welt du kommst, doch bei uns werden die Pferde täglich abgeholt und wiederverwendet. Obulea ist eine Pferdestelle. Morgen früh reitet schon jemand anderes drauf.« Snows Worte klangen viel weniger nach einer Erklärung, viel mehr nach einer Aufforderung.

»Im Namen der zwölf Heiligen, im Namen der zwölf Heiligen ...«, wiederholte Tenna immer schneller und murmelnder.

Mit selbstbewusster Haltung blickte Snow über seine Schulter. Sein Mantel strich über das dampfende Eis. Was für ein Anblick. Ein Mann, der den ganzen Ozean bändigte. Ein winziger Mann im riesigen Meer. Auf dem Eis.

Genau wie sie. Annelya stand etwas weiter hinten. Ihr Lachen, sie konnte es sich nicht mehr verkneifen, während sich Tenna wie ein kletternder Affe aufs Eis traute.

»Es ist ja gar nicht rutschig, huh!« Tenna klang überrascht.

Surnei schwieg. Er schaute immer noch aufs Eis. So still. Er war wirklich still. Annelya wusste, was in ihm vorging. Sie kannte diesen Ausdruck, doch Surnei sprach nie gern darüber.

»Sur, komm!«, rief sie mit ausgestreckter Hand und erhobener Braue.

Ihr ermutigendes Lächeln war genug, um ihn zu überzeugen. Er stürmte los. Seine Schritte waren alles andere als vorsichtig. Als würde er Klavier spielen, hüpfte er voran. Warf immer wieder eine neue, eisige Melodie in den Nachthimmel.

»Heiliger Schöpfer, Vorsicht, Vorsicht!«, rief Tenna, als er wieder um sein Gleichgewicht bangte.

Surnei raste an ihm vorbei. In nur wenigen Augenblicken stand er grinsend neben Snow.

»Ich liebe es!«, seufzte er.

»Taut da jemand auf?«, stichelte Snow belustigt.

Mit jedem neuen Schritt gefror das Wasser zu Eis, während das Eis weit hinter ihnen wieder zu Wasser wurde.

Ein Spaziergang auf dem Ozean selbst. Es war kein langer Weg, doch er fühlte sich ewig an. Aber nein, nicht auf die Art und Weise … nicht auf eine schlechte, nein. Das war das absolute Gegenteil von Ungeduld. Man hätte sogar meinen können, dass sie, Annelya, diesen Moment niemals verlassen wollte.

Die Nacht wuchs. Und mit ihr wuchs auch das Funkeln in ihren Augen. Ihr Haar schwang mal nach links und mal nach rechts und streifte mit jedem Schritt über ihre schwarz gekleideten Hüften. Denn ihr Blick war nach oben gerichtet. Gefesselt von den farbigen Schleiern des Weltalls. Solch kühler Wind. Wie konnte er sich so warm anfühlen? Schritt. Für. Schritt.

Die Sterne, dachte sie.

Ich sprach oft von Krieg. Von Leid und Angst. Von einem scheinbar nimmer endenden Kampf mit einem selbst. Doch dieses Mal – dieses Mal möchte ich etwas anderes mit dir teilen.

Auf dem Weg zur Insel, als ich auf dem Eis war und hinaufschaute, den weißgoldschimmernden Nachthimmel bewunderte, da fiel mir etwas auf. Etwas ganz Wichtiges. Es reichte nur ein Blick. Ein einziger Blick nach oben, um Zeuge dieser Schönheit zu werden.

Sechzehn Jahre verbrachte ich damit, mich zu beschweren, nicht die Welt gesehen zu haben. Ich fühlte mich gefangen in meinem eigenen Zuhause. Ich wollte raus, wollte den Himmel dieser Welt entdecken. Wollte frei sein von den Erwartungen und Regeln jener, die mir beibrachten zu sein, wer ich sein sollte. Und in jener Nacht, am Anfang meiner Reise, bemerkte ich etwas. Dieser Himmel und diese Sterne, auf die ich schaute: Auf diese hätte ich auch zuhause schauen können. Doch erst jetzt wurden sie mir bewusst. Und weißt du warum?

Weil ich hoffte. Weil es Hoffnung war, die mich hierhin brachte. Ein Funke, ein Wunsch. Ich habe gekämpft, ich habe Geliebte verloren. Blut vergossen. Doch eine Sache war es, die mir vorher nie aufgefallen war. Diese Sterne. Egal wie weh es tat, egal wie hoffnungslos ich glaubte, zu sein, egal wie laut oder leise mein Herz brannte. Sie waren da. Genau über mir. Egal wie nah oder fern. Egal wie hell oder dunkel. Sie waren da. Was auch immer verloren ging, so viel man mir auch nahm, eines konnte selbst die schwärzeste Dunkelheit nicht nehmen.

Diese Sterne.

Und als ich für einen Augenblick an jene dachte, die versuchten, uns unsere Freiheit zu rauben, unsere Liebe zu stehlen, da verstand ich, dass sie das in Wahrheit niemals tun könnten.

Denn ganz egal, wie dunkel es werden würde, jene Sterne würden immer noch am Himmel stehen. Jedes Mal an unserer Seite.

Du denkst, dass ich fantasiere? Dass ich Trost in irgendwelchen Gesteinen im Weltall suche? Nun, was, wenn ich dir sage, dass sie mehr sind als das? Was, wenn du wagst, dir vorzustellen, dass jeder dieser Sterne für eine Seele, für eine Botschaft steht. Was, wenn ich dir sage, dass jeder einzelne dieser Sterne eine Geschichte zu erzählen hat? Eine Erinnerung, so lodernd, dazu bestimmt, jeden, der hinaufschaut, durch die Dunkelheit zu leiten.

Denn du siehst: In dieser Dunkelheit, zwischen all deinem Schmerz, hinter all deiner Angst, stehen diese Sterne. Diese Seelen. Diese Geschichten. Sie sind genau da, über dir.

Von nun an, jedes Mal, wenn du dich allein, verloren, gefangen oder gebrochen fühlst, dann tue mir einen Gefallen.

Sammle all deine Kraft, bündle all deinen Mut und erhebe deinen Kopf. Es bedarf nur eines einzigen Funken Hoffnung, um hinaufzuschauen. Schaue nach oben und betrachte, ja, die Sterne. Betrachte all jene Seelen, die einst so schmerzten wie deine, lies zwischen den Zeilen all jener Geschichten, die einst geschrieben wurden.

Schaue genau hin. Erinnere dich daran, dass selbst der hellste Punkt im Weltall einst verloren war.

Egal wie sehr es schmerzt, egal wie finster es wird. Erhebe deinen Kopf und lasse ihn niemals wieder sinken.

Denn, lieber Reisender, auch wenn du es jetzt noch nicht erkennen magst, auch wenn du es heute noch nicht glauben kannst ..., eines Tages, ja, da wirst Du selbst

... einer dieser Sterne sein.

Das Staunen in ihren Augen wuchs.

»Ich sehe sie, ich sehe die Insel!«, rief Annelya mit ausgestrecktem Finger, während sie immer wieder hinter sich auf Snow und Tenna blickte.

Die Spiegelung der Insel auf der gigantischen Meeresoberfläche entfachte Freude. Eine Freude, die sie noch nie zuvor empfunden hatte. Die Harmonie jener Natur zog sie in ihren Bann.

Wie verzaubert folgten ihre Augen dem reflektierten gelben Licht auf den Wellen des Ozeans. Ihre Hand sank tief in Surneis. Wie in Zeitlupe, so schien alles zu geschehen. Solch satte Farben, solch glasklares Wasser. Glühende Lichter, die hinter den Palmblättern am Strand durchschimmerten, als ob sie sich verstecken würden.

»Jawohl! Wir haben sogar weniger Zeit gebraucht, als ich vermutet habe, ha!«, sprach Snow. Lachend schaute er auf Tenna.

Die Lichter rückten näher. Doch es waren nicht die Lichter hinter den Palmen, die Annelya so verzauberten. Es waren die schwebenden Lichter davor, am Strand.

»Schimmerlinge!«, hauchte Annelya mit weit aufgerissenem Mund und offenen Augen.

»Sie glühen im Hellen sowie im Dunkeln, erleichtern Reisenden nachts oft den Weg. Besonders unter den Kindern sind sie gern gesehen«, fing Tenna an zu erzählen, bevor er schwieg. Diese urteilenden Blicke, sie fielen alle auf ihn.

»Tenna, ich weiß, was Schimmerlinge sind, ich habe nur noch nie welche gesehen«, wies Annelya ihn zurecht.

»Sie sehen aus wie kleine Feen«, grinste Surnei, als ein Schimmerling schnell vorbeiflog.

»Wusstest du auch, dass ein einziger Schimmerling über eintausend Blüten bestäuben kann?«, fuhr Tenna mit erhobenem Finger entspannt fort. Wo war seine Nervosität hin? Die Angst vor dem Wasser? Wahrscheinlich war sie versunken, im Sand unter seinen Füßen.

Kein Eis mehr. Das Meer hinter der Truppe nahm seine natürliche Gestalt an. Es hinterließ keine einzige Spur.

»Sie funkeln ja ununterbrochen«, murmelte Annelya, als sie neben sich auf Tenna schaute.

Er lächelte: »Außer sie schließen diese sanften, durchsichtigen Flügel. Dann ist das Lichterspiel vorbei.«

»Männer – und Kristallmädchen«, hustete Snow.

»Oh nein, kein Spitzname!«, klagte Annelya, als ihr Fuß leicht im Sand versank. Das war der erste Strand außerhalb der Burg, den sie je betreten hatte. Wie gemahlen, irgendwie feiner, so wirkte der Sand hier.

»Ja, ja, meine ich doch …, Prinzessin, oder Kristallmädchen, wie auch immer«, seufzte Snow und versank auch mit einem Schritt im Sand. Sein weißer Mantel blieb fast sauber. »Willkommen auf der Norukoinsel!«, rief er mit weit aufgerissenen Armen.

Tennas auflodernde Freude ähnelte der eines Kindes. Er rannte, stürzte sich mit schnellen Schritten auf den Sand. Der feste Boden unter seinen Füßen muss sich gut angefühlt haben. Seine Hände tauchten in den Sand. Er schaute hin, wirkte so erleichtert.

Der Sand floss langsam aus seiner Hand, als einer der Schimmerlinge mit vollem Tempo durch Tennas Sandfall brach und ihn in einen Sandsturm verwandelte.

»Pff, uff, pff!«, prustete er blinzelnd und hustend.

Annelya lief wie verzaubert weiter. Sie näherten sich dem satten Grün der riesigen Palmblätter. Der schmale Weg war gesäumt von den verschiedensten Pflanzen und Bäumen, doch die Schimmerlinge unterschieden nicht. Sie flogen wild umher, hausten auf jeder dieser Pflanzen.

Annelyas Energie, sie zog sie an. Und diese schwarzen, vollen Locken. Die meisten schauten nur. Manche wenige trauten sich, kurz anzufassen, sie sogar anzuheben. Doch das war unüblich für Schimmerlinge. Normalerweise waren diese Wesen scheu. Sogar an Orten wie Noruko, an denen Ruhe und Frieden herrschten.

»Haha, schaut mal, ich kann auch leuchten«, kicherte Annelya, als sie auf den kleinen Schimmerling vor ihrer Nase schaute, der sie musterte.

Er schreckte zurück, als er den rasenden Lichtimpuls in Annelyas Adern ihren Arm hochschießen sah. Annelyas Finger tauchte in die blaue, stille Energie, so wie sein Blick mutig ins Licht tauchte. Hätte er nur sprechen können, was hätte er wohl gesagt? Das war die Frage, die Annelya ins Gesicht geschrieben stand.

»Kruuu, kruuu.« Die Laute der Schimmerlinge klangen wie feine Melodien.

Lachend lief sie weiter, bevor sie die riesigen Palmblätter vorsichtig zur Seite schob.

»Unglaublich …«, murmelte Annelya. Ihr Lächeln war fort und machte dem Staunen Platz. Wie konnten Augen nur so glänzen?

»Wahnsinn, oder? Ah, Noruko, so viele großartige Erinnerungen«, seufzte Snow munter, als er über Annelyas Schulter in das Dorf hinter dem Strand und den Palmen hineinblickte.

Die Hütten, sie waren das, was Annelya am meisten beschäftigte. Diese Dächer, sie sahen wie Hüte aus, die mit einer Schleife gebunden waren. Als ob sie einfach so über die Hütten gelegt worden waren.

»Halten sie Stürme aus?«, grübelte Annelya.

»Aber natürlich. Das ist Baokonleder, das hält alles aus«, erzählte die Frau, die auf sie zukam.

Annelya war so sehr in das Mysterium dieser Hütten vertieft, dass sie die Frau erst gar nicht bemerkte.

»Nadja!« rief Snow.

Stürmisch fiel Nadja in seine Arme. Als wäre sie leicht wie eine Feder, hob er sie hoch. Eine feste Umarmung. Sein Lachen verstummte zwischen seinen und Nadjas Lippen.

»Lange Zeit ist es her, Weißer ...«, lachte sie.

»Öhm, ihr kennt euch wohl – sehr gut«, lächelte Surnei und die Blicke der beiden wanderten zu ihm.

»Ich wusste gar nicht, dass du so ein Romantiker bist«, sprach Tenna belustigt.

»Wir? Nun, wir lernen uns jeden Sommer neu kennen«, sprach Nadja belustigt, als sie wieder den Boden unter ihren Füßen berührte. »Er hat mir das letzte Mal sogar einen Projektor dagelassen, damit er mich jederzeit anschauen kann«, spaßte Nadja.

»Wusstest du deshalb, dass wir kommen?«, sprudelte es aus Surnei heraus. Sein Blick war scharf, seine Worte still.

»Aufmerksam, der Kleine, nicht übel«, lobte Nadja Surnei, als sie sich ihm langsam näherte. Ihre Hand war genauso weich wie ihre Stimme. Sie grüßte Surnei.

»Wir durften nie einen haben«, sprach Surnei und musterte Nadja. Sie war klein und schlank. Ihr kurzes Haar streichelte leicht über ihre Ohren. Und der Schmuck war kaum zu übersehen. Im Gegenteil, schaute man nicht genau hin, übersah man die leichte Bekleidung unter ihm. Arme, Beine, Ohren, Hals, alles war voll mit schimmernden, glänzenden Steinen und Anhängern.

»Wie bitte? Die bekannteste Erfindung des besten Freundes der Königin!?«, jammerte Nadja und warf Tenna ein kurzes Grinsen zu.

»Mama meint, er sei zu gefährlich. Iuel könnte durch so einen Projektor Kontakt aufnehmen«, plauderte Annelya, während sie noch um sich schaute.

Der tiefschwarze Kajal auf Nadjas Augenlidern betonte ihren charismatischen Blick. Schnell löste dieser sich von Surnei und schwankte zu Annelya herüber.

»Meine Güte …«, staunte Nadja mit aufgerissenen Augen und langsamen Schritten.

»Wahnsinn, oder? Äußerste Rarität. Sie kann sogar Licht mit ihrem Finger erzeugen. Nur 300 000 Goldtaler«, scherzte Snow. Mit gekreuzten Armen schaute er auf Annelyas lustigen, aber fast schon bedrohlichen Blick.

»Diese Zunge fährst du aber auch wirklich nie ein, oder?«, fluchte Nadja. Ihre schwarzgeschminkten Augen blitzten vor Spott, bevor ihr Blick wieder auf Annelya schwenkte. »Annelya Elim, es ist mir eine Ehre.« Sie machte einen ganz leichten Knicks.

Annelya nickte höflich.

»Danke, diese Insel, sie ist wunderschön!« Annelya schwankte zwischen höflicher Ruhe und tosender Freude. Nadja lächelte.

»Haha, ah, aber das ist doch nur der Eingang! Warte ab, bis du alles andere siehst!«

»Dafür wird leider keine Zeit sein, wir müssen morgen früh schon los«, warf Tenna ein.

Nadja blickte zu ihm herüber. Ihre langen, schweren Ohrringe folgten ihrer Bewegung.

»Aber natürlich. Nun, dann ein anderes Mal. An einem warmen Sommer wie diesem«, sprach sie, als sie Annelya eine Strähne vom Gesicht wischte. »Kommt.«

Die ganze Truppe folgte ihr ins Dorf hinein. Nach wenigen Schritten bemerkte Nadja ihn: Annelyas neugierigen Blick. Dieser galt den blauviolett schimmernden, fast durchsichtigen Schildkrötenpanzern. Sie waren im Dorf verteilt.

Dafür, dass sie so glänzten, schienen sie nicht selten zu sein. So ziemlich jede Hütte hatte einen solchen Panzer vor seiner Tür.

»Norukopanzer«, wisperte Nadja mit offener, gelassener Geste.

»Hm?«, Annelya schaute sie wissbegierig an, bevor sie wieder auf die Schildkrötenpanzer blickte.

»Die gehören den Norukoschildkröten. Nach diesen wunderschönen Wesen ist unsere Insel benannt. Unsere Ureinwohner glaubten, dass in dem besonderen Panzer eine verstorbene Noruko als Geistwächter weiterlebt und Familien Glück, Gesundheit und Schutz bringt«, erklärte Nadja, während die Truppe tiefer ins Dorf drang.

Die Hütten waren genauso verteilt wie die Panzer. Es war gemütlich. Der Weg gabelte sich in jede Richtung. Wie ein großer Kreis mit vielen Kurven. An jeder Gabelung waren mindestens einige neue Hütten zu sehen. Manche Wege waren gesäumt von Holzständen und kleinen Geschäften, doch diese waren in den Schatten nicht genau zu erkennen.

»Glaubst du auch daran?«, fragte Annelya mit Verwunderung. Eigentlich war es eine einfache Frage, die sie stellte. Doch Nadja schaute dennoch überrascht.

»Ah, wer weiß. Ich glaube an viele Dinge. Und an andere wiederum nicht«, lächelte sie, als sie stehen blieb. Der warme Windzug strich über jedermanns Gesicht. Außer Snows. Ihn traf er am Nacken.

»Hier wären wir«, sprach Nadja.

Annelya musterte das große, hölzerne Gebäude. Es sah wie ein Gemeindehaus aus. Breiter, größer und eckiger als die Hütten. Während die Hütten eher wie ovale Tropfen aussahen, war das hier wie ein Block. Ein Quader. Doch es war genauso gedeckt mit weißen Stoffen und Schleifen wie die anderen Hütten.

»Klasse!«, rief Snow, während er die ersten Stufen hochlief.

»Wie viel schulden wir dir?«, fragte Annelya, tastend und suchend in ihrer Beuteltasche, als sie Nadjas Hand auf ihrer spürte.

»Na, na.« Sie schmunzelte. »Das ist umsonst.«

»Oh, nein, nimm es, wirklich –«, wollte Annelya sprechen, als Nadja sie unterbrach.

»Danke, aber ich wollte euch helfen.«

Surnei drückte seine Handflächen aneinander, vor seinem Gesicht.

»Vielen Dank«, sprach er.

Nadjas Schmunzeln wuchs:

»Macht es euch gemütlich, ihr findet dünne Decken in den Regalen hinter dem Eingang.«

»Danke!«, rief Annelya mit großen Augen.

»Aber sicher doch. Wir sehen uns morgen«, grinste Nadja, als Surnei und Annelya den großen Raum betraten.

Es war so angenehm still. Nur das Wasser, einige Grillen und die Schimmerlinge waren zu hören.

Snow lehnte noch gegen eine der Holzsäulen.

»Die Kleine ist etwas Besonderes«, sprach Nadja leise, als sie sich ihm näherte. Die Holzstufen unter ihren Füßen quietschten leicht. Das Mondlicht ließ Snows weißes Haar noch heller strahlen.

»Mhm, das sagst du nur, weil du weißt, wer sie ist«, äußerte er spöttisch, während Nadja spielerisch mit ihrem vollgeschmückten Kopf wackelte.

»Nein.« Ihre Finger strichen über Snow. Sie duftete so blumig. Ihre Haut, sie strahlte, wirkte fast flüssig. Wie sonnengeküsstes Gold. »Ich meine es ernst. Man spürt es, wenn man sie ansieht«, betonte Nadja, als auch sie sich gegen eine der Holzsäulen lehnte.

Snow antwortete nicht. Er überlegte.

»Denkst du, dass ihr ihn finden werdet?«, Nadjas Stimme wurde ernster. Ihr Blick strenger.

Snow seufzte kurz: »Ich hoffe …«

Nadjas scharfer Blick verschwand fast zwischen ihren schwarzen Lidern. Ihr Kopf schwenkte zur Seite.

»Snow?«, fragte sie auffordernd, als er sie nachdenklich anschaute. Er schwieg, doch seine Augen verrieten genug.

»Was ist los?«

»Nichts.« Snow schwieg erneut. Eindringlich musterte sie ihn.

»Etwas belastet dich. Du weißt, dass du nichts vor mir verbergen kannst«, bestand Nadja.

Snow zögerte immer noch. Sein Mund öffnete sich leicht. Pochte sein Herz lauter? Dieser Blick. Nadjas Blick. Er war einschüchternd.

»Nun, na– natürlich. Ich habe die Verantwortung für die beiden. Wenn ihnen etwas passieren sollte, wird Annabel mich köpfen«, erklärte er, während seine gekreuzten Arme immer tiefer ineinander versanken.

»Hm …« Nadja schien immer noch nachdenklich zu sein, doch diesmal schwieg auch sie.

»Nun gut, Großer, dann ruh dich mal aus. Ihr habt einen langen Weg vor euch!« Nickend lief sie die hölzernen Stufen wieder herunter.

Das Mondlicht brach durch die Holzsäulen, erwischte immer mal wieder ihr Bein.

»Danke, Nadja.« Er schaute ihr hinterher.

Sie schenkte ihm nur ein Lächeln, als sie vollständig ins Mondlicht tauchte.

Nadja hatte inzwischen den kleinen Stand erreicht. Er bot einen Überfluss an Obst und Gemüse an, sogar manche Fische. Das Obst sortierte sie neu. Manches sammelte sie in den braunen Sack, anderes ließ sie stehen, doch sie schaute alles, was sie in die Hand nahm, ganz genau an.

»Miau, miau.«

»Hmm, hallo, heute musstest du etwas warten, wir haben Besucher«, sprach Nadja, als sie lächelnd nach dem kleinen Fisch griff.

Die Katze folgte dem fliegenden Fisch wie ein Räuber. Augen, fixierend, Zähne, bereit zum Fangen. Nadjas melodisches Pfeifen schien ihr zu gefallen.

»Hm.« Waren sie noch gut? Sie musterte die Tomaten. Manche hatten leichte grüne Flecken auf sich. Nadja zog die verdächtige Tomate näher an sich heran. Schimmel?

Plötzlich schreckte die Katze mit einem Fauchen auf.

Der grüne Fleck tauchte in rote Farbe, so wie Nadjas Augen in Furcht tauchten. Langsam rollte die rotbeschmierte Tomate aus ihrer Hand. Zittern. Es wurde immer stärker, bis sie zusammenbrach.

Ihr Blut verteilte sich auf dem ganzen Stand. Sie schaute auf die lange, dünne Klinge, die ihren Magen durchbohrte, als sie stöhnend zu Boden ging. Ihr Kopf schlug fest auf. Das Obst, es folgte ihrem Sturz, verteilte sich im Blut. Manche blieben sauber, andere hinterließen eine Spur auf dem Sandboden.

Es waren drei kurze Rufe, drei hilflose Griffe in den Sand, bevor Ruhe einkehrte. Ihre Augen, sie schlossen sich nicht mehr, genau wie ihr Mund. Sie schaute starr in die Leere.

Der Schatten schien mit jedem Schritt größer zu werden. Es war das Licht von außen, das schwache Licht des Mondes, das ihn so wirken ließ. Mit jedem Schritt bedeckte er den ganzen Raum. Zog über jede einzelne Holzwand. Leise. Langsam.
Manchmal knirschte der Boden, manchmal nicht. Er kam Surneis schlafendem Gesicht immer näher, bis der Schatten auch sein Gesicht bedeckte. Der schwarze Stoff strich über den Boden, während die Hand des Schattens sich Surnei näherte.
»W– was«, rief Surnei erschrocken, als er die Hand auf seiner Schulter sah. Sein Blick richtete sich wach nach oben.
»Aufwachen«, flüsterte Annelya lächelnd.
Ein weicher Atemzug wich aus seiner Lunge.
»Annelya …« Vorsichtig stützte er sich auf seine Ellbogen, schaute sich noch einmal um.
»Wieso schläfst du nicht?«, wisperte er mit gerunzelter Stirn.
»Ich möchte zum Strand, es sieht so wahnsinnig friedlich hier aus. Ich dachte, du möchtest vielleicht mit.«
Surnei überlegte kurz, doch nicht lange. Die Idee klang gut. Immerhin wusste keiner der beiden, wie die Strände außerhalb der Burg aussahen.
»Ehm, ja, ja klar.«
Die beiden standen auf. Snow und Tenna schliefen fest. Es war nicht klar, wer von ihnen diese gruseligen Schnarchgeräusche fabrizierte.
»Komm«, winkte Annelya. Sie trat als erste heraus. Ihre Schritte waren still. Seine waren noch stiller.

Der leise, schwache Wind, er fühlte sich erfrischend an. Alles wirkte so bläulich. Die Nacht, der Himmel. Er war so beruhigend. Annelyas schwarzer Kapuzenmantel rührte sich nicht. So schwach war der Wind. Doch manche Strähnen taten es.

Surneis Schuhe baumelten an seinen Händen. Der Sand unter seinen Füßen kribbelte seinen ganzen Körper entlang.

»Ist das nicht komisch?«, fragte Annelya. Ein einziger Blick in seine Richtung. Das reichte.

»Hm?«

»Heute Morgen waren wir noch in der Burg. Ich wollte es so sehr. Raus. Und jetzt bin ich es. Es fühlt sich plötzlich an, als wären sechzehn Jahre nichts gewesen. Einfach nur ein kurzer Traum«, sprach Annelya so sanft wie sie lief.

»Macht es dir Angst?«, flüsterte er sanft.

Sie wirkte anders. Surnei schaute auf seine Füße. Mit jedem Schritt kickte er etwas Sand zur Seite.

»Angst? Warum sollte es mir Angst machen?«

Surnei schaute wieder auf.

Sie liebte ihn. Diesen vertieften, doch so klaren Blick. Seine Gedankenwelt, sie regte sie immer wieder an, tiefgründiger zu denken, manchmal einfach – anders zu denken.

»Nun, dass sich etwas so schnell verändern kann. Einfach so – in einer Nacht«, antwortete er.

Annelyas Augen weiteten sich leicht, bevor ihr Gesicht sich ganz langsam samt ihren Schultern senkte. Der Strand rückte näher. Die Wellen schlugen leiser.

»Ich schätze, man weiß einfach nie, was einen erwartet. Ob gut oder schlecht«, hauchte sie.

Diesmal schaute er zurück, doch sie? Sie schaute nicht hin.

Beide sanken zum Sitzen. Hände und Füße verschwanden im Sand. Das Wasser, es rauschte.

Hier war der Wind stärker. Das Bild vor Surneis Augen, ihr leicht tanzendes Haar, umso schöner.

»Du konntest nicht wissen, dass Sarru so etwas tun würde. Keiner konnte es wissen«, sprach er.

Annelya schüttelte ihren Kopf.

»Nein, das ist es nicht. I– ich weiß nicht, wieso, und wahrscheinlich liege ich auch einfach falsch, aber –« Sie zögerte. Ihre Lippen rieben immer wieder sanft aneinander.

»Aber was, Annelya?« Surnei lehnte sich etwas nach hinten.

»Irgendetwas«, stotterte Annelya, während sie mit ihrer Hand vor ihrem Bauch kreiste. Sie überlegte. Surnei folgte ihrer Bewegung. »Irgendetwas fühlt sich verkehrt an. Sarru, ich … ich spüre einfach keine Gefahr …«

Diese Worte, sie waren genauso befreiend wie verwirrend. Für sie und für ihn. Surnei atmete tief ein, tief aus. Seine Hand rutschte tiefer in den Sand hinein.

»Annelya, wir sind mit ihm aufgewachsen. Er hat uns ein Leben lang begleitet und ausgebildet. Wie könntest du etwas Fremdes spüren?«

»Nein, nein, das ist es nicht. Das geht tiefer als das.«

»Denkst du, er hatte einen anderen Grund, den Hohen Rat hochzujagen?«, fragte Surnei mit mehr Neugier in seiner Stimme.

Annelya zögerte. Das Schlagen ihrer Wimpern, es war schneller als sonst.

»Ich denke, dass er die Siegelbombe nicht gelegt hat. Iuel muss ihn reingelegt haben«, sprach sie.

Eine tiefe Linie erschien zwischen Surneis Augenbrauen. Er schaute starr nach vorn, in die Weite der Meere.

»Er ist eine Gefahr, Annelya«, sprach er leise.

Annelya nickte. »Ich weiß, ich weiß. Wahrscheinlich täusche ich mich auch, wahrscheinlich hast du recht. Was ich meine, ist, dass ich ein Gespräch mit ihm brauche. Allein!«

Surnei blickte zu ihr. Seine Zunge strich über seine Lippe, bevor er sie leicht biss.

Annelya, sie kannte diese Mimik.

»Schlechte Idee?«, grübelte sie laut, doch Surnei schwieg.

»Wenn wir ihn finden, darf keiner so reagieren wie Mama. Ich muss erst mit ihm sprechen.« Diesmal klang sie auffordernder.

»Ich denke, das klingt am logischsten«, wisperte Surnei.

Ein kurzes Lächeln. Sie erwiderte es. Überrascht von Surneis Zustimmung, schaute sie nach vorn.

Kein Widerwort. Er schien genauso zu fühlen, genauso wie sie, auch wenn er es nicht zugeben wollte. Die beiden verweilten kurz in absoluter Stille. Ab und zu sahen sie einen Schimmerling vorbeifliegen.

»Schau, der Schimmer bleibt im Sand hängen.«

Annelya schaute in die gezeigte Richtung.

»Wie es wohl aussehen würde, wenn ein ganzer Schwarm hier vorbeifliegen würde?«, grinste er.

Sie beobachtete ihn. Beobachtete dieses unschuldige, leichte Lächeln auf seinen Lippen. Wie er schaute, den Schimmer bewunderte. Es war so rein. So ehrlich.

»Sur, du bist etwas Besonderes«, sprach sie.

Die Verwirrung auf seinem Gesicht war nicht zu übersehen.

»Ich habe dich vorhin gesehen. Vor dem Eis. Du machst das immer, wenn du in Gedanken versinkst«, fuhr sie fort.

»Was mache ich?« Er klang leise.

»Zögern«, nuschelte sie mit ihrer Wange auf ihrem Knie. Ein leichter Atemzug. Sie setzte sich aufrecht auf.

»Du bewunderst die Elemente dieser Welt wie kein anderer und du besitzt nicht mal das hier …«, sprach sie und ließ die Energie der Schöpfung wie ein kleines kurzes Funkenspiel zwischen ihren Fingerkuppen tanzen.

Surnei schaute hin. Das blauschimmernde Licht spiegelte sich in seinen großen klaren Augen wider, bis die Energie erlosch.

»Du bist der beste Klingentänzer der ganzen Akademie«, fuhr Annelya mit feurigem Ausdruck fort. Ihr Blick durchbohrte seinen. »Du brauchst kein Feuer, kein Wasser – du brauchst das nicht«, sprach sie, als sie kurz innehielt. »Dein Herz, Sur. Diese Magie sollten sich andere wünschen.«

Seine Wimpern, sie schlugen wie sanfte Fächer auf und ab. Annelya inspizierte dieses weiche Gesicht, während er auf das weite Meer schaute. Seine Daumen rieben übereinander. Seine Zunge wieder über seine Lippen.

Annelya schaute nach hinten. Etwas weiter neben ihnen lag ein schmalerer Weg, enger, stärker überwuchert von Pflanzen.

»Wollen wir spazieren?«, fragte sie.

Er schaute nicht mehr aufs Meer. Trotzdem zögerte er eine Weile, bis ein lautes: »Klar!«, seinem Räuspern folgte.

Beide standen auf. Surnei klopfte den Sand von seinen Beinen.

»Deine Schuhe«, sprach Annelya, als Surnei verwundert hinter sich schaute.

»Stimmt, die Schuhe« erwiderte er, bevor er ihr schnell hinterherlief.

Der Weg war schmal. Palmblätter strichen links und rechts über ihre Arme. Die meisten mussten sie zur Seite drücken.

»Denkst du, wir reisen morgen wieder auf Eis?« Annelyas Augen funkelten wie der Sternenhimmel über ihr. Sanft schob sie das große Palmblatt von sich.

»Haha, nein, denke nicht. Es reisen viele von der Norukoinsel ab. Sie liegt zwischen vielen wichtigen Standorten. Ich denke, wir mischen uns unter die Mannschaft eines der Schiffe«, sagte Surnei.

Annelya wollte sprechen. Doch ihre Worte schwanden genauso schnell wie ihr Lächeln, als sie mit einem Ruck Surneis Weg absperrte. Verwundert schaute er auf ihren ausgestreckten Arm.

»Was ist los?«, zischte er, als auch sein Lächeln schwand.

»Sur?« Beide schauten sich panisch an, bevor sie losrannten.

»Nadja! Nadja!« Annelyas Schritte waren genauso schnell wie ihre Blicke.

»Warte, sei vorsichtig!«, rief Surnei und eilte hinterher.

»Nadja!?« Annelya schaute auf das Blut unter ihren Füßen. Je näher sie trat, desto dunkler wurde es. Schockiert blickte sie auf Nadjas toten Körper.

»Was zum – Nadja, Nadja!«, wiederholte sie, während sie sich zu ihr bückte.

Das Obst neben ihr rollte weiter weg, als Annelya und Surnei zügig nach Nadja griffen.

»Heiliger …«, stotterte Annelya. Beide schauten sich an, bevor sie wieder auf die Klinge schauten, die Nadjas toten Körper durchbohrte.

»Das ist Schwarzeisen. Das wird nur im Scherbendorf produziert«, murmelte Surnei, als Annelya mit riesigen Augen auf ihn schaute.

»Iuel.« Annelyas Atem schwand genauso wie die Farbe aus ihrem Gesicht.

»Tenna, Snow«, schoss es aus ihr heraus. Mit aufgerissenen Augen stürmte sie los.

Nadjas Gewicht drückte Surnei nach hinten. Seine Hände, sie waren voller Blut. Es verschmierte seine Arme.

»Snow! SNOW!«, schrie Annelya mit tosendem Atem und rasenden Schritten.

Surnei schaute auf das schwarze Pulver zwischen seinen Fingern. Verwundert blickte er etwas genauer hin, bevor er hastig über die Klinge strich. Voll. Sie war voll mit diesem schwarzen Pulver.

»Oh nein …« Sein Atem schwand aus seiner Lunge.

»KETTENBOMBE!«, hörte Annelya Surnei schreien, als sie wie vom Donner gerührt stehen blieb.

»Nein«, jammerte sie versteinert.

Das zischende Geräusch vor ihr verwandelte sich in Gänsehaut. Sie konnte nicht rechtzeitig stoppen. Es war ein Schritt zu viel. Die Schnur, die zwischen den Bäumen gespannt war und zur Hütte führte, sie war gerissen.

»SNOW!«, schrie Annelya, als sie ihre gesamte Kraft bündelte.

Der Knall, er betäubte ihre Ohren, das Licht der Flammen, es bedeckte ihr Gesicht, färbte es orange, während die Energie der Schöpfung durch ihre Adern strömte. Schneller, wilder, mächtiger als je zuvor.

»Annelya …«, flüsterte Surnei, als er für einen kurzen Augenblick still in sich sank. Nadja, tief in seinen Armen, während das blaue Licht vor ihm zur roten Glut wurde.

»Aaaaah!«, brüllte Annelya mit ausgestreckten Händen und rasender Energie. Die Flammen des Gemeindehauses strömten wie ein gewaltiger Fluss durcheinander, bündelten sich in Annelyas tobendem Energiefeld. Sie rasten, rissen alles nieder. Der Feuerstrom, er war schneller als das Pochen ihres Herzens. Ihr Haar wirbelte wie ein Tornado durch die Luft, während die Blutstropfen aus ihrer Nase immer mehr wurden.

»Annelya!«, schrie Surnei, als er losrennen wollte, doch die schmale Eisenschnur, die aus den Schatten hinter ihm auftauchte, zog ihn zurück. Sie wickelte sich über seine Arme, presste sich tief in seinen Brustkorb.

Nadjas Körper krachte auf den Boden, als Surnei den schwarzgekleideten Mann in den Schatten ertappte, der die Eisenschnur enger zusammenzog.

»Du meine Güte!«, schrie Tenna, als er ins Funkenspiel dieser gigantischen Explosion schaute. Alles rot gefärbt. Brennend. Rasend. Tenna, mittendrin. Es war nicht nur erschreckend, nicht nur verängstigend, sondern auch bewundernswert.

Sein Blick schwenkte über die ganze Hütte. Getaucht in Flammen, doch sie berührten ihn nicht. Die Energie, sie schützte ihn. Es war, als würde er im Auge des Sturmes stehen. Wie erfroren blickte er nach draußen.

»Tenna, du musst sofort da raus!«, brüllte Snow mit einem auffordernden Handschwung. »Los!«

»Snow?«, keuchte Tenna, als er auf das leere Bett hinter sich schaute, bevor er hastig aus der Hütte stürmte. Es reichte ein einziger Schritt nach draußen.

Für einen kurzen Augenblick wirkte Annelya entspannter. Mit einem gewaltigen Kampfschrei lenkte sie ihre Energie samt den Flammen nach hinten, ließ die Explosion ihren Lauf nehmen.

Ihre Energie erlosch. Tief atmete sie ein. Sie hörte es: ihr Herz. Wunderte sich, ob es gleich herausspringen würde.

»Nadja, sie haben Nadja getötet!«, rief sie, nach Atem ringend, als Snow den auf ihn zuschnellenden Pfeil mit einem Schwung in Eis verwandelte.

Plötzlich stürmten schwarz bekleidete, maskierte Männer aus den Büschen um sie herum.

»Assassine!«, rief Tenna, als er voller Schreck einem weiteren Pfeil auswich.

Annelya hörte ihn. Das war Surneis Stimme. Was nach kurzer Entspannung aussah, verwandelte sich wieder in Furcht. »Sur!« Entschlossen wollte sie zurückrennen, als einer der Pfeile ihr Bein streifte.

»Arrrgh!!!« Sie schrie in Schmerzen auf, bevor sie dem Klingenhieb des Mannes auswich, der aus den Büschen stürmte.

Surnei wirbelte gekonnt zur Seite, seine Arme lagen gefesselt hinter seinem Rücken. Es sah wie ein Tanz aus. Mit jedem Schritt wich er den Hieben der beiden Männer aus. Sein letzter Schritt war ihr letzter Atemzug.

Die Klinge zertrennte die Schnur um Surneis Arme, bevor er mit einem Kampfschrei die Klinge aus den Händen des Mannes raubte. Es reichte ein Schwung. Das Blut spritzte auf den Sand. Mischte sich mit Nadjas.

Der Mann versuchte, das Pumpen seiner Kehle zu stoppen, doch es war zu spät. Zwei, drei Schritte. Zwei, drei Hiebe. Klinge auf Klinge. Überall spritzten die Blutstropfen. Und auch der zweite Mann fiel zu Boden, nachdem Surnei das Schwert wieder aus seinem Bauch zog.

»Annelya«, flüsterte er, bevor er voranstürmte.

»Argh!« Annelyas Wunde heilte in Sekunden. Die Energie, sie wanderte über ihren Oberschenkel. Jeder Schwerthieb stoppte vor der Energiewelle ihrer Hände.

Mit einem Ruck stieß sie den dritten Mann nach hinten, als sie erschrocken auf die Klinge schaute, die seine Brust zertrennte. Ihr Blick, er fiel auf Surnei.

Sein Gesicht, es offenbarte sich, als er die Klinge wieder herauszog und den toten Körper des Mannes zur Seite schubste.

»Du lebst«, jubelte sie und rappelte sich schnell auf.

»Ich lebe«, schoss es aus ihm heraus, bevor er kampfbereit in Tennas Richtung rannte. Annelya stürmte hinterher.

Drei Assassine waren bereits tot. Einem der Männer fehlten beide Arme. Neben seinem Körper lagen vereiste Scherben.

»Heiliger Kristall, heiliger Kristall, heiliger Kristall!«, schrie Tenna, als er stolpernd nach hinten fiel. Doch der Schwertschwung des Assassinen endete kurz über seinem Kopf. Tenna schaute auf die Klinge, die vor seine Füße fiel, bevor auch das Gesicht des Mannes hinter der Maske in den Sand krachte.

»Heiliger Kristall«, wiederholte er angeekelt und schaute zu Surnei auf.

Snows kommender Angriff löste sich in Verwirrung auf. Die letzten beiden Männer blieben verkrampft stehen, als ihre Waffen auf den Boden fielen. Ihre Finger zitterten unkontrolliert. Dieses bekannte, tiefe Geräusch, das erklang, es ließ jeden aufblicken.

Annelyas Adern, sie pulsierten, leuchteten, während sie sich mit langsamen Schritten näherte. Snow schaute wieder auf die Männer, während er seine Kampfstellung aufgab. Er musste genau hinblicken, um den feinen Energieschleier zu erkennen, der die Körper der Männer umhüllte.

Mit einem kurzen Kampfschrei riss Annelya die Maske des einen Mannes von seinem Gesicht. War es Angst, in die sie hineinblickte? Nein, Angst sah anders aus. Das hier … das war Überzeugung.

Tenna drückte sich hoch, lief vorsichtig einige Schritte zur Seite.

Surneis Klinge sank. Sein messerscharfer Blick auf Annelya und die beiden Assassine gerichtet.

»Iuel? Wo? Wo ist er?«, flüsterte sie mit angespannten Fingern.

Die Energie, sie erforderte Konzentration. Jeder konnte sie pochen hören.

Der eine Mann war still, doch der andere, sein Lachen, es wurde immer lauter. Es offenbarte Annelyas Furcht. Das, was auf ihrem Gesicht wuchs, war Furcht.

»Iuel, ist er hier!?«, rief sie lauter. Sie drückte ihre Finger enger zusammen und die Männer schrien in peinigendem Schmerz auf. Der Energieschleier brannte sich langsam in ihre Haut.

»T– tod … d– dem … Königreich«, lachte der unmaskierte Mann, als Annelya verängstigt einen Schritt nach hinten fiel.

Ihre Energie schwand in ihrem kurzen Zucken, bevor Snows Eisklingen in einem blitzschnellen Schwung die Kehlen beider Männer zertrennten. Wie erstarrt schaute Annelya auf die zwei Leichen. Tenna blickte mit einem angeekelten Stöhnen weg.

»Iuel weiß, dass wir hinter ihm her sind«, hörte Annelya Snow sprechen, als sie ihn zögernd anguckte.

»Wir sind definitiv nicht mehr sicher!«, sprach er.

Die Stimmen der Inselbewohner wurden zahlreicher. Vorsichtig blickte sie, Annelya, in die auftauchenden empörten Gesichter.

»Iuel«, flüsterte sie.

Währenddessen im Untergrund der Burg.

»Es funktioniert!«, sprudelte es aus Meleoidy. Mit beiden Händen umfasste sie die Lehnen des Sitzes, als sie staunend nach vorne rückte.

Dieses Licht, es war genauso strahlend wie Annelyas. Der Klang, so schön wie die Schöpfung selbst. Doch es fühlte sich anders an. Hinter diesen goldenen Gittern fühlte es sich dunkel an.

Gion blickte auf das leuchtende Gerät auf dem Tisch. Das Gitter drehte sich um seine eigene Achse.

»Das ist aber eine riesige Menge an Energie«, betonte er überrascht, als er die eisernen Gegenstände in seiner Hand wieder auf den kleinen Holztisch legte und auf das Gerät zulief.

»Was hast du getan? Eine ganze Armee auf sie gestürzt?«, sprach er spöttisch.

Meleoidy zögerte, schaute tief in das Licht vor ihrer Nase hinein.

»Ich habe ihnen gesagt, dass sie sich auf die anderen fokussieren sollen. Annelya kann auch ohne diese Energie kämpfen, aber falls ihre Liebsten verletzt werden, bleibt ihr keine andere Wahl«, versicherte Meleoidy. Zweifel und Staunen mischten sich in ihren Blick.

Gion grinste starr.

»Bei diesen Mengen wird der Katalysator schneller als gedacht fertig sein.« Er klang zufrieden.

Meleoidy schaute ihn an. Sein Blick, er fühlte sich an, als ob er sie durchdringen würde.

»Es ist fast so weit«, flüsterte er. Seine Fingerkuppen drückten fest gegen den Tisch.

Meleoidy schwieg, das Licht, es schwand. Langsam zog sie sich wieder zurück. Das Staunen war weg, doch die Verwirrung, sie ... wuchs.

Auf der Norukoinsel.

Es war unmöglich, auch nur ein Wort zu verstehen. Es achtete auch keiner darauf, was sie sagten. Die Stimmen waren vermischt, durcheinander.

»Sie müssen uns mit Nadja zusammen gesehen haben. Sie dachten, sie wäre Teil der Truppe«, dachte Tenna laut nach, während Annelya vor Nadjas Körper kniend auf das Blut schaute.

»Du musst sie rächen!« Diese Worte, sie lenkten Annelyas Aufmerksamkeit auf sich. Mit einer so schmächtigen kleinen Oma hätte sie nicht gerechnet. Denn ihre Worte klangen hart, verurteilend.

»Er will die Schöpfung beenden und hier bist du, ein wandelnder Kristall, ein offenes Ziel«, hustete die alte Frau mit wütendem Gesicht und humpelnden Schritten.

»Bitte, beruhigen Sie sich«, sprach Surnei mit offenen Händen und strenger Miene.

Annelya zuckte zusammen. Sie widersprach nicht.

»Sie hat recht«, flüsterte Annelya, als sie auf den Rest blickte. »Ich habe die ganze Zeit nur an mich gedacht. Ich wollte raus, ich wollte ihn schnappen. Dabei habe ich nicht bedacht, dass ich die einzige Person bin, die sich nicht vor ihm fürchten muss. Ihr habt gesehen, wen sie angegriffen haben. Euch. Er will mich bestrafen. Wenn er mich nicht haben kann, holt er sich jeden um mich«, fuhr sie fort. Nadjas Blut wirkte dunkler als zuvor. »Wir können nicht hierbleiben, wir müssen weiter. Sofort.«

Obwohl Snow nichts sagte, war es ihm im Gesicht geschrieben. Er konnte es nicht verbergen. Auch wenn Eis seine Spezialität war, auch wenn er eiskalt zu blicken versuchte, sie sah es. Sie sah ihn, den Schmerz hinter seiner Fassade.

»Es tut mir so leid«, flüsterte Annelya ihm zu, Nadjas Hände haltend, bevor sie sanft über Nadjas Augen fuhr.

Snow verkrampfte. Sein Gesicht, seine Blicke, sie sprangen zwischen Nadja, Annelya, den Leuten und seinen Gedanken.

Die alte Oma schaute voller Stille zu. Es war keine Wut mehr zu sehen. Nur noch Trauer.

»Sie war eine so gutherzige, junge Frau«, murmelte sie. Das Tuch verschwand zwischen ihren Fingern.

»Ich werde das wiedergutmachen«, sprach Annelya. Still musterte sie Nadjas kaltes Gesicht. Der schwarze Lidschatten – genauso mystisch wie vorher.

»Ich werde ihn aufhalten«, brodelte es aus Annelya. Tapferer Blick. Leise Worte.

Surnei trat zur Seite, als zwei Männer mit einer weißen Stoffliege in die Menge drangen.

Annelyas Tränen fühlten sich kalt an. Sie wischte sie schnell fort, während sie Platz machte. Alle Blicke lagen gefesselt auf Nadja. Es tropfte nicht mehr viel Blut, doch es reichte, um den weißen Stoff zu beflecken.

Tiefer Atem. Die Männer hielten ihren Kopf gesenkt, schauten keinen an, doch auch sie trauerten. Schließlich kannte hier jeder jeden. Eine große Familie.

Annelya schwieg. Die Träne hatte eine Spur gezeichnet, spiegelte das weißglänzende Mondlicht auf ihren Wangen wider.

»Wir müssen zum Scherbendorf«, sprach sie und sah zu Snow. Das Mondlicht folgte dem Schimmer auf ihrer Wange.

»Wie weit ist es von hier?«

Snows Mund war offen, doch kein Wort drang heraus. Nur ein kurzer, zögernder Seufzer. Annelya ertappte Tennas nachdenklichen Blick. War das Sorge?

»Snow?«, sagte sie.

»Nun, über die geplante Route wären es noch zwei, drei Tage«, sprach er, als er wieder innehielt.

»Nein, nein, das kannst du vergessen!« Tenna schüttelte den Kopf. Er schien es ernst zu meinen.

»Was kann er vergessen?«, rollte es von Annelyas Zunge. Sie musterte beide, ließ keinen Hauch, keine Mimik, kein Zucken unbemerkt flüchten.

»Aber es wären nur ein Tag und eine Nacht«, wandte Snow ein, doch er schien Tennas Ablehnung nur weiter zu schüren. Aufmerksamer trat Annelya näher.

»Es gibt einen schnelleren Weg?«, fragte sie stürmisch.

»Die Höhle der Verdammten«, sprach Surnei und lenkte alle Blicke auf sich. »Sie führt direkt durch das Malamagebirge ins Scherbendorf.«

»Na, perfekt! Worauf warten wir dann?«, betonte Annelya.

Tenna hörte nicht mehr auf, zu widersprechen. Diesmal machten seine Hände mit.

»Nein, Annelya, das ist der gefährlichste Ort im ganzen Saretorium.«

Doch Tennas Worte machten nicht den Anschein, sie auf irgendeine Art und Weise zu berühren.

»Räuber? Raubtiere? Nichts, das wir nicht aufhalten können«, sprach sie stumpf.

Tenna entwich ein kurzes, gequältes Lachen.

»Seelen«, presste er hervor.

Annelya blickte verwirrt auf Surnei. »Seelen?«, flüsterte sie.

Tenna musterte jeden einzelnen. Er wollte erklären, sprechen, doch die alte Oma kam ihm zuvor.

»Verdammte Seelen. Geister von Personen, die es nicht schafften, ins Jenseits zu treten. Gefangen, für den Rest der Ewigkeit in der Passage zwischen den Dimensionen von Leben und Tod. Dürstend nach Leben, nach Frieden, hausen sie in der Höhle der Verdammten«, sprach sie voller Furcht. »Die Legende besagt, dass fast niemand es dort wieder lebendig herausschafft. Und der einzige Überlebende, ein Söldner des Aprazchaclans, wurde wahnsinnig, sodass er sich das Leben nahm. Was er dort gesehen hat …, er konnte nicht mehr damit leben.« Hätte das Tuch in ihrer Hand atmen können, wäre es nun erstickt.

Surnei hörte zu. War es Sorge oder Unglaube in seinen Augen? In seiner krummen Haltung?

»Genau«, atmete Tenna tief aus.

Annelya guckte ihn an. Und er schaute sie an.

»Die Höhle der Verdammten«, sprach er mit einem gezwungenen Lächeln.

Jeder blickte Annelya an. In diesem Augenblick blieb vieles ungesagt, denn jeder wusste ganz genau, was dieser Blick bedeutete. Also schwiegen sie. Es gab nur einen Weg. Und dieser war ein verdammter.

XIII

GOTT HAT GEBLUTET

Im Scherbendorf.

Der strömende Regen klang auf dem Ledermantel lauter als auf dem Boden. Links. Rechts. Wie viele Gassen hatte dieser Ort? Hastig wählte er seinen Weg.

Eigentlich hätte er dem Regen dankbar sein können, denn diese Kettenstiefel waren alles andere als leise. Ihr Klimpern und Schlagen verklangen im Rauschen des Himmels.

Doch plötzlich war er weg. Er, der geheimnisvolle Mann. Noch vor wenigen Sekunden hatte Sarru auf seinen schwarzbedeckten Rücken gestarrt. Hatte er eine Gasse übersehen? Der Regen wurde stärker. Die Tropfen auf Sarrus Gesicht wurden zu Flüssen. Mit aufgerissenen Augen ließ er sich von der gewaltigen Wucht der festen Hand nach hinten ziehen. Es erklang ein einziger Knall: sein Kopf gegen die Mauer. Die andere Melodie war die der scharfen Klingenspitze, die unter seinem Kinn darauf wartete, zuzustechen.

»Verdammt!«, rief Sarru mit ausgestreckten, offenen Handflächen. Sein Blick stach zurück, verängstigt. Die Klinge, sie war zu nah. Und er, Iuel, noch näher.

»Ich beobachte dich jetzt schon seit zwei verfluchten Tagen.

Es ist nicht unüblich, dass Kopfgeldjäger häufig nach meinen Namen fragen. Doch ich kann mir nicht erklären, warum mich ein Ausbilder der Akademie allein und so zielsicher im Scherbendorf aufzufinden glaubt«, sprach Iuel zynisch und drückte seine Klinge gegen Sarrus Kehle.

»W– woher …« Das Ende von Sarrus Satz wurde vom Donnergrollen übertönt.

Die Blitze erhellten Iuels Gesicht. Solch schwarze Augen. Solch ein entschlossenes Gesicht. Iuel zögerte. Wahrscheinlich war es der gleiche Instinkt, der Sarru hierhergeführt hatte.

»Komm schon, Sarru In' dehem, Klingentanzausbilder der Akademie, du hast bestimmt schon genug Geschichten über den Prediger der Schatten gehört, oder? Ein kleiner Überwachungszauber ist nicht des Schattenkünstlers größtes Werk!«

Ob Sarru sich zu schlucken trauen sollte? Schließlich war Iuels Klinge wirklich nah.

»Ich frage dich noch einmal: Wie kommst du darauf, mich hier aufzusuchen?«, forderte Iuel ihn auf.

»Der Ho– der Hohe Rat hat eine Sichtung bestätigt«, sprach Sarru verwirrt, als Iuel leicht zurückzuckte.

Iuel durfte die Fassung nicht verlieren, doch sein Griff um die eiserne Klinge schien zu schwächeln.

»Eine Sichtung bestätigt!?« Iuel klang nervöser als zuvor.

»Du feiger Bastard weißt ganz genau, wovon ich sp–«, wollte Sarru anklagen, als Iuels Klinge wieder gegen seine Kehle drückte.

Angst stand Iuel ins Gesicht geschrieben. Sarrus Worte, sie schienen mehr zu bewirken, als Sarru geahnt hatte.

»Wieso? Wieso ich?«, fragte Sarru mit zittrigem Atem. Sein Blick fiel auf die Klinge unter seinem Kinn.

»Wieso? Wieso du was, Sarru In' dehem!?«, forderte Iuel.

»Die – die Explosion«, keuchte Sarru.

Mit jedem Wort drückte Iuels Klinge tiefer gegen seine Kehle.

»Wieso hast du sie mir angehängt!?«

Iuel zögerte. Sein Griff: mal unsicherer, mal fester.

»Explosion, ... welche Explosion, Sarru In' dehem!?«

Sarru entwich ein unkontrolliertes Lachen:

»Herzlichen Glückwunsch, Herim. Du hast sie erwischt. Gion, der Hohe Rat, sie sind alle tot«, sprach Sarru, als Iuel plötzlich seinen Griff löste.

Sarrus Atem: tief.

Ja, das war Furcht in Iuels Augen. Angst in seinen Schritten.

»Nein, nein, nein! Verdammt! Sie haben die richtige Frequenz gefunden!«, murmelte Iuel, während sich Sarrus verwirrtes Runzeln stärker zwischen seine Brauen grub. Langsam senkte er seinen Arm.

»Du redest Unsinn, Prediger. Hat dir die Schattenkunst den Verstand vergiftet? Was ist hier dein Plan!?«, grollte Sarru.

Iuels Blick stürzte wie ein Raubvogel auf seine Beute.

»Sie haben es geschafft, sie haben den Katalysator aktiviert«, erklärte er.

»Den ... was?« Sarru zögerte.

»Den Katalysator«, antwortete Iuel.

»Katalysator?«

Iuel kam erschreckend schnell näher.

Sarrus Griff um seinen Gürtel wurde strammer.

»Der Anschlag war eine Ablenkung«, hauchte Iuel.

»Es reicht du Narr, wenn ich Annabel deinen Kopf bringe«, sprach Sarru, als er nach seiner Klinge griff.

Doch Iuels Griff war schneller, geschickter. Er stoppte Sarrus Hand, schaute ihm tief in die Augen.

»Ich habe dir weder irgendetwas angehängt, noch gab es eine Sichtung, noch ist Gion N' Artem tot. Hör mir genau zu, Sarru In' dehem. Mein letzter Aufenthalt war in Azuro, bis ich dir hierhin gefolgt bin. Dass Gion eine falsche Sichtung bestätigt und seinen Tod vortäuscht, bedeutet, dass der Katalysator aktiviert wurde. Und falls der Katalysator aktiviert wurde, dann bedeutet es, dass wir Annelya Elim warnen müssen, bevor es zu spät ist.« Iuels Worte, sie klangen roh. So streng. Das, was in seiner Stimme lag, hätte er solch eine Sorge wirklich spielen können?

Sarru schaute ihn an. Seine Verwirrung, sie wuchs.

»Altes Eisen, krumme Klinge ... Die Schattenkunst hat dir den Verstand geraubt ...«, flüsterte Sarru. Er schien in Iuels Augen nach einer Erklärung zu suchen. »Wovon sprichst du, Prediger? Was hat dieser Unsinn mit Annelya zu tun?« Sein Griff wurde lockerer.

»Alles!«, schoss es aus Iuel. »Es hat alles mit Annelya Elim zu tun! Sarru In' dehem, ich schwöre dir bei Saretums Namen, dir jede Frage zu beantworten, doch jetzt ist nicht die Zeit dafür. So wie dir etwas angehängt wurde, so wurde auch mir etwas angehängt. Vor sechzehn Jahren. Ich bin nicht derjenige, vor dem sich Annelya fürchten muss. Doch wir müssen sie um jeden Preis aufhalten«, sprach Iuel.

Sarru zögerte. Die Ehrlichkeit in Iuels Augen, sie war nicht mehr zu übersehen.

»Sie ... sie aufhalten? Ist – ist sie in Gefahr?«

Iuel lachte. »Ob sie in Gefahr ist?«

Sarru verstand nicht. Und dann ... dann wurde er anders: der Blick in seinen Augen. Diese Worte, sie brannten tiefer. Sie klangen so ehrlich und düster zugleich.

»Sie ist die Gefahr«, sprach Iuel, als die Stille zwischen den beiden anhielt.

»Annelya reitet in unser aller Untergang hinein und sie hat nicht die geringste Ahnung, was sie tut«, flüsterte Iuel.

Am frühen Morgen, auf der Schiffsroute zum Malamagebirge.

»Morgen«, grinste Surnei.

Annelya nahm ihre Hand vom Gesicht. Es brachte sowieso nichts mehr, die Sonne war zu stark. Trotzdem hatte sie es geschafft, ein paar Stunden zu schlafen.

»Wo, wo«, wiederholte sie, als ihr Blickfeld klarer wurde.

»Wir sind da«, sprach Surnei.

Die Anker, Annelya hörte ihre Ketten aus dem hölzernen Giganten ausfahren. Sie drückte sich langsam hoch, das Licht brach durch ihre Haare, jedes Mal, wenn sie in eine andere Richtung schaute. Männer und Frauen, keine Kinder.

»Tenna?«, murmelte sie, als Surnei mit seiner Klinge hinter Annelya zeigte. An diesen Dolchen wollte sich niemand schneiden. Annelya blickte hinter sich, während sich Surnei wieder dem Schleifen seiner Dolche widmete. Tenna saß verkrampft da, auf einer Holzbank zwischen weiteren Schiffspassagieren. So still.

»Malamagebirge!«, rief der braungebrannte Mann neben dem Steuer. Das Tuch auf seinem Kopf flatterte, obwohl es nicht wirklich windig war.

»Na, gut geschlafen?«, fragte Snow. Dafür, dass die ganze Truppe vor einigen Stunden fast ums Leben gekommen war, wirkte er gelassen. Vielleicht lag es aber auch an Tenna. Jeder wirkte neben ihm gelassener.

»Kommt«, rief Snow mit einer auffordernden Handbewegung.

Schnell befestigte Surnei seine Dolche wieder an seinem Rüstungsgürtel. Tenna machte langsame Schritte.

»Morgen, Tenna!«, rief Annelya hastig. Ihr Blau strahlte so hell in diesem Licht. Doch mit solch einem verwirrten Blick hatte sie nicht gerechnet.

»Morgen, Annelya ...«, murmelte Tenna.

»Alle aussteigen!«, rief der braungebrannte Mann, als Annelya und Tenna zügig das Schiff verließen.

»Aaaah.« Annelya atmete tief ein.

Sie waren wirklich groß: die Berge. Sie ragten hinter den Wäldern auf. Es war undeutlich, ob sie nah oder fern waren. Und dieses Grau, es wirkte fast silbern. Schien glänzend im Lichterspiel des Tages. Eine leichte Brise. Alles raschelte so angenehm still. Doch es war kein einziger Schimmerling unter all diesen Bäumen und Blüten zu sehen. Jeder Schritt verursachte ein neues Geräusch. Mal war es matschig, mal knacksend.

»Sie sind riesig«, staunte Annelya, verzaubert vom Anblick dieser Berge.

»Mhm«, mampfte Surnei. Mit einem kurzen Nicken hielt er ihr den kleinen Beutel entgegen. Annelya holte eine kleine, blaue Beere heraus, die schnell in ihrem Mund verschwand.

»Der Weg zur Höhle ist nicht lang!«, rief Snow von weiter vorne.

Einige der Passanten schauten erschrocken hin, andere taten so, als ob sie ihn nicht hören würden. Während jeder, der nicht lebensmüde war, die normale Route Richtung des Malamadorfes nahm, verschwand die Truppe in der Tiefe des Waldes. Der Schatten der dichten Bäume war angenehm, erfrischend.

»Ich finde nach wie vor, dass das eine sehr schlechte Idee ist«, wandte Tenna ein.

»Ah, Erdmännchen, wir haben den wandelnden Kristall bei uns. Und jetzt mal ganz ehrlich: Du glaubst diesen Schwachsinn über verdammte Seelen doch nicht?«, spottete Snow. Sein Schulterblick war noch spöttischer.

»Wir leben in einer Welt, erschaffen von einem, nach wie vor, nicht ausreichend studierten Kristall, der aus einem unserer Berge herausragte.« Tenna klang selten so selbstsicher. Snow wurde stiller. Kein Wort, kein Scherz.

»Ich glaube nicht, dass eine Geschichte über Seelen so unglaubwürdig klingt«, sprach Tenna.

Annelya aß eine weitere Beere.

»Nun, ich meine, warum sollten diese Seelen in dieser Höhle gefangen sein?«, fragte sie neugierig.

»Ja, stimmt«, flüsterte Surnei mit gerunzelter Stirn. »Ich meine, wieso können sie nicht rauskommen?«

Tennas Lächeln wurde breiter.

»Nun«, sprach er auffällig stolz. Er versuchte, sie zu verstecken, die Euphorie in seinen Worten. »Die Theorie besagt, dass es nicht nur diesen einen Ort gibt, den man sieht, sondern dass es einen weiteren an genau dem gleichen Standort gibt, der interdimensional getrennt ist. Dabei gibt es aber Punkte, im ganzen Kosmos, Orte, an denen die Frequenzen der verschiedenen Dimensionen sich so nahe kommen, dass sie eine intradimensionale Verbindung erschaffen. Eine Schwelle, in der beide Dimensionen sich überlappen. Ein Tor. Ein Einblick in eine andere Welt.« Tenna wirkte wie ein freudiges, abgelenktes Kind, während jeder andere in der gleichen Stille versank.

»Das heißt, es gibt irgendwo im Universum einen parallelen

Ort?«, fragte Annelya nachdenklich. Eine weitere Beere fand ihren Weg in ihren Mund hinein.

Tenna zögerte.

»Nun, nicht irgendwo im Universum, sondern genau hier, an genau dem gleichen geometrischen Standpunkt, im gleichen Universum.«

»Aber, wie soll das möglich sein?«, flüsterte Annelya.

Tennas Augen rollten vor Enttäuschung. Seine Lippen eng zusammengepresst.

»Nun, das ist die Frage. Die Theorie besagt, dass der ganze Kosmos immateriell ist, obwohl wir ihn als materiell wahrnehmen. Stell dir verschiedene Schichten Licht von verschiedenen Lichtquellen vor. Eine über der anderen. Das Einzige, was du siehst, wäre aber einfach nur Licht. Du würdest die verschiedenen Schichten nicht erkennen. Und sie, sie würden sich auch nicht vermischen. Sie würden unabhängig voneinander linear ablaufen. Nicht ineinandergreifen«, erklärte Tenna, während Annelya genauso abgelenkt weiterlief wie er.

Sie schaute sich um. Gänsehaut breitete sich langsam auf ihrer Haut aus.

»Das Einzige, das diese Schichten voneinander trennen würde, wären nach der Dimensionstheorie winzige Unterschiede der kosmischen Frequenz. Ein Netz aus Frequenzen, das jedes Atom in einer gewissen Art und Weise schwingen lässt. Schwingen sie alle richtig, entsteht Form, Dichte, das, was wir als Materie empfinden. Doch der Raum zwischen diesen Atomen ist genau der gleiche, den diese Atome einnehmen«, sprach Tenna, als Annelya ihn mit großen Augen unterbrach.

»Und darin wäre die andere Dimension!«, schoss es aus ihr hervor.

Tenna nickte überrascht.

»Ja, genau. Richtig. Der Abstand zwischen den Atomen wäre das Zusammenkommen der Atome der überlappenden Dimension. Doch falls diese Theorie stimmen sollte, bräuchte man einen Weg, um die Frequenz zwischen diesen Abständen zu erfassen. Man müsste gleich schwingen. Und selbst wenn man das tun würde, könnte man nicht automatisch in zwei Welten sein. Man wäre dann dort, aber … nicht mehr hier. Deshalb sind diese Knotenpunkte wie die Höhle so interessant, wenn das stimmen sollte«, nuschelte er.

»Weil zwei Dimensionen gleichzeitig existieren könnten.« Surnei brach sein Schweigen.

Alle schauten ihn an, außer Snow. Er war immer noch still.

Tenna nickte lächelnd. Seine Schritte waren schneller, als er wohl dachte. Er schien nicht einmal den dunklen, kühlen Hauch, der aus dem schwarzen Eingang austrat, zu bemerken.

»Wir sind da«, sprach Snow, als er plötzlich stehen blieb. Starr schaute er in die Höhle hinein.

»W– wir sind was?«, stotterte Tenna. Erst jetzt bemerkte er wohl, dass die Bergspitzen nicht mehr vor ihm, sondern über ihm standen. So nah. Die Luft, so kühl.

Jede kleinste Bewegung hörte sich lauter an. Das Echo der Höhle warf den Schall ihrer Stimmen zurück. Verstärkte jeden Klang.

»Das ist aber wirklich dunkel«, sprach Annelya leise, nachdenklich, als sie hineinschaute. Sie musterte den Eingang so, als ob sie etwas sehen würde. Doch das tat sie nicht, keiner tat es.

Surnei schaute hoch in den Himmel, dann wieder zum Eingang. So viel Licht. Die Sonne war heute besonders stark, doch die Schatten vor ihm, sie waren zu dicht. Kein einziger Sonnenstrahl schaffte es, den Weg zu erhellen.

»Nun, weißt du«, sprach Snow, während er sich langsam neben Annelya gegen den Höhleneingang lehnte. »Etwas Licht wäre jetzt wirklich gut.«

Annelyas Energie, sie wanderte durch ihren Körper, entfachte in ihrer offenen Handfläche. Es wirkte wie ein Orbit, ein Kreis, der sich langsam drehte, bündelte. Plötzlich offenbarte er sich. Der Boden vor ihnen. Es war kein Abgrund.

»Was ist los?«, fragte Surnei, als er Annelyas Blick auf ihre Handfläche folgte. Die Lichtkugel, sie flackerte leicht. Es dauerte etwas, bis die Energie flüssig strömte.

»N– nichts«, überlegte Annelya. Ihre Finger, sie kribbelten. »Ich habe nur nicht gut geschlafen«, fuhr sie fort, als sie lächelnd den ersten Schritt wagte.

Surnei schien noch nachdenklicher. Seine Sinne täuschten ihn selten.

»Kommt ihr?«, sprach Annelya mit offenen, erwartungsvollen Augen. Das Licht vor ihr, es strahlte sie an, es erhellte die Dunkelheit.

»Im Namen von Sare, lass dies nicht mein Ende sein«, betete Tenna mit schwerem Atem, während er sich mit noch schwereren Schritten voran bewegte.

»So dramatisch«, hauchte Snow mit einer noch dramatischeren Geste, als er tapfer hineintrat.

Tenna war tatsächlich nicht der Letzte, der hineintrat. Nach ihm folgte Surnei. Es waren nur wenige Schritte, nur dafür reichte das Licht auf Annelyas Hand. Nach wenigen Metern sah es schon wieder so aus, als ob da nichts wäre. Dunkelheit. Einfach nur Schwärze. Der Eingang war leer. Und sie traten tiefer hinein.

Annelyas Atem traf auf die Energie der Schöpfung. Das Licht schien wie ein Nebel durch ihren Hauch. Die Wände, sie waren genauso silberweiß wie die Berge selbst. Zumindest in ihrem Licht. Hinter ihr, vor ihr, war alles schwarz.

»Irgendwie seltsam ...«, murmelte Annelya.

Snow blickte verwundert zurück. Von seinem weißen Mantel war nichts zu sehen. Dunkel. So dunkel.

»Was denn?«, fragte Surnei, während Tenna sich in voller Alarmbereitschaft umsah. Er schaute, als ob gleich etwas passieren würde.

»Der Hohe Rat, Gion, Nadja, wie schnell ein Leben enden kann«, wisperte Annelya vertieft.

Snow schwieg genauso wie Tenna.

»Surnei ...«, flüsterte sie.

»Hier«, lächelte Surnei und nahm ihre Hand in seine. Sie erwiderte es, lächelte zurück. Das Licht, es erhellte die Hälfte ihres Gesichtes.

»Du kannst niemandem vertrauen, Annelya«, rief Snow überraschend laut. »Nicht einmal dir selbst ...«, fügte er leiser mit einem stillen Seufzer hinzu.

Diesmal schwieg sie auch. Lief einfach nur weiter, als sie plötzlich stehen blieb.

»Was? Was? Warum bleiben wir stehen!?«, stotterte Tenna mit ausgestreckten Händen und aufgerissenen Augen, als er in die Dunkelheit hinter Annelyas Licht tauchte.

Sie drehte sich um, erhellte den Weg hinter sich.

»Hört ihr das?«, fragte sie, während Tenna tiefer und tiefer in Furcht versank.

»Hören, was hören«, winselte er.

»Pscht!«, rief Snow. Vorsichtig lief er einige Schritte zurück.

Tenna konnte sich nicht entscheiden. Was fühlte sich sicherer an? Eng verschlossene oder weit aufgerissene Augen?

Surneis Griff löste sich von Annelyas Hand, streifte langsam über seine Dolche.

Stille. Doch es geschah nichts.

»Hm, hab ich mir wa– AAAAH!«, schrie Annelya erschrocken, als Tenna einen äußerst hohen Laut entweichen ließ.

»Mein Herz, mein Herz!«, hechelte er.

Snow hielt sich den Bauch. Er konnte nicht aufhören. Das Lachen, das war echt.

»Tenna, beruhig dich, das waren nur Fledermäuse«, sprach Surnei. Er versuchte sich, im Gegensatz zu Snow, das Lachen zu verkneifen.

Annelyas Atemzug war tief.

»Heiliger, ich dachte, ich –«, wollte sie sprechen, als die gesamte Truppe ihren Namen schrie.

Annelyas Licht erlosch im Schall ihres Kreischens, als sie mit unkontrollierter Geschwindigkeit nach hinten stürzte.

»Annelya!«, brüllte Surnei. Ohne zu zögern, rannte er in ihre Richtung.

»Surnei, halt!«, rief Snow, bevor er von Tenna mit voller Wucht zurückgezogen wurde.

»Vorsicht, Snow!«, schrie er. Der riesige Felsen traf fast auf Snow. Stolpernd fielen beide einige Schritte nach hinten.

»Verdammt«, flüsterte Snow, während immer mehr Felsen herunterbrachen. Vorsichtig tasteten seine Hände nach vorne. Sie stießen immer wieder auf Stein.

»Der Weg«, sprach er verängstigt.

»Snow?«

»Der Weg ist zugesperrt«, grollte Snow.

Surnei rannte Annelyas Ruf hinterher. Mit schnellem Tasten orientierte er sich an den Wänden der Höhle.

Da. Da wo seine Hand hineinrutschte. Keine Wand. Annelyas Rufe, sie schallten lauter als zuvor. Eine Abzweigung.

»Annelya!«, rief er erneut. Seine Stimme klang rau.

Annelya krachte immer wieder gegen den harten Boden. Sich zu konzentrieren war unmöglich. Ihre Energie erlosch mit jedem weiteren Schlag. Dieser riesige, schwarze, knochige Schweif um ihren Bauch, er war zu brutal, zu kräftig.

Plötzlich flog ihr Haar nach oben, als sie mit ausgestreckten Armen schreiend in den Abgrund fiel. Ihre Stimme hallte, schien kein Ende zu finden, bis die gigantischen Klauen der Bestie auf den kalten Boden krachten. Sie rammten ihre Abdrücke hinein, ließen erneut alles beben.

Annelyas Haar fiel auf ihre Schultern, genauso wie ihr Gesicht gegen den Schweif der Bestie. Stöhnend schaute sie nach oben, versuchte sich zu orientieren.

War das Licht? Ein Riss nah der Höhlendecke. Er ließ einige Sonnenstrahlen hindurch, doch wirklich sehen konnte sie trotzdem nichts.

»Surnei!«, rief sie, als sie seine Rufe hörte. »Verdammt, nein!«

»Annelya! Wo bist du!?«, hörte sie ihn schreien. Kurz schaute sie sich wieder um. Es kam von oben. Sie erfasste die Richtung seiner Stimme. Die Sonnenstrahlen erlaubten einen schwachen Blick in den oberen Bereich der Höhle. Und dann geschah es in nur wenigen Sekunden.

»Surnei, Abgrund!«, brüllte Annelya laut, als sie mit voller Kraft eine Energiekugel nach oben feuerte, bevor sie wieder wuchtig nach hinten gerissen wurde.

Surnei stoppte sofort. Er tapste einige Schritte nach vorne, während er mit wirbelnden Händen fast nach hinten fiel.

»Abgrund«, hauchte er, als er Annelyas Energiekugel sah. Sie erhellte den Weg, offenbarte den Sturz vor Surneis Füßen, wenn er auch nur einen weiteren Schritt genommen hätte.

»Verdammt.« Er schaute sich um, bevor er zwei seiner Dolche löste.

»Ich komme!«, brüllte er. Es war nur ein kurzer Atemzug, bevor er mit einem Kampfschrei nach vorne wirbelte und seinen Dolch mit voller Wucht in einen der Spalte der Felsenwand rammte. Sein Schrei erklang genauso im Echo des Abgrundes, als er gegen die Wand krachte.

»Aaaaahhh!«, rief er laut, bevor er den Dolch löste und einige Meter nach unten fiel, bis er ihn wieder mit voller Wucht gegen die Wand rammte. Stück für Stück ließ er sich fallen. Stieß immer wieder seine Klinge in die Wand hinein, fand immer wieder einen Spalt. Diese Präzision, sein Instinkt, sie waren schon fast übernatürlich. Der Schmerz in seinen Schultern, er breitete sich über seinen ganzen Rücken aus.

»Lass – mich,«, versuchte Annelya zu sprechen, doch der monströse Schweif, um ihren Bauch, raubte ihr den Atem.

»Sie – kommen – kommen – sie – holen«, hörte Annelya eine bebend tiefe, dämonische Stimme sprechen.

Sie klang wie der Tod selbst. Einschüchternd, leer, gewaltig. Das war keine saretorianische Stimme. Das war das Grässlichste, das sie jemals gehört hatte. Stöhnend schrie sie auf, schlug immer wieder gegen den Schweif der Bestie, als sie wie vereist nach vorne blickte.

»Heiliger Saretum …«

Für einen Augenblick vergaß sie den Schmerz unter ihrer Brust. »Was im Namen ...«, flüsterte sie.

Surneis Rufe verklangen im Hintergrund.

»Aaaargh!« Surnei fiel einige Meter, krachte in einer Kampfstellung auf seine Füße. Schweißperlen glitten seine Stirn entlang. Seine Halsschlagadern pumpten, sein Puls, so schnell.

»Annelya!«, schrie er, in ihre Richtung rennend.

»Was zum ...« Annelya hatte so etwas noch nie gesehen. Dieses Gesicht, wenn man es so nennen konnte, diese roten, teuflisch strahlenden Augen. Sogar sein Atem wirkte schwarz, nebelig. Dieses Maul, diese Zähne, diese Hörner. Der Kopf der Bestie war größer als ihr ganzer Körper.

»Wo ist sie«, knurrte die gigantische, dunkle Stimme in Annelyas Gesicht.

Verwirrung mischte sich unter ihren Schmerz.

»W– wo ist wer?«, keuchte Annelya mit flachem Atem und zugedrückter Brust, während sie nach Luft rang.

»M– M...«, stotterte die Bestie, als ihr Maul sich langsam öffnete. Annelya schaute wie versteinert in diese brennenden, reptilienartigen Augen.

»Meleeeoidyyy«, floss aus dem tiefschwarzen Maul des Monsters.

Ein kalter Schauer jagte Annelyas Rücken herab. Es war mehr als Verwirrung, das sich in ihrem Gesicht abzeichnete.

»Meleoidy? W– woher kennst du diesen Namen?«, hauchte sie, als die Bestie plötzlich aufschrie. So laut, so rau, dass ein weiteres Mal alles bebte.

Annelya schaute erschrocken auf Surnei, der beide Dolche tief in den Schweif der Bestie gerammt hatte und in der Luft baumelte.

»Surnei!«, rief sie. Der Griff um ihre Brust begann sich zu lösen.

Doch Surneis Schwung war nichts im Vergleich zum Schwung dieses Dämons. Gnadenlos schlug er seinen Schweif, donnerte Surnei gegen den harten, kalten Boden. So brutal, so erbarmungslos, dass sie in Angst aufschrie.

»Surnei!« Annelya fiel auf den Boden, als der Schweif sich endlich von ihr löste.

Es reichte nur ein Blick auf Surneis zitternden, keuchenden Körper, um instinktiv loszurennen.

Vergeblich. Die Krallen der Bestie rammten tiefe Wunden in den Boden, sie sperrten Annelyas Weg ab.

»Surnei!«, wiederholte sie.

Das Blut, *sein* Blut, es floss langsam seinen Rücken hinunter, wurde immer mehr, lief in die Rillen unter ihm.

»I – ich«, stotterte Surnei, auf seine zittrigen Finger blickend.

»Surnei!«, schrie Annelya erneut, als die Energie der Schöpfung erklang. Tiefer, lauter als zuvor.

Ihr Haar, es schwebte, ihre Adern, sie erhellten die ganze Höhle, als der Schweif der Bestie sie in einem Zug in die andere Richtung schleuderte.

Der Knall gegen die Energie hinterließ seine Spuren. Spuren, die sich in seine knochige Gestalt brannten. Zum ersten Mal war sein grässliches Grölen erfüllt von Schmerz.

Annelya krachte gegen die Wände. Die Energie zertrümmerte alles, womit sie in Berührung kam. Die Höhle bebte, doch dieses Mal löste es nicht diese Gestalt aus, nein. Dieses Mal war es ihr Zorn.

»Sie – haben – haben – es – du – die – Energie – nein«, stotterte die Bestie mit rasselndem, tiefem Knurren, bevor Annelya mit einem gewaltigen Kampfschrei ihre Fäuste gegeneinanderschlug und einen mitreißenden Überdruck erschuf, der das gigantische Wesen wie eine kleine Puppe nach hinten schleuderte.

Die Energie, sie rammte sich tiefer in die Wände. Der Schweif der Bestie schlug unkontrolliert umher. Ihr Heulen erklang im ganzen Innenleben des Berges.

»Hast du das gehört?«, fragte Tenna wie erfroren, während Snow immer mehr Steine zu lösen versuchte.

»Wir müssen da sofort rein«, brummte Tenna, als er den eisernen Ring um seinen Handschuh packte und kurz im Uhrzeigersinn drehte.

Snow blieb überrascht stehen. Die kleinen Steinchen rollten seinem Griff davon.

»Öh …«, hauchte er und schaute auf den leicht leuchtenden, sich verwandelnden Handschuh von Tenna. »Ich dachte, die Erdbeschwörung sei nie in dir erwacht?«

Der eiserne Ring offenbarte mehrere Schichten. Transformierend legte sich das Gestell über seine ganze Hand. Die kleinen Rillen begannen heller zu leuchten. Ein grelles, spitzes Geräusch untermalte die weißbraune Energie, die sich auf seiner Handfläche bündelte. Wie eine ganz kleine rasende Kugel, die immer lauter und heller wurde.

»Ist sie auch nicht. Das ist Technologie«, antwortete Tenna knapp.

»Die verdammten Dinger sind Waffen!?«, rief Snow laut mit völlig entsetzter Miene, als er auf Tenna und seinen Plasmaring schaute.

»Weg da«, seufzte Tenna, ohne auf Snow einzugehen. Mit

ausgestreckter Hand entfachte er die rasende Kugel. Ein Schuss. Die Plasmaenergie krachte durch die blockierenden Steine. Sie begannen Stück für Stück zu zerfallen.

Snows Mund stand offen, doch es kam kein Wort heraus. Nur seine Augen sprachen.

»Erdmännchen, ich bin beeindruckt. Wer hätte gedacht, dass der Professor plötzlich zum Soldaten wird?«, lachte Snow siegessicher, als die zweite Kugel in Tennas Hand Gestalt annahm.

Mit tapferer Haltung und geballter Wut streckte er seinen Arm aus.

»Snow, noch ein Wort und die nächste trifft dich«, drohte Tenna voller Selbstbewusstsein, als Snow vorsichtig nach hinten trat.

Seine Lippen eng aufeinandergepresst. Die zweite Kugel bohrte sich tiefer ins Gestein. Die ganze Höhle begann zu wackeln. Snow schaute auf Tenna, doch er sah genauso verwundert aus.

»Das war ich nicht«, murmelte er besorgt.

Die Bestie rollte sich langsam wieder auf. Annelya hatte Surnei fast erreicht.

»Sur, Sur!«, sprach sie mit langsamer werdenden Schritten, während sie sich schnell zu ihm beugte. »Sur, wir müssen hier raus, die Höhle bricht zusammen!«

Sie feuerte einen weiteren Energiestoß gegen die Bestie. Kreischend schlug sie erneut gegen die Wände. Das Beben, die Trümmer, sie ließen den Staub wie einen Tornado wirbeln. Staub, der sich auf Annelyas Gesicht verteilte.

»Sur, steh auf!«, sprach sie leise doch auffordernd. Schnell strich sie sich eine Strähne hinters Ohr. Ihr Gesicht erbleichte, als sie Surneis krampfenden Körper genauer betrachtete.

»Nein«, flüsterte sie, während Surnei aufzustehen versuchte. Sie wirkte panischer. Ihr Herz, es pochte schneller.

»I– ich kann nicht, A– Annelya, ich kann mich nicht ... bewegen«, grölte Surnei voller Mühe.

Annelya blickte auf die Wirbel, die aus seinem Rücken ragten. Zittrig wischte sie sich die Träne weg, die aus ihren Augen flüchtete. Dieses Knurren – die Bestie kam langsam wieder zu sich.

»Surnei, hör mir genau zu, ich muss dich ganz vorsichtig bewegen«, flüsterte Annelya, als sie auf sein schmerzerfülltes Gesicht blickte. »Deine Wirbelsäule, sie ...« Wollte sie nicht sprechen? Oder konnte sie einfach nicht? »Hör zu, ich ...«, versuchte sie zu sagen, als sie das Leuchten der Augen neben sich sah. Die Krallen, sie schlugen auf den Boden. Rafften sich langsam wieder auf.

»Falsche – Hände – Gefahr«, knurrte das Monster.

Annelya erzeugte mit einer Handbewegung ein bebendes Energiefeld um sich und Surnei. Dort, wo die Energie durch ihre Adern floss, fand Erschöpfung langsam ihren Weg hinein. Mit jedem Schlag der Bestie gegen das Energiefeld brach ein weiterer Teil ihrer Kraft.

»Ich muss deinen Rücken wieder geradebiegen. Die Energie, ich kann das rückgängig machen, aber Sur ...«, flüsterte sie. Langsam wippte sie vor und zurück, rieb bedächtig ihre Stirn, während der Knall der Schläge des Monsters die Höhle immer weiter zum Bröckeln brachte.

»Sur, hör mir zu. Sobald deine Wirbel in deinen Körper zurückgedrückt werden, wirst du unglaubliche Schmerzen spüren. Du darfst dich aber nicht bewegen, du musst es aushalten, bis der Heilungsprozess vollständig ist, hast du verstanden?«, fragte sie nervös, während die Energie rasend in ihre Hände strömte. »Sur, hast du verstanden?«, wiederholte sie und Surnei stöhnte zustimmend.

Der dreckige Staub verteilte sich auf seinem Gesicht. Vorsichtig legte sie ihn auf seinen Bauch. Sie versuchte es zu ignorieren. Dieses dämonische Heulen, diese bebenden Schläge.

»Gefahr!«, schallte es im Brummen und Knurren des Monsters.

»Okay, Sur ... langsam«, wisperte Annelya, als sich ihre Hände seinem offenen Rücken näherten. Das Licht, es folgte ihrer Bewegung, strahlte heller, je näher sie an seinen Körper kam.

»Hmpf!!!«, stöhnte Surnei unter unvorstellbaren Schmerzen. Die Energie drang langsam in seinen Körper. Sein zitterndes, schwitzendes Gesicht war das einzige, das sich bewegte.

»Durchhalten, Sur, gleich ist es so weit, versprochen«, keuchte Annelya außer Atem. Auch ihr Gesicht war in Schweiß gebadet. Die Energie, sie fing an zu schwächeln.

»Komm schon ...« Geschlossene Augen. Pure Konzentration.

Und sie floss, floss immer weiter, immer tiefer in die feinen Risse in Surneis Knochen hinein. Jene Knochen krachten leise, wuchsen langsam wieder zusammen, als seine Wirbelsäule mit einem Ruck gerichtet wurde.

»Jetzt bloß nicht bewegen!«, befahl Annelya, als Surneis Wirbelsäule zurück in seinen Körper drang.

Sein Brüllen, fast lauter als das der schwarzen Bestie. Es schallte, wanderte durch die ganze Höhle, doch er ... bewegte sich nicht.

Die Energie fand ihren Weg tiefer in seinen Körper hinein, als das Blut zu fließen aufhörte. Wie eine Illusion, so sah es aus. Langsam wuchs die Haut zusammen. In nur wenigen Augenblicken war kein Anzeichen einer Wunde mehr zu sehen. Surneis Schrei erlosch im Atem seiner Erleichterung.

»Oh mein ...«, stöhnte er, während er nach der Erde vor seinem Gesicht griff.

Die Energie erlosch, als Annelyas Kopf entspannt in ihren Nacken sank.

»Danke, danke ...«, flüsterte sie, bevor sie in Surneis Umarmung stürzte.

»Wir müssen hier raus«, betonte er. Seine Finger, tief in ihrem Haar, seine Stirn, fest an ihrer.

Annelya nickte schnell, packte Surneis Hände.

»Los, los«, rief sie.

Schnell standen sie auf. Das Energiefeld weitete sich mit jedem ihrer Schritte, als ein weiterer Schweifhieb gegen das Feld donnerte.

Annelya schrie auf.

»Annelya!« Surnei schaute verwirrt auf Annelyas Hand, die sie schmerzerfüllt gegen ihren Arm presste, als das Blut langsam zwischen ihre Finger trat. Stöhnend und keuchend schaute sie auf die tiefe Schnittwunde.

»Das Energiefeld bricht«, stotterte sie. »Die Felsen dringen hindurch.«

»Komm, komm«, forderte Surnei sie auf und half ihr, voranzukommen. Sein Blick blieb auf ihren blutigen Arm geheftet, während die einstürzende Decke die Bestie zu Boden rammte.

»Elya?«, flüsterte Surnei ängstlich. Er stoppte, hielt sie zurück. Sein Blick immer noch auf ihrem Arm gerichtet.

»Sur, wir – wir müssen ... raus«, versuchte sie zu sprechen, als das Energiefeld langsam erlosch. Immer mehr Steine drangen hindurch. Krachten auf den Boden neben ihren Füßen.

»Annelya, dein Arm!«

Annelya blieb endlich stehen. Verwirrt löste sie ihren blutigen Griff von ihrem Arm. Wie? Sprachlos blickte sie ihn an, Surnei. Sie sah sie, die Furcht in seinen Augen.

»Sur?«, flüsterte sie. Das? Das war wahre Angst, die in ihrer Stimme lauerte.

»Annelya, wieso …, warum heilst du nicht?«, stotterte Surnei mit kaltem Atem, als er auf Annelyas offene, blutige Wunde starrte. »Annelya, wieso heilst du nicht!?«, wiederholte er lauter, ängstlicher.

Tennas und Snows Stimmen erklangen.

»G– gott«, schallte die dunkle Stimme der Bestie, die Surneis und Annelyas Körper durchdrang.

Zum ersten Mal schauten sie hin, hörten genau zu. Dieses Rot. Es leuchtete so finster. Das Gefühl, die Gänsehaut, die sich über Surneis Körper breitete, sie war die gleiche wie auf Annelyas. Und sie blickten tiefer, aufmerksamer in die roten Augen hinein, während ihre Herzen in dunkler Stille schlugen.

»Gott – hat – geblutet«, sprach die Bestie, als ihr glühendes Rot unter den Trümmern langsam erlosch.

Die Sonnenstrahlen häuften sich, brachten Licht in die Finsternis, doch warum nur wirkte alles dunkler als davor?

Tennas Stimme, sie drang näher und näher.

Annelya schaute Surnei an. Es war der gleiche Gedanke.

»Ich heile nicht«, murmelte Annelya, als sie stockend auf ihren Arm blickte, bevor sie ihn wieder anschaute.

»Ich heile nicht.«

ALLES ODER NICHTS

Im Untergrund der Burg.

So tief, so versunken schaute Meleoidy hinein, als ob sie etwas entdecken könnte. Etwas finden könnte. Das Licht strich immer wieder über ihr Gesicht.

Diese rostgoldenen Ringe, sie rotierten schneller als zuvor. Bei solcher Stille hörte sie sie sogar pochen. Tief im Inneren der Maschine. Im Kern: die Energie.

»Es ist wunderschön, nicht?«, flüsterte Gions raue Stimme. Ihr volles Haar bedeckte manche seiner Finger. Es war ein fester, sicherer Griff, der reibend in ihre Schulter drückte.

Sie schwieg. Starrte hinein. Man hätte meinen können, dass mit jeder Rotation dieses Geräusch lauter wurde, das Echo des dunklen Untergrundes füllte. So dunkel, als ob hier immer Nacht herrsche. Kein einziger Sonnenstrahl. Nur diese brennenden, flackernden Flammen an den Wänden der Gänge. Doch, auch diese Flammen warfen Schatten. Ließen die Klauen und Mäuler der Statuen noch grässlicher erscheinen. Schatten, die Geheimnisse verbargen.

So wie sie, so wie ihr Blick, ihr ganz eigenes verbarg. Meleoidy lehnte sich leicht zurück. Sie atmete durch ihren Mund aus. Der rote, enge Stoff umschlang ihre Arme, ihr prächtiges Haar floss ihren Rücken hinab. Gläserne Augen, sie strahlten immer wieder beim Anblick des Lichtes auf. Die Ader auf ihrem nackten Hals pochte.

»Ja …«, flüsterte sie, als ihre langen Finger sanft über ihren Brustkorb strichen, als ob sie nach etwas suchen würde, das nicht dort war. Verträumt glitten ihre Finger wieder hinfort. Sie schaute tief in ihn hinein. Den Katalysator.

»… das ist es«, sprach sie.

»Es wird Zeit, die Tribute vorzubereiten«, sagte Gion und zerbrach Meleoidys tiefes Staunen in einem Wimpernschlag. Seine Hand glitt von ihrer Schulter, doch ihr Blick folgte ihm.

Verkrampft schaute sie zurück, ihre Finger wieder auf ihrer Brust. Da war es wieder. Das Gefühl in ihrem Gesicht. Mit tiefem Atem schaute sie auf die gewaltigen Statuen. Ihr Mund war geschlossen. Ihre Augen umso offener.

Und das Licht des Katalysators, es wurde größer, es wuchs, doch das tat auch die Dunkelheit.

Auf der Route zum Scherbendorf.

»Vorsichtig, ganz vorsichtig!«

»Au, ah …« Annelyas Arme baumelten über Snows und Tennas Schultern.

»Hier, vorsichtig«, flüsterte Tenna, als die beiden Annelya vor den Baumstamm setzten. Tennas Furcht, sie war nicht zu übersehen. Sie hauste in seinen zittrigen Augen. Ein langer Seufzer wich aus Annelyas Lunge. Die harte Rinde des Baumes fühlte sich nach Geborgenheit an.

»Wie ist das möglich«, seufzte Surnei. Er schaute Tenna an. Seine Augen, genauso zitternd. Sein Gesicht, genauso blass.

Doch Tenna hatte keine Antwort. Er stand nur dort, beide Hände an seinen Hüften, still, versunken. Er trug genau das gleiche angsterfüllte Fragezeichen auf seinem Gesicht.

»Wir müssen sofort zurück«, sprach er leise, als Snows rasender Blick von Annelya wich.

»Zurück? Bist du des Wahnsinns? Wir sind nur noch einige Stunden vom Scherbendorf entfernt!«

Tennas Angst verwandelte sich in dunkles Staunen.

»Ob ich ... des Wahnsinns? Ernsthaft!? Siehst du nicht, was wir sehen!?«, rief er mit ausgestreckter, krampfender Hand. Er zeigte auf Annelya, während sie tiefer und tiefer nach Atemzügen schnappte.

»Was war das für ein Ungeheuer?«, murmelte sie ganz still, doch keiner schien sie zu hören. Nur Surnei runzelte die Stirn

»Das Scherbendorf ist nur noch einige Stunden von hier entfernt, wir können es heute noch schaffen!«, betonte Snow, in Richtung der Route zeigend, und trat einen Schritt auf Tenna zu.

»Sie blutet, Snow, sie blutet! Saretorianer, die die heilige, allmächtige Energie eines uralten Kristalles in sich haben, sollten nicht bluten!« Tenna wurde immer aufbrausender.

Schritt für Schritt näherten sich die Gesichter beider Männer einander.

»Dieses Ding, es«, stotterte Annelya, als Snows laute Worte sie unterbrachen.

»Iuel ist wortwörtlich vor unserer Nase, das –«, sprach Snow und deutete auf Annelya, »könnte einfach nur Erschöpfung sein!«

Tennas Augen weiteten sich in brodelnder Wut. Sein Gesicht wurde immer roter, die Wangen immer voller.

»Erschöpfung!?«, quietschte er mit brüchiger Stimme und geballten Fäusten. »Das sieht eher danach aus, als hätte Iuel einen Weg gefunden, den Energieprozess zu stören!«, rief er lauter und lauter.

Fast drückten sie Nase an Nase.

»Oh, bitte, und das macht er einfach so aus solch einer Entfernung, natürlich«, spottete Snow laut. Sein rollender Blick folgte seiner rollenden Zunge.

Tennas Augen fielen beinahe aus den Höhlen.

»D– du«, wollte er sprechen, als Annelya beide lautstark unterbrach.

»Leute!«

Jeder schaute sie an. Tennas und Snows Wangen rieben fast einander, als sie beschämt zur Seite blickten. Annelyas Blick war starr und auffordernd. Ihre Hand presste sich immer noch gegen ihre Wunde.

»Dieses Ding. Ich habe noch nie zuvor so etwas gesehen. Was war das!?«, fragte sie.

Snows Blick kreuzte kurz Tennas.

»Ich«, seufzte Tenna, »habe keine Ahnung.« Er wirkte ruhiger.

»Vielleicht stimmt deine Erdmännchentheorie ja doch. Vielleicht war das ein Wesen aus einer anderen Welt«, sprach Snow zögernd.

Die beiden blickten sich an, als ob sie sich entschuldigen wollten.

»Nun, falls die Theorie stimmt, wäre das möglich. Aber die Höhle soll ein Schwellpunkt für saretorianische Seelen sein«, überlegte Tenna, als er wieder zu Annelya schaute.

Der lauwarme Wind strich über jedermanns Gesicht. Klänge, raschelnde Blätter, die für einen Augenblick einen entspannenden Schauer über ihre Rücken wandern ließen. Sie schaute nachdenklich zu Boden.

»Es hat etwas über Meleoidy gesagt«, flüsterte sie.

Tennas Aufmerksamkeit fiel wie ein plötzlicher Schauer auf Annelya.

»Meleoidy!?«, hakte Tenna nach. Diesmal waren seine Augen in Angst aufgerissen. »Was hat es über Meleoidy gesagt?«

Annelya zögerte. Snows kräftiges Räuspern ließ sie aufsehen. Hatte er was im Hals hängen?

»Dass sie sie holen kommen. Dass sie in Gefahr ist«, sprach Annelya leise.

Tief atmete Tenna ein, schaute wieder auf Snow. War das eine neue Kampfansage?

»Großartig, ein Grund mehr, um sofort zurückzu–«, wollte er sprechen, als ihm Snow mit klatschenden Händen entgegentrat.

»Woher willst du wissen, dass *die* Meleoidy damit gemeint …« Fast brachen wieder neue feurige Worte aus, als alle auf Surnei blickten. Verwunderung breitete sich aus.

»Sie heilt! Sie heilt!«, rief er mit ausgestrecktem Finger, bevor jeder, samt Annelya, auf ihren Arm schaute.

Sie nahm ihre Hand von der Wunde, offenbarte das schwach pulsierende Licht, das über ihre Haut wanderte. Kein Blut mehr. Doch die Wunde hinterließ eine frische Spur.

Mit schnellen Schritten beugte sich Tenna vor Annelya, musterte das Geschehen ganz genau.

»Aber zu langsam«, merkte er an.

»Vielleicht hat Snow recht. Vielleicht war es die Erschöpfung. Ich habe noch nie so eine enorme Menge an Energie gebraucht wie in den letzten beiden Tagen«, sprach Annelya nachdenklich. Sie klang weich, erleichtert.

Tenna wirkte genauso nachdenklich. Niemand unterbrach ihn.

»Vielleicht«, zischte er, als er langsam wieder aufstand. »Aber wir können uns nicht sicher sein. Was, wenn die nächste Wunde nicht mehr heilt? Oder ein kritischer Stich zu spät heilt?«

Snow schwieg. Surnei auch. Annelyas Blick wanderte zu Surneis Gürtel.

»Gib mir einen Dolch.«

Surnei zuckte. Er schaute auf ihre ausgestreckte Hand.

»Einen Dolch? Wozu?«

Der Rest wirkte genauso befremdet wie Surnei.

»Vertrau mir«, flüsterte Annelya und streckte ihre Hand noch einmal betont aus.

Zögernd willigte er ein. Er löste den Dolch von seinem Gürtel.

»Hier, bitte.« Langsam reichte er ihr den Dolch.

Der Griff versank fest in ihrer Hand, als Tenna erschrocken aufschrie.

»Oh, nein, Annelya!«, stotterte er, als Annelya den Dolch fest über ihre Handfläche zog.

»An–« Surnei stoppte.

Alle schauten erwartungsvoll auf die blutige Wunde. Das Blut floss aus ihrer Hand, tropfte auf den Boden. Keine Heilung.

Tropfen für Tropfen bildete sich die kleine Blutpfütze. Tropfen für Tropfen wuchs die Anspannung unter ihnen. Annelya atmete tief, starrte wie gebannt auf die Schnittwunde in ihrer Hand.

»Da!«, rief sie, als sie den schwachen, blauen Energieschleier erwischte. Man hörte es sogar, wie ihre Haut langsam zusammenwuchs. Doch auch diese Wunde hinterließ eine Narbe. Eine Narbe, wie sie zuvor nie entstand.

Für manche war es eine Erleichterung. Für andere eine Warnung. Surnei trat nachdenklich zurück.

»Na bitte, immerhin funktioniert das noch. Genug, um diesen Bastard aufzuhalten«, sprach Snow, als er einen Schritt zurückwich.

In Tennas Mimik war sichtbar: Er war in einem Kampf mit sich selbst. Auf welche Stimme sollte er hören? Denn irgendwie ergaben beide Sinn.

»Annelya, was meinst du?«, wisperte Surnei. Schnell trafen sich ihre Blicke. Sie spürte sie, genauso wie er: diese Wärme zwischen ihnen.

»Nun, wir haben gegen ein dunkles, böses Drachenwesending gekämpft. Es hat gesagt, dass unsere Tante in Gefahr ist und mein Heilungsprozess scheint gestört zu sein«, überlegte sie. Ihr Haar strich über ihre Wangen.

»Ja, du hast recht, wir sollten zurückkehren«, sprudelte es aus Tenna, als sie auf ihn blickte.

»Nein«, flüsterte sie.

»Nein!?«, rief er verwundert.

Alle schauten auf Annelya.

Sie schien angespannter, entschlossener.

»Wir treffen bisher nur auf Überraschungen. Ob wir zurückgehen oder nicht, wir brauchen Antworten. Die werden wir nicht finden, falls wir zurückgehen. Und falls Iuel wirklich etwas damit zu tun haben sollte, dann wird die Zeit knapp«, sprach sie.

Surnei nickte zwiegespalten. Snows Nicken war hingegen viel sicherer.

»Sie hat recht«. Surnei schaute noch einmal auf seine Schwester.

»Also gehen wir weiter?«, murmelte Tenna. Tief schnappte er nach Luft.

Annelya überlegte. Zögerte. Ihre blauen Augen schwangen in Tennas Richtung, bevor sie auf Snow und Surnei blickte. Sie nickte.

»Alles oder nichts«, sprach sie.

XV

Nullsumme

efahr, schallte es in Annelyas Gedanken.

Zum ersten Mal bewunderte sie ihre Umgebung nicht. Die satten grünen Farben der Blätter, das weiche Blau des Himmels. Sogar die Schimmerlinge konnten ihre Gedanken nicht unterbrechen.

Ihr Staunen galt ihrer Hand. Es sah fast wie eine Narbe aus. Sie bewegte sie, mal nach rechts, mal nach links. Schloss ihre Finger, um sie dann wieder aufzudrücken. Es waren schon Stunden vergangen und dennoch konnte man die Spuren sehen.

Sie waren alle still. Surnei, Tenna, sogar Snow, auch wenn er der Erste war, der das Schweigen brach.

»Zerbrichst du dir immer noch den Kopf?« Er schaute in Tennas grübelndes Gesicht. Tennas Schultern hingen genauso wie seine Mundwinkel.

»Du nicht?« Er lugte über seine Schulter. »Ich habe Angst, dass ihnen etwas passiert. Wir hätten niemals durch diese Höhle gehen dürfen.«

Der warme, goldene Schleier der Sonne strahlte auf jedes ihrer Gesichter.

»Was, glaubst du, war es für ein Ding in der Höhle? Einbildung?«, fragte Snow.

»Einbildung?« Tenna schüttelte den Kopf. Er wirkte wacher. Sein Schritt wurde fester. »Nein, ich glaube nicht. Vielleicht war es irgendein Schattenzauber, eine verfluchte Seele. Ich weiß es nicht.«

Snow schwieg.

»Vielleicht waren meine Verletzungen zu kritisch«, murmelte Surnei.

»Hm?« Verwundert musterte Annelya sein nachdenkliches Gesicht.

»Die Energie, vielleicht war es zu viel. Was, wenn meine Heilung zu viel verlangt hat?« Surneis Schritte stoppten, genauso wie ihre. Sein Arm, fest umschlossen von ihrer Hand. Annelyas Griff wurde fester, ihr Gesicht kam näher.

»Ich würde auch den letzten Funken dieser Energie abgeben, wenn es dein Leben bedeuten würde«, zischte sie streng. Ihr hauchender Atem traf auf sein Gesicht. Er fühlte sich genauso ernst an wie ihre Worte.

Zögernd nickte er. »Ich weiß. Das ist das, was mir Sorgen macht.«

»Nein.« Annelya schüttelte den Kopf. Blau traf auf Schwarz. Zwei Herzen, doch der gleiche Rhythmus.

»Du bist das Wichtigste in meinem Leben. Wichtiger als mein Leben selbst. Und das kann mir niemand nehmen. Nicht einmal du. Ich würde alles tun. Alles. Fremdes Blut …«, sprach sie, während Surnei ihre großen, ehrlichen Augen bewunderte. Er nickte:

»Gleicher Herzschlag …«

»Gut«, erwiderte sie, als ihr Blick hinter Surnei schweifte.

Verwirrt schaute er auch zurück, doch der Rabe, den Annelya gesehen hatte, war schon fort.

»Was ist?«, fragte er neugierig.

»Nichts, nichts.« Sie schüttelte ihre Gedanken ab, schenkte ihm ein Lächeln. Sanft drückte sie auf seinen Arm, lief weiter. Annelya schaute noch einmal zurück. Sie versuchte, ihn zu ignorieren. Den Instinkt in ihrer Brust.

Im Scherbentempel.

Erschrocken riss Iuel seine Augen auf.

»Was ist?« Sarru streckte seine Arme aus, dachte, er müsse Iuels schwankenden Schritt auffangen. Doch dieser Blick, er war viel angsteinflößender als jeglicher Schreck.

»Iuel, was ist?«, wiederholte Sarru, während er in Iuels tobenden Augen zu lesen versuchte. Seine Wimpernschläge waren genauso kurz wie sein Stottern.

»Sie hat geblutet«, hauchte er, als er auf die andere Seite des Altars eilte.

Sarru sah ihm verwirrt nach.

»Annelya?«, murmelte Sarru. »Das kann nicht sein, der Rabe muss sie verwechselt haben.« Mit zügigen Schritten eilte er nach vorn, als er zwischen Iuels Hände schaute.

»Heiliger Kristall! Iuel! Was zum!?«, sprach er mit dem Blick auf das große, schwarzverzierte Buch, das nach jahrtausendealtem Papier aussah. Es war größer als ein Kopf, dicker als die kleinen Säulen des Altars.

»Meine Raben täuschen sich nicht«, schoss es aus Iuel.

»Ist das …«, Sarru traute sich nicht, zu fragen. Neugierig trat er näher.

Iuels Finger glitten über die rauen Rillen und Hügel des

Buches. So viele Details. Sein Umschlag sah wie ein knochiger Schleier aus. Er bildete ein seltsames Zeichen, dass einem schwarzen X ähnelte. Beide Seiten des X endeten in Hörnern, die spitz an den Ecken und Enden des Buches herausragten.

»Das Buch der Schatten«, murmelte Iuel. Kurz schauten sich die beiden Männer an.

Iuels Augen glänzten. War es Furcht? Denn das in Sarrus Augen war definitiv Furcht.

»Ich dachte, es sei eine Legende ...«, wisperte Sarru und trat näher. Seine Hand ruhte auf dem grauen Steintisch des Altares. Er wagte sich nicht noch näher an dieses Buch. Doch seine Neugier, sein musternder Blick, er folgte jeder Zeile. Jeder Seite. Er spürte es, als ob es ... einen rufen würde. In seinen Bann ziehen würde. »Was hast du vor?«

Das brüchige Sonnenlicht fand seinen Weg durch die zerbrochenen Scherben des Tempels. Es traf auf Iuels Gesicht. Schmückte den Staub auf den beigen Seiten des Buches. Vielleicht glänzte sein Blick deshalb so.

Der Tempel war groß, doch er schien verlassen. Statuen von frauenähnlichen Gestalten befanden sich jeweils rechts und links des Gebäudes. Manche bildeten stützende Säulen, andere streckten ihre Arme hinaus.

»Annelya muss aufhören, die Energie der Schöpfung zu nutzen, bis du ihr die Wahrheit beibringen kannst«, erklärte Iuel, als er schneller durch die Seiten blätterte.

Verwundert schaute Sarru ihn an: »Moment, was? Du kannst sie davon abhalten, die Energie zu nutzen?«

»Ja, temporär«, antwortete Iuel knapp, versunken in den Zeilen der Seite, die er gerade aufschlug. »Gion hat sie auf eine Jagd ohne Ziel geschickt. Er wird nicht damit rechnen, dass Annelya hier tatsächlich auf jemanden treffen wird. Das ist unsere einzige Chance.« Er blätterte nicht mehr.

»Wieso hast du das nicht vorher getan?«, sprach Sarru voller Verwirrung.

Iuel hielt inne. Schwieg. Er schaute nicht mehr auf die Zeilen der Seite.

»Weil die Beschwörung dieses Zaubers …« Er zögerte.

»Weil die Beschwörung dieses Zaubers, was?« Sarru schaute durchdringend. Erwartungsvoll.

»Dieser Zauber wird mich mein Leben kosten«, schoss es aus Iuel, als Sarrus Hand ohne zu zögern auf das offene Buch fiel.

»Bist du des Wahnsinns? Auf keinen Fall!«, sagte Sarru bestimmend.

Iuel musterte ihn.

Sarru. Er muss der erste Saretorianer gewesen sein, der ihm je Glauben geschenkt hatte. Für einen kurzen Augenblick war es Rührung, die seine Augen erfüllte.

»Mein Freund«, flüsterte Iuel. »Wenn ich es nicht tue, werden abertausende von unschuldigen Herzen sterben. Kannst du dir vorstellen, welches Grauen die Bürger dieser Welt erwartet, wenn Gion die antike Tradition wiederherstellt?«

»Aber, es muss doch einen anderen Weg geben.«

Iuel unterbrach ihn.

»Hör mir zu, Sarru In' dehem. Du hast mir Glauben und Vertrauen geschenkt. In jenem Moment hätte ich mit erfüllter Seele sterben können. Ich habe viel erlebt, zu viel gesehen und die Wahrheit ist, dass die Schattenkunst früher oder später sowieso mit mir abgerechnet hätte. Wenn wir Annelya nicht aufhalten, wird sie das Ende dieser Welt bedeuten. Wir haben keine

Zeit mehr. Sie hat geblutet. Die Energie schwindet. Das bedeutet, dass der Katalysator bald vollständig ist. Und dann gibt es kein Zurück mehr. Niemand wird Gion stoppen können. Das ist unsere einzige Chance«, sprach er leise, doch nachdrücklich. Seine Worte klangen durchdringend, hoffnungsvoll und dennoch angsterfüllt.

Sarru zögerte. Er schien still zuzustimmen. Mit gesenktem Blick nickte er.

Iuel erwiderte sein Nicken.

»Gut«, sprach er, als er wieder aufs Buch schaute. »Der Zauber der Nullsumme.« Iuel sah die Gänsehaut auf Sarrus Nacken.

»Was bedeutet das?«, fragte Sarru.

»Die Absenz von Leben und Tod. Störung der universellen Frequenz. Die Nullsumme ist der Punkt, den die Energie nicht erreichen kann. Eine Frequenz, die das genaue Gegenteil von Schöpfung selbst bedeutet. Chaos. Der Zauber erlaubt es mir, eine gesamte Dimension in die Nullsumme zu versetzen. Doch das nur vorübergehend. Je stärker der Beschwörer, desto länger die Dauer des Zaubers. Befindet sich Annelya in der Nullsumme, hat sie keinen Zugang mehr zur Energie«, erklärte Iuel.

Sarrus Kopfschütteln war langsam.

»Zugang? Wie meinst du das? Ist die Energie nicht in Annelya selbst?«

»Nicht ganz, doch für solche Erklärungen haben wir keine Zeit. Der Zauber wird sich von meiner Lebensenergie ernähren. Ich werde die Nullsumme nicht lange halten können, doch lange genug, damit Annelya dich findet. Du musst sie überzeugen«, sprach Iuel.

»Ich? Was ist mit dir?«, bemerkte Sarru.

»Der Zauber wird mich mit jeder Sekunde, die vergeht,

schwächen. Es wäre zu riskant auf Annabels Trupp zu treffen. Doch es gibt einen Ort, an dem ich ihn ungestört zu Ende bringen kann. Einen Ort, den kein Assassine, kein Gion, kein Soldat je betreten könnte«, erklärte Iuel.

»Den Friedhof der Ahnen«, schloss Sarru.

Iuel nickte.

»Genau. Der Friedhof ist mit einer der stärksten Barrieren der Geschichte geschützt. Nur Saretorianer, die niemals zuvor ein Leben genommen haben, können den Friedhof betreten«, sprach er, als er Sarrus verwirrtem Blick aufs Buch der Schatten folgte.

»Und Saretorianer, die dieses Buch besitzen?«, wisperte Sarru.

Iuel nickte erneut.

»Ein sicherer Ort wird mir mehr Zeit verschaffen, die Nullsumme zu halten.«

Sarru schwieg, während Iuel seine Handflächen auf die Seiten des Buches legte.

»Iuel?«

Iuel blickte zurück. Beide Hände am Buch. Kurz herrschte Stille.

»Danke«, sprach Sarru.

Iuel lächelte leicht. Ein Lächeln, das langsam in seinem tiefen Atemzug verfloss. Und plötzlich fühlte sich alles so ... dunkel an.

Der Schauer auf Sarrus Rücken, er nahm zu, so wie Iuels Wörter lauter wurden. Wind dort, wo kein Wind herrschte. Es klang wie ein Flüstern, wie ein finsteres Heulen. Kälte. Und die Finsternis breitete sich aus, doch an jenem Tag sollte sie dem Licht dienen.

»Arum, Anijam, hand'a ka da, nar ak tu be ve, Aishjatan. Nar ak tu be ve, Aishjatan, shjatan de navu or ak ben me te«, wiederholte Iuel.

Sarru schaute in verschrecktem Staunen nach oben.

»Bei den Ahnen, was zum ...«, hauchte er.

»Arum, Anijam, hand'a ka da, nar ak tu be ve, Aishjatan!« Je lauter Iuel wurde, desto größer wurden Sarrus Augen.

Desto stärker wurde der Wind, der die getrockneten Blätter durch den Tempel fegte. Je lauter er wurde, desto mehr schwand es, das Licht des grellen Tages. Bedeckt von purer Dunkelheit.

Sarrus Blick war gefangen. Angst, Wunder und Neugier spiegelten sich in ihm zugleich.

Es herrschte Finsternis.

Währenddessen im ganzen Saretorium.

Bauern und Kinder ließen alles fallen. Die Menschen blieben stehen. Ihre Körbe sanken. Pferde hörten auf, zu laufen. Wind, so stark, so zäh. Mütter, die ihre Kinder näher an sich zogen. Staunen, es breitete sich aus, alle, jeder Einzelne, schaute auf das Gleiche, schaute hinauf, hoch hinaus. Es wurde kälter. Dunkler.

In der Burg des Dorfes von Sare.

Annabel hörte das Stimmengewirr auf dem Hof und in den Gängen der Burg, als sie verwundert auf die schattige Dunkelheit vor ihren Händen schaute. Sie bedeckte den ganzen Tisch, löschte die Schrift vor ihren Augen.

»Was!?« Ihre goldenen Locken rissen den letzten Funken

Licht mit ihrem Schwung nach hinten. Aufgerissene Augen, sie schauen durch die Dunkelheit. Schauten aus dem großen Fenster in die Schwärze hinein.

»Iuel«, hauchte sie und rückte hoch. Schnell drückte sie den Sitz zur Seite, eilte aus dem Raum.

»Siehst du das?«, rief Meleoidy, die mit zügigen Schritten ankam.

Annabel schaute kurz nach hinten.

»Iuel, das ist Iuel«, krächzte sie, als beide Frauen durch den Gang eilten.

Manche Saretorianer blieben stehen, schauten durch die Fenster.

»Was im Namen Saretums tut er!?«, rief Annabel lauter.

»Ich habe keine Ahnung«, erwiderte Meleoidy.

Im Untergrund der Burg.

Gion lauschte auf den hektischen Klang der aufgerissenen Tore, als Uriels vereistes Gesicht aus den Schatten drang. Gion kannte diesen Blick.

»Iuel Herim beschwört die Nullsumme«, schoss es aus Uriel hervor. Gion stand reflexartig auf.

»Er hat das Buch der Schatten …«, ächzte Uriel.

Im Tempel der Scherben.

»Arum, Anijam, hand'a ka da, nar ak tu be ve, Aishjatan. Nar ak tu be ve, Aishjatan, shjatan de navu or ak ben me te!!!«, brüllte Iuel, als das Blut aus seiner Nase zu tropfen begann.

»Iuel!« Schnell rannte Sarru in seine Richtung. Diesmal berührte er ihn wirklich. Stützte ihn.

»Alles gut!?«

Iuels Atem war schwer, sein Blick benebelt.

»Es hat funktioniert«, stöhnte er.

Auf der Route zum Scherbendorf.

»Ich sehe sie! Die Brücke!«, rief Annelya staunend.

Sie alle, die ganze Truppe, stoppte wie auf ein Kommando.

»Was zum«, stammelte Annelya verwirrt. Der Wind raste gegen ihre Wangen. Starr schaute sie nach oben.

»Heiliger …«, wisperte sie.

»Nullsumme«, flüsterte Tenna sich selbst zu, als er erschrocken auf Annelya blickte. »Er weiß, dass wir kommen«, rief er laut.

»Passiert eine Sonnenfinsternis normalerweise so schnell?«, rief Snow laut gegen den Wind. Er hielt seine Hand schützend vor sein Gesicht.

»Nein, die nächste Sonnenfinsternis soll erst in siebzehn Jahren stattfinden«, sprach Surnei, als er auf das blutende Grau blickte, das das ganze Saretorium in Dunkelheit hüllte. Dunkelheit, die sich über den hellsten Stern legte.

»Leute?« Annelyas Stimme zitterte. Ihr Arm. Erschrocken musterte sie ihn.

»Was passiert mit mir?«, winselte sie, als sie die willkürlich schwächelnden Impulse der Energie durch ihre Adern fließen sah. Tennas Blick war wie erfroren.

»Wir müssen sofort zurück. Iuel hat eine Nullsumme beschworen«, rief er laut. Langsam schien sich der Wind zu beruhigen.

»Eine was?«, fragte Snow verwirrt.

»Eine Nullsumme. Ein dimensionales Feld, in dem die Energie der Schöpfung nicht funktionieren kann. Das Vokabular erklärt einige ihrer Aspekte, doch da Iuel sie beschworen hat, würde das bedeuten, dass er das Buch der Schatten besitzt!«, sprach Tenna, als er fest nach Annelyas Arm griff.

Sie stoppte. Ihre Locken wehten im Wind. So durcheinander wie ihre Blicke. Sie stürzten sich auf Tenna, klebten an seinen Lippen.

»Er möchte dich davon abhalten, die Energie zu nutzen«, sagte er.

Alle Blicke schossen auf Annelya. Alle außer ihr dachten genau das Gleiche.

»Mhm«, verneinte sie und zog tapfer ihren Arm zurück.

»Annelya, er hat das Buch der Schatten. Einen Weg, die Energie zu blockieren. Wir wissen nicht, ob das auch deine Sterblichkeit bedeutet!«, rief Tenna. Mit jedem Wort, jedem Ton, mit jeder Handbewegung versuchte er, sie zu überzeugen.

»Nein!«, brüllte Annelya kopfschüttelnd.

»Annelya, er hat recht, das geht zu weit, wir müssen zurück«, sprach Surnei auffordernd.

Snow schwieg. Betrachtete das Geschehen.

Annelya schien mit sich selbst zu kämpfen. Zusammengepresste Lippen. Starrer Blick. Die Brücke, dort war sie, einige Meter vor ihr. Das Scherbendorf, genau dahinter.

»Nein«, flüsterte sie entschlossen, als sie zielstrebig loslief. Surnei eilte ihr nach. Tenna starrte ihr hinterher.

»Annelya, wir müssen zurück!«, schrie Surnei.

Doch sie hörte nicht auf ihn, nicht auf Surnei. Der erste Schritt auf der Brücke, er fühlte sich lebendig an. Sie folgten ihr, folgten jedem nächsten Schritt. Die Dunkelheit breitete sich aus und ihre Rufe wurden lauter und lauter. Immer tiefer und kräftiger klang das Pochen in ihrer Brust. Der Wind wirbelte diese schwarze, königliche Mähne auf. Das Blau, so strahlend klar. So feurig. Feuer, das mit jedem einzelnen Schritt wuchs. Geballte Fäuste, zusammengepresste Zähne.

»Annelya!«, brüllte Surnei und packte sie fest am Arm.

»Sur, lass mich los!«, forderte sie ihn auf. Sie schaute tief in seine aufgerissenen Augen.

»Annelya, bitte, es ist zu gefährlich«, betonte er.

»Hör auf deinen Bruder!«, rief Tenna.

»Es reicht!«, brüllte Snow.

Jeder blickte ihn verwundert an, schaute auf seinen ausgestreckten Finger. »Er ist dahinter. Genau dort. Wir können es beenden. Jetzt!«

Annelya schaute nickend auf Surnei.

Im Scherbentempel.

Iuel packte das Buch in seine lederne Rückentasche, während beide Männer aus dem Hinterausgang eilten.

»Du bist dir sicher?«, rief Sarru, während er immer noch den verdunkelten Himmel betrachtete.

»Es muss so sein«, sprach Iuel, als er Sarrus Griff auf seinem Arm spürte.

Ihre Blicke trafen sich ein letztes Mal. Augen, die sich so kurz kannten. Doch ihre Seelen hatten tiefes Vertrauen zueinander gefunden.

»Eines Tages wird diese Welt deinen Namen ehren«, sprach

Sarru, kämpfend, still, ohne eine Träne zu verlieren. »Gion wird für alles bezahlen«, fuhr er wütend fort.

Iuels nachdenkliches Nicken hörte erst auf, als der schwarze Nebel um ihn aufstieg. Iuel schien ihn zu beschwören, zu lenken. Der Nebel ringelte sich um seine Arme und Beine, umschlang seine Hüften und legte sich über seine Schultern.

»Ich danke dir, Sarru In' dehem. Mögen wir uns eines Tages wiedersehen«, wisperte Iuel, bevor seine Stimme im Echo des lauten Rabenrufes erklang.

Sein Körper, vereint mit dem Nebel, verwandelt in hunderte von schwarzviolett glänzenden Federn. Es waren sechs, sieben Raben, die aus dem Nebel stoben. Iuels Körper, aufgelöst in Luft, aufgeteilt in seiner schwarzen Kunst.

Ja, er lenkte sie, jeden einzelnen Raben. Sie rasten in die gleiche Richtung. Zogen den schwarzen Nebel mit sich. Zogen Sarrus Atem mit sich.

Seine Augen, so nass. Das Herz, so rasend. Er schaute hinterher. Schaute auf den Nebel, der sich um Iuels Verwandlung ausbreitete. Je tiefer Iuel, die Raben, in die Wälder drangen, desto klarer wurde sie: die Wahrheit. Denn er, Sarru, kannte sie nun. Die Frage war, ob auch *sie* sie erkennen würde.

XVI

»WIESO HAST DU DAS GETAN?«

Auf der Brücke zum Scherbendorf.

Es wirkte wie ein hauchendes Jaulen. Ihre Schatten, sie drangen durch den Nebel, gaben diesem Form. Annelya war die erste, die Fuß fasste. *Das Scherbendorf.*

Mit wachem Blick schaute sie tief hinein, musterte die Straßen. Hier war alles anders. Die meisten Hütten waren aus Stein. Manche der alten Gebäude hatten zwei Stockwerke. Kleine Fenster. Nebelige Straßen. Die schwarzen Laternen an den Wänden der Steinhütten – sie konnte sich nicht entscheiden, ob sie düster oder einladend aussahen.

»Willkommen in Scherbendorf!«, murmelte Snow. »Für Prinzesschen und uns hier gibt es kein Zurück mehr, das haben wir ja schon entschieden. Jetzt müssen wir uns entscheiden, wo wir anfangen«, sprach er mit suchendem Blick, als sein Finger nach vorne stach. »Hah!«

Alle schauten hin.

»Sie weiß es bestimmt!«, scherzte Snow, als er auf eine willkürliche alte Dame in der Ferne des Dorfzentrums zeigte.

»Snow …«, seufzte Tenna und drückte Snows Arm herunter. Genau wie Snows Arm, so sank auch seine Laune.

»Ist ja gut«, maulte er. »Aber ernsthaft, irgendwo müssen wir anfangen. Das sieht nicht gut aus.« Snow zeigte auf die Dunkelheit über sich.

»Wir fangen bei einer Taverne oder Kneipe an. Ich muss mal«, sprach Annelya abrupt, immer noch die Straßen vor sich musternd.

»Öhm, du musst mal?«, hackte Snow nach. Seine Augenbrauen drückten eine tiefe Linie in seine Stirn.

»Ernsthaft, jetzt?«, zischte Surnei.

Annelya blickte in die fragenden Gesichter neben sich.

»Was kann ich denn dafür?«, nuschelte Annelya hinter verschlossenen Lippen.

»Assassinen, böse Drachendinger, und nun – nun steht die Prinzessin des Saretoriums ihrer größten Herausforderung gegenüber«, erzählte Snow mit großen Gesten und eilte hervor. Sein schneeweißer Mantel brach die Dunkelheit. Plötzlich blieb er stehen. »Ihrer Blase!« Sein Finger: wieder auf Annelya gerichtet. »Kapuze auf, Prinzessin! Auf deiner Mission solltest du nicht auffallen.«

Surnei schaute sich schweigend um.

»Ich glaube, dass *das* ausreichen wird«, wisperte er und zeigte zum Himmel.

»Du bist eine echte Nervensäge«, klagte Tenna mit stumpfem Blick, als er an Snow vorbeilief.

»Jaja, ich hab dich auch lieb, Erdmännchen.«

Langsam drehte sich Snow wieder um. »Auf, auf!«, rief er, als ihm jeder in die Schatten zu folgen begann.

»Hier!« Annelya blieb stehen. Ihre Augen funkelten genauso wie ihr Lächeln.

»Hier!?« Snow klang empört. »Annelya, das ist zu voll!«

Annelya trat näher an Snow. Der Windzug schnappte ihr schwarzes Haar und ihren schwarzen Rüstungsmantel.

»Ja eben, hier fällt man kaum auf«, hauchte sie, als sie durch das große Fenster hinter den schwarzen Gittern neben sich schaute. Sie blickte tief in die Taverne hinein. Es war voll. Die Musik, die Stimmen, sie drangen nach außen, verteilten sich auf der ganzen Straße.

Die Lichter der Laternen: warm. Die kleinen Steinchen knirschten unter Surneis Schritten. Sein Gesicht drang fast zwischen das schwarze Fenstergitter.

»Der Tag taucht plötzlich in pure Dunkelheit und die Dorfbewohner tanzen und feiern, als sei nichts passiert?«, grübelte er laut. Sein Atem traf auf das kühle Fenster.

Die Lichter, die aus der Taverne schimmerten, waren noch wärmer. Tanzende Frauen, jubelnde Männer.

»Das Scherbendorf hat viele Katarstrophen erlebt. Das hier wirkt wahrscheinlich wie eine harmlose Sonnenfinsternis«, sprach Snow. Er zog an seinem Gürtel, atmete tief aus.

»Annelya, du solltest dich beeilen«, flüsterte Tenna in den Himmel schauend.

Sie blickte ihn an. Lächelte. Ihr Funkeln, es traf wieder den hölzernen Eingang der Taverne.

»Bin gleich wieder da«, deklarierte sie mit einem zügigen Schritt, der die zwei Klapptüren trennte.

»Annelya, warte!«, rief Surnei hinterher.

»Ey. Pass auf deine Schwester auf!«, raunzte Snow und guckte Tenna grinsend an.

»Heyo!!!«, rief einer der betrunkenen Männer, als er fast auf Annelya fiel.

»Oh, huch«, stotterte sie. Sein bronzener Becher verteilte etwas Bier auf Annelyas Mantel.

»Oh, habe ich das Mädel beschmutzt! Ich bitte um Verzeihung, junge Dame!«, hickste der Mann mit schwankenden Schritten.

Annelya lächelte still: »Keine Sorge.«

»Aufpassen«, sprach Surnei stumpf, als er den betrunkenen Mann zur Seite drückte.

»Es ist wirklich komisch. Als wären sie in einer völlig anderen Welt«, lachte Annelya knapp.

Alle Tische waren voll. So voll, dass manche Gäste sogar darauf saßen. Der Gestank von Schweiß und Bier mischte sich unter die Menge, doch die Stimmung, sie war hell.

Annelyas blaue Augen wirkten wie ein kleiner, stechender Funke im orangenen Licht der Taverne. Ihr Haar, so dunkel wie ihre Kapuze. Mit jedem Schritt knirschte der Boden unter ihren Füßen.

»Da! Ich gehe kurz!«, rief sie Surnei zu, während er sich noch mühsam durch die Menge kämpfte.

»Huh, ja, ja, ich warte hier!«, winkte er.

Annelyas Blick schweifte am Toilettenschild vorbei: ein Anker, der nach unten zeigte. Die Tür daneben, sie wirkte viel interessanter. Zügig eilte sie zur Toilette.

»Verzeihung, Verzeihung«, wiederholte sie mit jedem neuen Schubser, während sie immer wieder einen Blick in Surneis Richtung warf.

Langsam trat sie durch den Holztürrahmen der Toiletten, lehnte sich hinter die Wand. Sie spickte. Schaute immer wieder Surnei an, bevor sie die Frau im roten, pompösen Kleid stoppte, die aus den Toiletten rausgehen wollte.

»Ey! Pass auf, wo du hinläufst«, hickste die blonde Frau.

Annelya konnte nicht aufhören, auf den verfilzten Dutt der Frau zu schauen. Es war so widersprüchlich zu ihrem blumigen Duft.

»Hier«, rollte es von Annelyas Zunge, als ihr Goldtaler zwischen die Finger der Frau rollte. Verwirrt schaute sie auf Annelya. »Siehst du den jungen Mann da vorne?«, flüsterte Annelya nah an ihrem Ohr. Der Blütenduft wurde stärker. War das Lavendel?

»Ja, ein hübscher Bube!«, grinste die Frau einen Schritt nach hinten taumelnd.

»Du musst ihn für mich ablenken«, befahl Annelya leise. Den auffordernden Blick der Frau schien sie nicht deuten zu können.

»Hm? W– was denn?«, stotterte Annelya. Sie musterte den Ausdruck der blonden Frau, bevor ihr die auffordernde Handgeste auffiel. Seufzend kramte Annelya in einem ihrer Beutel und zog einen weiteren Goldtaler hervor.

»Hier, jetzt geh«, wisperte sie, als ihre Stimme im Gelächter der taumelnden Frau erlosch.

»Huuuhuu«, rief sie in die Menge dringend.

Annelyas Atem war tief. Er stoppte. Sie atmete nicht mehr aus, drückte sich näher gegen den Türrahmen, während sie Surnei anvisierte.

»Hallo, Hübscher!«, hickste die blonde Frau, als sie mit voller Wucht in Surneis Arme stolperte.

»Oh, hmpf!« Surnei stöhnte.

Ein Schritt nach hinten. Becher fielen auf den Tischen, verteilten ihre goldene Flüssigkeit auf die jammernden Männer und Frauen um ihn.

»Verzeihung!«, keuchte er, während er die blonde Frau stützte. Sie lachte, schleuderte ein paar Strähnen nach hinten, die aus ihrem Dutt hingen. Sollte so Verführung aussehen? Denn riechen tat Verführung bestimmt nicht so. Erst war es der Lavendelduft, der Surneis Nase zuwinkte. Doch ihr offener Mund vor seinem Gesicht ließ etwas anderes entweichen.

»Gut, lass – lass los, reicht«, stotterte Surnei, während er ihre reibenden Hände immer wieder von seinen Schultern stieß.

Annelya musste sich ihr beschämtes Lachen verkneifen. Sie eilte aus den Toiletten in Richtung der Tür, auf die sie vorher geachtet hatte.

»So starke Arme!«, grinste die Frau mit komischen Lauten.

Surnei versuchte, jedem ihrer Atemzüge auszuweichen, als er einen Blick über ihre Schulter warf.

»An– Annelya! Verdammt!« Ohne zu zögern drückte er die Frau mit voller Wucht von sich, während Annelya die Holztür aufdrückte.

Ein leichter Windstoß fand seinen Weg in die Taverne hinein. Annelya eilte aus dem Hinterausgang. Aus welcher Ecke und von welcher Gestalt dieses schäbige Gepfeife kam, konnte sie nicht erkennen.

»Hübsches Ding!«, hörte sie einen der Männer in der Hintergasse der Taverne rufen, als sie instinktiv nach rechts abbog.

Sie schaute auf die schwarzen Laternen. *Eins, zwei, drei ...* mit jeder neuen Hütte, mit jedem neuen Gebäude kam auch eine neue Laterne. Alle paar Schritte mündete eine neue Gasse ein. Die Straßen, sie waren nicht so breit. Sogar der Marktplatz wirkte winzig. Rundlich aufgebaut, umgeben von Gebäuden.

Nur außen rum wurde es größer. Die Straßen, die weit hinter den letzten Hütten begannen, waren breiter. Sie führten zu einigen brüchigen Ruinen. Nur der Tempel weit hinter dem Dorf sah intakt aus. Nun, fast. Doch aus solch einer Entfernung und bei Dunkelheit war es nicht genau zu erkennen.

»Annelya!« Surneis Ruf hallte laut. Doch er selbst schien sich davor zu erschrecken.

Annelya sah, wie er sich ertappt umschaute.

»Annelya«, rief er, diesmal leiser.

»Verdammt«, keuchte Annelya, als sie ihn hinter sich rennen sah.

»Sag mal, bist du von jeglichem Verstand verlassen worden!? Was tust du!?«, schimpfte er mit festen Schritten.

»Sur, ich habe es dir gesagt. Ich muss mit ihm sprechen, ohne Tenna und erst recht ohne Snow!«, rebellierte sie mit tosendem Atem. Seine schwarzen Augen streiften an ihr vorbei.

»Wem? Sarru? Iuel? Annelya, wir haben nicht die geringste Ahnung, ob er überhaupt noch hier ist«, erklärte Surnei, bevor beide in eine der Gassen abbogen.

»Und selbst wenn, hast du dich mal umgesehen? Tenna gehört? Nullsumme, Annelya, Nullsumme! Du kannst dich nicht verteidigen!«, brummte Surnei.

Sie unterbrach seinen vortrag: »Schau!«

Surnei schaute nach vorne, genauso wie sie. Doch er schien nicht zu begreifen, was sie so faszinierte.

»Ein Stand?«, murmelte er.

»Die Händler!«, rief Annelya lauter. Sie schaute zurück, tief in Surneis verwirrtes Gesicht.

»Die Händler.« Er wiederholte ihre Worte, doch es klang nach einer erwartungsvollen Frage.

»Ja, die Händler! Gegenstände, ... Stoffe, ... Nahrung! Iuel kann bestimmt kein Essen herbeizaubern«, sprach Annelya. Surnei verzog spöttisch seinen Mund.

»Nun, wer weiß.«

Annelya schmunzelte. Ihr leichter, scherzhafter Schlag traf auf seine Schulter.

»Wir sollten die Händler befragen. Vielleicht haben sie etwas Auffälliges gesehen«, erklärte sie.

»Ich glaube nicht, dass Iuel sich hier bemerkbar machen würde«, flüsterte er. »Und wir sollten es auch nicht tun!« Diesmal klang er wieder strenger.

»Genau«, murmelte Annelya, während sie ihre Kapuze überzog und ihr Haar einsteckte. Sie stellte den Kragen des Mantels auf, ließ das Gesicht tiefer in die Schatten des dunklen Tages tauchen. Noch einmal blickte sie nach oben.

»Keiner wird uns erkennen«, sprach sie.

Bevor Surnei zustimmen konnte, war Annelya schon aus der Gasse verschwunden.

»Annelya!«, rief er mit schnellen Schritten und gequetschter Stimme.

Ihre Blicke wanderten hastig über den ganzen Platz. Decken, Vasen, Schmuck, Essen. Hastig wich sie zur Seite, drang aus der dunklen Gasse. Sie visierte den Mann am Stand an.

»An–«, wollte Surnei sprechen und unterbrach sich im letzten Moment. Mit gesenktem Kopf blickte er auf die Bewohner.

»Einen wunderschönen guten Tag, junge Dame«, rief der Händler mit breitem Grinsen und offenen Armen.

Annelyas Blick stach durch den Schleier ihres Kapuzenmantels.

»Frische Beeren oder etwas knuspriges Schwarzkernbrot?«

Annelya schenkte ihm ein kurzes Lächeln. Sie schien ungeduldig. Nervös.

»Nein, nein, danke. Ich habe eine andere Frage an Sie.«

Überrascht lehnte sich der Mann nach vorne. Das braunschwarze Tuch umwickelte seinen ganzen Kopf.

»Aber natürlich, Liebes, was kann ich für dich tun?«, sprach er mit genau der gleichen Freude wie davor.

Das rötliche Licht des Himmels ließ jede Frucht, jedes Gemüse auf dem Stand gleich erscheinen.

»Haben Sie in den letzten Tagen auffällige Kunden gehabt? Jemanden, der ... Eindruck hinterlassen haben könnte?«, sprach Annelya mit kurzen, überlegten Pausen.

Der Mann blickte auf Surnei.

»Ja, tatsächlich habe ich das.«

»Tatsächlich! Wie sah er aus?«, sprudelte es aus ihr heraus. Der Mann musterte sie verwundert von oben bis unten.

»Ah, ein *Er*?«, lachte er. Sein Finger strich auf und ab. Zeigte auf Annelya.

»Ich dachte, du würdest ein mysteriöses Mädel wie dich meinen«, sprach er belustigt.

Annelya zog sich etwas zurück, zurück in ihre Enttäuschung, bevor sie schockiert auf Surnei blickte.

»Iuel Herim«, sagte Surnei streng. Doch das Einzige, das er im Blick des Mannes sah, war Verwirrung.

»Sur!?«, flüsterte Annelya überrascht. Schnell trat sie näher. Ihr Gesicht, es war nicht mehr so bedeckt wie vorher. Ein Schulterblick reichte.

»Jetzt sind wir ja sowieso schon hier«, klagte Surnei.

»Kenn ... ich dich irgendwoher?«, stotterte der Händler, als Annelya wieder ihr Gesicht bedeckte.

»Iuel Herim, es gab eine Sichtung. Hier, im Scherbendorf. Ist Ihnen irgendetwas aufgefallen?« Surnei klang befehlend. Auffordernd.

Das faltige Gesicht des Mannes verzog sich. Er grübelte, starrte still zurück.

»Iu– Iuel He– Herim? Der ... Name sagt mir nichts, es tut mir leid«, sagte der Mann.

Annelyas und Surneis Blicke trafen sich in gleicher Verwirrung.

»Iuel Herim, Attentäter des Königreiches, Massenmörder und Prediger des Exils. Noch nie von ihm gehört?«, sprach Annelya auffordernd, als sie sich mit schnellen Schritten zum Stand bewegte.

»Ich, ... Annelya – Annelya Elim!«, rief der Mann lauter. Ausgestreckter Finger, aufgerissene Augen. Während Freude in seiner Stimme entfachte, säte er Angst in ihrer.

»Pscht! Pscht! Bitte, Sie müssen ruhig sein!«, flüsterte Annelya, während sie und Surnei wachsam um sich blickten. Keiner hatte ihn gehört. Keiner hatte sie gesehen.

»Oh, oh, aber natürlich. W– was kann ich für dich tun, Prinzessin, ich – Beeren – Brot – ich habe sogar Fleisch, möchtest du ein Stück Hetakifleisch«, rief der Mann mit hastigen Bewegungen, suchend in den Fächern im Inneren des Standes, während seine Aufregung stieg.

»Nein, nein, danke! Hören Sie, ich brauche Ihre Hilfe«, betonte Annelya, als sie noch näher trat.

»Oh, natürlich, natürlich«, wiederholte der Mann. Er stoppte sofort. Suchte nicht. Wie ein Soldat stürmte er hervor. Sein Blick, gefesselt von ihr, von dem Wunder seiner Welt.

»Iuel Herim. Sie haben noch nie etwas von ihm gehört?«, rätselte Annelya in purer Verwirrung.

Ins Gesicht des Mannes stand die gleiche geschrieben. In seiner ganzen Körperhaltung fand sie sich wieder. Als würde er verkrampfen, als würde etwas klemmen.

»Nein, ich weiß nicht, wer das sein soll«, flüsterte er, bevor eine braunbekleidete Frau hinter den Vorhängen der Rückseite des Standes hervortrat.

»Ramon, hast du noch die –«, fing die schwangere Frau an, als sie wie eingefroren auf Annelya und Surnei blickte.

»Scht!!!«, machten Surnei, Annelya und der Händler mit verschlossenen Lippen und eindringlichen Blicken, als die Frau stockend stehen blieb.

»Sie möchte nicht erkannt werden!«, kicherte Ramon. Sein angespanntes Lächeln verriet ihn: Er versuchte, seine Aufregung zu beherrschen.

»Oh ja, verständlich«, bejahte die Frau. Schnell legte sie ihren Korb ab. Mit reibenden Händen präsentierte sie die Ware vor sich, die Annelya nun schon zum dritten Mal gezeigt wurde.

»Prinzessin Elim, Prinz Elim, was können wir für euch tun? Was möchtet ihr haben? Alles geht aufs Haus! Ihr könnt Euch frei bedienen, bitte, es ist uns eine Ehre«, lächelte die Frau, als Annelya sie höflich unterbrach.

»Vielen Dank, wir möchten nichts, danke, aber vielleicht können Sie uns anders helfen. Iuel Herim, es gibt Gerüchte, dass er hier ist. Haben Sie irgendetwas auffälliges gesehen, gehört, etwas, das darauf hindeuten könnte, dass er hier ist, irgendwas?«, fragte Annelya.

Auf dem Gesicht von Ramons Frau tauchte die gleiche verkrampfte Verwirrung auf.

»Entschuldige, Prinzessin, ich, ich …«, flüsterte die Frau nervöser, während sie ihre staubigen Hände an ihrer Schürze sauber machte.

»Iuel …, wie war der Name?«, fragte die Frau nochmal, als Annelya still zurücktrat. Langsam schaute sie auf Surnei. Er blickte genauso fragend zurück.

»Schon gut, Miss, ich wollte keine Umstände bereiten. Danke für Ihre Hilfe«, sprach Annelya und entfernte sich langsam vom Stand. Ramon und seine Frau winkten ihnen freudig hinterher, während sie mit einem Blick den ganzen Platz musterte.

»Wieso wissen sie nicht, wer Iuel ist?«, wisperte sie in Surneis Ohr, während sie hinter ihm auf die Bewohner blickte. Sie analysierte jeden einzelnen. Jede Bewegung. Langsam schien dieses fröhliche, ahnungslose Verhalten gruselig.

Er stockte. Schaute in die andere Richtung.

»Ich weiß es nicht«, wisperte Surnei mit gerunzelter Stirn, als sich ihre Blicke trafen.

»Moment, da …, ich glaube, da war was …«, hörten sie Ramon hinterherrufen. Er eilte aus dem Stand.

Beide drehten sich zu ihm. Achtsam hörten sie zu. Ramons Erinnerung, sie schien genauso nebelig wie die Straßen um sie herum. Lauwarmer Wind. Man hörte die Blätter des Waldes rauschen. Die Stimmen der spielenden Kinder, sie wirkten leiser.

»Da war ein Mann vor ein paar Tagen … Er, ich glaube, er fragte nach genau dem gleichen Namen.« Ramons Augen rasten von links nach rechts, blickten auf den Boden vor ihm.

»Sarru«, sagte Annelya, als Surnei einen Schritt nach vorn trat.

»Ist dieser Mann im Dorf geblieben, wissen Sie das? Schwarzes glattes Haar, Bart, groß.«

»Eliterüstung?«, fragte Ramon als Annelya in explosionsartiger Aufregung sprach: »Ja, ja genau!«,

Ramon nickte. »Oh ja, ja aber klar, er hat heute noch etwas

vom Schwarzkernbrot gekauft, bevor er zum Tempel wollte!«, sprach er, als Annelyas und Surneis Herz einmal lauter pochte.

»Ah, er! Was für ein netter Mann!«, lachte Ramons Frau.

»Der Tempel«, flüsterte Annelya Surnei zu.

»Danke, vielen lieben Dank!«, riefen sie hinterher und machten sich auf den Weg.

»Oh, eh, nichts … nichts zu danken«, winkte Ramon mit regungslosem Gesicht und ausgestreckter Hand.

Sein Winken hörte langsam auf.

»Ich hol Snow«, sprach Surnei.

»Nein.«

»Wie, nein?«, zögerte Surnei, während die beiden von Straße zu Straße wechselten. Schritt für Schritt kam er näher, der Pfad, der Tempel. Weniger Hütten. Weniger Saretorianer.

»Noch nicht, vielleicht ist er gar nicht dort. Ich will erst sichergehen«, sprach Annelya, als der Wind ihre Kapuze samt ihren Locken nach hinten wirbelte.

Schnelle Schritte und rasende Herzen. Keine Hütten mehr. Der Weg war breit, umgeben von Pflanzen und Ruinen. Er führte direkt zum Tempel. Die Sonne schien noch dunkler als zuvor.

Annelya und Surnei schauten sich immer wieder an. Sein schwarzes Haar, so satt wie ihres. Gleiche Mimik, gleiche Aufregung, gleiches Glänzen in ihren großen Augen.

Den Tempel. Er war tatsächlich besser erhalten als der Rest der Ruinen. Ob dieser Teil des Dorfes mal genauso voll war wie der Hauptplatz?

»Hier.«

Annelya folgte Surneis Handbewegung. Vorsichtig tapsten sie über die kleinen Gesteine und Felsen, die sich langsam häuften.

»Vorsichtig«, flüsterte Surnei. Ihre Hand lag in seiner. Schritt für Schritt traten sie zwischen die brüchigen Steine, während sie sich den spitzen Säulen des Tempels näherten.

»Ich sehe nichts«, hauchte er, versuchte immer wieder durch die Risse und Fenster hineinzuschauen, während er sich an den Außenwänden des Tempels entlanghangelte.

Annelyas Finger bohrten sich tiefer in die bröckelnden Wandöffnungen. Ein Altar. Statuen. Manche staubiger, manche heiler. Es fühlte sich kalt an. Das Rot, es wirkte schwächer. Der Himmel, wie ein dämmernder Abend. Plötzlich schauten sie beide auf ihre Finger.

»Hast du das gesehen?«, wisperte sie.

»Die Energie!«, antwortete er.

Willkürliche, schwache Impulse.

»Sie kehrt zurück.« Surnei klang staunend. Erleichtert.

Annelya nickte. Sie versuchte, sie zu bändigen, doch die Impulse waren zu schwach. Anders als das Geräusch von Sarrus Schritten.

»Sarru!«, rollte es leise von Surneis Zunge. Annelya schaute ohne zu zögern durch das große Fenster in den Tempel hinein. Sie wirkte wie vereist.

Surnei konnte fast ihren Herzschlag hören, so wie er ihr verkrampftes Schlucken sehen konnte.

»Annelya«, flüsterte er nervös. Grübelnd duckte er sich, lehnte sich fest gegen die Mauern.

»Annelya, runter!«, wiederholte er, doch sie schien ihn nicht mehr zu hören. Sie starrte hinein, so vertieft, so verankert. Ihr Herzschlag wurde immer lauter, genauso wie Surneis Worte immer auffordernder wurden. »Annelya, er wird dich sehen, komm runter, verdammt!«

»Soll er doch.«

»An– NEIN!«, zischte Surnei, doch er griff ins Leere. »Annelya, verdammt, verdammt!!!«, wisperte er, während er hinaufschoss und tastend hinterherlief.

Vor der Taverne.

»Sie braucht zu lange ...«, nörgelte Tenna nervös. Seine Arme drangen immer tiefer unter seine Achseln.

»Also, wenn du noch etwas mehr so hin und her wippst, stößt du gleich auf Grundwasser«, grinste Snow, als Tenna mit starrer Mimik stehen blieb.

»Sag mal, kannst du auch einmal, auch nur ein einziges Mal, länger als drei Sekunden ernst bleiben?«

»I– ich? Vielleicht solltest du einfach mal etwas lockerer werden, Erdmännchen!«

»Nenn. Mich. Nicht. So!« Tennas Arme tauchten noch tiefer. Sie rieben an seinen braunen Ledermantel. Er quietschte genau wie seine Stiefel. Das warme Licht der Taverne strich über seine goldbraunen Augen.

»Sie ist ein Mädel, die brauchen immer etwas länger«, sprach Snow, doch Tenna schwieg.

Tenna drang zum Fenster der Taverne vor. Das Licht kam näher.

»Ah, komm schon, Erdmännchen, bist du jetzt etwa sauer auf mich?«, grinste Snow, als ihn Tenna mit ausgestreckter Handfläche unterbrach.

»Wo ist Surnei!?«, fragte er mit schnellen Blicken durchs Tavernenfenster. Snow stöhnte.

»Wahrscheinlich ist er auch für kleine Kampfsoldaten«, murmelte er mit wegwerfender Geste.

»Du vereiste Gehirnzelle!« Tenna schaute ihn mit weiten, nervösen Augen an.

Er zitterte fast.

Snow zögerte. Doch er konnte seine Sorge nicht wirklich verstecken.

»Na gut, lass uns rein«, sagte er.

Im Scherbentempel.

Sarrus Hände strichen über die glatte Oberfläche des Altars. Manche Stellen waren rau, rissig. Der Gang, der Flur, alles hier fühlte sich kälter an, obwohl der Wind ganz still, ganz leise war.

»Wieso?«

Diese Stimme. Sie muss Sarru durch Mark und Bein gegangen sein. Dieser Atem, sein Atem, er verriet Schock.

»Annelya«, flüsterte er, als er sich zögernd umdrehte. Das Erste, was er sah, war der Schmerz in ihren feuchten Augen.

»Annelya, nicht!«, rief Surnei. Langsam stoppte er. Lief vorsichtig auf sie zu, während er voller Adrenalin auf Sarru schaute. Sie stand dort, einige Meter von Sarru entfernt, im Gang des Tempels, starr. Blicke, so kalt und warm zugleich. So zittrig. Ihr Haar, es hing herab wie ihre Arme.

»Wir, wir sind mit dir aufgewachsen«, wisperte Annelya, als eine Träne ihre Wangen hinunterrollte. Sie strich sie weg, während Sarru bedächtig nach vorne trat.

Seine offenen Handflächen, sie symbolisierten, dass er nicht angreifen wollte.

»Annelya, hör mir zu, ich würde dich nie, niemals verletzen«, sprach Sarru mit weiteren Schritten, als Surnei nach seiner Klinge griff. Sarru blieb stehen.

Langsam hob Annelya ihr Kinn. Ihre Augen, sie zitterten genauso wie ihre Lippen. Sie stand fest verwurzelt. Sie musterte ihn. Wollte ihm glauben. Dieses Gefühl in ihrem Bauch, es war im Krieg mit den Gedanken. Der Stimme ihrer Mutter. Den Bildern ihrer Erinnerungen.

»Du hast dich ihm angeschlossen? Er will mich umbringen«, sprach Annelya.

»Nein!« Sarrus Widerspruch war glasklar und direkt.

Annelya stoppte. Schwieg. Er klang so verdammt ehrlich. Kopfschüttelnd schaute er die beiden an. Auch in seinen Augen war Schmerz zu finden.

»Ihr müsst mir zuhören, Annelya, Surnei, ihr seid in großer Gefahr. Das ganze Saretorium ist in unvorstellbar großer Gefahr, doch es ist nicht Iuel Herim, vor dem ihr Euch fürchten müsst«, sprach Sarru, als er sich ein paar weitere Schritte vorzutreten traute.

Surnei zögerte genauso. Hörte die gleiche Ehrlichkeit in seiner Stimme. Dieses Gefühl, es war so verwirrend.

»Annelya, Surnei«, flüsterte Sarru. Er blieb nah vor den beiden stehen.

Surneis Griff wurde schwächer. Unsicherer.

»Ich würde euch nie, niemals verletzen. Iuel ist nicht der Feind. Er ist der Einzige, der den Feind kennt«, sprach Sarru leise, vorsichtig.

Annelya atmete tief ein. Verwirrt blickte sie ihn an. Ihre Tränen, sie flossen nicht mehr.

»Wenn Iuel nicht der Feind ist, warum greift er seit Jahren das

Königreich an?«, fragte Surnei strenger, wacher als die anderen zwei.

Sarru nickte.

»Iuel steckt hinter keinem Attentat. Utakata, die Bomben, die Anschläge, jedes Massaker, das ihm untergejubelt wurde, wurde benutzt, um ihn als den Feind darzustellen. Genauso, wie sie es mir unterstellt haben«, sprach er mit wachsender Emotion.

Annelya zögerte.

»Die Explosion?«, stotterte sie leise.

Sarru nickte erneut:

»Ich war es nicht, Annelya. Ich schwöre dir beim heiligen Kristall, ich bin es nicht gewesen. Bitte, wir haben nicht mehr viel Zeit. Ihr müsst mir vertrauen!«,

Surnei trat neben Annelya. Seine Hand, immer noch an seinem Schwert, doch sein Griff, er war nicht mehr bedrohlich.

»Ich habe den Hohen Rat nicht angegriffen. Iuel, er ist nicht hinter deiner Energie her«, sprach Sarru.

Annelya zuckte verwirrt zusammen. »Hört mir zu. Ganz genau. Sie haben Iuel als Köder benutzt, um ihre Spuren zu vertuschen. Um abzulenken. Denn Iuel Herim ist eine der wenigen noch lebenden Personen, die die Wahrheit kennen. Er war der Einzige, der laut genug war, der vorgetreten ist, seinen Mund aufgemacht hat –«

Annelya unterbrach ihn. »Welche Wahrheit?«

Das Gefühl in ihrer Brust. Es wuchs, wurde lauter, lauter. Langsam verschlang es ihren Zweifel. Sarru wirkte so, als würde seine Seele flüchten. So blass, so kalt, als würde er sich nicht trauen, zu sprechen.

»Annelya, ... die Versiegelung des Kristalles in Annabel, in eurer Mutter, das war keine Notlösung, kein Zufall. Kein Naturphänomen. Es war geplant. Doch nicht von Iuel«, sprach Sarru aufbrausend, lauter, bereit, es auszusprechen.

»Wer hat es geplant?«, bohrte Surnei nach.

Annelyas Verwirrung wurde größer. Das Gefühl, noch lauter.

Sarru zögerte, schaute tief in ihre blauen Augen, als er endlich seinen Mund öffnete.

»SARRU!«, schrie Annelya und rannte blitzschnell los.

Surnei zog erschrocken seine Klinge.

»Nein! Nein! Nein!«, brüllte Annelya heulend, als sie Sarrus stürzenden Körper auffing. »NEIN!«, rief sie lauter, während Surnei wie versteinert auf Snow blickte.

Das Blut verteilte sich auf Sarrus Gesicht, rollte sein Kinn hinunter, während der gewaltige Eissplitter, der seine Brust durchbohrte, zu Wasser schmolz.

»Nein, nein, nein«, wiederholte sie. Ihre Hände tauchten in sein Blut, ihre Augen suchten seine. Er beschmierte sie, griff nach ihrer Wange.

»Finde Iuel. Im Norden des Waldes, eine – eine Stunde. Er – ist – nicht – der – Feind. Finde ihn, bevor es zu spät ist«, stotterte Sarru in Annelyas Gesicht, als er ein letztes Mal ausatmete. Seine Finger, sie hinterließen einen roten Streifen auf ihrem Gesicht, bevor sie still gegen den kalten Boden fielen. Sein Körper, er wurde zu schwer zum halten. Sie kniete, stütze ihn in ihren Armen. Heulend, zitternd schaute sie ihn an. Sein Blick. Er … war leer.

Und plötzlich erklang es. Ein Geräusch, das jeder Einzelne von ihnen kannte. Und ihre Augen leuchteten auf. Die Energie raste willkürlich durch ihre Adern. Erlosch immer wieder wie ein schlechtes Signal.

Niemand traute sich zu sprechen. Nicht ein einziges Wort.

Surnei, Tenna – sie schauten Snow an. Langsam auch Annelya. Sie hob ihren Blick. So etwas hatte sie noch nie zuvor in ihrem Leben gespürt. Solch einen Schmerz. Solch eine Wut.

War es Angst in Snows Augen? Wahre Angst? Denn vielleicht war es tatsächlich so gewesen, dass die Nullsumme das einzige war, das zwischen ihm und ihr stand.

»Wieso ... wieso!?«, brüllte Annelya. Der Klang der Energie. Er war brüchig. Erlosch genauso wie der Schock in ihrer Brust. Zurück blieb Trauer.

Und sie schaute Snow an.

»Wieso hast du das getan?«

XVII

EIN REINES HERZ

Wer bist du, wenn nicht der, der du ein Leben lang glaubtest, zu sein? Wenn nicht der, der dir beigebracht wurde, zu sein. Sind es die Erwartungen jener, die du am allermeisten liebst? Oder sind es die Erwartungen jener, die du am allermeisten fürchtest?

Ist es nicht ironisch, dass es genau jene dunklen, schmerzhaften Momente im Leben sind, die uns zweifeln lassen? Nicht unbedingt an uns selbst, nein. Sondern daran, wer wir vorgeben zu sein. Ist es nicht befreiend? Denn jener Schmerz lässt einen jegliche Erwartungen vergessen. Plötzlich ist jene Erfahrung egal. Plötzlich zählt sie nicht mehr. Schmerz, er lässt uns hineinblicken. In einen Ort, weit weg, weit entfernt von der Welt selbst. In uns selbst. Er zeigt uns das auf, wovor wir uns wirklich fürchten. Zeigt uns das auf, das wir tatsächlich lieben.

All deine Dunkelheit. All deine Fragen. Kann es sein, dass sie notwendig waren? Kann es sein, dass sie nicht dein Feind waren? Was, wenn, … was, wenn sie das genaue Gegenteil davon waren?

Dieses Gefühl tief in deinem Magen. Fühlt es sich nach Leere an? Nach Fülle? Das, was tief in dir drinsteckt, das, was du flüstern hörst. Was möchte es dir sagen? Wirst du dich trauen, hinzuhören? Dich trauen, von jener Stimme geführt zu werden? Was, wenn all diese Angst, all dieser Schmerz nicht das Problem sind, sondern eigentlich versuchen, das Problem erkennbar zu machen? Wer bist du, wenn du in den Schmerz hineinschaust?

Ich glaube, dass es das allererste Mal war, dass ich an jenen Erwartungen zweifelte. Dieses Gefühl, diese Wut. Sie sprach zu mir. In jenem Augenblick wusste ich es glasklar. Ich hatte mich getäuscht. Schmerz. Angst. Verwirrung. Ich dachte, sie seien mein Feind gewesen, dachte, dass ich sie stillen musste. Jagen musste.

Doch was ist, wenn ich ihnen erlaubt hätte, zu sprechen? Gar zu schreien? Wer wäre ich dann gewesen?

Denn wenn ich eines mit Sicherheit sagen kann, dann ist es, dass der wahre Feind nicht mein Schmerz, sondern jemand völlig anderes gewesen ist.

Zittern. Es fielen noch einige Tropfen Blut. Snow konnte nicht wegschauen. Tenna nicht. Surnei nicht. Annelyas Finger zitterten. So viel Blut. Es fühlte sich kalt an.

»Er – er wollte sprechen. Er wollte – wollte mich warnen …«

Surnei war still. Doch sein Gesicht, es sprach tausend Worte. Tennas Schweigen war so schwer wie sein Atem.

»Wieso hast du das getan«, jammerte Annelya. Sie schaute erst auf Snow, als sie seine Stimme hörte. Wie sie ihn anschaute, war alles andere als verständnisvoll.

»Annelya, du warst in Gefahr, er hatte dich hier, direkt vor sich, bereit, es zu erledigen.« Snow versuchte, mit Strenge zu sprechen, doch die Angst, der Zweifel in seiner Stimme schwappte mit jedem Wort aus ihm heraus. Annelyas Kopfschütteln, es war bedrohlich.

»Kein Schwert. Keine Taktik«, stotterte sie, traurig um sich blickend, versuchte Snow zu signalisieren, wie weh es tat. Wie sehr er es bereuen sollte. »Er wollte mich warnen. Ich ... ich muss zu ihm. Ich muss ihn finden«, murmelte Annelya, während sie aufstand. Ihre Worte, sie klangen durcheinander. Dieses unerklärlich stille Gefühl tief in ihrem Magen ... Es schaffte es bis in ihre Brust, ließ ihr Herz kurz stolpern.

»Ihn finden?«, stutze Snow.

Tenna schaute genauso verwundert. »Wen finden?«, murmelte er.

Annelya zögerte, blickte empört zurück.

»Iuel. Ich muss Iuel finden«, sprach sie, während ihre Verwirrung weiterwuchs. Sie runzelte die Stirn beim Anblick von Snows und Tennas Gesicht.

»Annelya, wovon sprichst du? Sarru ist tot. Die Gefahr ist vorbei«, sagte Snow, als sie sich langsam zu Surnei drehte.

»Sie wissen nicht, wer Iuel ist«, wisperte sie. Kurz überlegte Surnei, schaute auf Sarru.

»Sie wissen nicht, wer – das muss eine Schattenkunst sein«, flüsterte er nachdenklich.

Vorsichtig, doch zügig lief Annelya auf Snow zu. Tenna wich einen Schritt zurück, als Annelya kurz vor Snow stoppte.

»Ey, ich ...«, wollte er mit ausgestreckten Handflächen sagen, als sie ihn unterbrach.

»Iuel Herim. Attentäter des Königreiches. Prediger des Exils«, listete sie auf, während sie beide Männer musterte. Mal Snow, mal Tenna. Doch jedes Mal traf sie auf die gleiche Leere, die gleiche verkrampfte Verwirrung auf ihren Gesichtern.

»Annelya – ich weiß nicht, wovon du sprichst«, zögerte Snow.

»Geht es dir gut?«, fragte Tenna leise. Er klang besorgter als Snow. Kopfschüttelnd schaute sie wieder zu Surnei.

»Die Dorfbewohner …, Ramon. Aber wenn Iuel ihre Erinnerungen, ihr Bewusstsein manipuliert …, wieso kannst du dich an ihn erinnern?«, fragte sie verwundert. Doch Surneis Verwunderung war genauso groß.

»Ich habe keine Ahnung«, atmete er überrascht aus.

»Annelya, ich glaube, wir sollten –«, wollte Snow sagen, als sie mit ihrem Mittelfinger gegen seine Schläfe tippte und einen kleinen Energieimpuls durch seinen Schädel wandern ließ.

Er erklang. Ein leichter Klang der Energie. Snow stöhnte, stolperte einen Schritt zurück.

»Was … wie …« So sah Verwirrung aus. »Iuel«, hauchte er.

»Er lässt jeden vergessen, wer er ist«, sprach Annelya, bevor sie auch Tenna einen Energieimpuls durch den Verstand jagte.

»Jeden – der ins Scherbendorf dringt?«, stotterte Tenna. Langsam rieb er sich seine Schläfe.

»Die Energie muss dich vor der Schattenmagie beschützt haben, doch …«

Alle Blicke wanderten zu Surnei. Alle starrten ihn mit der gleichen Frage im Gesicht an. Seine Augen weiteten sich. Er wollte sprechen, doch er wusste nicht, was er sagen sollte. Denn er hatte genau die gleiche Frage.

»Wieso hat es dich nicht erwischt?«, murmelte Tenna nachdenklich.

Diese Fragen. Das Starren. Sie unterbrach sie. Ihr Blick schweifte über den Boden, über Sarrus Körper. Die Trauer, ihr Schmerz, er verteilte sich in ihrer Aura. Doch sie verdrängte ihn. Dafür war keine Zeit mehr. Entschlossen blickte sie auf Snow und Tenna.

»Wir müssen Iuel finden. Jetzt!«, sprach sie.

Eine Stunde später, in der Burg des Dorfes von Sare.

»Es reicht!«, brüllte Meleoidy, als sie sich vor Annabel stellte. Ihre Blicke, so empört, Annabels, so auffordernd.

Leicht legte Annabel den Kopf zur Seite, musterte ihr dunkelrotes Haar.

»Aus dem Weg, Meleoidy«, befahl sie tief, rau.

»Annabel, du bist wahnsinnig, du kannst dir nicht einfach so etwas zusammenreimen!«, schrie Meleoidy ihrer Schwester hinterhereilend.

Beide Frauen stürmten durch den riesigen Gang. Schatten für Schatten, Ecke für Ecke drangen sie näher. Meleoidy wirkte hilflos. Annabel auch.

»Sie war seine Partnerin seit dem ersten Tag, kannte ihn in- und auswendig.« Annabels Worte: so sicher. Für einen Augenblick schaute sie nach hinten.

»Das bedeutet nicht, dass sie es wusste!«, rief Meleoidy, als die Doppeltüren zu einem der Nebensäle aufgerissen wurden.

Erschrocken blickte Cesantra zum Eingang, als Annabel ihre Klinge zog.

»Annabel!«, brüllte Meleoidy, während Cesantra zurückwich, bis sie gegen den Rand eines Tisches stieß.

»Hinsetzen, sofort!« Annabels kalte Klinge presste sich gegen Cesantras zartes Kinn.

Ihre zittrigen Finger tasteten nach einem der Stühle neben ihr. Langsam sank Annabels Klinge tiefer. Sie schaute auf Cesantra herab, während das flackernde Licht des Saales Cesantras blasses, in Angst getauchtes Gesicht offenbarte.

»W– was ist los. Ich«, stotterte sie panisch. Immer wieder schaute sie auf Meleoidy und Annabel.

»Du bist verrückt«, ächzte Meleoidy leise, vorsichtig.

»Sarru, wie ist er in Kontakt mit Iuel gekommen?«, fragte Annabel scharf.

Das Einzige, was über Cesantras Gesicht flackerte, war Angst. Schrecken.

»I– ich weiß nicht, Anna –«, sprach sie, als sie zusammenzuckte. Augen, verschlossen in Furcht. Und die Klinge, sie drang tiefer. Annabels Gesicht kam näher.

»Lüg mich nicht an!« Solch ein Zorn. Es grenzte wahrhaftig an …

»Wahnsinn. Das ist Wahnsinn«, flüsterte Meleoidy mit aufgerissenen Augen. Ihre Schritte waren bedächtig. Langsam.

»Annabel, du bist wahnsinnig!«

Im Wald der Ahnen.

Die Schritte der Truppe schlugen im gleichen Tempo. Sie stoppten, wirbelten die Erde auf. Wie einen Umhang warf Annelya ihr Haar zurück. Gerader Rücken. Scharfer Blick und doch: so versunken.

»Die Nullsumme«, sprach Tenna, als Annelya aufblickte.

»Sie schwindet«, flüsterte sie. Sie sah die Energie zwischen ihren Fingern spielen.

»Was bedeutet das?«, fragte Snow, seine Hände fest geballt.

Annelya schaute ihn an, bevor sie Tenna einen etwas wärmeren Blick schenkte.

Die Sonne. Sie schwand. Mit ihr auch langsam die Nullsumme. Das dämmernde Licht des aufkommenden Abends – es war sichtbarer als zuvor.

Tenna schaute Annelya an. In diesem Licht sah es noch viel weicher aus, viel ehrlicher: sein Gesicht.

»Er stirbt«, wisperte er.

»Nein, das darf er nicht,« schoss es aus Annelya, als sie hastig zu laufen begann. Alle folgten ihr in die aufkommenden Schattend des Waldes.

Währenddessen in der Burg.

»Annabel, ich habe nichts damit zu tun, ich schwöre es dir!« Die Spitze dieser eisernen, wütenden Klinge fühlte sich kälter an als davor. Fast traute sich Cesantra nicht, zu sprechen. Jedes Wort konnte ihr letztes sein.

»Annabel, du bist geblendet!«, sprach Meleoidy auffordernder. Es war das erste Mal, dass Annabel sie anschaute.

»Du hast recht …«

Cesantras Zucken verwandelte sich in Starre. Die Klinge, vor der sie solch eine Angst hatte, berührte sie nicht mehr.

Währenddessen auf dem Friedhof der Ahnen.

»Nein, nein, nein!« Das Entsetzen in Tennas Stimme war nicht zu überhören. »Das ist der Ort, den Sarru meinte!?«

»Was ist los?«, wagte Surnei zu fragen.

Annelya stampfte tief in die feuchte Erde, überholte die ganze Truppe.

»Nein, Annelya, nein«, rief Tenna.

Es war ein breiter Weg, nur einige, wenige Meter vom gigantischen Eingang des Tempels entfernt. Jener Tempel, er wurde gestützt von drei gigantischen weißsilbernen Golems. Einer jeweils rechts und links, einer am Ende des Tempels. Ihre Arme, ihre steinigen Körper, versehen mit uralter Schrift, eingeritzt in Perfektion.

Annelya konnte ihre Augen kaum von dieser antiken Architektur nehmen. *Wie kann mir meine eigene Mutter solch Schönheit für solch lange Zeit vorenthalten?*, dachte sie. Sanfte Schritte. Für einen Augenblick vergaß sie, warum sie hier war. Welches ihr Ziel war. Dieser Ort, er fühlte sich anders an. Plötzlich spürte sie den leichten Druck auf ihrer Brust. Tenna.

»Annelya, stopp!«, rief er besorgt.

Doch sie, sie teilte nicht dieselbe Sorge. Es war eher Bewunderung, die ihre Gedanken beherrschte.

Der Tempel, er strahlte. Geschaffen aus Marmor und Stein. Der Boden war genauso detailliert wie die Decken selbst. Gravuren von Mustern und Formen, die einen Kreis bildeten. Es wirkte wie Chaos, das seinen eigenen Sinn ergab. Doch dafür müsste man verstehen, was sie bedeuteten. Die Muster waren verbunden mit jeder Säule, mit jedem Millimeter dieses glänzenden Meisterwerks. Verbunden mit diesen drei gigantischen, robusten Statuen, die den Tempel stützten.

»Was ist das?«, hauchte Annelya.

»Das ist Iuels Plan«, flüsterte Tenna. Er drang in den Tempel, schaute sich um. Jeder blickte ihn an. Jeder außer ihr. Langsam trat sie tiefer und tiefer in den Tempel. Überall diese Gravuren. Ihre Kurven und Kanten lenkten ihren Blick stets in neue Richtungen. In der Mitte, ganz hinten am Ende des Tempels vor der letzten Statue: ein Kreis, gebildet von Schriften und Formeln.

Sie schaute zurück, auf Tenna. Seine Finger strichen langsam über die uralten Schriften der Tempelwand. Er musterte sie. Bewunderung, Staunen und Angst vermischten sich langsam.

»Tenna?«, wisperte Annelya.

Sein Finger folgte der Schrift, sprang von Zeile zu Zeile.

»Der heilige Ort der Urväter des Saretoriums. Auf die Ewigkeit gesegnet, geschützt und verborgen. Der Friedhof der heiligen Ahnen. Wissen, verschlossen. Macht, versiegelt. Anfang und Ende«, las Tenna laut vor, während Annelya den verzierten Kreis auf dem Boden musterte.

Die Schriften, eine Zeile schien von der einen Seite anzufangen und auf der anderen zu enden. Die andere folgte der gegenteiligen Richtung.

»Leben und Tod. Hier und dort. Nah und fern, dort wird ein Herz es finden. Doch muss jenes Herz erst Mut beweisen. Und erst dann wird solch ein Herz geprüft. Und nur ein reines Herz, ein unschuldiges, wird die Mauern des Wissens durchqueren. Doch zeugt ein Herz von Dunkelheit, von Gier, Hass oder Zorn, zeugt es von Schuld und Sünde, dann werden die drei Heiligen ihr Urteil fällen. Und jenes Herz wird in den Schatten brennen.«

Tenna zog sich langsam einen Schritt von den Gravuren zurück. Stille. Er blickte Annelya an, schaute dann auf die Truppe.

»Ein reines Herz …«, flüsterte Snow.

»Annelya, der Friedhof der Ahnen besitzt eines der stärksten und ältesten Schutzsiegel des Saretoriums. Keiner hat es zuvor geschafft, es zu brechen«, erklärte er.

Surnei unterbrach ihn. »Außer Iuel …« Langsam schien er die Fragmente seiner Gedanken zusammenzufügen.

Tenna nickte, schaute auf Annelya.

»Das Buch der Schatten muss ihm erlaubt haben, das Siegel zu umgehen«, sprach er.

Annelya verstand nicht. Sie versuchte zu begreifen, worauf Tenna hinauswollte. Leichter Atem. Hauchende Schritte. Tenna blickte Annelya an. Sie schaute zurück.

»Annelya, wir haben das Buch der Schatten nicht. Wir können das Siegel nur auf eine Art und Weise brechen und das ist, indem wir die Regeln des Zaubers befolgen«, wisperte Tenna. »Leben und Tod …, ein Herz, das nie ein Leben genommen hat.« Seine Worte fielen wie schwere Steine. Alle schauten sich an.

»Nein, keine Chance«, schoss es aus Surnei, als er sich kopfschüttelnd Annelya näherte.

Sie war still, überlegend.

»Wir sind direkt in seine verdammte Falle getappt!«, rief Snow, als er einige kleine Steine vom Boden kickte. Seine Hände pressten sich gegen seine Stirn, rieben seinen Nacken.

Annelyas Blick haftete an Tenna. So fragend, so verwundert.

»Ich bin nicht die Einzige, oder?«, stotterte sie. Doch es war nicht Zustimmung, die sie in Tennas Kopfschütteln fand. Jedes Mal, wenn er überlegte, ruhten seine Hände an seinen Hüften.

»Es war ein Überfall. Lange Zeit her. Ich musste mich verteidigen«, sprach er zögernd, als Annelya tief schluckte.

»Annelya, sie ist die Einzige, die noch nie ein Leben genommen hat«, rief Surnei laut. Wut tobte in seiner Stimme: »Die Einzige von uns, die durch dieses Tor dringen kann.« Sein Atem war genauso laut wie sein Blick. »Es ist vorbei. Wir können nicht weiter«, zischte er.

Snow und Tenna stimmten zu. Als wäre es bereits beschlossen, bereit ihre Rückkehr anzutreten, schauten sich die drei an. Keiner hörte Annelyas geflüstertes Nein, keiner schaute auf ihr Kopfschütteln.

Snow zögerte. Er wirkte bedächtiger als jeder andere. Verkrampfter.

»Die Nullsumme, sie ernährt sich von seiner Lebensenergie, nicht?«, fragte er leise.

Tennas Nicken war eindeutig.

»Bald ist er keine Gefahr mehr«, wisperte er.

Tenna klang erleichtert. Iuels Falle, sein Plan. Er schien zu bröckeln.

»Nein«, sprudelte es aus Annelya.

Surneis Vorsicht wuchs. Sein Blick war messerscharf, stach Annelya förmlich in die Seele hinein. Sein Ausdruck war auffordernd, befehlend.

»Annelya, lass dich nicht täuschen«, brummte er.

»Nein.« Sie schüttelte ihren Kopf, schaute auf Surnei, musterte Tenna und Snow.

»Sarru hat gesagt, dass Iuel nicht der Feind ist, dass er die Wahrheit kennt«, sprach sie, als Surnei sie lautstark unterbrach.

»Annelya! Die Wahrheit ist, dass Iuel ein Mörder ist! Ein Terrorist, der unser Königreich, unser Zuhause seit Jahrzehnten heimsucht. Ein Terrorist, der dich, die Energie, alles was uns ausmacht, vernichten möchte!« So wütend hatte sie ihn noch nie erlebt. Doch in dieser Wut schwang seine Sorge. »Annelya, siehst du es nicht? Sarru erzählt dir, dass Iuel nicht der ist, vor dem du dich fürchten musst und führt uns zu einem Ort, an dem nur du Zugang zu Iuel hast? Während dieser Nullsumme? Während alle deine Freunde, deine Kameraden zurückbleiben müssen? Er will dich einfangen. Das ist eine Falle, Annelya!«

Seine Worte, Snows und Tennas Zustimmung, sie bohrten sich in sie hinein. Zweifel. Chaos. Sie sprachen immer weiter, redeten lauter, strenger auf sie ein. Sie redeten und redeten. Mal untereinander, mal zu ihr. Die gleiche Sorge, die gleiche Wut, die gleiche Furcht.

Doch mit jedem Wort, das sie las, schienen ihre Stimmen zu erlöschen. Eine Strähne strich ihre Schulter hinunter. Ihr Blick war gefesselt von den Schriften des Kreises.

»Heilige Wächter, ich rufe euch herbei, zeigt mir den Weg, auf dem ein Herz gedeiht«, hauchte Annelya.

Die Energie, sie glänzte in ihren Augen. Sie schlummerte. Versuchte langsam durchzudringen. Und die Stimmen, sie wurden noch leiser. Ihr schwarzes, volles Haar, es wallte um ihren Kopf. Pochendes Herz.

Sie schaute auf Surnei. Dieses Gefühl, es fühlte sich so sehr nach Vertrauen an. Es war ihr nicht fremd. Denn er war nicht der einzige, dem sie vertraute. All die Stimmen, all die Gedanken, die Lehren ihrer Kindheit, ihrer Jugend. Für diesen einen Augenblick waren sie still – nichts im Vergleich zum Gefühl in ihrer Brust. Sie schüttelte ihren Kopf.

»Nein ...«, entschied sie. »Ich habe niemals damit aufgehört, Sarru zu vertrauen.«

»Schätze, wir bringen Annabel keinen Kopf zurück«, witzelte Snow mit einem tiefen Seufzen, als jedes Wort, jede Bewegung aufhörte.

Surnei, er stockte. Hände ausgestreckt, als ob er nach ihr greifen wollte.

»A– A– Annelya ...«, stotterte Tenna. Seine Hände waren genauso ausgestreckt.

»Kristallmädchen, bitte mach keine Dummheiten«, sagte Snow ganz langsam, als alle auf Annelya blickten.

Sie schaute auf die Schrift um ihre Füße, stand mittendrin.

»Ich muss es wissen«, flüsterte sie, als sich Zweifel und Angst in brennende Entschlossenheit verwandelten.

»Annelya, nicht!« Surnei wollte sprechen. Doch dieses gigantische, tiefe Geräusch ertränkte seine Stimme.

»Heilige Wächter, ich rufe euch herbei … zeigt mir den Weg …« Die Schrift unter ihren Füßen, die Schrift auf den uralten Golem, auf den Säulen des Tempels, sie fing an zu leuchten. Dieses Geräusch. Es folgte dem Bröckeln der fallenden Steinchen.

»Annelya, nein!«, rief Tenna.

Ihre Fäuste, so fest geschlossen wie ihre Augen.

»Zeigt mir den Weg, auf dem ein Herz gedeiht.«

Ein lauter Ruf. Ein tiefer Knall. Für einen Augenblick – Stille.

»Heiliger, Heiliger, Heiliger!!!««, schrie Tenna, als ein kräftiges Rütteln alle zurückwarf.

»Annelya!«, brüllte Surnei, während er nach seinen Schwertern griff.

»Annelya! Komm sofort zurück!«, befahl Snow und blickte voller Furcht hinauf. »Verdammt …«

Annelyas Haar, es tanzte im kräftigen Windzug. Das Licht, es erhellte den ganzen Tempel, die Schrift, sie lebte, pochte. Und so taten es auch sie, die Golem.

Langsam schaute Annelya nach oben. Musterte jeden einzelnen Zentimeter dieser Kreaturen. Und die Schritte jener Kreaturen, sie ließen alles toben, ließen den ganzen Wald toben. Ließen Stein zum Leben erwachen. Sie lösten sich von den Wänden und Säulen des Tempels. Jeder einzelne Golem blickte auf Annelya, trat Schritt für Schritt näher zum Kreis. Näher an sie heran.

»Heiliger«, flüsterte sie, als sie erschrocken in Surneis Richtung blickte. »Sur, nicht!«

»Nein, Annelya, verdammt!«, kreischte er.

Er war schnell, doch nicht schnell genug. Der gigantische Arm des Golems rammte vor ihm herunter. Sperrte den Weg ab. Blauleuchtende Augen. Jedes Geräusch, jede Bewegung kam dem eines Erdbebens nahe.

Stolpernd fiel Surnei auf den Boden, zog sich schleppend zurück. Erstarrt im Anblick dieser gigantischen Wesen, die sich langsam um sie sammelten.

Ihr Licht, es traf auf Annelyas, strahlte höher, heller. Ihre Gesichter, sie drangen näher. Einer der Golem starrte sie an. Annelya war nicht einmal so groß wie sein Kopf. Der Windzug, er wurde stärker und stärker.

»Nenne deinen Namen«, hörten alle die bebende, schallende Stimme des Golems vibrieren.

»Neeeeein!«, heulte Surnei mit wiederholten Schwerthieben. »NEIN!«

Sein letzter Schwung brach sein Schwert in zwei Stücke. Schockiert schaute er auf seine Klinge, bevor er Tenna erfasste.

»Es ist zu spät«, flüsterte Tenna.

»Nenne – deinen – Namen.« Die Arme der Golem krachten auf den Boden.

»An–«, stotterte sie erschrocken, fiel einen Schritt zurück, bevor sie entschlossen in die leuchtenden Augen des Golems hineinblickte.

»Annelya Elim. Mein Name ist Annelya Elim.«

Plötzlich herrschte Stille. Kein Hauch, kein Wort, kein Windzug. Stille. Annelya schaute auf die bewegungslosen Golem.

Surneis Zittern wanderte sein Gesicht entlang, übertrug sich auf seinen ganzen Körper. Er blickte auf sie, als die Golem sich erneut bewegten.

»Was tun sie«, jammerte er. Sein Blick raste zwischen Tenna und Annelya.

Die Handflächen der Giganten zeigten auf Annelya. Das Geräusch, es war wieder da, genauso wie der Windzug. Und das Licht um ihre Füße, es wuchs, es strahlte fast heller als der Kristall selbst, als es sie zu konsumieren begann.

»Tenna, was tun sie!? Was passiert mit ihr!?«, schrie er in die Richtung der Golem, während das Licht Annelya langsam in seinem Strahlen verschwinden ließ.

»Iuel ...«, flüsterte ihr hauchender Atem, als sie vollständig im Licht versank.

»Sie prüfen ihr Herz«, wagte sich Tenna zu sprechen.

»Annelya Elim«, erklang im Schall der Golem, als das gewaltige Licht den ganzen Tempel untertauchen ließ.

Keiner konnte mehr hinsehen, keiner konnte überhaupt etwas sehen. Es erklang nur ihr Name: Surnei schrie ihren Namen. Und als das Licht erlosch, schrie er ihn erneut.

Doch sie – sie war nicht mehr dort. Das Licht und die Kreise aus Schrift waren leer. Es war kaum zu glauben, dass diese Giganten vor einigen Augenblicken noch lebendig waren. Kniend. Sie waren wieder unbeseelt. Nur noch Gestein. Und zwischen ihnen, nichts.

Annelya war fort.

»Was ist passiert? Wo – wo ist sie«, stotterte Surnei. Er musterte den ganzen Ort, als ob er sie irgendwo sehen könnte.

Tenna war still. Bedächtig.

»Ich weiß es nicht«, sprach er.

XVIII

DU HAST DICH TÄUSCHEN LASSEN

Das Licht, es tanzte in unvorstellbaren Farben. Violette Rufe, blaugoldene Schreie, rote Stimmen und silberne Klänge. Sie vermischten sich, samt ihres Körpers, bebten, strahlten. Dunkelheit. Die Luft, sie schien zu schwingen, alle Töne versanken im hellen Blau. In nur einem Hauch schoss es aus ihr heraus. Wie ein weißer Vorhang offenbarte es ihren Körper.

Annelya krachte auf ihre Knie. Ein leichter Windzug. Sie schnappte nach Luft, als wäre es ihr allererster Atemzug gewesen. Sie sah sie nicht, noch nicht, doch sie spürte sie. Die Schatten. Graue Erde, kribbelnd zwischen ihren Fingern. Dieser Atemzug war voller, schneller.

Genauso schnell schoss sie nach oben. Ihr offener Mund, ihre offenen Augen bargen die gleiche Angst. Schnelle Bewegungen wurden zu langsamen, vorsichtigen Schritten. Bedächtig, still, bevor sie instinktiv ihre Klingen zog.

»Annelya Elim.«

Noch nie hatte eine Stimme solch einen Schauer über ihren Rücken laufen lassen. So hörte sie sich also an. So fühlte sie sich an. Die Stimme des Mannes, der sie jagte. Der sie umbringen wollte.

Dunkle Masse, einem Nebel ähnlich. Nur ein Schritt und die Schatten brachen in zwei. Zwei Stufen hinunter und sie waren komplett erloschen. Außer dort, über seiner Hand. Dort herrschten sie noch. Schwebend tanzten die Seiten des Buches im leichten Flüstern der Schatten.

Annelya wagte nicht, zu sprechen. All ihre Aufmerksamkeit, all ihre Gedanken waren gefesselt vom Anblick dieser Person.

»Endlich sehen wir uns«, sprach er. Sein Ton, sein Blick, sie zeugten von stillem Selbstbewusstsein. Obwohl er weit von ihr entfernt war, hob sie ihre Klingen in Kampfposition.

»Keinen Schritt weiter«, räusperte sich Annelya.

Ihr Atem ging schwer. Ihr Griff war unsicher.

Iuel stoppte. Sein Nicken war zustimmend, fast beruhigend. Die schwarze Lederrüstung schmiegte sich an seinen Körper, floss langsam in die Schleier der Schatten, die sie umgaben.

»Ich bin nicht derjenige, der dir wehtun möchte, Annelya. Ich bin es nie gewesen.«

Annelyas Griff, er war fester als zuvor.

»Sarru hat mich großgezogen. Ich habe ihm vertraut. Du kannst ihm für diese Chance danken«, flüsterte sie, schwankend zwischen Wut, Entschlossenheit und Unsicherheit.

Fragend schaute er sie an. So ruhig.

»Ich gebe dir eine einzige Chance zu sprechen …«, sprach Annelya mit messerscharfem Blick und zittrigen Lippen. »Also sprich!« Ihre Angst, sie zeigte sie nicht. Verborgen hinter ihren Augen. Verschlossen in ihrer Brust.

Iuel atmete tief ein. Beide schauten zum Himmel. Beide schauten auf Annelyas Arme. Folgten der Energie, die langsam wieder durch ihre Adern floss.

»Wir haben nicht mehr viel Zeit«, sprach Iuel. Seine Ruhe, sie schien zu schwinden.

In der Burg von Sare.

Das Flackern der Fackeln warf unruhige Schatten zwischen Annabels Schritte. Die Stille dazwischen fühlte sich nach einer grausamen Ewigkeit an. Sie kreiste immer wieder um Cesantra.

Cesantra rutsche tiefer in ihren Sitz. Finger, verkrampft in ihren eigenen Fäusten. Solch eine fürchterliche Angst.

»Sie hat dir alles erzählt. Sie hat nichts damit zu tun«, murmelte Meleoidy.

Annabel nickte. Man hörte nur noch das Zischen der Flammen. Ihre Schritte hatten aufgehört.

»Hmpf.« Cesantra zuckte. Annabels Hand, sie ruhte schwer auf Cesantras Schulter.

»Ja ...«, flüsterte Annabel leise, nachdenklich. Das goldene Haar fiel in ihr Gesicht. Strich über ihre Wangen, je tiefer sie ihren Kopf senkte. Und der Griff um Cesantras Schultern wurde weicher. Das war der erste Hauch von Entspannung. In ihr sowie in Meleoidy.

Meleoidy nickte. Ihr rotes Haar fiel auf die roten, engen Ärmel. Sie strich es zurück, offenbarte ihr markantes, weibliches Gesicht, ihre roten, glänzenden Augen.

»Tut mir leid, dass ich so gezweifelt habe«, hauchte Annabel.

Cesantras Nicken und Lächeln wurden begleitet von Erleichterung, als ihre Hand sanft über Annabels streifte.

»Das werde ich nie wieder tun«, sprach Annabel, als sie Cesantras Hand fest packte, während Meleoidy in purem Entsetzen zurücktaumelte.

»An– An–«, sie stotterte.

Cesantra keuchte.

»Nie wieder werde ich zweifeln«, flüsterte Annabel, als sie den blutgebadeten Dolch wieder von Cesantras Kehle nahm.

Meleoidy war erstarrt. Sie konnte nur auf Cesantras pochenden Hals schauen. Wie ein Wasserfall pumpte das Blut aus ihrer Kehle. Färbte den weißen Stoff blutrot, beschmierte ihn mit Angst und Trauer, während es Annabels Hand mit Schuld besudelte. Es tropfte leise. Tropfte von der Spitze des Dolches.

Solch schmerzhaftes Keuchen. Husten. Cesantra versuchte zu schlucken, versuchte ihre Blutung zu stoppen. Vergeblich.

Nach einigen Momenten herrschte Ruhe. Ihr Kopf sank auf ihre Brust. Ihre Finger entglitten Annabels Hand, als sie endlich losließ.

»Was hast du getan«, wisperte Meleoidy. Ihre Hände, zitternd vor ihrem Mund.

Annabel verlor kein Wort. Was war es, das in ihrem Blick lag? Wie Gift, wie Zorn, nein, wie Hass. Hass. Es war Hass. Es war Ekel. Es war Kälte. Kälte gemischt mit falschem Stolz. Mit erhobenem Kopf schaute sie auf ihre Schwester.

Auf dem Friedhof der Ahnen.

Iuel atmete tief ein. Die Art, wie er sie betrachtete, so sah Hass nicht aus. Annelya zögerte. Solch leichter Wind. Solch ein Spiel von Licht und Schatten.

Und er nickte.

»Die Geschichte dieser Welt, Annelya …«, sprach er, als das Buch der Schatten in Annelyas Richtung schwebte.

Erschrocken trat sie einen Schritt zurück, bevor sie sich fasste.

Das Buch, es schwankte im Fluss der Schatten, stoppte kurz vor Annelya. Drei, vier Seiten. Der Windzug trug sie mit sich, offenbarte dieses seltsame Bild.

»Was«, fragte Annelya, als sie langsam nähertrat. »Was ist das?«

»Ist nicht die Geschichte, die Generationen um Generationen in Akademien und Königreichen beigebracht wird«, sprach Iuel, als sie ihn kurz anschaute, bevor sie wieder auf die grässlichen Gestalten auf den Buchseiten schaute.

»Vor zehntausend Jahren herrschten im Saretorium sieben antike Wesen, Dämonen, die Droknen des Aishjatan«, erklärte Iuel.

Eine unerklärliche Gänsehaut breitete sich auf Annelyas Körper aus.

»Unsterbliche Wesen mit grenzenloser Macht. Geboren aus den Schatten selbst. Geformt von der Finsternis und geführt von Leid und Schrecken. Keiner weiß, woher sie kamen, keiner weiß, was vor ihnen war, doch schnell lernten Saretorianer auf dem ganzen Saretorium, was sie wollten«, erzählte er.

Annelyas Klingen sanken immer tiefer. Ihr Blick verlor sich immer weiter in den Bildern der Seiten.

Erschrocken schaute sie auf Iuel. Langsam knickte er ein.

»Die Nullsumme«, flüsterte sie, als sie aufschaute.

»Keine … Zeit«, stotterte er mühevoll. »Diese Droknen, Annelya, sie haben Finsternis über das ganze Land gebracht. Unschuldige Bürger und Bürgerinnen ermordet. Ohne Ende, ohne Mitleid. Tausende und Abertausende von Leben. Eine Zeit vor den Königen, eine Zeit, in der diese Wesen regierten. Gezähmt durch ein brutales Ritual. Das antike Opfer.«

»Was, was hat das mit mir zu tun, mit dir, ich verstehe nicht«, murmelte Annelya nachdenklich. Sie konnte ihren Blick nicht lösen. Diese Bilder, diese Fratzen, diese Mäuler, sie zeugten von wahrer Finsternis.

»Generation um Generation wurde der Glaube an das antike Opfer schwächer und schwächer, bis eine Gruppe von drei heiligen Priestern einen Weg fand, die Droknen mithilfe der Energie der Schöpfung zu versiegeln.« Iuels Worte wurden schneller, durchdringender, während er schwächer und schwächer zu werden schien.

Die Energie, sie wollte ausbrechen. Tobte durch Annelyas pulsierenden Adern.

»Sie waren erfolgreich und für Jahrtausende genoss das Saretorium die Absenz dieser Dunkelheit. Doch dafür kamen neue Konflikte, neue Krankheiten, Kriege … zwischen Königreichen, zwischen Bürgern auf. Es gab Saretorianer der alten und neuen Generation, die an das Gesetz des Gleichgewichtes glaubten«, hauchte Iuel.

»Gesetz des Gleichgewichtes?«, rollte es von Annelyas Zunge. Iuel schlug mit einer Fingerbewegung die nächste Seite auf.

»Laut dem Buch der Schatten reinigen die Droknen die Finsternis dieser Welt. Konsumieren sie, geben ihr Raum, damit Gleichgewicht herrscht. Eine Ideologie, die einst diese ganze Welt versklavte. Eine Ideologie, die von einigen sehr mächtigen Personen unterstützt wird. Saretorianer, die im Glauben sind, dass die Versiegelung der Droknen das Ende des natürlichen Gleichgewichtes bedeutete«, erklärte Iuel.

Annelyas Schauer wuchs. »Saretorianer, die das Siegel brechen wollen.«

Iuel nickte. »Ja, Annelya. Ganz genau.« Stöhnend fiel er auf sein Knie. Annelya wollte zu ihm eilen, doch ihre Vorsicht war dieses Mal stärker als ihr Instinkt.

»Aber was hat das mit dir zu tun? Mit den Attentaten, mit dem Königreich?« Sie überlegte, doch sie verstand nicht.

Iuel lachte kurz auf. Schaute sie genauer an.

»Für tausende von Jahren versuchten sie einen Weg zu finden, das Siegel zu brechen. Grausame Experimente. Experimente an Familien, an Kindern. Doch jedes einzelne Experiment schlug fehl. Und die Objekte, sie wurden entweder vernichtet oder ausgebildet. Grässliche Gehirnwäschen. Sie brachen nicht nur Körper, sondern auch Geister. Doch ihr Versuch, die Droknen zu beschwören, war vergeblich. Bis sie verstanden: Die Energie der Schöpfung versiegelte die Bestien, also konnte auch nur sie diese befreien. Doch die Energie zu bändigen, war bisher niemandem gelungen. Nicht auf die Art und Weise. Doch hat man lange genug Zeit, sammelt man genug Wissen. Betreibt genug Forschung. Und ehe man sich versah, fanden sie einen Weg«.

Annelya hüllte sich in Schweigen. Iuel auch. Er zögerte. Man sah den Krampf in seinem Gesicht.

»Dich, Annelya. Man fand dich.«

Iuels Worte bohrten sich tief in ihren Geist. Kälte mischte sich in ihre Gedanken.

»Ich«, stotterte sie, »Was …«

Verwirrt schaute sie sich um. Ihre Angst, sie wuchs.

»Nein, nein, Surnei hatte recht. Ich kann es nicht fassen«, sprach sie aufbrausend, als ihr Griff wieder fester wurde.

»Annelya!«, rief Iuel laut. Auffordernd.

Sie stoppte in einem Augenblick, während er langsam zum Himmel zeigte.

»Denkst du, ich verschwende meinen allerletzten Moment, mein verdammtes Leben, um mit dir Spielchen zu spielen? Wenn ich dich tot sehen wollte, wärst du es längst, und, heiliger Kristall bewahre, vielleicht wäre dies auch eine Lösung gewesen!«, sprach Iuel wütender, ernster als davor.

Annelya schluckte fest, sie schwieg.

»Wo– woher willst du das alles wissen?«, zögerte sie.

Iuel schaute sie an. In seinem Gesicht spiegelte sich eine rasende, bittere Erinnerung.

»Sie versuchten es immer wieder. Ohne die Energie. Sie versuchten, sie zu beschwören. Grausame Experimente, Annelya. Experimente, von denen ich Teil war.« Seine Worte klangen nach Wahrheit. »Man schätzte mich als eines der wertvollen Objekte. Kinder und Jugendliche, in denen *er* Potential sah. Sie bildeten mich aus. Erschufen treue und gefährliche Krieger, Könige und Spione, die das gesamte Reich infiltrierten. Keiner sprach. Keiner brach sein Schweigen. Niemand außer mir«, erzählte er heiser.

»Die Hinrichtung…«, stotterte Annelya, während Iuel lächelnd nickte.

»Ich sammelte Beweise. Und als ich drohte, die Experimente zu offenbaren, wurden sie mir angehängt. Übermut ließ mich erblinden. Ich vergaß ihre Macht, ihren Einfluss. Und so wurde ich zum Tode verurteilt. Ein Problem, das beseitigt werden musste. Und mit meinem Tod würden auch ihre Geheimnisse sterben«, erklärte Iuel. Sein Husten wurde stärker. Seine Schwäche breitete sich aus.

»Wie … Meine Mutter erzählte, dass sie deine Hinrichtung selbst erlebt hat«, grübelte Annelya, als Iuel sie unterbrach.

»Nenne es Schicksal, Glück oder gar Unglück, doch ich stieß auf etwas, wonach das gesamte Saretorium seit Jahrtausenden gesucht hat«, murmelte er, auf das schwebende Buch blickend.

»Das Buch der Schatten«, nuschelte Annelya zittrig.

Iuel nickte erneut. »Es verleiht seinem Nutzer Mächte, die sich mit der Kraft der Schöpfung selbst messen können. Doch Schattenkunst hat ihren Preis. Einen Preis, den ich bereit war, zu zahlen. Wäre dieses Buch in *seine* Hände gefallen, dann wären die Droknen das kleinste Problem dieses Kosmos, Annelya.«

»*Er*? Wer? Die Energie …, wie– wieso konnten sie sie nicht vorher nutzen?«, grübelte Annelya mit schnellem Wimpernschlag und gesenktem Blick.

»Zuerst versuchten sie die Energie der Schöpfung zu bändigen. Sie nutzten Beschwörungsformen, kreuzten Elemente, nichts funktionierte. Doch dann kam diese verdammte Idee: Falls niemand die Energie kontrollieren kann, was würde passieren, wenn die Energie selbst zu einer Person werden würde?«, sprach Iuel, als Annelya zum ersten Mal verstand.

»Ich …«, setzte sie an.

»Du bist das erfolgreiche Experiment. Die Spaltung der Energie, die in Annabel versiegelt wurde. Ein Kind, manifestiert vom Kristall der Schöpfung selbst. Du hast die natürliche Kontrolle über die Energie. Mehr als Annabel sie je hatte. Mehr als jeder Zauber je könnte«, sprach er.

»Aber, aber, selbst … selbst wenn es so wäre, warum sollte ich jemandem helfen, diese Wesen zu beschwören?«

»Nein, Annelya, du verstehst nicht. Du musstest gar nichts tun, außer diese Energie zu perfektionieren. Du brachtest ihnen bei, sie zu bändigen, die richtige Frequenz zu finden.«

»Richtige … richtige Frequenz?«

»All die Jahre, all dein Training. *Den Einklang mit dem Fluss der Energie zu finden*«, sprach er, als Annelya in völliger Starre ihre Augen aufriss.

»Was hast du gerade gesagt?«, flüsterte sie.

Iuel nickte.

»*Er* hat einen Weg gefunden, die Energie ohne dich zu nutzen. Eine Maschine. Und all die Jahre hast du ihm unwissend dabei geholfen, sie zu bauen. Sie richtig einzustellen. *Den Katalysator*. Und als dieser endlich fertig war, war die Bedrohung scheinbar groß genug, um dich loszuschicken. Um mich aufzuhalten, bevor ich dich aufhalte«, sprach Iuel, als Annelyas Verstand in tausend Stücke zerbrach. In einem Augenblick ergab jedes seiner Worte Sinn.

»Man brachte uns bei, dass der Kristall vor der Versiegelung absichtlich manipuliert wurde, dass du der Energie eine lebendige Form geben wolltest, um sie zu vernichten ...«, überlegte Annelya. Ihr Blick ging durch Iuel hindurch. »*Er?*«, fragte Annelya zornig, zittrig. »*Er* ...«

Kurz herrschte Stille.

Doch seine nächsten Worte, sie bestätigten die Vermutungen, räumten jeden Zweifel aus.

»Gion N'Atem, Anführer des Hohen Rates. Berater der Königslinie«, spie Iuel aus.

Dieses Gefühl, es war wie ein untragbares Gewicht, das ihren Magen hinunterrutschte. Ihre Klingen, sie fielen auf den Boden. Unkontrolliertes Nicken. Tränende Augen.

»Nein. Nein. Du lügst ... du lügst«, wiederholte sie, als die Energie der Schöpfung langsam vollständig zurückkehrte.

»Lügner«, wisperte sie zornig, als der Klang der Schöpfung ertönte.

»Annelya, nicht! Jedes Mal, wenn du sie nutzt, wenn du die Energie nutzt, zapft dir der Katalysator ein weiteres Stück davon ab!«, sprach Iuel.

Annelyas Energie erlosch in einem Augenblick. Verwirrt schaute sie auf ihre Hände, betrachtete die Narbe darauf.

»Die Wunden«, hauchte sie.

»Du hast bereits geblutet. Das heißt, die meiste Energie hat bereits deinen Körper verlassen«, erklärte Iuel, als er krampfend zu Boden fiel.

»Iuel!« Annelyas Vorsicht war fort. Sie brach unter ihren schnellen Schritten, genau wie die Schatten. Das Buch, es krachte auf den Boden, als sie auf ihre Knie fiel.

»Iuel, Iuel«, wiederholte sie, während sie ihn aufstützte. »Du meine Güte.«

Sein Gesicht, so blass. Durchzogen von schwarzen, pulsierenden Adern.

»Dieses, dieses Ding, dieser Katalysator, wie zapft er meine Energie ab?«, rief sie laut, während sein Kopf in ihren Schoß sank. Ihre Hände, fest, doch sanft an seinen Wangen. Langsam griff er nach ihnen. Legte seine über ihre.

»Annelya …«, versuchte er zu sprechen.

»Iuel, wie zapft der Katalysator meine Energie ab?«, sprach sie auffordernder, erwartungsvoller, während er sie musterte. Sein Blick, er blieb an ihrer Brust hängen.

»Wer?«, stotterte er.

Annelya verstand nicht. Verwirrt schaute sie ihn an. Klatschte leicht gegen seine kalten Wangen.

»Wer hat dir diese Kette gegeben?«, sprach er, als plötzlich die Zeit stehen blieb.

Das Pochen ihres Herzens, es klang wie ein allerletztes. Jeder Gedanke, jedes Wort, jedes Gefühl folgte dem Aufkommen dieser peinigenden Kälte. Dieser aufreißenden Leere. Dieser Schmerz? Er war unvorstellbar. Unbeschreiblich. Sie wollte sprechen, doch sie konnte nicht. Es war eine einzige Träne, die ihr erstarrtes Gesicht hinunterrollte.

»Meleoidy«, wisperte Annelya kraftlos. Zügig riss sie die Kette ab und warf sie mit purem Ekel auf den Boden. »Meleoidy?«, zitterte sie. Sie schaute angewidert auf die Kette. Das kleine Licht, der Hauch der Energie, der in ihr funkelte.

Dein Wappen ..., schallte in ihren Gedanken.

Sarrus und ihre eigene Stimme hallten in ihren Erinnerungen. Das war kurz bevor der laute Knall der Explosion ihre Gedanken heimsuchte.

Bilder von Gion, von Meleoidy.

Erst, wenn du im Gleichgewicht bist, wird dir diese Energie gehorchen, schallte *seine* Stimme in ihren Erinnerungen.

Solch einfache Worte, plötzlich – plötzlich ergaben sie Sinn.

»Die Kette ist der Katalysator«, schluchzte sie und wurde sich der Situation immer gewisser. »Nein ...«

Noch eine Träne. Eine weitere rollte ihre kühlen Wangen hinunter. Der Blick war gefesselt von dieser Kette.

»Sie war es. Die Explosion. Sie hat sie Sarru unterstellt«, murmelte sie, während Iuel nickend hustete.

»Um dich rauszutreiben«, hustete er, als sie ihn anblickte.

»Der Händler, der Zauber im Scherbendorf, keiner wusste, wer du bist«, erzählte sie nachdenklich.

Iuel nickte erneut.

»Schattenzauber. Er – er erlaubt mir die Erinnerungen aller Saretorianer zu löschen, die nur einige Kilometer von mir entfernt sind«, hustete Iuel.

»Sechzehn Jahre lang ...«, flüsterte Annelya. »Deshalb gab es in diesen Sechzehn Jahren keine einzige Sichtung ...«

»Nur – nur Träger der Schöpfungsenergie, Schattenwesen

und – Saretorianer, die – die ich mir aussuche sind immun«, wisperte er, während die Energie langsam wieder durch Annelya floss.

Annelyas Augen zitterten in purem Verständnis.

»Gion bestätigte die Sichtung im Scherbendorf. Doch wie soll jemand aus dem Scherbendorf von dir berichtet haben, wenn … keiner eine Erinnerung an dich hatte.«

Gänsehaut. Sie breitete sich aus. Alles, alles war so kalt.

»Du hast es verstanden. Annelya Elim …«, hustete Iuel, als er fest nach ihrer Hand griff. »Ich wünschte ich hätte die Zeit … dir alles zu erklären. Dich kennenzulernen, doch … wir haben keine Zeit mehr«, sprach er, als eine weitere Träne hinunterfiel, bevor sie verblüfft aufsah.

In der Burg von Sare.

Meleoidy entfernte sich vorsichtig von Annabel, suchte immer mehr Abstand. Der Stoff ihres roten Kleides strich zwischen ihre Beine. Beine, umschlungen von schwarzer Spitze. Langsame Schritte.

»Oh bitte, Meleoidy, als hättest du noch nie Blut an deinen Händen gehabt«, spottete Annabel. Ihre Handbewegungen, ihre Gestik. Sie schleuderte den Dolch wie eine Trophäe herum, bevor sie mit diesem auf Meleoidys rotes Haar zeigte.

»Der verbotene Blutzauber. Sammelt man genug Leben, ergattert man für sich ein neues«, sprach Annabel höhnisch. Entspannt kreiste sie um Cesantra.

»Nein, mhm!«, protestierte Meleoidy. »Ich habe Vergewaltiger und Mörder dafür getötet, niemand Unschuldiges ist dafür gestorben.« Noch nie zuvor hatte sie Annabel mit solch einer Angst angeschaut. Annabels Lachen hallte im ganzen Raum. Der Dolch schmierte Cesantras Blut auf ihre Rüstung.

»Redest du dir das nachts etwa selbst ein, Schlammmädchen?«, lachte Annabel.

Meleoidy sah sie verwundert an. »Wie hast du mich genannt?«

»Lass uns nicht so tun, als ob du besser wärst als das hier, Schwesterherz«, sprach Annabel. Sie zeigte mit dem Dolch auf Cesantra, dann auf Meleoidy.

»Du«, murmelte Annabel und ging einen Schritt vor, »nimmst, seitdem du geboren bist. Immer nimmst und nimmst du.«

Meleoidys Verwunderung wuchs. »Annabel, wovon redest du? Du hast eine unschuldige Person ermordet, nur weil du der Überzeugung warst, dass sie schuldig wäre. Dass sie eine Terroristin wäre. Keine Fakten, keine Zusammenhänge – du urteilst einzig und allein aus deinem verworrenen, verzwickten, kranken Glauben heraus! Lenard, Leon, Sarru!« Sie klang aufbrausender, wütender.

Annabel stoppte, hob ihre Augenbraue. »Ah, darum geht es also«, wisperte sie nickend.

Meleoidy zögerte, ein weiterer Schritt nach hinten.

»Der kleine Schmetterling ist immer noch nicht darüber hinweg, dass ich ihr Märchen nicht geglaubt habe«, grinste sie.

»Wag es nicht …«, drohte Meleoidy mit tränenden, zittrigen Augen, als sie ihre Lippen fest verschloss.

»Ist es das, Meleoidy? Ist es das, was dich stört? Was dir so sehr fehlt? Mein Glaube?« Annabel klang lauter, wütender.

»Was mir fehlt?«, sprach Meleoidy entsetzt. Diesmal wagte sie sich einen Schritt voran. »Weißt du, was sie mir angetan haben? Was sie ihm angetan haben? Dein Glaube hätte das alles verhindern können. Es hätte seinen Tod verhindern können«, wisperte Meleoidy mit gebündelter Wut. Er breitete sich aus, der Schmerz in ihrer Stimme. »Weißt du, wie es ist, jeden Tag mit diesem Gedanken aufzuwachen? Dir ins Gesicht zu schauen? Wie es ist, sich so verantwortlich zu fühlen, für alles, was mir passiert ist, was ihm passiert ist? Kannst du dir, verdammt nochmal, vorstellen, welches Leid ich ertragen musste?«

Zum allerersten Mal sah Annabel eine Träne Meleoidys Gesicht runterrollen. Ihre Wut, ihr Schmerz, er war nicht zu messen. Er umschlang jedes ihrer Worte. Das Licht der Flammen, es schien ihr zu folgen. Tobte wilder, dunkler.

»Oh bitte, es reicht!«, rief Annabel genervt. »Du kannst es dir einfach nicht eingestehen, dass ich diejenige war, die auserwählt wurde. Das Königreich, die Legion, ohne mich wärst du ein Nichts und das ist es, was du nicht ertragen kannst! Ich habe es satt. Diese ganze Scharrade. Die schöne, unschuldige, Meleoidy ... Schwachsinn!« Es war überraschend, wie laut sich ein Flüstern anhören konnte. Annabels Gesicht, so angespannt. Zähne, die aufeinanderschlugen.

Lächelnd schüttelte Meleoidy ihren Kopf. Ein kurzer Seufzer.

»Wann gestehst du ihn dir endlich ein? Diesen Hass. Gib es zu! Jedes Mal, wenn du mich siehst, erinnerst du dich daran, dass ich Mutters Tod bedeutete«, sprach Meleoidy. Schnell trat sie zurück, schaute nach hinten. »Die Vergleiche, der Irrglaube, all der Hass. Nur, weil du denkst, dass ich dir die Chance genommen habe, dich bei ihr zu beweisen«, sagte sie, als Annabel vor Ekel zusammenzuckte. »Sie hatte dich verlassen, längst, bevor sie gestorben war, Annabel. Hat dich verkauft für goldene Kleider und ein großartiges Bett.« Meleoidy streckte ihre Arme aus, ihre Stimme, sie war lauter, selbstbewusster als zuvor. »Und du erträgst es nicht. Du erträgst es nicht, dass ich sie nie ertragen musste. Dass ich mich nie beweisen musste. Eifersucht, Schwester? Das Einzige, das EINZIGE, das ich jemals von dir wollte, war dein Glaube. Sei ehrlich.« Mit schnellen Schritten näherte sie sich Annabel, stoppte kurz vor ihrem Gesicht. Tränende Gesichter, zittrige Augen. »Insgeheim hast du mir geglaubt. Doch dir war es einfach nur egal.« Da war er wieder. Dieser Schmerz. Dieser erwartungsvolle Zweifel in Meleoidys Augen. Die Angst. Denn sie wollte etwas anderes hören.

Annabel zögerte. Still wich sie zurück, lief mit gesenktem Kopf zum Tisch. Meleoidys Blick glitt einmal über Cesantras toten Körper, bevor er wieder auf Annabel fiel.

»Gib es zu!«, brüllte Meleoidy mit tobenden Tränen.

Annabel, sie war still. Überlegend.

»Die Tochter eines Banditen, das Blut von Abschaum, wagt es so mit ihrer Königin zu sprechen ...«, flüsterte Annabel. »Ich kann nicht in Worte fassen, wie froh ich bin, diesen Mann gefasst zu haben.«

Meleoidys Herz zerbrach in einem Augenblick. Ihr Gesicht, erfroren in den Worten ihrer Schwester. Sie sah so aus, als hätte jeglicher Funke Leben ihren Körper verlassen. Wie verwurzelt, verankert.

»W- was hast du gerade gesagt?« Sie zögerte, konnte nicht mehr richtig sprechen. Tränen, vereist. Gefühl, verschollen.

Langsam drehte Annabel sich um. Nickend schaute sie zurück. Solch ein Hass. Er bedeckte ihr ganzes Gesicht. Das goldene Haar, es sah giftgelb aus.

»Ja, du hast richtig gehört. Willst du wissen, wie es dazu kam?«, grinste Annabel rau, düster, als sie sich wieder annäherte.

Meleoidy schüttelte verneinend ihren Kopf. Dieses Spiel von Zittern und Kälte, das ihren ganzen Körper auf und ab wanderte – niemand hätte beschreiben können, wonach es sich wirklich anfühlte.

»Er hat mich aufgesucht«, flüsterte Annabel, als Meleoidy wieder in Tränen ausbrach. Fest verschloss sie ihre Augen. Zitterte am ganzen Körper.

»Nein«, weinte sie schmerzerfüllt. »Neeeein.« Es klang wie ein Betteln.

Annabels Gesicht, es drang immer näher, wirkte immer befriedigter. »Er hat dich gesucht, Schwesterherz. Wollte dich wiedersehen. Dich sprechen. Er dachte, er könnte mir vertrauen. Dass ich ihn nicht der Legion melden würde«, fuhr Annabel fort, während der Schmerz in Meleoidys tobende Brust immer tiefer drang. All die Kälte, all die Härte, verloren in einem Augenblick.

»Und ich versprach es ihm. Er sollte mich in jener Nacht am Nordeingang des Tempels von Sare treffen.«

»Nein, nein, nein«, stotterte Meleoidy. Ihr Atem zischte zwischen ihrem Schluchzen.

»Dort hat ihn die Legion erwartet. Und ich schwöre dir, ich habe mich noch nie so gut gefühlt«, betonte Annabel, als Meleoidys Hand mit voller Wucht Annabels Gesicht zur Seite schlug. Nur noch ein Hauchen. Annabel schaute lächelnd zum Boden.

»Hast du eine Ahnung, hast du eine Ahnung …«, schluchzte Meleoidy. Ihre Hände berührten ihre Brust. Es schien, als ob sie ihr Herz herausreißen wollte. »Hast du eine Ahnung, welch Leid du an jener Nacht entfesselt hast?«, wisperte sie, als sie wieder in die Augen ihrer Schwester blickte. Stille. Außer ihrem leisen Weinen hörte man nichts. Man sah nur dieses widerliche Grinsen wachsen.

»Es – ist – mir – egal«, zischte Annabel, während sie Meleoidys zuckende Augen voller Freude musterte. »Völlig egal«, sprach sie rauer, als sie die Energie der Schöpfung entfachte. Ihre Augen, samt ihren Adern, sie leuchteten auf, während Meleoidy verängstigt nach hinten trat.

»Du bist – du bist wahnsinnig«, flüsterte sie.

»Nein! Kein Zweifeln mehr ... lange genug habe ich mich zurückgehalten. Mich beherrscht. Genug. Zu lange habe ich dich beschützt. Dich ertragen. All eure Lügen. Siehst du es nicht!?«, brüllte Annabel, während die Energie immer heller leuchtete. Mit ausgestreckten Armen präsentierte sie ihren Körper. Ihr Haar, langsam schwebte es nach oben.

Die Nullsumme, sie war fort.

»Ich bin ein Gott, Meleoidy. Was bist du?«, sprach sie, als sie Meleoidy mit voller Wucht gegen die Wand schleuderte. Stöhnend krachte sie dagegen, fiel auf ihre Knie.

»Ich kann dich nicht mehr sehen!«, brüllte Annabel, als sie Meleoidy würgend an der Kehle packte und mit einem Ruck hochzog.

Keuchend, schlagend versuchte sich Meleoidy zu befreien.

»Ich habe keine Lust mehr. Iuel, Sarru, Cesantra, Lenard, Leon, du, Mutter – ihr seid alle Dreck. Und ich entscheide mich, aus diesem Schlamm zu treten«, flüsterte Annabel, als sie ihren Griff verstärkte.

Meleoidys Haar, es schwebte im Energiefluss von Annabels Hand. Ihr ganzes Gesicht tauchte in das Licht der Energie, während sie lauter und kräftiger nach Luft rang.

Auf dem Friedhof der Ahnen.

»Meine Energie reicht für eine allerletzte Schattenkunst«, keuchte Iuel mit ausgestreckter Hand, während Annelya auf die Schatten vor den beiden schaute.

Es sah aus wie ein Riss. Ein Riss, der sich langsam in der Luft formte, die Atmosphäre in Stücke teilte, umgeben von schwarzem, rauchendem Nebel. Es klang, als ob die ganze Welt zerfallen würde, zusammenbrechen würde.

»Die Burg«, flüsterte Annelya, als sie durch diesen nebeligen Riss hindurchschaute. Das Dorf, es war genau dort, vor ihr. Zögernd schaute sie nach hinten.

»Surnei«, zögerte sie.

»Annelya!« Iuel fing ihre Aufmerksamkeit. War das Hoffnung in seinen Augen? »Annelya Elim«, keuchte er, als sein Arm zu schwächeln begann. Das Licht in seinen Augen, es schien zu schwinden. »Du hast noch genug Energie. Der Katalysator funktioniert ohne das Amulett nicht. Deine Macht ist nicht mit ihrer zu messen. Beende es«, sprach er, als er mit einem letzten Kampfschrei den Riss explosionsartig in ein Portal verwandelte.

Der bebende, tobende Wind schleuderte Annelyas Haar samt ihren Tränen nach hinten. Wie ein Sturm, wie ein finsterer Sturm, dehnte sich das Portal aus. Es pochte, bereit, sich wieder zu schließen. Iuel nahm den letzten Atemzug. Sein Kopf, er fiel zur Seite. Sein Finger ruhte in Richtung des Portals auf dem Boden. Annelya blickte auf die Kette, bevor sie ein einziges Mal zurückschaute.

»Mama«, flüsterte sie entschlossen. All die Verwirrung, all das Verständnis, es verwandelte sich in Feuer. In pures, brennendes

Feuer. Sie drückte sich langsam hoch und schlug sich mit einem gewaltigen Kampfschrei durch den rasenden Wind.

Iuels Körper krachte auf den Boden, seine Seele war fort. Und während sich die Schatten wieder schlossen, drang sie hindurch. Ein Schritt, ein Sprung, ein Kampfschrei. Nur noch ein lauter Knall. Solch ein gewaltiger Überdruck, der jedes einzelne Grab zum Bröckeln brachte.

Und plötzlich – Stille.

Am Strand der Burg.

»Argh!«

Der wirbelnde Sand mischte sich in ihr Haar. Ein gewaltiger Überdruck. Die Schatten erloschen in ihrem Sturz. Sie zögerte nicht. Nicht eine einzige Sekunde.

Mit einem Schwung schaute sie nach vorn. Erste, stolpernde Schritte verwandelten sich in schnelles Rennen. Ihr Atem, wilder als das Pochen ihres Herzens. Schritt für Schritt kam sie näher, die Burg. Und während die Sonne langsam unterging, schlich sich die Nacht über das Dorf.

In der Burg.

Meleoidy atmete ein letztes Mal ein. Kein Zappeln mehr. Es hörte auf. Still, schweigend schaute sie tief in Annabels Augen.

»Auf Wiedersehen, Schwesterherz«, flüsterte Annabel, bereit, zuzudrücken, als ein kleines, helles Geräusch erklang.

Plötzlich herrschte Ruhe.

Meleoidy, sie schaute sie immer noch an. Doch diesmal zitterten nicht ihre Augen. Dieses Mal zitterten Annabels, während sie ganz langsam nach unten blickte.

»Mam!«, schallte Annelyas Stimme in den Gängen der Burg. Ihre Schritte, immer schneller.
»Mam!«

»Ich war es«, flüsterte Meleoidy, während Annabels Energie zu schwächeln begann.
Bestürzt blickte Annabel sie an. Ihr Gesicht. Wo war ihre Wut hin? Ihr Stolz?
»Nicht Cesantra, nicht Sarru, nicht Iuel«, offenbarte Meleoidy mit gehauchtem Schmerz.
Annabel hörte das helle Geräusch noch einmal. Sie stöhnte. Ihr Blick folgte diesem Klang, sie schaute auf Meleoidys Ring, der langsam aus ihrem Bauch drang. Das Blut, es floss. Tropfte den goldenen, dünnen Dolch hinunter.
»Meleoidy«, stotterte sie, als ihr Licht erlosch.
Mit verzogener Miene schubste Meleoidy Annabels Hand von ihrem Hals. Annabel taumelte einige Schritte nach hinten. Ihre Hände pressten sich gegen die Wunde in ihrem Bauch.
»Was hast du getan«, flüsterte sie. Sie versuchte, sich an Cesantras Stuhl festzuhalten, vergeblich.
Meleoidy folgte ihrem Sturz, trat einen Schritt näher.
»Mam!« Annelyas Stimme drang näher.
Annabel, sie starrte Meleoidy an. Empört, überrascht.
»Überlebt«, ächzte Meleoidy verkrampft, als sie eine weitere, stille Träne verlor.
»Wie – wie konntest du ihr – ihr das antun?« Diesmal vergoss

auch Annabel eine Träne, während sie langsam ihre Besinnung verlor. »Annelya«, hauchte sie. Blässe breitete sich in ihrem Gesicht aus.

»Auf Wiedersehen, Schwester«, schluchzte Meleoidy, als Annabels letzter Atemzug aus ihren Lungen wich.

»Mam–«, sprach Annelya, bevor ihre Worte von einem Schrei verschluckt wurden.

Meleoidy zuckte zusammen. Schweigen. Sie traute sich nicht ein einziges Mal, Annelya anzuschauen.

»Ah! Ah! AAAH!«, schrie Annelya lauter denn je, lauter als sie jemals hätte schreien können, als sie heulend und krampfend die Arme um sich selbst schlang. Sie hielt ihre Brust, ihren Bauch, als würde ihr Herz herausfallen.

»Aaaah!«, schrie sie, während Schweiß und Tränen sich vermischten. »Mama! MAMA!«, brüllte sie mit rasenden Schritten. Kreischend fiel sie auf ihre Knie. Zittrige Hände, schnelle Griffe.

Die Energie, sie pulsierte immer wieder durch ihre Hände, raste in Annabels Körper, doch es war zu spät.

»Neinn! Ne– hein!« Ihr Heulen, es wurde lauter, hilfloser, grausamer. »NEIN!«

Blut, überall. Ihr Haar. Ihre Hände. Ihre Knie. Sie badeten genauso wie Annabel in ihrem Blut. So viel Blut. Sie schien sich nicht zu trauen, das Gesicht ihrer eigenen Mutter in ihre Hände zu nehmen.

Es wirkte, als ob ihr Atem gleich verschwinden würde. Als ob sie auf der Stelle zusammenbrechen würde.

Meleoidy schluckte immer kräftiger. War es Gleichgültigkeit? Oder war es Mitgefühl?

»Was hast du getan«, vibrierte Annelyas schmerzerfüllte, brüchige Stimme. »Ich frage dich: Was – hast – DU – getan!?«, schrie sie, als die Energie der Schöpfung rasend durch ihre Adern strömte. Sie schaute über ihre Schulter, schaute auf das, was sie einst Familie nannte. »Ich werde dich umbringen«, flüsterte sie stockend.

Meleoidys Wimpernschlag. Das war das Einzige, das sich bewegte. Schneller, verwirrter. »Nein«, schoss es aus ihr, während sie wie vereist auf Annabels toten Körper blickte. »Nein, das wirst du nicht.«

Der gewaltige Klang der Energie folgte Annelyas Bewegung. Langsam stand sie auf, drehte sich zu ihr. Ein Glühen, das ein Leben auch nur durch sein Leuchten auslöschen könnte.

»Nicht, wenn du Surnei lebend willst«, sprach Meleoidy.

Annelya blieb zuckend stehen.

»Was?« Schweigend schaute sie Meleoidy an.

Doch Meleoidy schaute sie nicht an. Nicht ein einziges Mal.

»Das war Plan B«, stotterte sie. »*Er* sollte dich dazu bringen, die Energie so viel wie möglich zu nutzen. Doch Iuel hat es geschafft, in deinen Kopf zu dringen. Das heißt, du musst die Arbeit des Katalysators zu Ende bringen«, erklärte Meleoidy, als Annelya sie unterbrach.

»Wer sollte mich dazu bringen, die Energie zu nutzen?«, murmelte sie brüchig, rau.

Meleoidys Blick schwenkte zwischen Annabels leeren Augen. Zum ersten Mal traute sie sich, hinzuschauen. Sie schaute Annelya an.

»Snow«, sprach Meleoidy, als Annelyas Licht in einem Augenblick vollständig erlosch. Hinter dem Leuchten offenbarte sich pure, bittere Enttäuschung. Wahre Furcht.

»Nein«, hauchte sie erschöpft.

»Aktiviere den Katalysator, brich das Siegel und Surnei wird leben. Tust du es nicht ...« Meleoidy stoppte. Immer noch schluckte sie schwer. Ihr Dolch, er floss langsam wieder ihren Finger hinauf.

Das, was sie in Annelya sah? Das war Leere. Eine dunkle Stille. Eine Art von Stille, die jedem schreienden Schmerz überlegen war.

»Du bist ein Monster«, flüsterte Annelya. Ihr Körper, er war dort. Ihr Geist, er schien fort. »Ein grässliches, widerliches Monster.«

Zwei Soldaten stoppten kurz vor dem Eingang.

»Wir haben Schreie gehört und –« Erschrocken hoben sie ihre Speere. Verkrampft schauten sie auf Annabel und Cesantra, Meleoidy und Annelya.

»Was zum«, rief einer der Soldaten, als sich Meleoidy langsam zu ihnen drehte.

»Die Königin ist tot. Nun gilt mein Befehl«, sprach Meleoidy streng. »Führt Annelya hinaus und folgt mir.«

Meleoidy trat aus dem Raum. Die Soldaten, sie stockten in Verwirrung.

»Los«, hörten sie Meleoidy rufen, bevor sie zweifelnd ihrem Befehl folgten.

Annelya, sie rührte sich nicht. Spürte sie nicht, die Griffe um ihre Arme. Sie lief einfach. Ein Schritt nach dem anderen. Sogar ihr Wimpernschlag war langsam. Niemanden, niemanden schaute sie an. Sie starrte einfach hinein in die Leere.

Und der Mond, langsam nahm er den Platz der Sonne ein. Dunkelheit verbreitete sich in jedem Gang. Und die Fackeln leuchteten ihr den Weg. Folgten ihrer blutigen Mähne, so wie die Soldaten ihr folgten. Ein Schritt nach dem anderen.

Das Einzige, was sie sah, was Annelya sah, war Dunkelheit.

XIX

UND NUN WIRD DEINE WELT DEN PREIS DAFÜR BEZAHLEN

Auf dem Friedhof der Ahnen.

»Wir müssen da rein.«
»Wir können da nicht rein«.
»Sie ist viel zu lange weg. Die Nullsumme, sie ist fort.«
»Das bedeutet, dass er tot ist.«
»Wieso ist sie dann noch da drin!?«
Das Mondlicht. Es schien hell. Erhellte seine weichen Kanten. Folgte seinem angespannten Körper, musternd, von Kopf bis Fuß.
»Irgendetwas stimmt nicht«, klagte Surnei.

Im Untergrund der Burg.

Es überraschte Annelya nicht einmal: die Mauer, die sich in tausend Stücke verwandelte. Wahrscheinlich hätte sie nichts mehr überraschen können.
Still folgte sie Meleoidy in den tiefen Gang, während die Mauer hinter ihr sich verschloss. Die Griffe der Soldaten fühl-

ten sich gar nicht mehr stramm an. Entweder spürte sie es nicht oder sie waren es wirklich nicht. Denn Annelyas Verhalten enthielt keinen Hauch Widerstand.

»Iuel hat es geschafft«, schallte Meleoidys Stimme im Echo des Untergrundes, als Annelya zum ersten Mal ihren Blick in die Leere brach.

Da war er wieder, der Schmerz in ihren Augen.

»Gion«, flüsterte sie sich selbst zu.

Es müssen mehr Fackeln als sonst gebrannt haben. Der Raum war heller, doch er fühlte sich genauso finster an, wie jedes vergangene Mal auch.

Diese Statuen, diese Bestien, sie sahen aus wie in dem Buch der Schatten. Annelyas Blick sprang von einem Droknen zum nächsten, als Gion zurückblickte.

»Annelya«, grüßte er. Das goldene Werkzeug in seiner Hand legte er auf die kleine Steinplatte neben sich.

Sein dunkelbraunes Gewand schleifte über den Boden, seinen Schritten hinterher. Graue Augen, graues Haar. Sie kannte es zu gut. Kannte es ihr Leben lang. Und doch sah es dieses Mal fremd aus. Er sah fremd aus.

»Es tut mir leid, so war es nicht geplant.« Bedächtig trat er näher. Er schien sie zu bewundern. Doch ihm blickte Bitterkeit entgegen.

»Wieso?« Zittrig schaute sie ihn an, während sein Gesicht immer näher an ihres drang.

»All das Training, all die Lektionen, mein ganzes Leben«, wisperte Annelya. Sie versuchte, ihre Tränen zu unterdrücken, doch sie schwammen in ihren Augen. »Alles war eine Lüge?« Das Brechen ihrer Stimme war nicht zu überhören. Es klang dunkler, als die Gänge des Untergrunds es waren.

»Eine Lüge?«, murmelte Gion. Sein Kopfschütteln war still, ruhend, wie die Hände hinter seinem Rücken. Ein Blick, so kalt, so durchdringend. War es die Narbe auf seinem Gesicht, die diese Augen so stechend wirken ließ?

»Annelya, das …«, staunte er mit großen Augen, als er hinter sich, auf die riesigen Statuen zeigte. Er musterte sie, musterte sie ganz genau. »Das ist die Wahrheit dieser Welt.«

Es war so seltsam still. Alles so taub.

»Und du bist der Beweis dafür«, murmelte er. Sein krummes, schwaches Lächeln, es widerte sie an. Solch ein fremdes Gesicht.

»Nein«, zischte sie, als sie eine Träne verlor. »Das war alles geplant? Von Anfang an? Die Versiegelung der Energie in meiner Mutter? Meine Geburt?«, stotterte sie im Kampf mit sich selbst.

Er nickte.

»Es war Schicksal«, floss es über seine Lippen.

Eine weitere Träne lief über ihre Wange.

»Diese Welt, Annelya. Die Welt, die du kennengelernt hast. *Sie* war eine Lüge. Eine Lüge, geschmückt mit Gold und falschen Versprechen. Königreich um Königreich wurde sie erzählt, tiefer und tiefer gewoben, während die Wurzel dieser Welt ausradiert wurde, verleugnet wurde«, erklärte Gion. Er klang so geduldig und doch so fanatisch. »Die Zeit der Antike, das Zeitalter des Aishjatan, war eine Zeit des Friedens. Des Gleichgewichts. Keine Könige. Kein Hoher Rat. Jeder war gleich. Gleichgestellt vor diesen – diesen wundervollen Kreaturen«, sprach er und schaute erneut auf die Statuen. »Erschaffen, um den Kreislauf der Natur zu ehren. Ihn aufrechtzuerhalten. Weißt du, wie es ist, mein Kind, zuzusehen, wie eine solch harmonische Welt auseinanderfällt?«, murmelte er.

Sie zuckte. Er näherte sich ihr. Seine Stimme wurde leiser, gebündelter.

»Ungläubige, die sich über das Gesetz der Natur stellten. Sie verurteilten die antike Tradition, erklärten sie als barbarisch, als teuflisch, während sie Krieg, Hunger und Leid über die Länder brachten. Während sie in Gold badeten und Freiheit versprachen. Hast du dich umgeschaut, Annelya?«, fragte er. »Du hast in jenem Gold gebadet. Doch was ist mit den Leuten um dich? Was passiert außerhalb der Mauern der Burg? Ist es nicht witzig?«

Benommen lauschte sie seinen Worten. Das Licht, es flackerte, ließ alle Schatten tanzen. Gions schwaches Lachen, es jagte einen Schauder über ihren Rücken.

»Iuel Herim. Siehst du, wie leicht es war, diese Welt zu lenken? Sie etwas glauben zu lassen, das nicht wahr ist? Und selbst wenn es wahr wäre: Warum wurde Iuel Herim als Terrorist betitelt? Weil er uns, das Königreich, die Königslinie auflösen wollte? Ein Terrorist also, hm?«

Annelya schwieg. Sie starrte ihn an.

»Du hast einen Mann gejagt, mit dem Versprechen, deinem Volk Frieden und Sicherheit zu bringen. Das Einzige, das du beschützt hast, Annelya, … waren die Personen hinter diesen Mauern.«

Annelya, sie weinte nicht mehr. Seine Worte, noch nie – noch nie wirbelten ihre Gedanken so durcheinander wie in diesem einen Moment.

»Saretorianer erjagten die einzige Wahrheit, die sie kannten, schrieben die Geschichte neu. Der heilige Kristall, oh.« Mit ausgestreckten Händen näherte er sich der Steinplatte, als er den Soldaten signalisierte, Annelya näher zu bringen.

Meleoidy schwieg. Schaute zu. Immer noch vermied sie es, Annelya anzuschauen.

»Der Kristall und die Droknen standen nie in Konkurrenz. Sie waren Teil derselben Schöpfung. Licht und Finsternis. Leben und Tod. Einklang. Doch die Ahnen entschieden sich, einen Teil der Schöpfung zu entfernen. Zu leugnen. Und was einst hunderte von Leben kostete, um hunderttausende zu retten, artete in mehr Toten, mehr Unglücklichen, mehr Kranken, mehr versklavten und hungrigen Seelen aus, als man sich jemals hätte vorstellen können. Weißt du, wie viele Dorfbewohner der westlichen Region monatlich allein an Keimsprossen sterben, Annelya?« Gion stoppte mit ihr kurz vor der Steinplatte. Verwundert, verängstigt schaute sie hin, als das rote Tuch die pulsierende, altgoldene Maschine offenbarte.

»Der Katalysator«, flüsterte Annelya.

»Siebenundsechzig Frauen, Männer und Kinder, Annelya«, sprach er, als sie ihn empört anblickte.

Sein Blick, er war fast wütend. Seine Aura, so streng, so sicher. Dieser Mann, er strahlte etwas aus – etwas wovor man sich nur fürchten konnte.

»Und das nur in einer Region, an einer einzigen Krankheit«, betonte er. Seine Hände streiften langsam über den Katalysator.

Das Licht, die Energie pochte, erhellte ihre Gesichter. Wie hypnotisiert schauten die Soldaten hinein. Annelyas Blick war anders.

»Wenn die teuflischen Dämonen zwölf Leben nehmen, dann ist das Terror, grausam, grässlich. Doch wenn hunderte und aberhunderte infolge der Fehler unserer Königreiche sterben, dann ist das ...«

Annelya blickte ihn an.

»… ein Jammer …«, zischte er. »Diese Welt, Annelya, sie sucht andere Wege, ihr Gleichgewicht zu wahren, ihr Opfer zu bringen. Doch solange es nicht offensichtlich genug ist, solange es nicht erschreckend genug ist, wird es nicht beachtet. Saretorianer, sie achten auf das Gefühl, ohne zu hinterfragen, auf Überzeugungen, ohne zu erforschen, ohne sich selbst herauszufordern. Was ich tue, tue ich nicht aus Hass oder Machtgier«, sprach er, als er sich langsam hinter Annelya stellte. »Was ich tue, tue ich aus Liebe zu diesem Volk. Zu unserem Volk.« Seine Hände ruhten auf ihren Schultern, ihre Gesichter wurden getaucht in das Licht vor ihnen.

Annelya zögerte, kopfschüttelnd verlor sie eine weitere Träne.

»Wenn das, was du tust, so richtig ist, wieso tust du es dann im Verborgenen?«, fragte sie herausfordernd.

Gions Lächeln folgte seinem Nicken. »Weil das Richtige zu tun, Annelya Elim, manchmal ein großes Opfer verlangt. Und nicht jeder ist stark genug, solch ein Opfer zu bringen«, flüsterte er ihr ins Ohr. Sie verfiel in schweigende Erschöpfung.

»Ich frage dich also: Bist du stark genug, um den Jungen zu retten?«, wisperte er, während sie tiefer und tiefer in die peinigende Erschöpfung sank. Chaos herrschte in ihrem Geist, Schmerz in ihrem Herzen.

»Du verlangst von mir, mein eigenes Volk zu verraten?«, hauchte Annelya.

Gions Finger strichen über ihr Haar. Sein Gesicht, noch näher an ihrem. Beide schauten hinein in das Licht vor sich.

»Ich verlange nichts von dir. Ich gebe dir eine Chance, ein Leben zu retten. Surneis Leben zu retten. Hunderttausende Leben sind bereits verloren, Annelya. Soll Surneis einer dieser Leben sein? Soll er so sinnlos sterben? Ohne Antworten auf so viele Fragen. Kannst du ihm das antun? Und noch viel wichtiger, Annelya Elim«, wisperte er, als ihr ein Schauer den Nacken hochwanderte.

Meleoidys Finger bohrten fast Löcher in ihre Handflächen.

»Könntest du damit leben?«, sprach er sanft.

Annelya bewegte sich nicht. Sie blinzelte nicht einmal. Versunken im Licht vor sich. Feuchte Wimpern, glänzende Augen. Langsam, gebrochen, wagte sie, nach hinten zu blicken. Sie schaute auf Meleoidy. Sie schaute sie ganz genau an: »Du hättest das – das alles verhindern können.«

Und das Licht. Es strahlte. Es strahlte heller als je zuvor. Meleoidys Atem weitete sich genau wie ihr Blick. Verblüfft schaute sie Annelya an. Gions Augen glänzten, strahlten.

»Ja, Annelya«, jubelte er. »Ja!«

Und plötzlich erklang sie. Die Energie der Schöpfung. Und so wie ihre Tränen flossen, so fing sie an, zu fließen. Der Katalysator lag zwischen ihren Händen auf der kalten Steinplatte. Und die Energie, sie schrie, schrie auf, wirbelte zwischen ihrem Heulen.

Annelyas Haar, es schwebte rasend in die Luft. Es strömte alles hinein. Keine Sonne, kein Mond hätte so hell leuchten können. So laut kreischen können.

»Das Siegel«, lächelte Gion, als er auf das tiefe, bröckelnde Geräusch im Untergrund der Burg lauschte. Er schaute auf Meleoidy, bevor er wieder ins Licht blickte.

Meleoidy starrte ihn an. Angst, Kälte. In jedem Augenblick tauchte ein neues Gefühl in ihren Augen auf. Und auch ihr Gesicht war in das gleiche Licht getaucht.

»Surnei«, wisperte Annclya, während die Energie in gewaltigen, bebenden Impulsen ihren Körper verließ. Es sah so aus, als ob sie sich wehren würde.

Als ob sie sich weigern würde. Doch Annelya hatte entschieden. Denn er – er war zu wichtig.

»Es bricht! Ja, Annelya! Ja!«, rief Gion. Dies war das allererste Mal, dass er so viele Emotionen zeigte. So viel Freude. Solch ein Siegesruf.

Und ihr Heulen wurde lauter. Und lauter. Die Energie bebte, riss fast die Mauern der Burg nieder, fegte jeden hinweg. Ein Pulsieren, stärker als die Explosion tausender Welten. Blau. Alles war in Blau getaucht.

Auf dem Friedhof der Ahnen.

»Das reicht«, schoss es aus Surnei, als er entschlossen von den Stufen des Tempels aufstand. So würde kein ausgebildeter Soldat handeln. Doch ein Bruder würde es.

Tennas Hände rutschten von seinem Gesicht. Panisch schaute er ihm hinterher.

»Surnei, Surnei!«, rief er, als Snow in seine Richtung blickte.

»Ich gehe da rein!«, deklarierte Surnei mit zorniger Miene und schnellen, sicheren Schritten. Die Golems wirkten mit jedem davon größer.

»Surnei, nicht!« Snows fester Griff zog Surnei zurück. Stolpernd schaute er ihn an, schubste seine Hand weg, bevor ihn Snow erneut packte.

»Snow, lass mich los! Sofort!«, rief Surnei aufbrausend, als Snow erschrocken zurücktrat.

»Was zum …«, flüsterte Snow.

»Surnei! Was ist –« Tenna stoppte auf der Stelle. Was war das? Schaute er richtig?

Surneis Entschlossenheit, seine Wut, sie verwandelten sich in Ratlosigkeit.

»Was ist los? Was ist denn!?«, rief Surnei auffordernd, während er in diese fragenden, staunenden Gesichter blickte.

»Surnei, deine … deine Augen«, flüsterte Tenna mit ausgestrecktem Finger, als Surnei verwundert über seine Wangen fasste.

»Was – was ist denn«, sprach er.

Das leuchtende Rot seiner Iris wurde immer tiefer.

»Sie … verändern ihre Farbe«, sprach Snow nachdenklich.

Im Untergrund der Burg.

Uriel und Uce stürmten aus den Gängen des Untergrundes.

»Heil Aijshaijtan«, wisperte Uriel, als er abrupt stoppte. Er blickte weit vor sich, auf Annelya und Gion. Das Licht, es strömte. Die Statuen, sie bröckelten.

»Sie bricht das Siegel«, sprach Uce.

»Sie bricht das Siegel!«

Auf dem Friedhof der Ahnen.

»Leute, was ist das, was passiert mit mir, Leute.«

Surneis Verwirrung verwandelte sich in zappelnde Angst. Er verlor die Kontrolle über seinen Atem.

»Surnei, ruhig, ruhig«, wollte Tenna sprechen, als Surnei brüllend seine Hände wegstieß.

»Argh … AH!«, brüllte er in höllischem Schmerz auf, als er krampfend über seine Schulter zu fassen versuchte.

Nar ma tah' ak uh ne vet, schallte es in seinen Gedanken. *Nar ma tah' ak uh ne vet.*

»Was passiert mit ihm!?«, stotterte Snow.

»Ich – ich weiß es nicht«, staunte Tenna.

Surneis Finger kratzten wie Krallen an seiner Rüstung, fingen an, sie Stück für Stück zu zerreißen. Von seinem Leib zu reißen.

»Macht es weg! Macht es weeeeg!!!«, brüllte er schmerzerfüllt auf, als Tenna einen vorsichtigen Schritt nach hinten trat.

»Heiliger Saretum«, flüsterte Snow wie versteinert. Sein Gesicht war getaucht in absolute Ungläubigkeit.

Im Untergrund der Burg.

Ein Stoß. Ein allerletzter Stoß. Ihr Stöhnen schwand im Puls des Lichtes.

Zwei Schritte, die sie nach hinten fiel. Annelya.

Meleoidy hatte die Fassung verloren. Sie war nicht mehr bedächtig. Ihre Brust hob und senkte sich mit dem tobenden Atem.

»Hat es funktioniert?«, keuchte sie nervös.

Gion zögerte, er schaute auf das bebende Licht im Katalysator. Wie verloren schaute er hinein, schaute über seine Schulter auf die von Rissen durchzogenen Statuen. Ein Lächeln. Ein echtes Lächeln.

»Ist die Energie komplett aus ihr entfernt?«, fragte Meleoidy, als sie Gions aufkommendes Lächeln beobachtete.

Annelya, schweigend. Sie schaute auf das Licht des Katalysators. Kopf, Schultern waren gesenkt wie ihr Blick. Wie die Stille in ihrem Herzen.

»Surnei …«, jammerte sie erschöpft, – gebrochen.

Meleoidy hielt sich in purem Schock ihren Mund zu.

»Gion!«, stotterte sie.

Annelya keuchte, schockiert blickte sie hoch, hoch auf ihre Tante.

»Gion!«, rief Meleoidy, als sie das Blut aus Annelyas Mund fließen sah. Es tröpfelte, immer häufiger, immer schneller. Ein leises Stöhnen.

Annelya blickte sie immer noch an. Es war keine Wut mehr – es war Angst. Langsam schaute Annelya auf ihre blutigen Hände, bevor Gion seinen Dolch aus ihrem Rücken zog.

»Surnei«, stotterte sie, bevor sie schwächelnd gegen die Steinplatte fiel.

»Annelya!« Meleoidy konnte ihren Schock nicht verbergen. Ihr Atem raste durch ihre Lunge, wich zwischen ihre Finger. Ihr Körper verkrampfte.

Annelya hielt sich an der Platte fest, doch langsam schwand ihre Kraft. Stöhnend fiel sie zu Boden, kroch in sich selbst. So viel Schmerz. Langsam zog sie ihre Beine an, während sie mit knappem Atem ihren Kopf nach hinten streckte.

»Das werden wir gleich erfahren«, sprach Gion, während er still das vor seinen Füßen liegende Mädchen musterte.

»An– Annelya«. Meleoidys Zittern war nicht mehr zu beherrschen. Willkürlich, erstaunt. Gepeinigt.

Auf dem Friedhof der Ahnen.

»Aaaaargh!!!« Schmerz, der sich in seinem Körper ausbreitete. Diese Wunde, diese rotorange leuchtende Wunde, sie brannte sich in seine Schulter und seinen Rücken. Zog sich über sein Fleisch.

Es sah wie drei Krallen aus, wie die Spur dreier gewaltiger Krallen.

»Tenna – was – was passiert mit mir?«

Der Schmerz, er hörte nicht auf.

»Er ist ein Lar«, hauchte Snow wie verwurzelt, als Tenna ihn fragend anblickte.

»Was? Wovon – wovon redest du? Was ist hier los?«

Snows Augen wichen in Sekundenschnelle von links nach rechts, hin und her überlegend, während er Surnei musterte. Langsam formte sich eine lange, dünne Eisspitze in seiner Hand.

»Snow, was tust du da? Snow!?«. Tenna wurde immer lauter, immer wacher. »Snow!?«

»Er kann sie töten!«, rief er laut, entschlossen, als er zu Surnei eilte.

»Er kann wen töten!? Snow, was passiert hier!?«, rief Tenna laut, während er sich hysterisch durch sein Haar strich.

Surnei, gekrümmt in Schmerz, das einzige, das ihn unterbrach, war Snows Griff. Kurz blickte er zurück, blickte ihn an. »Snow …«

»Es tut mir leid, ich kann nicht anders«, sprach Snow mit mehr Gefühl, mit so wenig Ironie wie noch nie zuvor.

»Snow, was –«, setzte Surnei an, als Snow seine Eisklinge in Surneis Bauch rammte. Surnei schrie in stumpfem Schmerz auf, als er hustend Snows Hände packte. Sein Blick, erfroren, haftend auf ihm.

»SNOW, WAS TUST DU!?«, schrie Tenna, als er zu ihm eilte und ihn mit voller Wucht wegdrückte. »SURNEI!«

Stolpernd fiel Surnei nach hinten, stürzte auf seine Hüften.

»Surnei! Surnei!« Tenna eilte zu ihm, zog schnell die Klinge aus seinem Bauch, während er voller Mühe die Hand gegen seine Wunde presste.

»Was hast du getan!?«, rief Tenna laut, panisch. Mal schaute er auf Snow, mal auf Surnei.

»Er kann sie töten – er kann sie töten«, wiederholte Snow. Immer schneller ging er rückwärts. Seine Schritte wurden stets größer.

»Er ist ein Lar, er kann sie töten!«, rief er laut, als er plötzlich davonrannte.

»Snow!!! Snoooow!!!«, brüllte Tenna.

Surneis blutige Hände packten seine.

Angst. Es war Angst.

»Surnei, halte durch. Schau mich an! Durchhalten!«, befahl er zittrig.

Im Untergrund der Burg.

»Ist sie – ist sie tot?«, wagte Meleoidy zu fragen, als sie auf Annelyas stillen Körper blickte. Ihre Augen standen offen, ihr Blick war auf Meleoidy gerichtet.

Das braune Gewand strich über den Boden. Jeder Schritt ließ die Ketten seiner Rüstung klirren, verteilte es im Echo aller Gänge.

»Sie scheint nicht zu heilen …«, antwortete Gion entspannt.

Meleoidy hörte ihn. Jeden einzelnen Schlag. Jeder einzelne Schlag ließ sie aufzucken. Unmöglich, ihren Blick zu lösen. Meleoidy zögerte, zitterte, immer noch. Sie musterte Annelyas blasses Gesicht, während ihr Blut seinen Weg in die Rillen des Bodens fand.

»Bereitet die Kinder vor«, befahl Gion, als Meleoidy schockiert aufblickte.

»Kinder?«, sprach sie. Ihr Klackern wanderte ihrem roten, schwingenden Kleid hinterher.

Gion war schon in den Seitengängen verschwunden. Sie schaute in den Gang hinein, ihre Finger sanft am Torrahmen. So viele Soldaten. Waren es vorher auch so viele gewesen?

»Was«, stotterte sie, als sie erschrocken in die andere Richtung blickte.

»Gion, Gion!«. Plötzlich stieß sie gegen Uce.

»Gion ist jetzt beschäftigt, Kleines«, murmelte seine ekelerregende Stimme.

Es war immer wieder das Gleiche. Jedes Mal, wenn sie ihn hörte, egal was er sagte, schaute sie ihn nicht an. Sie wollte ihn nicht anschauen.

»Welche Kinder vorbereiten, wofür?«, hakte Meleoidy nach, als die Klänge der Ketten näherdrangen. Ein leises Klopfen. Ihr Herz. Es schlug tiefer. Rotes Haar, wie ein Umhang floss es ihre Brust hinunter, schmückte die Flammen der Fackeln, wie der Glanz in ihren Augen das Rot in ihnen betonte.

»Uce, was wird das?«, flüsterte sie verwirrt, als sie auf die ängstlichen, angeketteten Kinder schaute, die den Schritten der Soldaten folgten. »Was machen diese Kinder hier?«, wisperte sie. Sie atmete tief ein. Doch jenes Atmen fiel ihr immer schwerer. Es wurde immer knapper.

Langsam stellte Uce sich neben sie. Sie spürte den Ekel schon, bevor er sprach. Es ließ jedes Härchen in ihrem Nacken steigen. Giftig. So fühlte sich sein Hauch an.

»Zwölf Leben«, sprach er spöttisch, als sie ihn doch noch anschaute.

»Wie bitte?«, stotterte sie schockiert. Diese Augen, so ahnungslos. Es schien ihm zu gefallen.

»Was hast du denn gedacht, kleiner Schmetterling? Oh ... hat Gion vergessen, zu erwähnen, dass die Droknen nach unschuldigen Herzen dürsten?«, lachte er, als Meleoidys Welt in einem Augenblick zerbrach.

Lachend trat er zurück, musterte ihren schockierten Ausdruck, als er langsam in den Schatten verschwand, erbarmungslos an den Ketten der Kinder rüttelte.

»Was«, stotterte Meleoidy.

So viele Kinder, leises Weinen. Sie schienen länger hier gewesen zu sein. Sie wehrten sich nicht mehr. Gebrochen. Schweigsam. Dieser Anblick, dieses Gefühl, irgendwie – irgendwie fühlte es sich familiär an.

Bilder, Stimmen. Sie rasten durch ihren Verstand. Fragmente ihrer Erinnerung. Sie wurden lauter. Schmerzhafter. Es war zu viel. Verbergen? Es funktionierte nicht mehr.

Panisch schaute sie zurück in den Saal.

Annelya.

»Tenna ...«, flüsterte Meleoidy, als sie mit gewaltigen Schritten in die andere Richtung des Ganges verschwand. Das Klackern. Noch nie zuvor hatte es sich so echt angehört. Jeder Schritt schien in Zeitlupe zu vergehen. Sanfte Fingerkuppen strichen schnell über die Wände.

Sie stürmte in einen der Räume. Kein Zögern, kein Nachdenken. Jede Bewegung folgte der nächsten. Mit einem Schrei riss sie ein Stück Stoff von ihrem Kleid, gab ihren Schritten mehr Raum.

»Ah!« Pure Konzentration. Ihre Finger zitterten genau wie ihre Lippen. Rote Strähnen, die ihren tobenden Blick bedeckten.

»Komm schon, komm schon«, stöhnte sie, kämpfte sie, als sie ihre Hand weiter ausstreckte.

»Komm schon!«

Sie entfachten: die Schatten. Ein Riss. Stöhnend zog sie ihre Hand zurück, dehnte ihn aus.

»Tenna!«, rief sie, als sie auf Surneis blutenden Bauch schaute.

»Heiliger«, murmelte Tenna, als er, in Furcht gebadet, durch das Schattenportal schaute. »Meleoidy.« Seine Worte, dieser Ton, er klang weinerlich, durcheinander.

Sie wollte hindurcheilen, doch die Soldaten waren schneller. Keinen Schritt weiter. Sie stoppte, starrte wie versteinert auf Tenna.

»Miss Meleoidy, Vorsicht!«, riefen die Männer in den schwarzen Panzern, als sie durch das Portal stürmten.

Ihr Kopfschütteln, ihre Träne, sie versuchte zu sprechen, starrte ihn an, während sie ihn wegzogen. Ihn von Surnei wegzogen.

Und Tenna verstand. Als er sie anschaute, in ihr Gesicht schaute, sah er die Schuld in ihren Augen.

»Nein, Mel«, hauchte er, bevor die Männer ihn durch das Portal zurück in den Untergrund zogen. »Nein.« Kurz glitt sein Blick an ihrem vorbei, bevor die Soldaten ihn in den Gang zerrten.

Sie blieb zitternd zurück, wagte ganz langsam noch einmal hineinzuschauen.

Surnei, er war fort. Nur noch eine Blutspur. Und die Schatten, sie fielen ineinander.

Das Portal war zu. Stille kehrte in den Untergrund ein.

Im Wald der Ahnen.

Sein heulender Schmerz ließ jeden Vogel davonfliegen. Einen Baum nach dem anderen versah er mit seinem Zeichen. Beschmierte ihn bei jeder Berührung mit Blut. Alles so – so verschwommen.

War es seine Sicht? Der steigende Puls in seinem Kopf oder diese grauen, dichten Wolken, die sich langsam ansammelten?

»Aaaargh!!!«, schrie er, als er mit schwerem Atem auf den Boden krachte. Die ersten Regentropfen trommelten auf die Erde. Sie wurden mehr. Der Schall des Donners, er war noch weit entfernt.

Voller Mühe drückte er sich hoch, lief schmerzerfüllt weiter, während der Regen sein Blut davonschwemmte.

Welch ein Anblick. Welch Dunkelheit. Kalter Wind. Er trug die Regentropfen wie kleine, eiserne Stiche durch den Wald. Sie erwischten die Blätter jedes einzelnen Baumes, ließen sie in ihrem Tempo zittern. Der Himmel tauchte in rotgrüne Lichter. Immer wieder brachen die blauen Blitze durch die Wolken. Sammelten sich über ihm, über seinem Weg.

Die Blitze sie – sie schienen ihm zu folgen. Jeder weitere Blitz blendete seine Augen, bevor er die Umgebung klarer offenbarte. Fast hätte er ihn übersehen: den Abgrund vor seinen Füßen. Silberne, glatte Felsen. Waren das über dreißig Meter?

Nar ma tah' ak uh ne vet, schallte es in seinem Verstand. Sein Heulen, sein Schreien, es erklang im ganzen Wald. Blitze erhellten sein Gesicht, während der Regen seine Tränen klaute. Er schaute starr nach oben. Weit, weit in den unendlichen Himmel. Und für einen Augenblick wurde er ruhig. Für einen Moment spürte er keinen Schmerz mehr. Taumelnde Schritte. Vor, zurück.

»Annelya«, flüsterte er. Das Wasser sammelte sich samt dem Blut zwischen seinen Lippen. Floss langsam seine Wangen hinunter, während die Blitze stärker, lauter, auffordernder wurden.

»Annelya«, flüsterte er erneut, als er einen Schritt nach vorne taumelte.

Der Wind, er raste gegen seinen Körper, riss ganze Fetzen Rüstung von seinem Leib, während er dem Wasserfall in den Abgrund folgte. Freier Fall. Es war seltsam angenehm. Irgendwie befreiend. Im gleichen Tempo, immer wieder, erhellte der Sturm die Nacht. Färbte alles grell. Und er stürzte, schloss langsam seine Augen.

In jenem Moment, als der Donner seinen Ruf beschwor, da krachte er hinein. Das Wasser, es wirbelte ihn durcheinander, die Wellen, sie hoben ihn hoch, drückten ihn wieder nieder.

»Annelya«, flüsterte er ein drittes Mal.

Und langsam trugen ihn die Wellen fort.

An einem unbekannten Ort.

Jeder trug die gleiche Sorge. Nervöse Stimmen, begleitet von Angst, die in der Menge lauerten. Manches Lagerfeuer brannte noch, anderes hatte der Regen mit sich genommen. So starke Blitze: Ihre Schreie, sie waren gigantisch. Furchteinflößend.

Sie verlangten Respekt.

»Ist es wirklich möglich?«, rief die Frau mit dem roten Kopftuch, als sie zügig Jango hinterhereilte.

Vier Männer, jeder trug einen Speer, jeder trug die gleichen ledernen Schnallen um Arme und Beine, doch nur Jango trug diese braune Brustrüstung. Nackte Arme, nackte Oberkörper.

Barfuß schlugen sie sich durch das Feld, während der Sturm seine Symphonie spielte.

»Ich weiß es nicht, Anma, ich weiß es nicht«, sprach Jango, der allen voranging.

Schnell strich er die Fackel gegen die Innenwand des unterirdischen Tunnels. In Sekunden erhellten die Flammen sein markantes Gesicht. Satte braune Augen, erfüllt von Sorge, von Angst.

Es waren einige Stufen bis nach unten. Anma folgte ihm, hob den Stoff ihres langen Schleiers leicht über ihre Füße. Die Luft, sie war so warm, doch das Gestein, die Stufen, eiskalt.

Die Männer zündeten eine Fackel nach der anderen an. Der Tunnel führte tief unter den Erdboden.

Es sah so aus, als wäre er vor sehr langer Zeit erbaut worden. Nah am Ausgang, da war sein Gestein bräunlich, voller feuchtem Moos. Je tiefer sie drangen, desto goldener wurden die Wände. Je heller die Flammen loderten, desto klarer wurden die Wandmalereien. Der Gang war schmal, die Decken niedrig. Bilder von dämonischen Wesen, Schlachten und kriegerischen Saretorianern. Bilder von Kristallen. Sie schienen eine Geschichte zu erzählen, eingeritzt in die Mauern des Tunnels.

»Jango«, flüsterte Anma, als Jango seine Fackel zur Seite streckte. Die Flammen griffen nach der Wand, rasten in einem Kreis durch den ganzen Tempel. Fackel für Fackel erhellte das rasende Feuer die hohen, goldenen Decken, während die gewaltigen, riesigen Bilder der Droknen deutlicher wurden.

»Oh nein«, atmete Anma aus, während sie in den riesigen, runden Raum trat. Das Dach war offen. Mondlicht drang von außen hinein.

Diese gewaltigen Gemälde. Das Herz des Tempels bildete ein antikes Bild des Kristalles. Neben ihm, jeweils rechts und links, befanden sich zwei Saretorianer. Sie schienen ihn zu verehren, mit ihm zu kommunizieren. Beim genauen Hinschauen war zu merken, dass genau die gleiche Person dargestellt war. Doch während jene Person auf der linken Seite ganz normal aussah, hatte die Person auf der rechten Seite drei tiefe Krallenspuren auf ihrer Schulter. Die Energie, sie schien durch beide zu fließen, sie zu verbinden. Jeweils oben und unten waren zwei Droknen abgebildet.

Jango trat langsam näher.

»Es ist gebrochen«, staunte er.

Anmas Blick fiel bestürzt auf ihn. Jango trat noch näher, schaute auf das eingeritzte Kunstwerk in den riesigen, goldenen Wänden des Tempels. Dieser Riss. Er schien frisch. Zog sich von ganz oben nach ganz unten, quer durch das ganze Abbild. Es teilte den Kristall in zwei, durchtrennte die Mäuler, die Körper der Droknen.

Langsam drehte sich Jango zu den anderen Männern. Manche schauten ihn an. Manche starrten angsterfüllt auf das Bild vor ihren Augen. Dieser Riss. Er flößte ihnen Furcht ein.

»Das Siegel des Aishjatan ist gebrochen«, sprach Jango nachdenklich, zögernd, während die Flammen dunkler und dunkler brannten. Er wagte, noch einmal hinzuschauen. Langsame Schritte. Seine Finger glitten vorsichtig über den Riss.

»Die Droknen sind frei«, sagte er.

Im Untergrund der Burg.

»Alle verwandt?«, fragte Gion, als er die aufgebrochene Schriftrolle zurück an Uriel übergab.

»Geschwister und Eltern der Tribute«, sprach Uriel. Sein langes, glattes Haar strich fast über den Boden, als er auf die tuchbedeckten Köpfe der angeketteten Saretorianer blickte. Er zählte sieben.

»Sehr gut«, flüsterte Gion mit zügigen Schritten.

Er schaute auf eine der angeketteten Personen. Sie schien nicht ängstlich, sie schien kämpferisch.

»Hm«, hauchte er. Zwei kurze Schritte und er stand vor ihr, zog langsam ihre Kopfbedeckung hoch. Das flammende Licht der Fackeln, es traf auf ihre grauen Augen.

»Du Bastard«, rief die blonde, junge Frau, als sie in Gions Richtung spuckte. »Was wird das, verdammt!? Lasst mich los! Hmpf! Lasst uns alle los!«

Sie kämpfte, schlug wild gegen die Ketten hinter ihrem Rücken. Kniend, tobend schaute sie ihn an.

Langsam, beobachtend kniete er sich vor sie. Seine rauen Finger betasteten ihr weiches, junges Gesicht. Ihr Zappeln in Angesicht jener Augen, seiner Augen, es wurde schwächer. Unsicherer.

Diese Narbe. Sie musste sie gekannt haben. Wer kannte sie nicht.

»Gion?«, flüsterte sie erschrocken. »Uriel, der – der Hohe Rat – ich dachte – ihr«, stotterte die junge Frau, als sie um sich schaute.

Er stand immer noch dort, musterte sie. Jede Kante, jede Ecke ihres Gesichtes.

»Du kannst dir nicht vorstellen, welch Ehre du heute erlangst«, sprach Gion ernst. »Welch Ehre ihr alle heute erlangen werdet.« Langsam drückte er sich hoch.

Ihr Zappeln, es wurde wieder stärker.

»Verdammt! Argh! Ihr Verräter! Verräter!« Ihre Worte verloren sich samt des Heulens der anderen Saretorianer in seinen Ohren.

Seine schweren Schritte zielten in die andere Richtung. Er war groß, sein dunkelbraunes Gewand schwer. Die schwarze Kettenrüstung schimmerte hindurch. Gion schaute auf Uriel. Es war Respekt, der zurückblickte. Still lief Gion auf Uriel zu, stoppte neben ihm.

»Iuel«, flüsterte Gion nah an Uriels Gesicht.

»Die Nullsumme konnte er nur beschwören, wenn er tatsächlich das Buch der Schatten hat«, fuhr er fort, als er noch einmal auf die sieben Saretorianer im Raum schaute.

»Finde es und bringe es mir«, befahl er leise und streng, bevor er zügig den Raum verließ.

»Und?«, sprach Gion an die zwei Soldaten gerichtet. Mit erhobenem Kopf trat er in den Hauptsaal. Seine Ringe unterstrichen seine Strenge.

Einer der Soldaten schaute hoch, nahm langsam seinen Finger von Annelyas Hals.

»Immer noch kein Puls, Sir«, sprach er, als Meleoidy nervös mit ihren Wimpern klimperte.

»Gut, schafft sie hier weg«, befahl Gion.

Ohne zu zögern hoben die Männer Annelyas Körper hoch. Mit einem Ruck legten sie ihre Arme über ihre Schultern, trugen sie hinaus.

Meleoidy blickte still hinterher, folgte Annelyas dünner Blutspur. Sie schaute genau hin, erfasste die Richtung, in der die Soldaten verschwanden.

»Wir haben es geschafft.« Das Klatschen von Gions Händen

war laut. Zufrieden. »Nach fünftausend Jahren habe ich es endlich geschafft.«

Das Licht des Katalysators, es traf auf Meleoidys Haar, warf einen violetten Schleier um sie. Ihr Blick war ihm gewidmet, bedächtig, vorsichtig, bewundernd.

»Was jetzt?«, flüsterte sie.

Gion schwieg, doch er zeigte mit seinen Fingern auf die goldenen, dünnen Eisenstäbe, die aus dem Gitter des Katalysators herausragten.

»Siehst du diese Stäbe?«, fragte er. »Sie speichern die Energie, teilen sie auf, in winzige, winzige Fragmente, sodass man sie stückweise nutzen kann«, erklärte Gion, als er einen der Stäbe herauszog. Der Fluss der Energie, sein Schimmer, er verteilte sich in der finsteren Luft und das Geräusch der Schöpfung erklang.

»Damit werden wir die Droknen beschwören«, erklärte er, als Meleoidys Finger über ihren Arm strichen.

»Solch ein Ding hat genug Energie in sich, um einen antiken Dämon zu beschwören?«, fragte sie neugierig, während sie die Maschine genauer musterte.

»Aber sicher …, die Energie der Schöpfung, auch nur ein einziger Funke, kann Wunder bewirken«, sprach er düster.

Meleoidy musterte ihn, drückte ihre gekreuzten Arme enger zusammen. Ihr Schlucken, es fiel ihr leichter als zuvor. Tief atmete sie ein.

»Das könnt ihr nicht tun, verdammt. Verräter, ihr seid Verräter!«, rief Tenna, als sich das eiserne Gitter vor seiner Nase schloss. Er packte fest zu, presste sein ganzes Gesicht zwischen die eisernen Stangen des Kerkers.

»Annabel wird davon erfahren. Und wenn sie es tut, wird sie eu—«

Das Lachen des gepanzerten Soldaten unterbrach ihn. Tenna verstand nicht. Verwirrt schaute er auf die beiden Männer.

»Annabel? Du meinst die Annabel, die tot ist?«, lachte der Soldat, während Tenna in die stille Kälte zurückfiel.

Sein Gesicht, es tauchte in die Schatten. Zu viele Fragen. Wie viele Fragen hätte er noch ertragen können? Diejenige, die alle vereinte, war: »Was im Namen Saretums geschieht hier?«

Im Palamaozean.

Wer war stärker? Wer lauter? Waren es die Wellen? Oder der Sturm? Waren es die Blitze oder der Wind? Er tauchte immer wieder auf, immer wieder unter. Wasser, welches in und aus seinen Lungen pumpte. Es fühlte sich raubend an. Seiner Gedanken, seiner Gefühle: alles, versunken in Chaos. Welch ein Delirium.

Oh, dieses Licht. Es erhellte die ganze weite Nacht. Erhellte sein erschöpftes Gesicht.

»Annelya ..., Annelya ..., Annelya ...« Es war so, als ob er nur das eine Wort kannte. Als ob er nicht mehr aufhören konnte, ihren Namen zu rufen.

Doch was als nächstes geschah, das – das war ein Wunder.

Im Untergrund der Burg.

Gion legte die Goldstäbe vorsichtig neben den Katalysator. Jeder von ihnen leuchtete still, pulsierte mit der Energie der

Schöpfung. Meleoidy folgte den Bewegungen seiner Finger wie eine Raubkatze.

»Es ist so weit, mein Kind«, sprach er, als er den letzten Stab auf die kalte Steinplatte legte. Langsam drehte er sich um.

»Die Zeit der Lügen ist vorbei, das …«, flüsterte er, als Meleoidy nach vorne trat.

»Das ist die Wahrheit«, sprach er.

Meleoidys Blick schweifte in einem knappen Atemzug an Gion vorbei, als sie ruckartig nach einem der Stäbe griff, bevor er wieder zurückblickte.

Ihr Herz, es pochte, pochte schneller, während sein Blick sie durchbohrte. Er wirkte so ernst, so sicher, so einschüchternd. Vorsichtig hob sie ihren Kopf, schaute ihn an. Langsam, ganz langsam schob sie den Stab hinter ihrem Rücken in ihren Ärmel. Das Pochen. Es hörte auf.

Diese Art von Stille? Sie war grausam. Und er schaute sie an, sein Lächeln wurde breiter.

Ihres war komplett verschwunden. Langsam drückte sie ihren Ärmel zu, ließ ihre Hände verborgen hinter ihrem Rücken. Mit ausgestreckten Armen sprach er:

»Willkommen im Saretorium.«

FORTSETZUNG FOLGT …

DAS SIEGEL DES AISHJATAN IST GEBROCHEN.

DOCH NOCH SIND DIE DROKNEN NICHT BESCHWOREN.
IHRE GEBURT VERLANGT NACH EINEM GRAUSAMEN OPFER.

OB ALTE UND NEUE HELDEN DAS VERHINDERN KÖNNEN?

ERFAHRE MEHR UNTER:
www.panagiotismarinoglou.de

INSTAGRAM & FACEBOOK:
Panagiotis Marinoglou